| 修订版 | 第八辑 |

蒋勋说红楼梦

蒋勋 著

中信出版集团 · 北京

目录

第七十三回　痴丫头误拾绣春囊　懦小姐不问累金凤

第七十四回　惑奸谗抄检大观园　矢孤介杜绝宁国府

第七十五回　开夜宴异兆发悲音　赏中秋新词得佳谶

第七十七回　俏丫环抱屈夭风流　美优伶斩情归水月

第七十八回　老学士闲征姽婳词　痴公子杜撰芙蓉诔

第七十九回　薛文龙悔娶河东狮　贾迎春误嫁中山狼

第八十回　美香菱屈受贪夫棒　王道士胡诌妒妇方

第七十一回

嫌隙人有心生嫌隙
鸳鸯女无意遇鸳鸯

贾母的青春记忆

第七十一回没有太大的事件发生，只有几个重要的转折。第一个转折是贾母过八十岁的生日，贾母这个角色，是全书的重心，估计刚看《红楼梦》的朋友，比较注意的角色可能会是贾宝玉、林黛玉或者薛宝钗，觉得贾母不过是个老太太，她生命的繁华已经过去了。可是《红楼梦》读到某个阶段，就能感觉到作者对时光的描绘，其实是重叠的。记得前面看到这些小女孩、小男孩在玩的时候，贾母忽然有感而发，特别跟她的侄孙女史湘云说，当年我像你这么大的时候如何如何。显然,《红楼梦》中对时间的描绘是流动的。这个流动指的不论是三十、四十岁还是八十岁的贾母，内心仍存有青春的记忆。那次她说："记得我们家以前有一个枕霞亭。"后来史湘云入诗社就用"枕霞旧友"为名。贾母说：我像你这么大的时候很顽皮，有一次从那个亭子上摔到水里去了，额头受了伤，那个疤现在还在。

当一个老太太摸着当年留下的伤疤时，少女时期的某些记忆就回来了。这很像在我们这个年纪走进一个高中校园，满眼看到的都是十几岁的孩子，可是我们也许不会注意到校园里走过的某个老太太，很可能她之前曾是这个学校的学生，在走进校园的那一刻，她的青春忽然回来了。贾母在《红楼梦》里就是一个青春逝去的象征，她非常鼓励比她年轻很多的孩子们，在生命最灿烂的时刻去追求他们的青春。

《红楼梦》借着贾母八十岁的生日，让我们明确感觉到贾母对青春的某种保护。相反，宝玉的父亲对他的管理非常严格，最常用的手段是指责、督促，所以宝玉跟父亲之间是有代沟的。但贾母对这个孙子非常疼爱，甚至有一点纵容。以东方的观念来讲，生命有点像个圆形，人活到八十岁的时候，仿佛又回到了自己的青春时光，过去最想抓的可能是财富、权力，到了老年，反而会觉得青春才是真正可贵的，是最值得赞美和鼓励的。这一点我们自己也有体会，父母在我们小时候管得很严，可是等到他们老了，对孙子辈就宠得厉害。我想，人到了一定年龄，对待生命一定会有另外一种态度。

富贵荣华里的荒凉

《红楼梦》一开始就有个预言——“树倒猢狲散”，这棵树讲的就是贾母，在这个四代同堂的家族中，贾母是个非常有力的稳定力量。因为不管是荣国府还是宁国府，都是她亲眼看着发展起来的。

贾母的生日是八月初二,八十大寿到了，从七月的二十六七号开始就贺客盈门。贾家把庆贺的客人分成好几批。第一批是王孙贵族，就是王爷、驸马、公主，第二批是内阁的大臣和一些重要的将军，然后第三批、第四批，接下来是家宴，到最后一天还要留给几个重要的管家来宴请。

就这样一个生日过了十几天，这期间人们不断地送礼，让我们看到了这个家族全盛时代的境况，而这种盛况是贾母年轻时就经历过的，很可能这是她最后一次经历这么大的排场，礼物摆得满坑满谷，光看就能看累，很少有人的生日能过到这种程度。一方面这个家族富贵得令人羡慕；另一方面也惹人倦怠。因为有太多的应酬，南安太妃、北静王妃都要来，其间要喝四次茶，还要去换衣服、补妆，这都是礼数。今天大家可能不太理解，这些人一天也许要赶好几次场，在每个场上都得把礼数尽到，这些应酬里已经完全没有真情了。贾母早就看透了这一切，在这个八十岁老太太的眼里，繁华其实就是一种荒凉，因为这个家族里的年轻人，包括孙媳妇秦可卿，是比她还早走的，我总觉得贾母的生命里有种难言的哀伤，因此第七十一回是本书的一个重要转折。

第七十一回一方面写的是贾母生日的盛况，另一方面则写了贾家的管理上已经出现了问题。宁国府的尤氏过来帮忙，看到有一个门没有关，就叫丫头去看看是谁负责值班，结果看门的两个老婆子喝醉了酒，得罪了尤氏，后来王熙凤就命人把这两个老婆子绑起来，丢在马圈里。

第七十一回借这两件事对比出繁华的极盛恰恰是家族走向没落的开始。贾母八十岁生日是繁华的巅峰，可是竟然连最起码的安全工作都没有做好。同时，内部人事的纷争也已经开始出现，就像一个企业大到一定程度，就会分出一些子公司。作者很巧妙地借贾母生日把这些情况带出来，这是一般读《红楼梦》的人不容易注意到的。第七十一回很少有红学家讨论，因为没有什么大事发生，我却认为七十一回是这部小说中这个家族由盛转衰的关键。

鸳鸯女无意遇鸳鸯

在七十一回的后半段还发生了一件事，就是贾母身边最得力的丫头鸳鸯，无意间发现了丫鬟司棋的隐私。关于鸳鸯的那段故事大家应该还记得，贾赦想讨鸳鸯做妾，贾母听说后很生气，骂他说你也是已经五十多岁的人了，一个小老婆接一个小老婆地娶，一定要娶的话，我这边有的是钱，你去买好了，不能把我身边的特别看护给弄走。这说明贾家的下一代已经没有创业时那一代的气象了，只知道玩乐、挥霍、沉沦。

鸳鸯在拒绝了贾赦的要求后，曾发誓说："我一辈子不结婚，我就是服侍老太太了。等到老太太有一天归了西，我就剔了头发去做尼姑，大不了还有一死！"

鸳鸯后来就一心一意地连妆都不化，很素净地守在贾母身边，贾母生日期间，她要跑来跑去地忙很多事情，结果在大观园里无意间发现了司棋的隐私。司棋是《红楼梦》的丫头中比较刁的一个，当然，这个"刁"字不一定恰当，她比较挑剔。最明显的一次，是她叫底下的小丫头莲花到厨房去要一碗蛋羹，特地说要炖得嫩嫩的，结果主厨说最近鸡蛋很贵，可不可以过几日再吃，她就命令手底下的小丫头，跑到厨房里乱砸了一通。

我想，准确地说，这个从九岁就被卖到贾家做丫头的女孩子，有时候也想撒娇，总觉得我既然活着，就要有活着的价值。《红楼梦》最了不起的一点是，它告诉我们司棋是所有丫头中最不认命的一个。我想"刁"的意思是说，每个人都有一种宿命，认命的人就很乖，不认命就很刁。别的丫头可能会觉得人家给你吃什么，你就吃什么完了，干吗非要吃炖得嫩嫩的鸡蛋？可是司棋却觉得就算是做丫头，也一定要找机会证明一下自己，她的生命中那种不被尊重的痛苦需要释放。

十六岁的女孩子，如果在今天，正是谈恋爱的年龄，她的身体已经开始发育，开始有梦想、有渴望了，她们希望被爱，也希望能爱别人。可是我们知道被卖进贾府的丫头，一辈子都没机会谈恋爱。司棋放假回家，看到了从小一起长大的表弟。两个人就你传一个短信，我传一个短信地有了联系。可是贾府里的丫头，有点儿像我们今天服兵役，根本没有自己的私密空间。于是她就大胆地约她表弟进大观园约会，没想到被鸳鸯看到。“鸳鸯”是一种总喜欢成双成对的鸟，大概从唐代开始，所有女性用的东西，总爱绣、画上一对一对的鸳鸯，这说明所有女性都有一个愿望，希望能与另一个生命成双成对，以使自己的生命不再寂寞、孤单。而这个丫头恰恰名叫鸳鸯，作者是在反讽她们没有办法找到自己生命的另一半。《红楼梦》里有许多类似的暗示，民间常讲的“只羡鸳鸯不羡仙”，表达的就是这种很朴实的愿望。对她们来讲，天堂太遥远了，人生能有个互相爱着的人就足够了。鸳鸯也是被买来的丫头，她一生坚守的只能是自己的那份寂寞和孤独，但偏偏是她撞上了司棋跟表弟在花园里的约会。一个丫头在花园里私会男朋友，以过去的规矩是要被活活打死的。当时鸳鸯放了司棋一马，可是后来此事东窗事发，司棋因此被赶出了大观园。

命运没有选择的悲剧

《红楼梦》里的丫头们的下场多半是年龄到了十六岁左右，就随便找一个没有结婚的车夫或者厨房里的工人“发配”了事；还有一类就是被赶出去，像司棋和前面的金钏儿结果是跳井的跳井、上吊的上吊；或者像鸳鸯那样等老太太归西，剃发去做尼姑。可见当时的女性完全没法主宰自己的命运。

七十一回里一边是贾母的八十岁生日的盛况，另一边是一个十六岁的女孩子偷偷地把男朋友约进来而被人撞上。这也是不同生命的对比。你想，除了司棋以外，其他的丫头呢？袭人、晴雯、秋纹、麝月，我们能叫出名字的丫头都是八九岁被买进来的，现在都十六七岁了。她们的青春到底将如何安置？所以，如果认为《红楼梦》只是写黛玉、宝钗、宝玉的故事肯定不公平，它里面写了太多女性的悲剧，这些悲剧不会因为她们是小姐或者是丫头而有任何改变，任何人只要不能主宰自己的命运，就只能是悲剧。

《红楼梦》基本上是一本写女性的书，作者对那个年代的女性抱有极大的同情。我们常常会误认为薛宝钗是自主的，但大家想想，薛宝钗起初为什么到京城来？是为了选妃，因为她是皇商的后代，因此才有选妃的资格。所谓选妃大概就是定期把几千个十五六岁的女孩子的名单送到皇宫里，由皇帝来挑选后宫的三千佳丽。薛宝钗就是其中之一，后来大概是没选上。选妃的程序也相当复杂，要考察你的家世、背景，还要看画像、容貌，中间还需要层层打点，最终选进去也不过是三千分之一而已，这其中还有很多人是一辈子也见不到皇帝的。

说到这里，大家有没有感觉到司棋大胆地冒着生命危险跟她表弟说："你到花园里来，我们见一面！"在那个年代里是在用毁灭的方式完成她自己，因为没有一个女孩子敢这样做。就像刚才说的，她是所有的丫头里最刁蛮、最不认命的，宁愿为自己的恋爱冒一次险，而这个冒险是百分之百的毁灭，因为没有其他的可能。而她更大的悲剧是最后她的事情被发现的时候，很多人都觉得司棋会哭、会闹、会求情，结果她没有。最令她伤心的是，她的表弟逃走了。所以，《红楼梦》中更大的悲哀是这些痴情女子到最后遭到的竟是男人的无情背叛。司棋真正的痛苦不是被抓到，而是自己决定托付一生的那个人是如此不可信赖。我想这是《红楼梦》对男性的指责，如果从一个女性的角度来看这本书的时候，《红楼梦》是几千年来极少数的一部男性的作家为女性鸣不平的小说。

悲凉之雾，遍布华林

到这里，大概可以做个总结了：八十岁的贾母在风风光光地过生日；十六岁的司棋私会男朋友被人发现。大家有没有感觉其中的女性价值是一样的。贾母在这个年龄混到了这个地位，在当时是一个女性最美好、最圆满的结果，可她的命运同样也是被动的。《红楼梦》要多看几次，你才会发现作者用的是女性视角。很可惜，直到今天恐怕都没有人从社会学、女权运动或者女性觉醒的角度去读《红楼梦》。其实贾母后来也感到了荒凉，她有一次曾很感叹地说："我嫁进来，从孙媳妇开始做起，熬得我也有孙媳妇了，熬了好几代。"一个"熬"字中蕴含着无法言说的折磨和担待。

也许你今天觉得自己作为婆婆，对儿媳妇没有像以前的婆婆那么不好，可是本质上没有太大的差距，因为辈分伦理在那摆着呢！前面我们一再提到贾母吃饭的时候，她的儿媳妇王夫人、邢夫人是不能坐的；同样，王夫人、邢夫人吃饭的时候，王熙凤她们也不能坐，要一直站旁边伺候。这些作者只是轻描淡写带过去，若不留意，就注意不到女性在那个时代中的命运。

在贾母生日这一段，我们能清楚地看到作者如何用一个很热闹的大排场去呈现荒凉。大家也许觉得热闹是荒凉的反义词，可是艺术里最动人的部分，常常就是用热闹来呈现荒凉。侯孝贤的《海上花》里常常拍很热闹的场景，一堆人在那里吃饭、唱戏，可是它却透过人的一个眼神让你看到荒凉。最好的小说也是如此，比如张爱玲的《倾城之恋》。最好的美术作品也是，这其中有最惊人的力量。宾客盈门的时候，色彩缤纷，笑语盈耳，视觉、听觉上都是华丽、热闹的，可是背后却有淡淡的荒凉在蔓延。

只是，很少人会看到这个部分，鲁迅在写《中国小说史略》的时候，写到《红楼梦》时，用了一个了不起的句子，说“悲凉之雾，遍布华林”，鲁迅是个好小说家，他能清楚地看到这个部分，全书最明显的热闹与荒凉的对比莫过于七十一回。作者写的完全是外在的繁华，有点像一个导演一直在拍热闹的场景，可是那一丝淡淡的哀伤就像一曲配乐，一直在背后响着。

二十世纪七十年代意大利有个非常著名的导演维斯康蒂，就擅长拍这种东西，因为他本人就是意大利没落的贵族，所以他拍了很多像《西西里岛》中的那种家族，大家一起跳华尔兹的宫廷场景。但背后就用一个音乐在带，能让人感觉到整个家族的没落，这很像《红楼梦》的手法。

贾母的八十岁生日

大家读一下文本来感觉一下。“因今岁八月初二日乃贾母八旬之庆，又因亲友全来，恐筵宴排设不开。”第一句就告诉我们，亲戚朋友多到如果都来庆寿，宴会是排不开的。“便早同贾赦及贾珍、贾琏等商议，定了于七月二十八日起至八月初五日止，荣宁两处齐开筵宴。”注意一下，不只是时间的长，从七月二十八号开始一直到八月五号，而且在空间上还要荣国府、宁国府一起设宴。意思是只在某一个饭店设宴不行，还要把高雄的几个大饭店都包下来才行。因为官场的东西很复杂，譬如这个党的人跟那个党的人恐怕还不能见面，一见面就要吵架，所以就得荣国府请一党，宁国府请另外一党。这种事情小时候我们经历过，有些人家请客的时候，光排名单就复杂得不得了，谁跟谁可以同桌，谁跟谁最好不要坐在一起，谁跟谁最好连面都不要见，起码党政军要员得稍微分开些。因为八十岁的贾母生日，连皇帝都要颁布制令，党政军要员都会到，这些人之间的关系是很复杂的。贾家四代荣华，跟这些人有着千丝万缕的联系，出一点儿差错，接下来官都别想做了。比如说某王爷跟另一个王爷是死对头，你恰好把他们安排在一个桌上，又挨着坐，那他们肯定要怪你贾家处理不当，所以必须要细致周到，才能维持他们在政治上的立场。

大家看一下：“宁国府中单请官客，荣国府中单请堂客。”男眷跟女眷是分开的，因为古代社会女性跟男性不宜一起出席宴会。“大观园中，收拾出缀锦阁并嘉荫堂等几处大地方来作退居。”“退居”等于是更衣间，当时的贵族们喝四道茶之后就要换一次衣服。换衣服是大排场，不像我们今天自己就可以，要好几个人伺候，衣服是冠、袍、履一整套都要换的，所以需要一个很大的“退居”。记得以前看维斯康蒂拍的电影《豹》，里面就有西西里岛的大贵族们宴会的场景，其中最精彩的一段是忽然把华尔兹的镜头转到了“退居”，也就是洗手间。我们知道在十八世纪，还没有抽水马桶，只见一个又一个的盆子，镜头就这样扫过去，真的吓人一大跳，你才知道贵族的宴会，光是盥洗的空间就大到这种程度。如果你没有贵族的经验，你根本无法知道这些。一下子家里来了几百个客人，那时根本没有现代的所谓厕所，让人到哪里去？所以，这里的“退居”两个字，包含的意思比较多，就是要有一个地方可以去补补妆、换换衣服、上上厕所或者休息一下。

下面我们来看那一天请客的名单：“二十八日请皇亲、驸马、王公，并郡主、王妃、国君、太君、夫人等。”基本上都是皇族。“二十九日便是阁下、都府、督镇、诰命等。”“阁下”大概相当于今天部长级的人；“都府”有点像我们今天的市政府，就是京都里面的官员；“督镇”是军人，可能是司令官；“诰命”是他们的太太。过去有官位的人，他们的太太会被封为诰命。“三十日便是诸官长、诰命并远近亲友、堂客。”注意一下，等级是不一样的，二十九日请的人官位比较大。“初一日是贾赦的宴，初二日是贾政，初三日是贾珍、贾琏，初四日是贾府中合族长幼大小共凑的家宴。”到了初一就是家宴了，有没有看到辈分？先是文字辈的、接着是玉字辈的，接下来还有其他家族的。“初五日是赖大、林之孝等共凑一日。”初五要留给用人。这是过去贵族家庭的一种管理方法，假如我过生日，也可能会把亲戚朋友们分开，但不会特别留出时间给菲佣。贾府让这些老管家带着用人来做家宴，说明在管理上，他们想让用人觉得是家人。这个大家族里，主人和用人的比例可能是一比十，所以要让他们有参与感，就像今天企业要分股份一样。

收一个月的礼物

八月二号才过生日对不对，但“自七月上旬，送寿礼的便络绎不绝。礼部奉旨：钦赐金玉如意各一柄，彩缎四端，金玉环四个，帑银千两”。注意，礼部是主掌吉礼事务的，直属中央。“钦赐”，表示是皇帝颁赐。大家如果去台北“故宫”，就能看到很多清朝的金玉如意，那个时候皇帝送给大臣的主要礼物就是如意。对贾家来说，要的只是颁赐所代表的意义。国家的库房叫作“帑”，意思是拨了一千两的公款。“元春又命太监送出金寿星一尊，沉香拐一只，伽南珠一串，福寿香一盒，金锭二对，银锭四对，彩缎十二匹，玉杯四只。”只元春一个人，礼单就这么长，一个月里每天至少有十家、二十家在送礼，礼单大概可以出一本厚厚的书了。“余者自亲王、驸马，以及大小文武官员之家凡素来往者，莫不有礼，不能胜记。”如果作者如数记下礼单，《红楼梦》大概要多出一百回。“堂屋内设下大桌案，铺了红毡，凡庆寿之物都摆上，请贾母过目。贾母先一二日还高兴过来瞧瞧，后来烦了，也不过目，只说：‘叫凤丫头收了，改日闲了再瞧。’”注意，贾母后来看得都烦了，要看完这些礼物大概要看一整年，最后只好哪天得空就来看看，她的生日礼物是这样拆的。我们今天很难了解一个贵族老太太生日的排场，我们今天过生日，别人送你个卡片或礼物你会很开心，可是真的多到满坑满谷也蛮恐怖的。所以繁华一旦变成疲惫，荒凉感就出来了。

贾母生日宴的排场

“至二十八日，两府中俱悬灯结彩，屏开鸾凤，褥设芙蓉，笙箫鼓乐之音，通衢越巷。”作者在让我们身临其境地感觉那种热闹跟繁华。“宁府中本日只有南安王、北静王、永昌驸马、乐善郡王，并些个公侯世交应袭，荣府中南安太妃、北静王妃并几位世交公侯的诰命。贾母等皆是按品大妆迎接。”贾母平常在家里可以穿休闲服，可是一旦王妃来了，她就必须要按品大妆。这样的衣服，大概第一次穿的时候会很兴奋，穿到八十岁其实蛮辛苦的。光那个头冠就重得不得了。我想贾母大概最怕的就是按品大妆。

“大家厮见，先请入大观园内嘉荫堂，茶毕更衣，方出至荣庆堂上拜寿入席。”“荫”是荫蔽的意思，要给子孙留下最好的庇佑跟保护，所以叫嘉荫堂。因为南安太妃、北静王妃都是远路而来，所以上完茶以后要先去更衣，有一点儿洗尘的意思，然后要补妆。可见这个“退居”有多重要，如果没有一个退居之所，客人都灰头土脸的话怎么办。然后才开始拜寿入席。“大家谦逊半日，方才入席。”谦逊半日，就是谁先走，谁后走，让来让去的，这是很委婉的讲法。我小时候最害怕这种场面，吃饭以前大家半天坐不下来，在过去，有一套非常严格的应酬规矩。

“上面两桌席是两王妃，下面依次便是众公侯的诰命。左边下手一席，陪客是锦乡侯的诰命与临昌伯诰命；右边下手一席，方是贾母的主位。”注意，“公侯伯子男”，贾母是公爵夫人，她的地位很高，比她高的只有两个王妃，而锦乡侯是侯爵，临昌伯是伯爵，他们的地位都比贾母要低，所以南安王和北静王的王妃是上席。接下来陪客的是锦乡侯的诰命和临昌伯的诰命。右手下席是主人的位置。现在偶然还会碰到有人请客的时候，比如说圆桌通常主位是对着门口的，主人一定是坐在主客的正对面背对着门的位置上，这样上菜不会打扰到客人，这是一个新的伦理，大多数时候比较自由，可是过去这种秩序却严格得不得了。

“邢、王二夫人带领尤氏、凤姐并族中几个媳妇，两溜雁翅站在贾母身后侍立。”大雁在飞的时候基本上是一个人字形，“两溜雁翅”是说她们在贾母背后站成人字形，随时夹菜、添汤。“林之孝、赖大家的带领众媳妇都在竹帘外面侍候上菜、上酒，周瑞家的带领几个丫环在围屏后侍候呼唤。凡跟来的人，早又有人款待别处去了。”那些管家、用人根本不能进来，只是在竹帘外听候差遣。有没有发现用人也分成两班，有的负责上酒上菜，有的负责补妆更衣。“跟来的人”就是所谓的随从、丫头，这些人也要吃喝，所以也有打点这些人的地方。我们小时候家里有姨妈、婆婆来的时候，如果有车子，有司机，也是要打点的，要安排他们吃东西，甚至还要给赏钱。

所以文学有一部分是作者真正经历过的，这种场面我们在其他书里很难读到。大家在说起东方的《红楼梦》和法国的《追忆似水年华》的时候，都会强调他们亲历过这样的生活，普鲁斯特在《追忆似水年华》里会说法式大餐中的菜是怎么上的，最后的甜点口感什么样，所有人都会觉得：“天啊，怎么会把一个甜点做到这种程度！”因为他真的吃过，这是他生命经验里的东西。文学有一部分是生活的细节，糟糕的文学可能会说贾母八十岁生日这天热闹非凡，可“热闹非凡”四个字没有任何意义，因为它没有细节。

生日宴后看戏

下面就开始讲唱戏了，过生日一定要演戏，有点儿像我们的庙会。“一时，台上参了场。”“参了场”三个字不太容易懂，不知道大家有没有看过歌仔戏，演戏以前，通常会有代表“福禄寿喜”的四个人，再加上其他的神先出来跳。有点儿像西方歌剧的序曲，预告演出的开始。过去演戏都不是演给人看，是演给神看的，所以要先谢神，我们小时候一听到参场的声音，就知道该出发了，因为马上就要开始演戏了。

“台下一色十二个未留发的小厮侍候。须臾，一小厮捧了戏单至阶下，先递与回事的媳妇。这媳妇接了，才递与林之孝家的，用一小茶盘托上，挨身入帘来递与尤氏的侍妾佩凤。佩凤接了才递与尤氏。尤氏托着走至上席南安太妃前，太妃让了一回，点了一出吉庆戏，然后又谦让了一回，北静王妃也点了一出。众人又谦了一回，才罢了。”没有留头发的小厮，大概是十二岁以下的小男孩。“捧了戏单至阶下”，这也是我们不容易懂的，假如是现在的喜寿宴，请一个乐队来演出，通常是由他们自己来决定要演奏哪些音乐。但过去的戏班子，有点儿像今天卡拉 OK 的歌单，你是可以点歌的。第一个要点的一定是南安太妃，因为她是位阶最高的，南安太妃一定会谦让，最后肯定要她先点，点的一定是出吉庆戏，一定得是《龙凤呈祥》之类的而绝不能点《荒山泪》。

“少时，菜已四献，汤始一道，跟来的人拿出赏来，各家放了赏，大家便更衣复入园来，另献好茶。”这是过去宴会的习惯，大概四道菜，一道汤，然后再四道菜，再一道汤，汤其实是一个间隔。这种宴会是有暗号的，大家都有默契，知道四菜一汤之后要换场景，所以就都下去更衣、补妆，然后重新回到大观园，茶也换了新的。

“南安太妃问宝玉，贾母笑道：‘今日几处庙里念“保安延寿经”，他跪经去了。’”南安太妃问到这个家里未来最重要的小主人，注意，在过去的政治家族里，下一代是很重要的，他们通常会让自家的下一代早早就彼此认识。比如说贾家富贵荣华四代，有几个家族之间一直在联姻，其实最终目的是要保障他们的政治势力。这种情况现在也还存在，如果打开这一两天的报纸，发现结婚的人特别多，你就会知道什么家族之间又在联姻了，这种联姻的背后一定是政治或经济。所以宝玉虽然只是一个小男孩，南安太妃也一定会问起。

老太太过生日，孙子要去庙里跪着为她念佛经。贾母的生日已经劳动了京城里面几个庙宇都在为她念经，就因为这个老太太的地位太重要了，而且她平常总给庙宇、道观捐钱。用今天的话来说，可能全台湾从北到南重要的庙宇都得为她念经了。

政治家族背后的权力关系

太妃"又问众小姐们，贾母笑道：'他们姊妹们病的病，弱的弱，见人腼腆，所以叫他们给我看屋子去了。有的是小戏子，传了一班在那边厅上陪着他姨娘家的姊妹们也看戏呢。'"注意，这是贾母的聪明，也是谦逊，因为她在跟太妃讲话，意思是我们家的小孩子不比你们家，是见不得人的。南安太妃坚持要见，这种见面其实很重要，因为宝玉可能是第五代的官位继承人，而这些小姐如果她觉得不错，是可以出面安排相亲的。所以很多时候这种场合变成大家族选择对象、建立姻亲关系的机会，彼此联姻以后，他们的财富跟权力都将更加稳固并且能够扩张。

"南安太妃笑道：'既这样，叫人请来。'贾母回头命凤姐儿去把史、薛、林带来。"你看，贾母叫的四个都不姓贾，可这四个都是可以见客的对不对，人长得漂亮，也有才华，可见这个八十岁的老太太很明白，知道这个时候是要摆排场的，能见人的是林黛玉、薛宝钗、史湘云。我做了这么多年的老师，有时候几个学校联谊，要挑五六个学生，在挑的时候，就会想到贾母这一段。史湘云出来了，林黛玉出来了，薛宝钗出来了，其他学生其实蛮惨的。可是这种场合要的就是体面，出来的人必须是像样的。下面这句话大家很容易忽略："再只叫你三妹妹陪着来罢。"三妹妹是谁？探春。因为她长得最好，口齿伶俐，也最懂事，其他两个都不行。但这话如果迎春跟惜春听到了，一定会很难过，她们的妈妈也会很难过，会觉得我的女儿难道就见不得人？可是贾母是四代同堂的老祖母，她知道每个孩子都代表着家族的教养和体面，她很在意自己的晚辈像不像样。所以只有细心才读得出来，这句话有多重要。这件事后来还引发了家族的不和。

"凤姐答应了，来至贾母这边，只见他姊妹们正吃果子看戏呢，宝玉也从庙里回来。凤姐说了话。宝钗姊妹与黛玉、探春、湘云五人来至园中，大家见了，不用请安、问好、让坐等事。众人中也有见过的，还有一两家不曾见过的，都齐声夸赞不绝。人非草木，见此数人，焉得不垂涎称妙？其中湘云最熟，南安太妃因笑道：'你在这里，听我来了也不出来，还等请去。我明儿和你叔叔算账。'"湘云只是一个十四五岁的小女孩，重要的是她背后的家族势力。《红楼梦》的作者想保持那种年轻小孩的单纯、活泼、天真、烂漫，其实是不可能的，因为你被拉出来见客的时候，这些客人是有心机的，她们谋算的是权力和财富，被夹在这些东西里无法不觉得悲哀。

"因一手来拉探春，一手来拉宝钗，问几岁了，又连连夸赞。因又松了他两个，又拉着黛玉、宝琴，也着实细看，极夸一会。”在有摄影机以后，这些人物拉过什么人的手都会被报道，所以得很小心。作为南安太妃，你不能拉了这个人的手，而不拉另外一个人，第二天马上就会有报道：“她只跟这个人拉手，没有跟那个人拉手。”可见富贵中包含着多少辛苦。“都是好的，不知叫我夸那一个的是。”也是了不起的话，完全是在玩政治。

“早有一人将备用的礼物打点出五分来：金玉戒指各五个，香串五副。南安太妃笑道：‘别笑话，留着赏丫头们罢。’五人忙拜谢过。北静王妃也有五样礼物，余者不必细说。”姑娘们来了以后，一定有礼物，而且要马上准备好，你不能现去百货公司买，所以她们才需要有那么多跟班的。

繁华背后的小细节

刚才我们看到了很多大场景。可是作者在所有宾客散尽的时候，忽然用一个小事来做对比，同时也在暗示贾家的败落就是从小小的漏洞开始的。

这个小事的写法非常特殊，你看：“吃了茶，园中略逛了一逛，贾母等因又让入席。南安太妃便辞，说：‘身上不快，今日若不来，实在使不得，因此恕我竟先告别了。’贾母等听说，也不便强留，大家又让了一回，送至园门，坐轿而去。接着北静王妃略一坐也就告辞了。余者也有终席的，也有不终席的。贾母劳乏了一日，次日便不出来会人，一应都是邢、王二夫人款待。有那些老世家子弟拜寿的，只到厅上行礼，贾赦、贾政等还礼款待，至宁府坐席。不在话下。”可见所有的贵族之间的来往跟应酬都跟他们的政治关系和需求有关，所以几乎排得满满的。

等重要的宾客散了以后，大家都有点累了。其中作者特别点出了从东府过来帮忙的尤氏。“这几日，尤氏晚间也不回那府里去，白日待客，晚间陪贾母玩笑。又帮着凤姐料理出入大小器皿以及收放赏礼事务。晚间在李纨房中歇宿，这一日晚间伏侍过贾母晚饭后，贾母说：‘你们也乏了，我也乏了，早些寻一点子吃的歇歇去。明儿还要起早闹呢。’尤氏答应着退了出来，到凤姐房里来吃饭。凤姐在楼上看着收送礼的围屏，只有平儿在房里与凤姐叠衣服。尤氏因问：‘你们奶奶吃了饭了没有？’平儿笑道：‘吃饭岂有不请奶奶去的？’尤氏笑道：‘既这样，我别处找吃的去。饿的我受不得了！’说着，就走。平儿忙笑道：‘奶奶请回来！这里有点心，且补一点儿，回来再吃饭。’尤氏笑道：‘你们忙的这样，我园子里和他姊妹们闹去。’一面就走。平儿留不住，只得罢了。”

尤氏说自己饿得受不了了，你才恍然大悟，一整天的盛大宴会，尤氏作为孙媳妇，根本就没有机会吃东西。作者有点儿像今天的导演，他同时用几个机器在拍，有一组镜头在拍贾母生日的豪华，另一个镜头转到了尤氏身上。这是《红楼梦》这部大小说了不起的写法，同时要好几部机器拍摄，最后再把各个场景剪接在一起。曹雪芹写完《红楼梦》后，用十年的时间来增删，其实就是剪接。贾母盛大的八十岁生日跟尤氏肚子饿这两件事情剪在一起，我觉得是一个了不起的对比，让你看到繁华背后一点小事都不能疏忽。

嫌隙人有心生嫌隙

“且说尤氏一径来至园中，只见园中正门与各处角门仍未关，犹吊着各色彩灯，因回头命小丫头子叫该班的女人。”当事人可能不觉得，这个大观园这么多门，有四个正门，好几个角门。比如东北方向的角门是不关的，那是特地为宝钗留的，方便她出去探望妈妈。

尤氏觉得怎么这么不经心，半夜了门都没人看守，就找人去问。“那丫环走入班房中，竟没一个人影儿，回来回了尤氏。尤氏便命传管家的女人，这丫头应了出去，到二门外鹿顶内，乃是管事的女人议事取齐之所。到了这里，只有两个婆子分菜果呢。因问：‘那一位奶奶在这里？东府奶奶立等一位奶奶，有话吩咐！’这两个婆子只顾分菜，又听见是东府里的奶奶，不大在心。”主人家忙的时候，是用人最容易偷懒的时刻，这两个婆子大概喝得有点多，所以就很不耐烦，如果是王熙凤问，这两个老太婆的酒肯定立刻就醒了。因为是尤氏，大家都知道她脾气好，再加上她又是东府的人，所以两个婆子就讲得很难听：“各家门，另家户，你有本事，排场你家人去。我们这边，你们还早些呢！”

小丫头气狠狠地汇报给了尤氏，尤氏当然很不高兴，用人讲话怎能如此放肆？这时，尤氏正在怡红院里，“说话之间，袭人早又遣了一个丫头去到园门外找人，可巧遇见周瑞家的，这小丫头子将这话告诉周瑞家的”。周瑞家的就把这件事情回了凤姐，“凤姐道：‘既这般，记着这两个人的名字，等过了这两天，捆了送到那府里凭大嫂子开发，或是打几下子，或是他施恩饶了他们，随他去就是了！’周瑞家的听了，巴不得一声儿，素日因与这几个人不睦，出来了便命一个小厮到林之孝家传凤姐的话，立刻叫林之孝家的进来见大奶奶；一面又传人立刻捆起这两个婆子来，交到马棚里，派人看守。”

王熙凤特别指明，交给尤氏处理。王熙凤是西府的管理者，尤氏是东府的管理者，如今西府的用人得罪了东府的人，交给东府的人来处理比自己处理要好，因为自己无论怎么处理对方都不见得满意。另外，王熙凤知道尤氏心地非常善良，从来不摆主人架子，一旦这两个人绑起来交出去的话，以尤氏的个性大概就会说："放了算了。"可是这里边夹杂了另一个人——王熙凤的婆婆邢夫人。我们知道前面她已经遭遇好几次尴尬了，先是为丈夫讨鸳鸯做妾。说实话作为儿媳妇，实在很难跟婆婆张口说我丈夫看上你的菲佣了，她就拜托王熙凤去说，可王熙凤是什么人，她当然不可能去触这个霉头，就假托自己有事躲掉了，邢夫人因此碰了一鼻子灰，当然记恨王熙凤。通常我们看到的都是婆婆凶巴巴的，媳妇很可怜，可邢夫人跟王熙凤的关系恰恰相反，所有的光彩都属于王熙凤，这个婆婆在儿媳妇面前总显得很无能、很懦弱，有点灰灰的，别人总是看不到她，她又不敢责备王熙凤。

可是有人来找她替那两个婆子求情了，邢夫人总算逮到了一个当众侮辱王熙凤的机会。

不知道这其中的细微处大家能不能理解。古代社会的人际关系，常常是对人不对事的，比如说我对自己的总经理有意见了，一直不说，等到他正在跟所有的下属庆贺成功的时候，忽然说出一件让他下不了台的事。一般人无法了解，在贾母八十岁生日这个堂皇的外表下，很多腐烂的东西已经在这个家族的内部发生了。作者的写作技巧真了不起，大概世界上还没有任何长篇小说能够既照顾到整个外在场景的豪华，又体现其中细处的荒凉。

贾母自在的生日家宴

前面贾母的八十岁生日是跟南安王、北静王的王妃们在一起，所以完全是应酬，谁都能感觉到热闹豪华中的虚伪和客套。接下来的家宴，是贾母跟家人一起，很高兴，原因是今天没有远亲，都是自己族中的子侄辈。老祖母最高兴的是跟晚辈在一起，她不用按品大妆，也不用正襟危坐，只是“歪在榻上”。我特别喜欢“歪”这个字，我们平常老是“正”的，正久了以后都很累，那能够歪一下很惬意。一个八九十岁的人，按品大妆出来接受拜礼绝对不是福气，能跟子孙们这样很温暖地靠在一起才是真正的天伦之乐。作者是很聪明地在做对比，这一段的描绘很有趣，镜头变了：“榻之前后左右，皆是一色的矮凳，宝钗、宝琴、黛玉、湘云、迎、探、惜姊妹等围绕。”刚才南安太妃要见她的孙女，她只叫出探春，只有联考第一名的才可以出来见客。现在不同了，迎春、探春、惜春都在，因为不存在丢丑的问题了。

下面还特别提到一个很多读者会忽略的问题。因为贾家家族很大，有些远亲很穷，像贾瑞、贾琼家就很没落。“因贾瑞之母带了女儿喜鸾，贾琼之母也带了女儿四姐儿，还有几房子女，大小共二十个。贾母独见喜鸾和四姐儿生得又好，说话行事与众不同，心中喜欢，便命他两个也过来榻前同坐。”此时出现了两个《红楼梦》里从来没有出现过的小女孩，很难判断贾母到底是真特别喜欢她们，还是因为这两个小女孩家里特别穷而想特意关照一下。只是能感觉到这个老太太真不简单，她不仅能在南安太妃、北静王妃面前把事情处理得妥帖，对家族里最穷的远亲也照顾得这么好，这种人才是真正的政治人才。

以前做老师的时候，一旦碰上几校联谊，只挑出五六个学生的时候，就会觉得很惭愧，因为还有五六个很可能在那边哭，你要怎么才能照顾到他们？这其中要有人的体贴和周到，不只是提醒你在富贵中要看到贫贱，还告诉你如何才能做到对人的真正关心。喜鸾跟四姐儿的这段插曲非常特别，我问过很多读过《红楼梦》的朋友，大多数人都不记得这一段，虽然只有几行，可是其中能体现出作者的用心。

树倒猢狲散的暗示

“先是那女客一起一起行礼后，方是男客行礼。贾母歪在榻上，只命人说‘免了罢’，早已都行完了。”几天拜下来，贾母一定骨头都疼了，因为是自己的晚辈，贾母就说不要再拜了，可当然不能不拜。贾母就那么歪在榻上，比较轻松地受礼。“然后赖大等带领众家人，从仪门直跪至大厅上，磕头礼毕，又是众家人媳妇，然后是各房的丫环，足闹了两三顿饭时。”注意，仪门是家族主祠的门，从仪门一直跪到大厅，至少得有一百米，所有用人就这样一路跪下来磕头来拜寿，足足拜了两三顿饭的时间。一顿饭如果按一个小时算的话，那就是拜了三个小时，如果贾母不是歪着，真的要累死了。

“然后又抬了许多雀笼来，在当院子里放了生。”我们现在看的庆典最后会放鸽子，可是在古代放生是为这个老太太求福。“贾赦等焚过香、天地寿星纸，方开戏饮酒。直到歇了中台，贾母方进来歇息，命他们取便。”“中台”这个字现在不太用了，就是上演真正的主戏。贾母去睡午觉了，还记得“命凤姐留下喜鸾四姐儿玩两日再去”。这个四代荣华的老夫人真不简单，喜鸾跟四姐儿是在场的数百人当中最边缘的人，可是她一定要注意到边缘人。就像以前的政治人物下乡时，一定要去抱着一个平民家的婴儿拍照一样，因为那是很好的亲民政治秀。从心理学上讲，这样的政治秀，消除了大家对政治人物的防范或者戒心，很多政治人物就是借这样的秀来消解自己的权威感的。贾母做的事情就相当于抱起一个孩子说，我们拍照吧！

“凤姐儿出来便和他母亲说，他两个的母亲素日都承凤姐儿的照顾，也巴不得一声儿。他两个也愿意在园内玩耍，至晚便不回家了。”“巴不得一声”的意思是好高兴啊，老太太怎么会看上我们这两个穷亲戚，对我们的孩子这么好！这个时候我们也许想起一个不怎么好的成语叫“笼络人心”。可如果一个社会到了连笼络人心都不懂的时候，也蛮恐怖的。笼络人心在这里意味着，她知道自己这棵富贵的大树是需要枝干的。你看一棵大榕树要有多少的须根才能有足够的养分。喜鸾、四姐儿看起来微不足道，可她们就是那些细细的须根，如果一个家族对这些须根不在意的时候，这个大树就要倒了。因为从尤氏被用人侮辱，到邢夫人跟王熙凤婆媳的不和，都是在斩断须根，所以这棵大树要倒的征兆已经出来了。《红楼梦》读到七十一回，总觉得贾母是一个了不起的角色，这个家族已经有了树倒猢狲散的迹象，在慢慢地垮掉了，她依然努力维持着。

邢夫人当众侮辱王熙凤

接下来邢夫人假装求情，其实是要当着众人的面侮辱王熙凤。“邢夫人直至晚间散时，当着众人赔笑和凤姐求情说：‘我听见昨儿晚上二奶奶生气，打发周管家的娘子捆了两个老婆子，可也不知犯了什么罪？论理我不该讨情，我想老太太好日子，发狠的还舍钱舍米，周贫济老，咱们家先倒折磨起老人家来了。不看我的脸，权且看老太太的好日子，竟放了他们罢。'说毕，上车去了。"不知道大家听不听得出这话的弦外之音，现在年轻的读者一定很难懂，因为我们现在讲话不会这么转弯抹角。可是我们小时候都知道，如果哪一天一向要你做这做那的妈妈，或者别的长辈，忽然说我来跟你求个情，你就知道自己最好要小心了，因为这绝对是在讽刺你。邢夫人说我知道我的脸面不够大，求不了情，那老太太生日的脸面够大了吧，你要不要放了她们两个？当着所有人这样讲，王熙凤真的就完了。

这是家族不和的一种征兆，贾母努力地要把穷亲戚留下来，是想要这棵大树的枝干多一点保护。可是这边婆媳一不合，这个枝干立刻就会垮掉。

"凤姐听了这话，又当许多人，又羞又气，一时抓寻不着头脑，憋得脸紫涨起来。"凤姐没想到婆婆会这样子当着这么多人侮辱她，难过得不得了。这段插曲也是第七十一回里非常值得注意的细节，作者怎么会掌握这么多小小的细节，我们知道一个好的导演有时候会用到十几个副导演，然后在编剧的分镜表里告诉每一个副导演说：你的镜头要抓住谁。如果是一个大场景，可能出现三四十个人的时候，十几台摄影机同时拍不同的人，这样在最后剪接的时候才不会有遗漏。我觉得曹雪芹的脑子真是惊人，你不知道到底有多少台的摄影机同时在拍，最后是他在剪接，所以喜鸾、四姐儿、凤姐、邢夫人全部在这个场景当中，最后组成了一个了不起的画面。

贾母对王熙凤的考试

接下来又是一个细节，贾母的生日从七月初就开始收礼物，开始贾母还兴致蛮高地去看看贺卡，拆拆礼物，但很快她就不耐烦了，说等哪天有兴致了再说。接下来的一个月里，礼物一直由王熙凤管理。可是有一天她突然把王熙凤叫来，问道："前儿这些人家送礼来的共有几家有围屏？"有没有感觉到这个老太太很不简单？表面上轻描淡写，实际上是在考试，因为作为一个管理人员，到底有多少蛋糕，多少花，多少化妆品，全部要做礼单、归类，还要给赏钱、写谢条。贾母没有问所有的礼物，因为这份礼单很可能是厚厚的一本书，她只挑了一样，就是当时大户人家很喜欢送的比较贵重的围屏。围屏是房间里的隔间装饰，有玻璃的、木雕的、丝绸的，都很讲究。如果换我是王熙凤，大概真的会被问倒。因为你不能说先让我去翻翻礼单，而是必须全部记在脑子里。王熙凤立刻回答说："十六架围屏。"接下来还有更详细的汇报："有十二架大的，四架小的炕屏。内中只有江南甄家一架大围屏十二扇，是大红缎子刻丝'满床笏'，一面泥金'百寿图'的，是头等的。还有粤海将军邬家的一架玻璃的还罢了。"其中两架好的，上面刻的什么，织的什么，什么材质，全都精细报告出来了。贾母道："既这样，这两样别动，好生放着，我要给人的。"凤姐答应了。

这时候你就知道有一天南安太妃也要过生日，贾家也要送礼，所以这个礼单必须留着，知道什么东西是谁送的，你不能到时候又给人送回去对不对？所以可能是江南甄家送的"满床笏"，下一次会送到南安太妃那里；第二架是粤海将军邬家的玻璃的，我怀疑这是西洋进贡的东西，因为当时中国的玻璃制造水平不高。从汉朝就有罗马进贡的玻璃器皿，因为广东在沿海，很可能跟西洋有关。这个细节说明了贾母的厉害，作为一个已经退休的企业领袖，只随意地问问就能鉴定当政的总经理的执政水平，王熙凤是个相当不错的管理者，换了别人恐怕就完了。

贾母——《红楼梦》里的地母

这时，“鸳鸯忽过来向凤姐面上只管细瞧，引的贾母问说：‘你不认得他？只管瞧什么？’鸳鸯笑道：‘怎么他的眼肿肿的？所以我诧异。’贾母听说，便叫近前来，也觑着眼看。凤姐笑道：‘才觉得一阵痒，揉肿了些。’”注意，其实鸳鸯未必是真看到了什么，因为王熙凤化妆后大概没人看得出她哭过。可能鸳鸯已经知道邢夫人侮辱了王熙凤，她在贾母面前把这个话说出来，再从贾母的角度去安抚王熙凤，为的是让管理者不受委屈，这是鸳鸯了不起的地方。

凤姐赶紧掩藏，因为在这种大家族里，绝对不能滋事，这也是现代社会不太容易懂的，大家稍微有点委屈就要叫啊喊啊，动不动就要上周刊。可过去讲究的是小不忍则乱大谋，贾母疼爱王熙凤也是因为觉得她懂事，不会一点小事就张扬，闹得天下不安。鸳鸯笑道：“别又是受了谁的气了？”贾母身边的丫头们都懂事得不得了，赶紧趁机点出来。凤姐道：“谁敢给我气受！便受了气，老太太好日子，我也不敢哭。”贾母道：“正是呢。我正要吃晚饭，你在这里打发我吃，剩下的你就和珍儿媳妇吃了。你两个帮着两个师傅替我拣佛豆儿，你们也积积寿，前儿你姊妹们和宝玉都拣了，如今也叫你们拣拣，别说我偏心。”也许大家不懂什么叫拣佛豆，过去老人过生日的时候，会让她的晚辈帮她一边念着“阿弥陀佛，阿弥陀佛”，一边把盘里的豆子拣到另外一个盘子里，然后再把这些豆子拿去蒸了施舍。贾母对王熙凤有种特别的疼爱，大概是她知道王熙凤太聪明、太厉害了，民间一直认为憨憨傻傻的人反而有福气，太过精明是会损福折寿的。

贾母是第七十一回里的主角，她接人待物精心周到，从应酬南安太妃、北静王妃到照顾喜鸾跟四姐儿这种穷小孩，再到体恤帮她管家的王熙凤，读者能从中看到一种温暖。这个温暖你可以认为是笼络人心，但从真正人性上讲，是因为懂得，所以慈悲，一个人活到八十岁，已阅尽人间的生死爱恨、恩怨情仇，她明白自己能够担待多少生命。只有大地或大树才具备这种能耐，所以，我觉得贾母是《红楼梦》里的大地之母，她的担待力非常人能比。明明知道王熙凤受了委屈，可她不追究，也知道不能追究，因为你不能替孙媳妇去告她的婆婆，所以她安慰王熙凤说：你帮我拣拣佛豆吧，也分分我的福气。最能帮人忘掉委屈的大概就是福气了！我一直强调大树是供所有的鸟雀在上面筑巢的，一棵小树无法承担那么多的生命。贾母的重要性在于，她能让每一个生命不分贵贱高低地在她这棵大树上筑巢，接受庇护。

“鸳鸯早已听见琥珀说凤姐儿哭一事，又和平儿前打听得原故。晚间人散时，便回说：‘二奶奶还是哭的，那边大太太当着人给二奶奶没脸来。’贾母因问为什么原故，鸳鸯便将原故说了。”贾母之所以那么大年纪了，又很少出门，也不看电视，不听广播，却什么都知道，就是因为她身边有鸳鸯这样一个监视器，她会把很多贾母看不到的细节报告给她。这是贾母多年用心培养的，作为一个退休者，她对这个家族并不放心。贾母道：

“这才是凤丫头知礼处！难道为我的生日由着奴才们把一家子的主子都得罪了也不管罢！这是大太太素日没好气，不敢发作，所以今儿拿着这个作法子，明是当着人给凤姐没脸罢了。”她马上就觉得凤姐很懂事，当年贾母做孙媳妇、儿媳妇就是这样一路过来的，一定也承受过很多的委屈，她比谁都明白所有的委屈都要你自己化解。

下一段你刚刚读的时候，肯定不太容易懂。“贾母忽想起一事，忙唤过一个老婆子来。”好像有国家大事要商量似的，结果她讲的是：“到园里各处女人跟前吩咐吩咐，留下的喜姐儿和四姐儿虽然穷，和家里姑娘们是一样，大家照看经心些。我知道咱们家的男男女女都是‘一个富贵心，两只体面眼’，未必把他两人放在眼里。有人小看了他们，我听见，可不饶！”大家注意一下这段话，贾母把这事如此看重地来交代，你会发现这个家族能够富贵荣华四五代绝不是没有道理的，再往大一些说，一个朝代能够兴盛上百年更不容易。我们读唐代历史常说“大唐盛世”，唐太宗曾说过：自古以来都贵中华，贱夷狄，我们绝不可以这样子。这就是唐代能够久盛不衰的原因。国家领导人处在最核心地带，却能照顾到最边缘的地区，所以我常常觉得贾母的作为其实是在治国。她说得很直接，这个家族富贵得太久了，大家都势利得要命，越底层的用人越习惯狐假虎威。我特别把这一段话念出来，提醒大家要特别重视贾母这个角色。

营造悬疑气氛的写作技巧

“婆子答应了，方要走时，鸳鸯道：‘我说去罢。他们那里听他的话！’说着，便一径往园里来。”作者通过鸳鸯把小说的场景巧妙地转到了大观园里。

接下来大家注意作者的写作技巧："且说鸳鸯一径回来，刚至园门，只见角门虚掩，犹未上闩。"这就呼应了前面的大观园角门的疏忽，按常规应该是关好的。"此时园内无人来往，只有该班房内灯光掩映，微月半天。"这是典型的文学技巧，一旦写到月黑风高，读者就预感后面一定有什么事要发生了。如果是拍电影的话，作者的第一个镜头是没有上闩的门，然后是通过鸳鸯的眼睛看到的门房里透出的灯光，但是人在哪里？不知道！然后是朦胧的月色。对文学或者艺术有兴趣的朋友，都知道所谓的铺排是进入主题事件之前，要先有对气氛的营造。

"鸳鸯又不曾有个作伴的，也不曾提灯笼，独自一个，脚步又轻，所以该班的人皆不理会。偏生又要小解，因下了甬路。""甬路"是花园里用石头铺的小路，有没有发现全是在营造气氛？很像现代的恐怖推理小说。"寻微草处，行至一山石后大桂树阴下。刚转过石后，只听一阵衣衫响，吓了一惊不小。"直到这个时候，主题才出来，作者一步步地让你感受到某种紧张。其实不管是讲故事还是写小说，气氛的营造很重要，你不能上来就说鸳鸯走到那里，看到了司棋。这个铺排作者大概用了一两百字。

司棋叛逆的生命态度

鸳鸯"定睛一看，只见是两个人在那里，见他来了，便想往树丛里石后藏躲。鸳鸯眼尖，趁月色看准了一个穿红裙子，梳鬅头的高大丰壮身材的，是迎春房里的司棋"。鸳鸯的眼尖前面大家已经领教过了，而作者形容她看到的那个人，用了三个描述：红裙子，头梳得很高，身材高大。我们一直不知道司棋长什么样子，但大红的裙子是色彩，红色，其实是一种热情；“鬅头”是一种崭露头角的感觉，现在很多的小男孩也是如此，在对自己的认知还不够的时候，头发都是下垂的，一旦有了足够的自我意识，就要用发蜡或者发胶把头发立起来。人的个性有时候会表现在头发上，司棋是个很想表现自己的女孩，连吃鸡蛋都要炖得嫩嫩的人，她对生命是有挑剔的；另外就是高大身材，一点儿都不畏缩。作者的三个形容，点出了司棋的生命态度。她希望自己活得堂堂正正，和男朋友幽会，是对那个时代的巨大叛逆。

“鸳鸯只当他和别的女孩子也在此小解，见自己来了，故意藏躲恐吓着玩，因便笑叫道：‘司棋，你不快出来，吓着我，我就喊起来当贼拿了。这么大丫头，也没个黑家白日的只管玩不够。’这本是鸳鸯的戏语，叫他出来。谁知他贼人胆虚，只当鸳鸯已看见他的首尾了。”这里的“首尾”，指的是司棋跟男朋友正在亲热。其实鸳鸯的心思很单纯，根本没有想到有人竟敢约男朋友进来。可是司棋却心虚，觉得她已经看到了一切。“生恐叫喊出来使众人知觉更不好了，且素日鸳鸯又和自己亲厚不比别人。”这一点希望大家注意，这些小丫头多年来一起长大，有很多私密的心事可以分享，比如被主人打了、骂了，大家会在一起哭，她们之间的情分比亲人还亲，所以司棋虽然害怕，但觉得鸳鸯至少是亲人，与其叫来很多不相干的人，不如向鸳鸯求个情。司棋“便从树后跑出来，一把拉住鸳鸯，便双膝跪下，只说：‘好姐姐，千万别嚷！’”大家看到这个场景的时候，就知道这是生死攸关的事情了。

“鸳鸯反不知因何，忙拉他起来，笑问：‘这是怎么说？’司棋满面紫涨，又流下泪来。”在那个时代，女孩子幽会男朋友是见不得人的事情。所以说司棋是《红楼梦》中个性非常强的女孩儿。用现代的眼光看，她属于想要挣脱所有传统束缚的新女性。只是那个时代的忌讳和羞耻让她无法对鸳鸯说明这一切，只能流泪。鸳鸯很聪明，“再一回想，那一个人影恍惚像一个小厮，便心下猜疑了八九，自己反羞的面红过耳，又怕起来”。这个反应跟我们今天能想象到的都不一样，如今我们在高中校园里发现了同学间在亲热，肯定会高兴得不得了。可鸳鸯知道这是人命关天的事，此刻，她的内心很复杂，一方面，她是贾母身边负责监督的人，这件事情到底要不要通报？另一方面她也知道，一旦通报，司棋只有死路一条。关键时刻情同姐妹的柔软和温暖立刻呈现出来了，我猜她一定想到了大老爷要她去做妾的事，真正的同情其实就是同病相怜。

动人的青春爱恋

鸳鸯知道事情的严重性，“因定了一会，忙悄问：‘那一个是谁？’司棋复跪下道：‘是我姑舅兄弟。’”注意，司棋两次下跪，第一次下跪是因为事情被发现，第二次是决定要把真相告诉鸳鸯，等于是致自己于死地。“鸳鸯啐了一口，道：‘要死，要死！’”鸳鸯此时真的很为难，心说你怎么能做这样的事？她知道此时此刻司棋等于是把性命交在自己手里了。大家可以体会一下鸳鸯此时的心情，最好的姐妹的命运就握在了你的手里，人情的温暖和法律的严酷让她左右为难。“司棋又回头悄说道：‘你也不用藏着，姐姐已看见了，快出来磕头！’”

前面多次提到过，《红楼梦》的作者写男人的时候很不留情，到关键时刻一走了之的往往都是男性，在曹雪芹的世界里，总觉得女性是刚烈的，对自己的爱很执着。也许在古代社会，女性的选择太少了，所以她们的爱常常是很悲壮的。也许因为男性的选择和机会太多，很难从他们身上体会到那种生死相依的悲壮。你看：“那小厮听了，只得也从树后爬出来，磕头如捣蒜。”有没有感觉到作者遣词的考究，司棋的两次下跪都有恩重如山的感觉，可是这个“磕头如捣蒜”的小厮就有点儿像小丑。“鸳鸯忙要回身，司棋拉住苦求，哭道：‘我们的性命，都在姐姐身上，只求姐姐超生要紧！’鸳鸯道：‘你放心，我横竖不告诉一人就是了。’”

“一语未了，只听角门上有人说道：‘金姑娘已出去了，上锁罢！’鸳鸯正被司棋拉住，不得脱身，听见如此说，便接声说道：‘我在这里有事，略住住手，我就出来了。’司棋听了，只得松了手让他去了。”

这一段大家千万不要轻视，这其中有很深的痛，包含着青春期的爱恋中最动人的情分。生命的爱与被爱，是一个人最本质的渴望。从这个角度讲，《红楼梦》绝对是一部了不起的小说，因为它的观点非常现代，早在三百多年前，曹雪芹就认为青年男女在花园的幽会，为什么不能放他们一马？为什么非要把他们逼上绝路？

第七十二回

王熙凤恃强羞说病
来旺妇倚势霸成亲

贾母的培训能力

第七十二回在《红楼梦》里是比较短的一回，情节比较简单，但它很密切地连接到上一回的结尾，鸳鸯在大观园里，撞到了司棋跟她表弟的幽会，接下来就要交代鸳鸯和司棋各是怎样面对这件事的。

从鸳鸯的角度来讲比较单纯，她和司棋她们八九岁就被卖到贾家，曾有过一个培训过程，主要是教她们如何应对进退，包括怎么端茶倒水。这个过程中女孩们都住在一起，等训练到一定的程度，才分到各房去，像袭人、晴雯就被分到怡红院。贾母作为这个家族的第一代，调教出了很多非常得力的丫头，袭人、晴雯都是由她训练出来的，宝玉出生后，她特别疼爱这个孙子，就把自己身边最得力的两个人拨给了宝玉，她自己身边留下的是鸳鸯、琥珀等几个丫头。紫鹃本来也是贾母身边的人，因为特别疼爱林黛玉，就把紫鹃派到黛玉房里。而鸳鸯是贾母最离不开的丫头，用现在的话说，她就是贾母的特别看护，同时也是特别助理。

如果仔细考量一下，就会发现那些能担当大事的丫头多数是经过贾母培训的。有趣的是，贾母的几个儿媳妇都没有这个本事。可见贾母在培训人方面很有经验，这意味着你既要有严格的管理，也得有对人性的了解。有时候我们看到某机关或某企业，常常是当权者做得不错，可是却很难带出新人，常常听到同龄的朋友抱怨，本来该要退休了，可就是找不到合适的接班人。这么说看上去是自己很重要，可是其实也说明了新人的培养没跟上，因为再大的企业和单位，都不可能永远不放手用新人。

贾母的了不起是她明白在人的管理方面，靠的不是客观的法律，而是只要把人培训好了以后，就可以带出好的制度来。所以凡是鸳鸯管的事，她就放心，有袭人、晴雯在宝玉那边，她也放心。这让我们再一次感受到贾母这棵大树的意义，从她这棵树上衍生出来的生命力是维系这个家族稳定和繁荣的主要力量。

我还特别希望大家能够了解，这些丫头们之间的感情也特别好，她们一起在贾母这里接受训练的过程中，一定共享过很多快乐，也分担过很多苦难，这种情感是一般人很难理解的。所以鸳鸯在看到司棋之后，内心才会那么矛盾，一方面说要死、要死；另一方面又要司棋放心，她绝不会跟别人讲。但“鸳鸯出了角门，脸上犹红，心内突突的，真是意外之事。因想这事非常，若说出来，奸盗相连，关系人命，还保不住带累了旁人”。她的内心一定有很多的感触，当年大家都是天真无邪的小女孩，如今大家都到了情窦初开的年纪，她对司棋又责备又谅解，其实也是她对自己的态度。最后她就拿定了主意，反正此事“横竖与自己无干，且藏在心里，不说与一人知道。回房复了贾母的命，大家安息。从此凡晚间便不大往园中来。因思园中尚有这样奇事，何况别处，因此连别处也不大轻走动了”。

司棋毁灭性的悲剧

与鸳鸯不同的是，司棋却一直吃不下饭、睡不着觉，可以想象，这个女孩子随时都处在极度的恐慌中，不知道哪一天会东窗事发。在某种程度上，司棋选择的是另一种形式的自杀，特别是在知道自己的爱情完全幻灭之后。

“原来那司棋因从小儿和他姑表兄弟在一处玩笑起住时，小儿戏言，便都订下将来不娶不嫁。”姑表兄弟是指司棋的妈妈是这个表弟的姑姑。他俩从小一起长大，所谓的“非你不娶，非你不嫁”，本来是小时候开的玩笑。我们在小的时候大概也开过类似的玩笑。可为什么这个玩笑对司棋来说这么严重？是因为没过多久，她就被卖到贾家做丫头了，从此以后，除了宝玉根本见不到几个男人，她的记忆里的男性就只有那个表弟了。因为身份地位，她是不可能嫁给宝玉的，而她身边又没有别的男人可嫁，所以她才会不断地去惦念这个表弟。在司棋的爱情里没有丝毫罗密欧与朱丽叶那样的浪漫，很大程度上是一种无奈。

表弟和司棋“近年大了，彼此又出落得品貌风流，时常司棋回家时，二人眉来眼去，旧情不忘，只不能入手”。“不能入手”是指他们没有任何私密的空间。现在年轻人可能不懂，情爱关系原本要有一个私密的世界，今天的年轻人会有很多私密空间。现在想想，我的童年就没有什么私密可言，这个私密空间还不只是没有自己的抽屉、自己的房间，还包括你无法私密地交往任何朋友。如果家长接到你朋友的电话，一定会问对方：“你是谁？找他什么事？”然后才肯把电话交给你。一直到高中，我的信父母都是可以随时拆开的，因为他们对你负有道德责任，我也觉得理所当然。就在短短的三四十年里，社会发生了很大的变化。我们现在所谓的隐私，其实是从西方学来的。司棋跟她表弟所谓的眉来眼去只能是一点默契或暗示，因为在大庭广众什么话也不能说，所以这个“入手”大家千万不要误会是干了什么事情，可能就是说一句“你爱我、我爱你”之类的话。

“又彼此生怕父母不从”，过去的一个男孩子要结婚，女孩子要嫁人，不是自己可以做主的，如果他们两个人提出要结婚，大概父母是不会答应的。这里面还卡着一道关口，司棋是签过卖身契的，她的婚姻是要由主人做主的，即使她父母愿意，也没有这个可能。如果主人允许赎身或者干脆同意他俩结合，那则是天大的恩赐。可见司棋的恋爱中存在多少障碍。

所以“二人便设法彼此里外买嘱园内老婆子们留门看道”。注意，私密空间如果是在违法的情况下展开是最危险的，以前在大学里，常看到半夜两点钟的时候女生宿舍里会跳出好几个人，墙那么高，学校还从国外进口了铁丝网都没有用，他会冒着很大的危险去做这件事。可是不知道为什么，我们能想到的只能是用高墙和铁丝网去防范，而不是另外的办法。比如为什么不试着让他们了解自己的情感，去疏导这份情感，如果一直把年轻人的情感看成禁忌，他们肯定要自己在暗地里摸索，最后很可能导致更大的悲剧。

司棋茶饭不思，起坐恍惚

在《红楼梦》里，作者没有明讲像司棋这样情窦初开的女孩子的巨大苦闷。她居然敢冒那么大的险去买通这个老婆子，这个老太婆一旦出卖她，她就完了，无法想象司棋的叛逆中隐含了多少悲壮。

书里说："今日趁乱，方初次入港。"大概就是抱了一抱，不知道接吻了没有。作者用了很委婉的语言"入手、入港"，其实就是他们见面了，私下说一说心里话儿，或者是彼此感受了一下身体的温暖。"虽未成双，却也海誓山盟，私传表记，已有无限的风情了。""虽未成双"，是指没做什么事情；"私传表记"，就是彼此留下了信物。后来司棋被发现的就是这个表弟送的一双鞋子。现在想起来蛮有趣的，爱情的信物竟然是自己穿过的一双鞋子，大概他家很穷，所以没有办法去买钻戒。在月黑风高的晚上幽会，彼此交换信物，就是那个年代最浪漫的恋爱了。可是很不幸，"忽被鸳鸯惊散"。我觉得"鸳鸯惊散"四个字很有趣，鸳鸯是个丫头的名字，可惊散的恰恰是一对鸳鸯。为什么不是别人发现了司棋的幽会，而偏偏是鸳鸯？这个名字本身就有很强的喻义，民间一直在讲"只羡鸳鸯不羡仙"，大家都很期待生命能够成双成对，为什么又要设置这么多障碍，使生命无法真正地彼此相爱？

"那小厮早穿花度柳，从角门出去了。司棋一夜不曾睡着，又后悔不来。"我想一个女孩子遇到这样的事情，一定吓死了。"直至次日见了鸳鸯，自是脸上一红一白，百般过不去。"迎春要去见贾母的时候，当然会带丫头去，而贾母旁边肯定站着鸳鸯，那种尴尬的感觉、复杂的情绪完全被形容出来了。"心内怀着鬼胎，茶饭无心，起坐恍惚。"经验多了以后，很多时候一眼就能看出一个孩子的心思。教书的时候，一看班上的哪个学生是这个样子，你就知道大概发生了什么事。情感的纠缠是非常苦的折磨，大概只有自己年轻过、经历过，才会对此有真正的同情。年长的人只有回忆起青春时犯过的过错，经历过的爱恨纠缠与折磨之后，才会对年轻一代的苦能够有体会。现在常常听到长辈指责年轻人，为什么明天要考试了，还跑出去打电话、去夜店谈恋爱到那么晚？因为他缺乏对青春的回忆。《红楼梦》一直在提醒我们，不管你是什么年龄段，都要看到另一代的美好岁月，都要对他们经历的美好、忧愁和煎熬能有一种谅解、多一点宽容。

这个司棋肯定要生病了，“茶饭无心，起坐恍惚，挨了两日，竟不听见有动静，方略放下了心”。可以想象这两天她有多难熬。“这日晚间，忽有个婆子来悄告诉他道：‘你兄弟竟逃走了，三四天没归家。如今打发人四下里找他呢。’”这句话才是司棋真正的致命伤，一个女孩子冒着生命的危险去约会她的爱人，最后被人发现都不是绝境，最大的痛苦和幻灭是她发现自己所爱的人根本不值得爱。我记得在中国的古典小说和戏剧里，很多故事都是围绕着这个主题展开的，书写的都是女性的某种哀怨。比如：杜十娘怒沉百宝箱，金玉奴棒打薄情郎的故事都是如此。

眼下的司棋就进入了类似的幻灭状态，司棋听说表弟逃走，“气个倒仰”。整个人就昏过去了，她的痛苦不是他们被人撞上，而是她要孤单地来承担爱情的苦果。“因思道：‘纵是闹了出来，也该死在一处。他自以为是男人，先就走了，可见是个没情意的。’”这是司棋最大的苦楚，男人可以走，可她连逃都没有地方逃。此时，被遗弃的荒凉跟痛苦一起爆发。“因此又添了一层气。次日便觉心内不快，百般支持不住，一头睡倒，恹恹的成了大病。”本来还只是担忧，现在是彻底的幻灭。

司棋、鸳鸯耳鬓厮磨的深情

下面这一段非常动人，可以看出一起被卖过来的这些小女孩之间的深情厚谊。

“鸳鸯闻知那边走了一个小厮，司棋又病重，要往外挪。”过去贵族家的用人生了病是要马上搬出去的，因为怕传染了主人。这些被卖的女孩子一旦回家，根本没有人照顾，更请不起医生，最后只能病死。“外挪”两个字看起来简单，其实后果不堪设想。如果在贾府就会得到照顾和治疗，所以，宝玉房里的丫头每次生病他都不让外人知道，记不记得那次晴雯生病，宝玉就偷偷地请医生为她看病。

听说司棋要往外挪，鸳鸯就有点紧张。她“心下料定：‘是二人惧罪之故，生怕我说出来，方吓到这样。’因而自己反过意不去”，觉得自己好像应该做点什么。“指着来望候司棋，支出人去”，注意这个动作，因为旁边有人不方便说话。她是贾母身边的首席大丫头，权威蛮高的，所以可以让边上的人都走开。“反自己立身发誓与司棋听，说：‘我要告诉一个人，立刻现死现报！’”不知大家感受到没有，比起司棋男朋友的逃跑，鸳鸯的这句重誓显得多么掷地有声！因此，大家一定明白曹雪芹为什么要为这些女孩子翻案，他一直觉得主流文化中的男性，往往在山盟海誓之后很快就忘掉了。反而是在这些女子身上，能看到真正的忠肝义胆。她安慰司棋说：“你只管放心养病，别白糟蹋了小命儿。”这其中有对司棋生命的真正疼惜，意思是你年纪轻轻的，干吗不好好活着？因为在司棋看来，一生的梦想都破灭了，活着已经没有任何意义了。

“司棋一把拉住，哭道：‘我的姐姐，咱们从小儿耳鬓厮磨。’”注意，人世间能够“耳鬓厮磨”的人其实非常少，为什么司棋会这么说，因为她们从八九岁起就在一起，是有难同当，有福共享的。“你不曾拿我当外人待，我也不敢怠慢了你。如今我虽一着走错，你若果然不告诉一个人，你就是我亲娘一样。”大家也许会觉得怎么能说得这么严重？可是细想一下，司棋是被亲生父母卖了的，在她看来，真正该感谢和可依靠的，不是亲生父母而是这些同病相怜的姐妹。记得西洋美术史中讲到过一个叫罗特列克的画家，是专门画蒙马特的舞妓的，这些妓女在接待了嫖客后会睡在一起，用彼此的体温去安慰对方。因为那是被男性蹂躏过的身体。那张画很有名，罗特列克看到了女性之间的情谊，看到了女性在身体受伤以后彼此的安慰和温暖。

《红楼梦》进入散的阶段

我想司棋跟鸳鸯就是这样的关系，司棋说：“从此后我活一日是你给我一日的。”意思是我活下去，只是为了你对我的这份心意，那个寄托了我所有希望的男人已经毫无意义。“我的病好之后，把你立个灵牌，我天天焚香礼拜，保佑你一生福寿双全。”尽管她知道自己生命已经要结束了，可是她还是希望鸳鸯能过得好一点。但我们知道鸳鸯也不可能好，贾赦还在虎视眈眈地要把她弄到身边去做小老婆。此时鸳鸯跟司棋之间的这种感情交流，变得非常动人。司棋说：“我若死了时，变驴变马报答你。”这些看上去蛮世俗的话，对于一个已经把自己的生命置放在绝望里的人来说，绝对是情深义重之语。

“再俗语说：‘千里搭长棚，没有个不散的筵席。’”注意一下“长棚”

是什么，就是古代如果有朋友、亲戚要远行，会在告别的地方搭个棚子，设酒宴来送行。白居易的《琵琶行》中的“浔阳江头夜送客”，就是在浔阳江畔搭了棚子来送朋友上路，我们今天大概很难在中正机场搭个棚子来喝酒送客。千里搭长棚，是因为舍不得，可司棋说的最后还是要散，人生哪有不散的筵席？这句话暗示着接下来的贾家将进入散的阶段。她说：“再过三二年，咱们都是要离这里的。”这句话最现实，很多读者可能体会不到它的重要性，因为再过两三年她们就十八九岁了，当时的女孩子到了这个年龄是不可能不结婚的，而这个结婚不是恋爱，而是说你一定要有一个配偶。当时有一种官方的媒人，会定期到各个贵族家里去看哪些男孩子、女孩子还是单身，由她们来帮忙撮合配对。说得好听点儿，就相当于现在的红娘网、婚恋网。所以不管司棋还是鸳鸯，如果没有主人的保护，再过两三年是一定要被发配的。

“再俗语说：‘浮萍尚有相逢日，为人岂无见面时。’倘或日后咱们遇见了，那时我又怎么报你的德行！”一面说，一面哭。我们知道这些女孩子都是文盲，可是她们常常能出口成章，让人感觉好像是中文系毕业的，其实是因为她们常看戏，能从中听到很多的诗句，随时拿来比喻人生。司棋对鸳鸯的一席话，大概是《红楼梦》中所有丫头最真切的心事。“这一席话，反把鸳鸯说的心酸，也哭起来了。因点头道：‘正是这话。’”回想起自己的小学毕业、初中毕业、高中毕业，大概都感伤过、哭泣过，可到了大学、研究所的时候，这种感伤明显没有了。因为长大了以后，你已经从青春期被推到成人期，内心那种对青春的疼惜慢慢变少了、变淡了。鸳鸯跟司棋的感伤是她们对生命的共同感伤。我一直说宝玉拒绝长大，拒绝面对十五六岁之后的人生，是因为这之后的生命让他难堪，承担的都是些肮脏的或者有杂质的东西。

鸳鸯说："我又不是管事的人，何苦我坏你的声名，我白去献勤？况且这事我自己也不便开口向人说。你只放心。从此养好了，可要安分守已，再不许行了。"这真有点像最疼爱学妹的学姐讲的话。"司棋在枕边点首不绝。"这一段真的很痛，司棋已经病到爬不起来了，只能在枕头上磕头，好像要向鸳鸯临终告别的样子。鸳鸯又安慰了她一番才出来。

王熙凤恃强羞说病

我们知道，鸳鸯是很少出去乱逛的，因为她是贾母身边的重要助手。可是因为抽空出来探望司棋，心情不好，又哭过，如果立刻回到贾母身边，很担心露出什么马脚，所以她就想找个地方绕一绕。"因知贾琏不在家中"，注意，我们要到谁家串门，先要问问丈夫在不在，如果不在，才决定去看他的太太，那这个丈夫就该检讨了。当然我们前面一直在说贾琏很懦弱，可就是因为太太管得太严，他永远像一个想犯规的小男孩，只要有一点点时间，就要去乱搞一下，以至于最后所有的女性只要听说他在家都不去，怕惹麻烦。尤其是鸳鸯，在她眼里贾家的这些男子都怪怪的，包括贾琏的父亲贾赦。

第七十二回里第一次暴露出一个问题——王熙凤的好强而造成的内伤，这也是鸳鸯发现的。她"这两日见凤姐儿声色怠惰了些，不似往日一样，因顺路儿也来望候。因进入凤姐院中来，二门上的人见是他来，便立身待他进去。鸳鸯刚入堂屋中，只见平儿从里间出来，见了他来，便忙上来悄声笑道：'才吃了一口饭，歇了午睡，你且别屋里坐着。'"不知道大家可不可以理解，平儿是王熙凤身边最得力的助手，只有她能决定王熙凤此时要不要见客。照理讲鸳鸯来看王熙凤是非常重要的事，因为鸳鸯代表着贾母的权威，可是平儿知道王熙凤身体不好，直接就替她挡了驾。可见特别助理很多时候需要拿捏分寸。因为平儿最了解底细，知道王熙凤病得很重。

“鸳鸯听了，只得同平儿到东边房里来。小丫头子倒了茶来。鸳鸯因悄问：‘你奶奶这两日是怎么了？我只看他懒懒的。’”鸳鸯是个细心的人，上一次王熙凤哭过也是她发现的，她不知道王熙凤病到什么程度，只是觉得有点不对劲儿。“平儿见房内无人，便叹道：‘他这懒懒的也不止一日了，这有一月之前便是这样。又兼这几日忙乱了几天，又受了些闲气，从新又勾起来。这两日比先又添了些病，所以支持不住，便露出马脚来了。’”意思是说被你看出来了。

“鸳鸯忙道：‘既这样，怎么不请大夫治呢？’平儿叹道：‘我的姐姐，你还不知道他那脾气的？别说请大夫来吃药，我看不过，白问一声儿：“身上怎样？”他就动了气，反说我咒他病了。’”大家一定会吃惊，真正的女强人竟然能逞强到这种程度。平儿明明看到她已经有点支持不住了，提醒她要不要休息一下，反而遭骂。有一种人的好强，就是拒绝去面对自己的弱。王熙凤的病其实完全由她的强悍上得的，强悍是她的致命伤。其实，最成功的人是可以面对失败的人，就像最强悍的人能够面对自己的柔弱一样。可是王熙凤身上缺少的恰恰是允许自己退下来的部分，她喜欢一直把自己撑在生命的高峰状态。外表上看风风光光，其实已经病到无力支撑。最让人惊讶的是，连平儿这么亲近的人，她都不肯说出实情。问题是，平儿怎么可能不知道？

平儿说："饶这样，天天还是查三访四，自己再不肯看破些，且养身子。"因为她是一个经理人，所以贾府上上下下的所有细节，她都必须过问。记不记得贾母曾问她，生日礼物里面有多少架围屏？她立刻回答得一清二楚，可见她每天都在查账，真有点要把自己耗尽的感觉。"鸳鸯道：'虽然如此，到底该请大夫瞧瞧是什么病，也都好放心。'平儿叹道：'说起病来，据我看也不是什么小症候。'鸳鸯忙道：'是什么病呢？'平儿往前又凑了一凑，向耳边说道：'只从上月行了经之后，这一个月竟沥沥淅淅没有止住。这可是大病不是大病？'"就是一个月来血流不止，只有平儿这种最贴身的人才会发现这件事，可是王熙凤不准她对别人讲，自己也不肯面对这个事实，甚至连医生也不让请，硬在那里死撑。这一回的回目是"王熙凤恃强羞说病"，在她看来有病是可耻的，她无法面对自己生命中的失败与脆弱。

"鸳鸯听了，忙道：'哎呦！依你这话，这可不成了血山崩了？'""血山崩"是当时民间对妇科病很严重的形容。"平儿啐了一口，又悄笑道：'你女孩儿家，这是怎么说，你倒会咒人呢。'鸳鸯见说，不禁红了脸，又悄笑道：'究竟我也不知什么是崩不崩的，你倒忘了不成，先我姐姐不是害这个病死了？我也不知是什么病，因无心中听见妈和亲家娘说，我还纳闷，后来也是听见妈细说原故，才明白了一二分。'平儿笑道：'你知道的，我也竟忘了。'"

官媒婆来贾家求亲

平儿和鸳鸯利用王熙凤在睡午觉的时间议论王熙凤的病情，透露出这个女强人已经不行了。本来，撑住贾府的大树是贾母，而贾母指定的接班人是王熙凤，如今王熙凤也出事了。所以第七十一回、七十二回之后，贾府一路下滑的感觉就出来了。

接着出现了一个不相干的女人朱大娘。“二人正说着，只见小丫头进来向平儿道：‘方才朱大娘又来了。我们回了他，奶奶才午觉。他往太太上头去了。’平儿听了点头。”朱大娘是做什么的，就是我刚才提到的“官媒”，是当时政府中特设的一种由中年妇女担当的官差，由她来打听哪一家的女用人该要嫁人了，哪一家的男用人要娶亲了，然后提供名册来做勾选。我们可能会认为，有这种人不是蛮好的吗？有点儿像现在的婚姻介绍所或者婚姻辅导员，可是因为牵涉太多利益，她们为了从中牟利会把很多不合适的人撮合在一起。传统小说跟戏剧里常常有这种角色，是丑角，常由男性反串，尖尖的嗓子，伶牙俐齿，很会骗钱，特别贪婪。

鸳鸯问：“那一个朱大娘？”这是作者很巧妙的写法，就是怕读者不了解。平儿说：“就是官媒婆那朱嫂子。因有什么孙大人家来和咱们求亲，所以他这两日天天弄个帖子来，赖死赖活……”“赖死赖活”就是死皮赖脸地一直来求。作者看上去轻描淡写，但官媒婆看中的其实就是司棋、鸳鸯她们这些人。其实是在告诉我们，这些女孩子都已经被盯上了，她们的命运很快就将被决定。“一语未了，小丫头子跑进来说：‘二爷来了。’”有没有发现鸳鸯是因为贾琏不在家才来的，没想到贾琏偏偏在这个时候回来了。

贾琏借钱的心机

下面这一段非常精彩。“说话之间，贾琏已走至堂屋门，口内唤平儿。

平儿答应着才要出来，贾琏已找至这间房内来，至门口，忽见鸳鸯坐在炕上，便煞住脚，笑道：‘鸳鸯姐姐，今儿贵人踏贱地！’”不知道大家能不能懂这个“贵人踏贱地”，贾琏是男主人，鸳鸯是用人，他之所以说你的贵脚踏我这个贱地，是因为她的背后有贾母。我们一再强调鸳鸯代表的是贾母的身份，从贾琏语言的柔软中，就能看出他肯定不怀好意了。因为通常求人做事、想要利用别人的时候，都是特别客气的。鸳鸯看到贾琏回来，本来是想走的。因为鸳鸯一直躲避跟贾家所有男人的接触，在丫头们的眼中，贾府的这些男性，文字辈的贾赦，包括玉字辈的贾琏、贾珍，都没有什么出息。

底下这场戏大家要特别注意。“鸳鸯只坐着，笑道：‘来请爷、奶奶的安！偏又不在家的不在家，睡觉的睡觉。’”说得好像很遗憾，其实都是表面上的应酬。贾琏笑道：“姐姐一年到头辛苦伏侍老太太，我还没看你去，那里还敢劳动来看我们！”又说：“正是巧的很，我才要找姐姐去。因为穿着这袍子热，先来换了袍子，再过去找姐姐去，不想天可怜，省我走这一趟，姐姐先在这里等我了。”一面在椅子上坐下。其实贾琏是要跟她商量很重要的事情，就是怎么样去偷贾母床底下的东西来当。可正是这种所谓有教养、讲体面的人家，在做这类事情的时候，一定要用其他的东西来掩饰。贾琏把鸳鸯留住，不能直接说出自己的要求，否则鸳鸯可能一下就吓跑了，他要用其他事情来带，这是一种技巧，也是一种心机。

“鸳鸯因问：‘又有什么说的？’贾琏未语先笑道：‘有一件事，我竟忘了，只怕姐姐还记得。上年老太太生日，曾有一个外路来的和尚，孝敬了一个蜡油冻的佛手，因老太太爱，就即刻拿过来摆着了。因前日老太太生日，我看古董帐上还有这一笔，却不知此时这件东西着落何方。

古董房的人也回过我多次，等我问准了好注上一笔。所以我问姐姐，如今还是老太太摆着呢，还是交到谁手里去了呢？'”“佛手”是一种水果，通常人们会用佛手去供佛，因为它有香味。“蜡油冻的佛手”，是以蜜蜡为材质做出来佛手的样子。我们知道在佛教的密宗里有几样公认的宝物，像琥珀、蜜蜡、珊瑚，等等。密蜡是一种比较珍贵的材质，相当于次宝石，又因为它跟宗教信仰有关，很多人认为它能对自己有所庇佑。贾母这种人见多识广，当时可能就是觉得好玩、好看，就留下来了，我们知道贾母连生日礼物都懒得看，大概就像小孩一样，一个东西玩腻了，就乱丢，可这个东西是要入账的。

“鸳鸯听说，便道：‘老太太摆了几天，厌烦了，就给了你们奶奶。你这会子又问我来。我连日子还记得，还是我打发老王家的送来。你忘了，或是问问你们奶奶和平儿。'”可见鸳鸯真的很得力，大大小小那么多事，可那个蜜蜡佛手是哪一天、叫谁来还的，她竟然记得清清楚楚。“平儿正拿衣服，听见如此说，忙出来回说：‘交过来了，现在楼上放着呢。奶奶已经打发过人出去说过给了这屋里了。他们发昏，没记上，又来叨登这些没要紧的事。’贾琏笑道：‘既然给了你奶奶，我怎么不知道，你们就昧下了？’平儿道：‘奶奶告诉二爷，二爷还要送人，奶奶不肯，好容易留下的。这会子自己忘了，倒说我们昧下。那是什么好东西，什么没有的物儿。比那强十倍的东西也没有昧下一遭儿，这会子又爱上那不值钱的！'”我们知道王熙凤跟平儿常常开贾琏的玩笑，就说东西给了他，两天就没有了，又不知道在外面认识什么小娟啊、阿红的，就送人家了。其实很多小细节都说明这些女性对贾琏不信任，这个懦弱、无能的男人一生做过的最伟大的一件事，就是偷娶了尤二姐金屋藏娇，最后还无法保护她。

“贾琏垂头含笑想了一想，拍手道：‘我如今竟糊涂了！丢三忘四，惹人抱怨，竟大不像先了。’鸳鸯笑道：‘怨不得。事情又多，口舌又杂，你再喝上两杯酒，那里清楚的许多！’一面说，一面就起身要去。”鸳鸯已经打定主意，尽量少跟贾家的男人在一起。

没落从内部腐败开始

“贾琏忙也立身说道：‘好姐姐，再坐坐，兄弟还有一事相求。’”现在你就知道刚才他的蜜蜡佛手之类的只是借口，为的是把鸳鸯留住，现在要讲的才是正事。“说着，便骂小丫头子：‘怎么不沏好茶来！快拿干净盖碗，把昨儿进上的新茶沏一碗来！’”看到这个贾琏的世俗了吗？在求别人的时候，一下子变得特别谄媚，目的无非是想让鸳鸯觉得舒服。岂不知鸳鸯不是这样的人，贾琏用官场上的那一套来对待鸳鸯是无效的。《红楼梦》中最值得玩味的东西就在这里，在开始的时候，读到的是小男孩、小女孩在一起写诗作画，看花开花落，一派天真烂漫。可是读到这个时候，你会看到大人的世界里充满心机，全是算计。其实鸳鸯很单纯，如果你真的跟她讲，我现在手头有点周转不灵，你能不能帮帮我，她未必不帮。可是对于贾琏这种在官场混常了的人来说，就觉得一定要给人家点什么好处，比如只有把泡给皇帝喝的茶泡给你喝，你才会帮我的忙。可是我们知道鸳鸯是能为司棋两肋插刀，而不要一点好处的人。

“说着向鸳鸯道：‘这两日因老太太的千秋，所有的几千两银子都使了。’”这也很可怕，过个生日就花掉几千两银子，不知道贾琏有没有夸张。可以对比一下，记得当年王熙凤只给了刘姥姥二十两银子，她就回去用了整整一年。“几处房租、地租通在九月才得，这会子竟接不上。”贾家有很多地和房子租给别人，也有收入，可是要到九月才能到账，周转不灵了。“明儿又要送南安府里的礼，又要预备娘娘的重阳节礼，还有几家的红白大事，至少还得三二千两银子用，一时难去支借。”还记得南安太妃吗?她来的时候见的五个小孩都送了礼，官场上讲究礼尚往来，看到这些数字让我们惊讶的是，官场中人过的日子和民间百姓过日子竟然能差这么多。我们今天看到一个贪污受贿案一发，动辄上亿，常会惊讶，心说怎么会用这么多的钱，因为在我们的生活里，不可能要花这么多的钱。我想这里暴露的也是清代官场的腐败。

接下来，他就开口了：“俗语说，‘求人不如求己’。可怎样呢?说不得姐姐担个不是，暂且把老太太用不着的金银家伙偷着运出一箱子来，暂押千数两银子支腾过去。不上半个月的光景，银子来了，我就赎了交还，断不能叫姐姐落不是。”注意，这是一个孙子在拜托祖母的特别助理把那些用不着的金银器偷一箱出来，鸳鸯听了，笑道：“你倒会变法儿，亏你怎么想来？”如果我的祖母是董事长，我跟她的特别助理说，你可不可以把她的公款挪一点给我。这个特别助理肯定会说，你怎么会动脑筋动到这里来了?

贾琏笑道：“不是我扯谎，若论除了姐姐，也还有人手里管的起千数两银子的事，只是他们的为人都不如你明白有胆气。我若和他们一说，反吓住了他们。所以我‘宁撞金钟一下，不打破鼓三千’！”这明显是在拍马屁了。“一语未了，忽有贾母处小丫头子忙忙走来找鸳鸯，说：‘老太太找姐姐，这半日我们那里没找到，却在这里。’鸳鸯听说，忙的且去见贾母。”至此，贾琏最后到底是否借到钱我们还不知道，可是重点在于孙子辈的已经开始打老祖母的主意了，表明这个家族已经不可救药了。

千万不要以为一个家族的没落只是抄家或者充公之类的事情，这种没落绝对是从内部开始的。我跟很多朋友提起，曾经从国外买了一整套的大英百科全书，摆在那里来不及拆封。有一天去搬的时候，发现里面竟然全部被白蚁蛀空，大概因为放在角落里太潮湿了，结果一箱子书全部被吃光，外面的空壳子看上去还好好的。可见没落、腐败从内部开始是最恐怖的，现在的贾家就有点这样的感觉，相信接下来大家会有很深的感触。

王熙凤侮辱贾琏

更精彩的是，接下来你会发现王熙凤根本没有睡着，她在里屋把贾琏借当的事全听到了。"贾琏见他去了，回来瞧凤姐。谁知凤姐早已醒了，听他和鸳鸯借当，自己不便答话，只躺在炕上。听见鸳鸯去了，贾琏进来，凤姐因问道：'他可应了？'贾琏笑道：'虽然未应准，却有几分成手，须得你晚上再和他一说，就十分成了。'"有没有发现其实他们夫妻俩事先是有默契的，丈夫先提一提，妻子再去说说，等于是夫妻两人在扮演不同的角色。

凤姐笑道："我不管这事。倘或说准了，这会说得好听，有了钱的时节，你就丢在脖子后头了，谁和你打饥荒去？倘或老太太知道了，倒把我这几年的脸面都丢了。"我们知道前面已经发生过，贾琏曾趁王熙凤生病，在外面买了房，养了个小老婆。王熙凤当然知道丈夫是什么货色，她之所以管得严，也是因为这个丈夫太不成器。记不记得尤二姐死的时候，贾琏连殡葬的钱都没有？贾琏就来软的，说：“好人，你若说定了，我谢你如何？”凤姐笑道：“你说，谢我什么？”凤姐其实蛮坏的，她明知道这个家的经济大权掌控在自己手里，还问你有什么东西可以谢我。贾琏笑道：“你说要什么，就有什么。”平儿就在旁边帮忙，笑道：“奶奶倒不要谢的。昨儿正说，要作一件什么事，却少一二百银子使，不如借了来，奶奶拿一二百银子，岂不两全其美。”等于是事情成了，大家都有分红。凤姐笑道：“幸亏提起我来，就是这样罢了。”

贾琏有点生气：“你们太也狠了。你们这会子别说一千两银子的当头，就是现银子要三五千两，只怕也难不倒你。不和你们借就罢了。这会子烦你说一句话，还要利钱，真真了不得！”当然，这其中有一部分是夫妻之间在开玩笑、调侃，未必当真。但大家要注意作者笔下的现实人生，前面鸳鸯跟司棋这两个完全没有财产的小女孩，可以有那样的忠肝义胆，而这一对夫妻之间涉及利益竟然能计较到这种程度。

我的意思是说，好的文学就是能让你感觉亦真亦假，王熙凤未必真想要这一二百两银子，因为贾琏说的话有点难听，“凤姐听了，翻身起来”。别忘了她正在生病，可王熙凤这个人就是容易冲动，因为她太好强，最怕别人侮辱她，她一下子就火了：“我有三千、五万，不是赚的你的。”我想通常夫妻之间的财产，如果是小家庭的话，一般不会怎么计较。可是在古代社会存在婆家、娘家的问题，意思是你作为一个丈夫，给过我什么？我的钱都是从娘家带来的，事实上在王熙凤面前，贾琏没有任何尊严。

王熙凤牢骚满腹：“如今里里外外上上下下背着我嚼说我的不少，就差你来说了，可知没家亲引不出外鬼来。”意思是说所有周刊、报纸都说我吝啬、严苛、刻薄，就是因为你也这么说。“我们王家可那里来的钱？

都是你们贾家赚的！”这是反话，这其中的意思大家可能不太容易懂，一旦两个家族都是豪门，就会比较。比如你们贾家算什么东西，我们王家现在如何如何，夫妻之间说起这些真的有点伤感情。可是贾家处在没落时期，而王家则正在兴盛期。一家起一家落的时候，王熙凤就会觉得我嫁给你图什么？还要反过来被你奚落！所以她才会说："别叫我恶心了。你们看着你们石崇、邓通。"石崇是西晋时期的大富豪，曾与晋武帝的舅父王恺比奢侈斗富。王恺饭后用糖水洗锅，石崇便用蜡烛当柴烧；王恺做了四十里的紫丝布步障，石崇便做五十里的锦步障。邓通是汉朝皇帝准许私铸铜钱的人，他可以私自印钞票，想印多少就印多少。所以石崇、邓通是古代最有钱的两个人。下面这个话更难听："把王家的地缝子扫一扫，就够你们过一辈子的了！”

我想一个太太跟丈夫说出这种话，真是蛮伤感情的，可是王熙凤的嘴巴就是这么不饶人。所以一般人都认为在《红楼梦》没有写完的那部分，王熙凤最后肯定被贾琏整得很惨，因为贾琏一直活在她的侮辱里。所谓的"一从二令三人木"的判词预设了王熙凤的悲惨下场。可是你现在看到她的语言，你就觉得蛮可怕的："说出来的话也不怕臊！现有对证：把太太和我的嫁妆细细的看看，比你们的那一样是配不上的！”太太是谁？王夫人，也是王家嫁过来的。由此我们知道很多家族的所谓婚姻，其实是在比聘礼跟嫁妆。

现在我们活得蛮幸福的，一般小家庭的婚姻根本不会扯到这些。记得当时我弟弟娶太太时，娘家要求用现宰的半只猪做聘礼，我们一大早就跑到屠宰场想办法弄到，因为人家指定是要当天早上的，最倒霉的是一定要我扛着送去。印象好深好深，因为是弟弟的婚事，你非做不可，我就扛着那半只猪累得要死。关键是那个感觉很奇怪，因为那只猪还有体温，弄在身上很不舒服。好不容易扛到了，我很有礼貌地放下来，最糟糕的是，娘家只切了一块下来，说意思一下就好，其余的我还得再扛回家。现在想想，小门小户的婚姻里其实有一种真正的温暖。

王熙凤把话都讲到这种程度了，彼此怎能有感情？我想贾琏要在外面没有外遇也很难，因为他在王熙凤面前永远是一个受伤的、被踩在脚下的角色，男性的尊严已经荡然无存，也许只有另外的女人才会让他觉得温暖，比如尤二姐。

这个贾琏真是有点窝囊，一见太太动了怒，他赶紧让步，笑道："说句玩话就急了。这有什么这样的，你要使一二百两银子值什么！多的没有，这还有，先拿进来，你使了再说，如何？"凤姐道："我又不等着含口垫背，忙了什么。"王熙凤的性子很烈，一旦被激怒，很难再讨好。"含口垫背"是指人死之后，嘴里要含颗珍珠，背底下要垫块玉。贾琏说："何苦来这么着，不犯着这么肝火盛！"凤姐的厉害到这个时候才真正显现出来。"凤姐听了，又自笑道：'不是我着急，你说的话戳人的心。我因为想着后日是尤二姐的周年，我们好了一场，虽不能别的，到底给他上个坟烧张纸，也是姊妹一场。他虽没留下个男女，不要"前人撒土迷了后人的眼"。'这一语倒把贾琏说没了话，低头打算半晌，方说道：'难为你想着，想的周全，我竟忘了。既是后日才用，明日得了这个，你随便使多少就是了。'"谁都不会相信凤姐真的会去做这件事，这就是凤姐的两面性，把这个人前前后后的为人处事连起来看，你会觉得害怕。在尤二姐死的时候，她是连棺材钱都不给的，可是现在她忽然说，我要钱为的是祭奠尤二姐。

来旺妇倚势霸成亲

下面就转到了旺儿媳妇，旺儿媳妇是王熙凤的陪嫁丫头，等于是她很得力的身边人。旺儿帮着王熙凤在外面放高利贷、包揽诉讼，王熙凤就把她自己的陪嫁丫头嫁给了旺儿。“一语未了，只见旺儿媳妇走进来。凤姐便问：‘可成了没有？’”读者看到这里，不知道指的是什么事，接下来才知道旺儿媳妇是想为她的儿子说亲。旺儿媳妇道：“竟不中用。我说须得奶奶作主就成了。”意思是只有你出面，事情才能办成。“贾琏便问：‘又是什么事？’凤姐便道：‘不是什么大事。旺儿有个小子，今年十七岁了，还没得女人，因要求太太房内的彩霞，不知太太怎么样，就没有计较得。前日太太见彩霞大了，二则又多病多灾的，因此开恩打发他出去了，给他老子娘随便自己拣女婿去罢。’”注意“打发”二字，贾府的丫头一旦到某个年龄，没有什么用的就要“打发”出去。有用的就不会，比如鸳鸯很有用，贾母就不会打发她，他们根本不考虑这些女孩子要不要结婚或者恋爱，只是看你在我身边还有没有用。

“因此旺儿媳妇来求我。我想他两家也就算门当户对的，一说去自然成的了，谁知他这会子来了，说不中用。”“不中用”，就是人家对方不愿意。贾琏道：“这是什么大事，比彩霞好的多着呢！”在贾琏看来女孩子多的是，干吗一定要彩霞？可是大家读下来就会发现，为什么王熙凤一定要说成这门亲？因为在她眼里这件事情关系到政治，如果这个事不成，就是不给她面子，所以她一定要把这件事办成。可是这其中牵涉到一个女孩子的命运，彩霞的一辈子就这样完了。

“旺儿家的赔笑道：‘爷虽如此说，连他家还看不起我们，别人越发看不起我们了。'" 有没有发现一下子就涉及了等级？在我们看来谈恋爱就是谈恋爱，情不投意不合就算了，可是在古代社会里，贾琏、王熙凤和旺儿媳妇，都觉得去求亲没有成功是丢脸的事，这就变得很恐怖了。《红楼梦》此时让一个单纯的青春王国忽然掉到成人世界的复杂当中。其实这个观念在当今社会还存在，就是把两个人的事当成两个家族间的事，介入很多复杂的社会因素。所以来旺媳妇说："好容易相看准一个媳妇，我只说求爷奶奶的恩典，替我做成了。奶奶又说他必肯的，我就烦了人过去一试，谁知白讨了一个没趣。" 有没有发现旺儿媳妇是在有意挑拨是非，意思是她不是看不起我，是看不起你王熙凤。这下王熙凤就急了，心说我们王家怎么可以落到连个彩霞家都搞不定的地步。一个人想要证明自己的权势时，几乎每一分、每一秒都要告诉所有人我的权势在哪里。王熙凤被旺儿媳妇一挑拨，就打定主意一定要把这件事促成，注意，她关心的既不是旺儿的儿子，也不是彩霞，而是自己的脸面。

旺儿媳妇还说："若论那孩子倒好，与我素日合意儿，是他心内没有甚说的，只是他老子、娘两个老东西太心高了些。" 可是她隐瞒了一个重要事实——自己的儿子很不成器。后来管家林之孝对贾琏说："依我说，二爷竟别管这件事。旺儿的那小子虽然年轻，在外头吃酒赌钱，无所不至。虽说都是奴才们，到底是一辈子的事。彩霞那孩子这几年我虽没见，听得越发出挑的了，何苦来白糟蹋他做什么！"

可就是这"一语戳动了凤姐和贾琏"，注意，本来凤姐就在跟贾琏比娘家、婆家的家世、聘礼，这是最好的证明自己权势的机会。作者的了不起在于，一路写下来，我们才知道所谓的弄权就是你会在不知不觉中摆出架势，让尽可能多的人按你的意志行事。"来旺妇倚势霸成亲"是《红楼梦》里的一件小事，可是读到这里，你会觉得蛮可怕的，贾琏跟王熙凤都觉得如果这件事情说不成就脸上无光。

“凤姐因见贾琏在此，且不作一声，只看贾琏的光景。”这就是凤姐的厉害之处，对一个“惧内”的丈夫来说，太太在关键时刻一语不发是最恐怖的，本来“贾琏心中有事，那里把这点子事放在心上”。他满心想的是要借的那两三千两银子。可“待若不管，只是看着他是凤姐儿的陪房，且又素日出过力的，脸上过不去，因说道：‘什么大事，只管咕咕唧唧的。你放心且去，我明儿作媒，打发两个有体面的，带着定礼，就说我的话。他十分不依，叫他来见我。’”贾琏不是什么不得了的人，可是这句话一出口彩霞家绝对不可能不答应，因为你是奴才，有卖身契在人家手里，可见有时候一旦权力在手，说话就很难掌握后果，他自己体会不到事情的严重性。贾琏此时一心想抓紧时间弄钱，多少有点不耐烦，就随口讲了这么一句。

旺儿媳妇大概还有点半信半疑吧，就看着凤姐。“凤姐看着旺儿家的，便扭嘴儿。”意思是说赶快磕头啊，事情已经成了。此时大家最心疼的应该就是彩霞，王熙凤只一个眼神、一个表情，一个女孩子一生的命运就被决定了。“旺儿家的会意，忙爬下就给贾琏磕头谢恩。贾琏忙道：‘你只给你姑娘磕头。我虽如此说了这样行，到底也得你姑娘打发个人去，叫他女人来，和他好说更好些。虽然他们必依，这事也不可太霸了。’”意思是表面上不能太霸道。可见“来旺妇倚势霸成亲”，其中不仅有上层主人的问题，也有下层的问题，最本质的问题是原本单纯的青春被破坏、被污染了。

彩霞被牺牲的命运

贾琏说完以后，凤姐就说：“连你还这样开恩操心呢，我倒反袖手旁观不成？”这就有点夸奖贾琏了，大概觉得之前贾琏被她骂得够惨的了，所以就稍微柔软了一点。

又跟旺儿媳妇说：“旺儿家的，你听见了。说了这事，你也忙忙的给我完了事来。说给你男人，外头所有的帐，一概都赶今年年底下收了进来，少一个钱我也不依。我的声名不好，再放一年，都要生吃了我呢！”大家有没有注意到这其中的利害关系？为什么王熙凤要帮旺儿媳妇？因为她所有在外面放的高利贷，都是旺儿在管。“声名不好”，是指“周刊”可能要报道了，这个舞弊案就要被揭发了！可是夹在这里面的那个女孩子彩霞，做梦也想不到自己的命运会跟放高利贷有关，《红楼梦》的精彩在于它把所有舞弊案的内在牵连都写出来了。

旺儿媳妇笑道：“奶奶也太胆小了，谁敢议论奶奶？”可见一旦一个社会没有公正的监督系统，权力集团可以胆大妄为到什么程度。这个话出自一个丫头之口，可见那些下人也在利用王家的势力为非作歹。“若收了时，公道说，我们倒还省些事，不大得罪人。”她的意思是说其实你也不需要这个钱，倒是很多人可以靠这个高利贷过日子。这是一个很复杂的逻辑，有些穷人已经到了活不下去的地步，借高利贷等于是在饮鸩止渴。《红楼梦》更深一层揭示的就是整个社会大的经济环境，有些人要靠高利贷过日子。作者通过这样一个小小的事件，让我们看到这个家族一步一步走向败落的诸多原因。

凤姐打点政治关系

凤姐冷笑道："我也是一场痴心白使了。我真个的还等钱作什么，不过为的是日用出的多，进的少。这屋里有的没的，我和你姑爷一月的月钱，再连上四个丫头的月钱，通共一二十两银子，还不够三五天的使用呢。若不是我千凑万挪的，早不知道过到什么破窑子里去了。如今倒落了个放帐破落户的名儿。"这当然有点当着下人哭穷的意思，我们都知道王熙凤未必真的到了这个地步。可这里点出了一个问题，贾母那一代人创业的时候，家族的应酬还没有那么多。现在富贵了四五代之后，社会关系和官场关系，都需要更多的钱去打点，而贾家的产业收入又不够，所以这个家族最后肯定会入不敷出。

她说："我比谁不会花钱？咱们以后就坐着花，花到多早晚再说。这不是样儿么，前儿老太太的生日，太太急了两个月，想不出法儿来，还是我提了一句，后楼上有那没要紧的大铜锡器四五箱子，拿弄了三百银子，才把太太遮羞的礼儿搪过去了。"这个家族的应酬花费太大了，如果只是一种亲友之间的礼貌还好说。可是，接下来夏太监一来，你就明白应酬竟然是至关重要的政治关系，不打点，你的官就做不下去。这个时候的贾府真的有点骑虎难下了。

"我是你们知道的，那一个金自鸣钟卖了五百六十四两银子。没有半个月，大事倒有十来件，白填在里头。今儿外头也短住了，不知是谁的主意，搜寻上老太太了。明儿再过几年，各人搜寻到头面衣服，可就好了！"可底下的用人很好玩，旺儿媳妇就觉得王熙凤是在哭穷，她说："那一位奶奶太太的头面衣服折变了，不够过一辈子的？只是不肯罢了。"用人肯定不了解其中的苦衷，贵族头上戴的首饰、身上穿的衣服也是一种官场文化，你不能光溜溜地出去，官场上的所有应酬比的就是穿戴。有一次我在一个宴会上听人说，那个部长太太的身上，从耳环到项链、手镯最少三千万台币，我乍一看还以为是塑胶的，咱们普通人看不出来，他们暗地里是较着劲的。

贾家即将不保

凤姐接着讲了件事很惊人，她说："昨儿晚上忽然作了一个梦，说来也好笑，梦见一个人，虽然面善，却又不知名姓，找我。问他作什么，他说娘娘打发他来要一百匹锦。我问他是那位娘娘，他说的又不是咱们家的娘娘。我就不肯给他，他就上来夺。正夺着，就醒了。"注意,《红楼梦》可以用现代心理学去看，所谓弗洛伊德的潜意识是非常奇怪的一个东西，王熙凤梦见有人来抢东西，我觉得这是抄家的暗示。前面讲过，曹家的江宁织造，等于是清朝最肥的一个国营企业的主管。一旦你的位置是一个肥缺的时候，觊觎的人就会很多，此梦预示着曹家的肥缺即将不保。

"旺儿家的笑道：'这是奶奶的日间操心，常应候宫里的事。'一语未了，人回：'夏太府打发了一个小太监家来说话。'"大家刚开始看的时候可能不明白，会以为这个小太监来报告什么事情。可是你看贾琏的反应："贾琏听了，忙皱眉道：'又是什么话？一年他们也搬够了。'"细心的读者会发现这个夏太监一年要来好几次，太监是皇帝身边可以随时打小报告的人，这种人最难伺候，但他关乎你的政治前途。在一二十年前，就听说过说安排某某人跟某某人打一次高尔夫球要收多少钱，负责安排的人是谁？就是夏太监这样的人，他不出面安排，你就没有机会接触到你要接触的人。贾琏的这句话看似轻描淡写，却说出了他们的苦衷。大家可能会想你做部长、做院长的还有什么难处，皱什么眉头？可实际上他们眉头皱得比我们多，因为他们的世界太复杂。

凤姐道："你藏起来，等我见他，若是小事罢了，若是大事，我自有话回他。"这是凤姐了不起的担当，她比贾琏还了解官场的复杂，觉得这个时候有男人在反而比较麻烦，她也知道贾琏无能，一旦处理不好，贾家跟王家都要完蛋。"贾琏便躲入套间去。这里凤姐命人带进小太监来，让他椅上坐吃茶，因问何事。那小太监便说：'夏爷爷因今儿偶见一所房子，如今竟短二百两银子，打发我来问舅奶奶家里，有现成的银子暂借一二百两，过一两日就送过来。'"你看这个话讲得多漂亮，绝对不能说要，一定是借。刚才贾琏说一年来了这么多次，也搬够了吧，你就知道他是绝对不会还的。千万别傻到有一天官场上有人来跟你借了钱，你到时候还跑去说，不是说好一两天就还吗，那肯定完蛋了。

"凤姐见说，笑道：'什么是送过来，有的是银子，只管先兑了去。改日等我们短了，再借去也是一样。'"这就是凤姐了不起的地方，她知道这个人得罪不起，不管有钱没钱一定要先答应，而且不用还。"小太监道：'夏爷爷还说了，上两回还有一千二百两银子没送来，等今年年底下，自然都一齐送了过来。'"前面已经有两次了，一千二百两银子，加上这一次的二百两，就是一千四百两银子。凤姐笑道："你夏爷爷好小气，这也提在心上。我说一句话，不怕他多心，若是这样记的清还我们，不知还了多少了。只怕没有；若有，只管拿去。"这是真正官场上的人说的话，也是王熙凤的气派。记住，如果对方真要还你钱你就要小心了，那说明你在职场上要出事了。

“因叫旺儿媳妇来：‘不管那里先支二百两银子来！’旺儿媳妇会意，说：‘我才因别处支不动，才来和奶奶支的。’凤姐道：‘你们只会里头来要钱，叫你们外头弄去就不能了。’说着叫平儿：‘把我那个金项圈拿出去，暂且押四百两银子。’平儿答应着，去了半日，果然拿了一个锦盒子来，里面两个锦袱包着。打开是一个金累丝攒珠的，那珍珠都有莲子大小；一个点翠嵌宝石的。两个都与宫中之物不离上下。”记得第一次看《红楼梦》的时候我就觉得好可惜，这么漂亮的首饰就这样当掉了。

“一时拿去，果然拿了四百两银子来。凤姐命与小太监打叠起一半，那一半命人与了旺儿媳妇，命他拿去办八月中秋的节礼。那小太监便告辞，凤姐命人替他拿着银子，送出大门去了。这里贾琏出来笑道：‘这一起外祟何日是了！’”“外祟”就是邪魔歪道，每天都有来要钱的人。凤姐笑道：“刚说着，就来了一股子。”贾琏道：“昨儿周太监来，张口一千两。我略应的慢了些，他就不自在。将来得罪人之处不少。这会子再发个三二万两银子的财就好了。”他们一面说着话，“一面平儿伏侍凤姐另洗了面，更衣往贾母处去伺候晚饭”。

大家读到这里，就知道贾家抄家是迟早的事情，因为总有一天会打点不周。老太监走了有新太监，今天的小太监有一天会变大太监，他特别熟悉规则，知道怎么要钱，这样的官场恶习一直累积，可以吃空整个国家、瓦解整个社会。曹雪芹的这本书，在七十回以后越来越明显地是一本批判小说。前面你觉得是在写青春男女的爱情，越往后批判性越强。因为他真切地体会了自己家族败落的巨大悲剧，全书运用非常精彩的细节来折射许许多多的关系。

第七十三回

痴丫头误拾绣春囊
懦小姐不问累金凤

绣春囊事件

如果我们以八十回《红楼梦》作为整体的话，就能清楚地看到第七十三回是个关键的转折点。这一回里发生了一件比较重要的事情，本来大观园里的小女孩、小男孩，都生活在一个非常单纯、非常清静的青春王国里，但忽然有人发现了一个“绣春囊”，用现在的语言来讲，就是黄色书刊或者A片之类的东西。

作者专门挑出这样一件事来讲，是因为他觉得大观园里的孩子们长大了。“长大”其实是很暧昧的一个词，就是他们的身体开始发育了。大人对于孩子的发育，并不怎么清楚。其实很简单，就是身体有了变化，大家对这个变化是多少有点紧张甚至恐惧的。所以我觉得如果一个正常的社会，对于孩子正在发育的身体能够有个健康的态度，至少让他们不会有太多的惊恐。但这个问题直到今天恐怕都没有太大的改变，身体发育仍然是孩子们的隐私，他们依然在自己摸索身体的成长。“绣春囊”事件引起了三百多年前的那些大人的紧张，王夫人拿到这个东西以后，第一个反应是说，糟糕，我的儿子宝玉长大了，他身边都是坏女人！她从来没有想到最可能有这个东西的是宝玉，因为宝玉是男孩子，而且他常常在外面跑，尤其是宝玉身边的那几个用人，他们比宝玉大一点，在社会上混得多。到第七十四回就开始在一天夜里偷偷地抄检女孩子的东西，看到底谁在看黄色书刊，谁在看 A 片。

仔细想想，你会觉得很好玩，这种情况跟当今社会竟然没有太大的差别，我印象中，读中学的时候，老师会忽然来查大家的书包，查到某某人在看黄色书刊。现在想起来蛮好笑的，那个黄色书刊可能就是一幅穿泳装的女人的图片，也不知道那个同学是从哪里搞来的。其实那张图片本身没有多严重，查抄的事构成的紧张恐慌，却变成了每个人最深的记忆。回想起老师查书包的过程，所有的人都吓坏了，大家刚上初一、初二，不知道发生什么事情，也不知道什么叫黄色书刊。然后就看到几个讲话声音已经变了的男孩子被抓出来，面红耳赤地被斥责，大概那个年代这种刊物还很少，当时班里引起了轩然大波。

所以我在阅读第七十三回的时候感触蛮深的，自古以来大人对待青少年性的问题的态度几乎就没有太大的变化。我所说的大人包括父母、长辈，也包括学校的老师。抄检所造成的惊恐可能比性本身要严重得多，如果一个社会能给正在发育中的青少年一个空间，跟他们谈谈身体以及身体上的一些变化，消除他们对自身发育的恐慌，将是非常大的进步。

赵姨娘告状

这回开头有一段小小的插曲，其中的关键人物是赵姨娘，她的儿子贾环和宝玉相比，老是给人感觉长得也不够好看，也不够聪明。赵姨娘心里记恨宝玉，这种恨很难解释。因为首先她是个妾，她儿子地位就比较低，加上人不怎么有出息，长得又不漂亮。可做母亲的一定不这样认为，她会觉得别人都在加害她的儿子。所以她就跟贾政告密说现在宝玉长大了，每天跟那些丫头搞来搞去的。这都跟第七十三回的青少年所谓的“性”被拿来大动干戈有关。

有趣的是，大家常常会自然而然地把很多事牵连在一起。大概在上中学那个年龄段，大家都有个经验，就是大人一旦说你最近功课不好，就会追问是不是谈恋爱了什么的？因为他们会自然地把这两件事情挂在一起。前些年还看到台北著名的女子高中的学生，与同样著名的男子高中的学生恋爱，男孩子在校门口等她。大概等了很久，见面后就忍不住在她脸上亲了一下。没想到这件事闹得蛮大，后来竟然连报纸都有报道。从另外一个角度看，同样一种行为，比如在某个年龄段的爱情，可以是他走向所有荣耀的起点。如果一旦被误读，就可能变成他所有污秽的起点。所以我自己一直提醒身边的朋友，人只有到了某个年龄，才能发现十五六岁的时光有多么美好。我很喜欢看那个年龄的小孩子，看他们想传达爱意的时候有一点害羞，又有一点腼腆的样子。

赵姨娘密报了宝玉的行为后，赵姨娘底下有个叫小鹊的小丫头就跑到宝玉那边报警说：老爸明天大概会整你！凡是有人密报说他最近不太用功，在外面交女朋友或者上网之类的，爸爸检查的方法就是背书。

小鹊只是一个小丫头，本来这不关她的事，可是在学校待过的人都知道，学长、学弟、学姐、学妹之间会有一份很私密的情感，彼此会通报说哪一个训导主任或者教官最近准备查你，最好小心一点，这是青春王国里的攻守同盟。我自己担任过学校的行政工作，跟学生之间常常有点谍对谍的感觉，其实在看到这些小孩子之间用攻守同盟来防备你的时候，你会有另外一种欣喜。那样的事我们年轻时候也做过，比如当年我们兄弟姐妹六个人就常常会瞒着父母一起去做件什么事。如今，我们还常回忆起那种快乐，这种快乐很难解释，但那绝对是只属于青春的快乐。所以，大人如果能理解这些孩子在形成自己的王国、有自己的秘密跟心事的时候，不见得一定去拆毁，不妨换个角度去欣赏。

当然，这是件两难的事，因为以大人或者成人的角度，对年轻人会有很多担心和关心，可是这种担心和关心有时候会变成借口，变得没有界限。第七十四回抄检大观园的时候，就不允许这些孩子在大观园里有任何私密空间。我们还是要问，这个年龄段的孩子到底应不应该有自己的私密空间？其中的哪些部分是他们可以自己去处理的？是不是说我把你的私密空间全打开，我就全负责了。我觉得这个“全负责”可能会使孩子永远无法长大。第七十三回到第七十四回，我一直觉得可以用来思考青少年的“性”问题在今天教育里的出路。

青春的分享与分担

接下来这一段写得极好，听说明天老爸会抓宝玉去考试，整个怡红院，就是宝玉的宿舍便开始闹翻天了。大家就开始点灯的点灯，倒茶的倒茶，为的是让他好好读书。然后就规定所有的小丫头都不准睡觉，要熬夜陪着宝玉补课。我想所有学生都做过类似的事，明天要抽考了，大家忽然都发疯一样地背书。这一段写得真是精彩，其实那些小丫头很可怜，因为白天在提水、打扫，忙得要命，又根本听不懂宝玉在读什么，当然忍不住就要打瞌睡。

我觉得曹雪芹一直在用青少年时的那种很奇特的友谊在写这本小说，所以很多人把《红楼梦》说成是所谓的爱情小说未必正确，其中有很真切的青少年之间的同伴情感。这种情感意味着能跟同伴分享跟分担所有的美好和痛苦，比如那个穿着泳装的女人照片，是彼此要分享的；分担是说一旦有谁奥数考得不好，大家就会帮他担着。印象很深的是有一段时间我喜欢文学，数学弄得有一点差，就会有同学刻意把位子换到我旁边，一定要帮我把那次数学考过。我跟他说我不想作弊，他竟然很生气，几乎要跟我闹翻了，说我全都帮你打点好了，你只要照抄就行了！现在回想起来这种感情很奇怪，他就觉得你不能继续不及格，不及格的话大家会都不开心。

现在想来，我之所以至今还会欣赏孩子们之间的私密，是因为我曾经有过类似的经历。当然，作弊是不好的，可是那个作弊里承载着一份情谊，他真的是说通了所有的人费了好大的劲才换到我的旁边，一定要帮我把数学考过。能为朋友两肋插刀，恐怕是人在青春时期最美好的记忆。这个晚上闹翻了天的怡红院，对于中年落魄的曹雪芹来说，恐怕也是一段最美好的回忆。因为这给他留下的并不是哀伤，而是那个晚上所有人为他忙碌的那份快乐，这份快乐只属于青春期。

丫头的义气与帮忙

好，我们回到文本：“却说怡红院中宝玉才睡下了，丫环们正欲各散安歇，忽听有人击院门。老婆子开了门，见是赵姨娘房内的丫环名唤小鹊的。问他什么事，小鹊不答，直往房内来找宝玉。”注意反应，小鹊没有回答，因为她不能让别人知道这个秘密，她要直接报告给最核心的人物，就是晴雯、袭人跟宝玉。因为小鹊来怡红院是冒着危险的，如果有人知道她报信，她回去很可能会被赵姨娘毒打一顿。“只见宝玉才睡下，晴雯等犹在床边坐着，大家玩笑，见他来了，都问：‘什么事，这时候又跑了来作什么？’小鹊笑向宝玉道：‘我来告诉你一个信儿。方才我们奶奶这般如此在老爷前说了。明儿你仔细老爷问你话。’说着，回身就去。”大家感觉到没有？小鹊身上有种义气，如果没有感受过学校里的学长、学弟、学姐、学妹的情感，那么你很难理解小鹊为什么要忙慌慌地跑来。看似轻描淡写，透露出的却是作者最眷恋的就是这些小男孩、小女孩之间的义气和他们拥有共同的快乐、忧伤。

小鹊不敢多停留，“袭人欲留他吃茶，因怕关门，遂一直去了”。“这里宝玉听了这话，便如孙大圣听见了紧箍儿咒一般，登时四肢五内一齐皆不自在起来。”可见当时父亲的权威有多大，一个小孩子一听到父亲要开始考试，反应竟然如此强烈。“想来想去，别无他策，只理熟了书，预备明儿盘考。”

其实他被密告的并不是没有读书，可能是说他总跟那些丫头胡闹。可是他马上想到的就是要好好读书，就像前面提到的，大人世界永远会觉得谈恋爱跟读书是冲突的。他认定自己只要书读得好，即使有其他的事情，也就可以搪塞了。

所以“想罢，忙披衣起来要读书”。他决定要熬一个通宵。记不记得前面贾政出差了很久，有一天忽然说要回来了，大家都吓慌了，因为出门的时候曾跟他说一天大字多少，小字多少，背多少书，结果他一直在玩，当时所有的女孩子都帮他写字。书没有办法帮，要自己背，可是字可以代写，光是林黛玉就写了五十卷的蝇头小楷送来，这是青春期里最快乐的情景。记得初中的时候我喜欢画画，全班起码三分之二的美术作业是我画的，而且几乎能保证分数。那其中有份很奇特的快乐，我相信我帮的那三分之二的人，他们也都画得蛮好的，可是他们很珍惜这份友谊，一定要交给我来画。

孩子的世界非常难理解，其实就是一份天真和单纯，现在回想起来，我一直想有一天能把这些东西写出来。从正规的教育角度看可能离经叛道，可是在人的私密情感里，绝对是最温暖的回忆。有些人一旦成功之后就不讲这些事情，可是我相信包括我前面说的有人要帮我在考试中作弊，或者我帮全班三分之二的人画画，大概都是那个年龄段最快乐的事情。这一天晚上，宝玉决定要读书了，所有的丫头都不肯落人后，都来帮他的忙。最可怜的是这些丫头是文盲，她们的帮忙，特别像民间的热情，比如在选举的时候，那些人也搞不懂到底什么是政治，可是他就会两肋插刀地投身进去。为什么曹雪芹要说我一生碌碌无为，潦倒已终，可是我一定要写一本书，感谢这一生当中所有曾经陪伴过我的女性？这才是《红楼梦》的重点，如果只把它当成爱情小说看，就有点小看它了。

宝玉读书的心情

“心中又自后悔，这些日子只说不提了，偏又丢生，早知该天天好歹温习些的。”小孩子就是很奇怪，贾政回来以后竟然没有马上问他的功课，所以他就放松了，现在又开始后悔。这种话我们以前常在日记里说：“早知道我就每天读一点，不至于临时抱佛脚。”讲完就忘了，一旦有同学问要不要去打篮球，马上就撂下书跑出去，所有的孩子都差不多。“如今打算打算，肚子内现可背诵的，不过只有《学》、《庸》、《二论》是带注背得出的。”这有点像在做生意，盘算自己明天大概有多少货可以卖，功课做到这种程度其实蛮无聊的。

那个时候的小孩真不得了，不但要背《大学》、《中庸》、《论语》，还要连注解都背出来。我们知道，所谓的《四书》是到宋以后慢慢才变成的教科书，《大学》、《中庸》、《论语》里面的句子，到现在都感觉让人受益无穷。可问题是它一旦变成教科书，很多人的注解根本就不再在内容本身，而变成所谓的八股文。所以有时候在被问到赞不赞成读古文的时候，总感觉很难回答。因为这些经书当然是人类最了不起的经验和智慧，但问题是该怎么去对待它。如今想来，《圣经》、佛经、《十三经》，所有经书都是我生命里最应感谢的书，可是我读它们不是为了考试。如果仅仅为了考试，很多东西就会被扭曲。宝玉可以带注背《大学》、《中庸》、《论语》，《孟子》可以背上半本，以今天的标准来看，这个十四五岁的男孩子已经蛮不错了。

这一段写得蛮幽默。就是讲一个小男孩在检讨自己到底读了些什么书。说自己“至上本《孟子》，是夹生的，若凭空提一句，断不能接背的；至下《孟子》，就有一大半忘了”。注意“凭空提一句”，让我想起我老爸大概读过《红楼梦》，常用这个方法来考我们。他要我们背《琵琶行》的时候，可能会从“银瓶乍破水浆迸”开始，你要能接下去。这种突然袭击随时随地，有时候是帮你洗澡的时候，有时是吃饭吃到一半的时候。我觉得那是另一种恐怖，因为你不晓得它什么时候会发生。这是以前很流行的一种测验小孩的方法，有了这样的反应能力，在应付考试的时候很管用。

“算起《五经》来，因近来作诗，常把《诗经》读些，虽不甚精湛，还可塞责。”宝玉其实是个有反省能力的少年，他觉得因为喜欢写诗，所以很喜欢《诗经》。有些东西他就不太喜欢，像《尚书》中多是古代的文告跟政令，要一个十四五岁的孩子去读那些东西，真的蛮无聊的。可是《诗经》里的“所谓伊人，在水一方”，句子很美，能跟他的情感连在一起。宝玉的反省很有道理，教育、文学如果跟你的生活有关系，自然就能比较贴近。

“别的虽不记得，素日贾政也未曾吩咐过读的，纵不知，也不妨。至于古文，这是那几年所读过的几篇，连《左传》、《国策》、《公羊》、《谷梁》、汉唐等文，不过几十篇，这几年竟未曾记得半篇片语，虽闲时也曾遍阅，不过一时之兴，随看随忘，未曾下苦工夫，如何记得？这是断难塞责的。”在宝玉看来，读书和考试是两回事，自己喜欢的书自然会读，也有感觉，而且还能用。可是有些书他读了却没有任何感觉，那些书是完全为了考试而作的。

“更有时文八股一道，因平素深恶此道。”宝玉平常最恨的就是联考，一旦考试变成了生命的唯一目的，那是教育的最大失败。八股文大家一定都听说过，五四运动中被批得很厉害，我倒觉得应该一分为二地看这个问题。八股文是什么？相当于你到了一个补习班，有个国文老师特别有名，他能教你一些作文的方法，保证你在考试时拿高分。这个方法不见得不好，只是说我拿到一个题目，先要去破题，然后去承题，接下来是怎么起讲，开始就这个题目去发论、发言。中间还要有“四比”，“比”

就是举例，其实有点像一种逻辑训练，最后有个大结论。其实八股的八种方法我觉得今天在训练孩子作文方面仍然是很有效的，因为作文一定是要有方法的。所以最早倡导八股文，不见得是错的，关键是不能把所有读书和学问都变成以考试为目的的手段和工具。因此我觉得这一段，如果大家有兴趣的话，可以把它 E-mail 给教育部门看一下。教育的重点真的不在于那些细枝末节，而在于恢复对人的关心，在于把生命本身的东西找回来。

"原非圣贤之制撰，焉能阐发圣贤之微奥，不过是后人饵名钓禄之阶。"他说本来孔子、孟子在讲《论语》、《大学》、《中庸》时就不是为了考试，而是为了做人，所有伟大的思想家、哲学家都不希望他的思想只为了考试，而跟生活和生命不发生任何关联。早在三百多年前，曹雪芹就对清代的考试制度用最强烈的言辞进行了抨击。

"虽贾政当日起身时选了百十篇命他读的，不过偶因其中或一二股内，或承题之中，有作得精致、或流荡、或游戏、或悲感，稍能动心悦意，偶一读之，不过供一时之兴趣，究竟何曾成篇潜心玩索。""潜心玩索"是说一篇文章好，你会安静下来，努力地想去了解它，这篇文章到底对生命有什么意义，而不是割裂开来，据章依句地去应付考试。

其实，我常常觉得我们与八股文的时代相比并没有多少进步，八股文毕竟还是文章，从破题、承题、起讲，一直到大结，还有个思考过程，今天的考试恐怕连八股文都不如，因为根本不存在任何思考。我想曹雪芹一定对当时的教育制度深恶痛绝，他本人就是八股科举中遗漏的一个精英，在当年的主流文化里是一个完全被看不起的人物，可是他却留下了这么伟大的一部小说，如今不知有多少人要靠着研究《红楼梦》拿博士、做学者。讲到这里，到底什么是真正的创作，什么是对文明最大的贡献，大家一定非常清楚了。如果不是对自己的生命有巨大的信心，曹雪芹绝对忍受不了这种孤独。

生命真正的体贴温暖

宝玉担心："如今若温习这个，又恐明日盘诘那个；若温习那个，又恐盘诘这个。"这里写得真精彩，我们那个时候每次准备考试都如此，读这本书时就想会不会考那一本，永远担心现在读的这个，万一明天不考怎么办？我想这一段一定可以引得那些经常临时抱佛脚的学生会心一笑。"一夜之功，亦不能全然温习。因此越添了焦躁。"一想到明天要考试了，时间总共只有那么多，当然特别焦虑。

更关键的是，他认为"自己读书不知紧要，却带累着一房丫环们皆不能睡"。陪读在今天很难理解，我曾经有个老师，他们家曾是广州最有钱的人，他说他小的时候陪他读书的有一群人，有的帮他背《论语》、有的帮他背《大学》，还有的帮他背《中庸》，然后他就用"大学"、"中庸"给他们取名字。这个老师后来出了家，他觉得当时的那种富有很荒谬。更有趣的是，宝玉不忍心让所有的丫头都陪着他熬夜，这就是宝玉个性里的温暖和对人的体贴，从中可以看到曹雪芹对这些女孩子的最大疼惜。如果不写这本书，他将死不瞑目，因为他的一生中有这么多女人疼过他。

"袭人、麝月、晴雯等几个人，大的是不用说，在旁剪烛斟茶"，因为如果宝玉有问题，这几个丫头也要受指责。可是底下那些提水、扫院子的小丫头，也都不能睡觉，必须陪在那里熬着。"剪蜡烛"我们现在不太懂，因为过去的蜡烛芯，不剪灯头会变小、变暗，等于是在旁边帮忙把灯开亮一点，角度调好一点，别让宝玉看坏了眼睛。《红楼梦》最动人的就是这些生活细节，这才叫作体贴，才是真正的温暖。“那些小的，都困眼朦胧，前仰后合起来。”她们忙了一天，真的困得要死。晴雯就很生气，这是个侠肝义胆的丫头。前面曾经抱病替贾宝玉补过雀金裘，她觉得做朋友就应该在关键时刻两肋插刀，所以她就骂这些小丫头说：“什么蹄子们，一个个黑日白夜挺尸挺不够，偶然一次睡迟了些，就装出这腔调来了。再这样，我拿针戳你们两下子！”

晴雯常常会拿发簪去戳这些女孩子，我常常会想，曹雪芹在五十岁潦倒困顿的时候写这本书，那个回忆竟然如此动人。他还记得晴雯骂这些小丫头时的那个动作、表情，以及他心里暖暖的感觉。

晴雯话没有说完，“只听外间咕咚一声，急忙看时，原来是一个小丫头子坐着打盹，一头撞到壁上了”。这正是曹雪芹了不起的地方，如果只有晴雯在骂，还没这么好看，他竟然能给你来个3D动画，“咕咚”一声把所有人都吓一跳。作者本来是在写宝玉考试前的紧张和焦虑，可是又不乏幽默，并借这个幽默呈现这些小男孩、小女孩之间不可思议的情感。所以等到有一天，王夫人硬生生地把宝玉和这些人分开的时候，宝玉的痛苦可想而知。王夫人也许并没有错，她只是在关心自己的儿子，可是她不懂她的儿子跟这些人的情感是撕不开的。撕开了这份情感，就等于撕毁了宝玉的整个青春。

小丫头“从梦里惊醒，恰正是晴雯说话之时，他怔怔的只当是晴雯打了他一下，遂哭央说：‘好姐姐，我不敢了！’”大家就笑起来了，你忽然觉得这个场面蛮荒谬、蛮滑稽的。大家看宝玉的反应：“宝玉忙劝道：

‘饶他罢，原该叫他们都睡才是。’”这是宝玉最可爱的地方，不想因为自己的慌张让别人慌张，也不想因为自己的焦虑让别人焦虑。他觉得这是我应该受的，干吗连累丫头们一起受苦？一个十四五岁的孩子能够对生命有这种疼惜，比读什么《大学》、《中庸》都重要。他知道袭人、晴雯们不肯睡，就说：“你们也乏了，该替换着睡去。”《红楼梦》中真正动人的生命哲学，其实就是这些句子。

孔子当年讲《论语》，讲的也就是这些话。可是当它变成考试题目的时候，大家忘了那个话里面真正的意思是什么了。“有朋自远方来，不亦乐乎。”不就是这个意思吗？人生最该爱的和关心的，无过于生命。所以我觉得今天我们辩论到底是文言文好还是白话文好，其实没有太大的意义。假如今天看到一个人很感慨地说：“相逢何必曾相识！”它既是文言文，又是白话文。我们都知道它是一千多年前白居易《琵琶行》里的句子，可是我相信今天任何人都会明白我在讲什么，它的难度不在于文字跟语言，而在于有没有心灵上的那份温暖。所谓的圣贤讲的都是些人之常情，因为人之常情是一切哲学的起点，不管是《圣经》、佛经还是儒家经典，你到最后发现它最了不起的地方，就是因为它触摸的都是最简单的人之常情。

袭人就赶快跟他说：“小祖宗！”我们知道她们管贾母叫老祖宗，现在管宝玉叫“小祖宗”，希望他一分一秒都不要再浪费。她说：“你只顾你的罢！通共这一夜的功夫，你把心暂且用在这书上，等过了这关，由你再张罗别的去，也不算误了什么。”这就是宝玉，试着想一下，如果有一天真面临是要靠考试获得某些权力跟财富，还是就算考不好也要多一点对人的关心的时候，我们到底会怎么权衡？我想大家肯定都会说大话，但真能做到这一点其实很难。

宝玉被袭人骂了一顿，这个骂中的心疼真的很难解释，她一定感受到了宝玉的可爱。袭人关心的也不是考试做官，只是希望宝玉不要挨打。“宝玉听他说的恳切，只得又读。读了没有几句，麝月又斟一杯茶来润舌，宝玉接茶吃着。”她们怕宝玉口渴，就倒了茶，宝玉接茶喝了，“因见麝月只穿着短袄，解了裙子”，便说：“夜静了，冷，到底穿一件大衣裳才是。”有没有发现处处都是宝玉，其实也就是处处都是圣贤。别人都在关心他，他也处处在关心人，我们可以说这个十四五岁的男孩子不用功、不读书，可他的整个生命都沉浸在对人的关心里。作者很清楚地在告诉我们到底什么叫作圣贤，第七十三回多读几次，会读出很深的动人之处。

如今在生活中看到一些孩子的行为，我常反省的是我们大人的态度。有一次在机场，我亲眼看到一个小孩子，看到别人在填入境表格时没有笔，他自己还没有填完，就把笔给了人家，结果被他妈妈骂了一顿。很奇怪，为什么只有小孩子才会有这么直接的反应，可是大人的介入马上使他落回现实。《红楼梦》一直在强调人性中的那种没有任何心机的单纯，大人不用那么担心孩子太善良会受伤、受骗，过早地教会孩子进入不快乐的成人世界没什么好处。不如让他在青春的天真里面待得久一点，至少给他的生命留下些这样的记忆。曹雪芹能写出《红楼梦》，就是因为他的生命里有过一段单纯的时光。

“麝月笑指书道：‘你暂且把我们忘了，心且略对着他些罢！’”我想曹雪芹到最后还是没有办法只面对书，不面对人。有时候我跟读美术的学生也说到，不用那么早关心自己将来会不会成为画家，而是多关心一点自己是不是一个完整的人。如果作为一个人不完整，做任何行业，那个行业都将是不完整的。《红楼梦》始终坚持的是对人的完整性的呵护。

贾家的败落与征兆

“话犹未了，只听金星玻璃从后房门跑进来。”还记得金星玻璃吗？就是那个唱戏的女孩子芳官，宝玉很疼她，给她取了个法国名字。“口内喊说：‘不好了，一个人从墙上跳下来了！’”我不知道大家怎么看待这一段，就是为什么在宝玉准备应付爸爸的考试，忙成一团的时候，忽然有一个人从墙上跳了下来。这件事情有两个文学功能，一个功能是说大家忽然灵机一动说好极了，就说宝玉吓病了，第二天绝对不会再有考试了。更有趣的部分常常是不容易读出来的，贾家出现了严重的管理不严的现象，这是家族败落的征兆。在贾母当家的时候，门禁森严，出入非常的严格，可是现在越来越松了，比如司棋竟然可以把男朋友约到花园来见面。

“众人听说，忙问在那里，即喝起人来，各处寻找。晴雯因见宝玉读书苦恼，劳费一夜的神思，明日也未必妥当。”晴雯很聪明，她是一心一意要替宝玉消灾的人。“心下正要替宝玉想出一个主意来脱此难，正好忽逢此惊怪，便出计，向宝玉道：‘趁这个机会快装病，只说唬着了。’”在那个年龄为了逃避考试是什么计谋都能想出来的。

记得我们那个时候学校里在考试前常会发生很多事情，包括教室突然失火什么的，可见学生面对考试时的紧张和焦虑。我想很多朋友都做过类似的梦，就是考试前一天，忽然卷子不见了，或者台风来了，那时候简直快乐到了极点，一定会集体欢呼的，这其实是对教育制度的一种讽刺。“正中宝玉心怀”，宝玉大概一面读书也一面在想到底怎样可以逃过一劫。“因而遂传起上夜看门的人等来，打着灯笼，各处搜寻，并无踪迹，都说：‘小姑娘们想是睡花了眼出去，想是风摇的树枝儿，错认作人了。’”有时候人心里紧张，加上睡得懵懵懂懂，风吹树枝就能吓一大跳。

晴雯就骂他们说：“别放狗屁！你们查的不严，怕得不是，还拿这话来支吾！”晴雯的语言是非常凶悍的。“刚才并不是一人见的，宝玉和我们出去有事，大家亲见的。”她特别强调的是下面：“如今宝玉唬的颜色都变了，满身皆发热。”这是晴雯聪明的地方，因为这个时候必须先透露风声，宝玉的装病才会让人信服。“‘我如今还要上房里取安魂丸药去。太太问起来，是要回明的，难道依你们说就罢了不成？’众人听了，唬的不敢啧声，只得又各处去找。晴雯和玻璃二人果出去要药。”注意，生病是假的，去要药是真的，因为这样才能把事情声张出去。

整个第七十三回都在写青春王国对付所有大人世界的计谋，问题是我们大人怎么去看这个事。觉得他们离经叛道、欺骗父母，还是完全可以哈哈一笑，明白这个年龄就是会做这种事情。我一直觉得不同年龄间的心事交换是很有趣的，如果你到了某个年龄，还能保有青春时期的顽皮记忆，你就不会那么大惊小怪，甚至会偷偷地给点支持。

他们就这样“故意闹的众人皆知宝玉着了惊唬病了”。“故意”这两个字很重要，就是要故弄玄虚，说宝玉现在吓得一塌糊涂，站都站不起来了。“王夫人听了，忙命人来看视给药，又吩咐各上夜人仔细搜查，又一面叫查二门外邻园墙上夜的小厮们。于是园内灯笼火把，直闹了一夜。至五更天，就传管家男人，命仔细查访，一会细问内外上夜男女人等。”一下子就把宝玉要考试的事给转移掉了。

百足之虫，死而不僵

接下来贾母便开始过问此事，贾母等于是个退休的董事长，但非常精明。“贾母闻知宝玉被唬，细问原由，不敢再隐，只得回明。贾母道：‘我料到必有此事。’”董事长的话说得很重，意思是我早就知道会有此事。她说：“如今各处上夜的人都不小心，还是小事，只怕他们就是贼也未可知！”此处说的是就怕是“监守自盗”。因为这个家族里用人是主人的好几倍，而这些巡夜保全的人，本身就可能作奸犯科。如果把权力交到贼的手上，那就惨了。

《红楼梦》里说的“百足之虫，死而不僵”，就是指这个家族虽然还保留着那个繁华的外壳，但其内在已经腐败了。前面贾琏惦记偷贾母床底下的金银器来当，她说的贼，可能也包括自己的子孙。“当下邢夫人并尤氏等都过来请安，凤姐、李纨及姊妹等皆陪侍贾母，听如此说，都默无所答。”为什么默无所答？为什么特别讲探春、李纨、王熙凤三人？我们知道王熙凤生病时曾由李纨和探春帮忙料理家事，等于是一个总经理加两个协理都在。听了贾母的话，三个人都有点不好意思，身为管理者，怎么能让这样的事情发生。

“独探春出位笑道：‘近因凤姐身子不好，几日园内的人比先放肆了许多。’”注意，协理出面替总经理讲话了，注意，这个话王熙凤自己不能讲，要协理，而且是比较得力的协理讲才行。另外，王熙凤和李纨都是孙媳妇，在太婆婆面前是没有地位的，而探春则是很受宠的小姐。“先前不过是大家偷着一时半刻，或夜里坐更时，三四个人聚在一处，或掷骰或斗牌，小小的玩儿，不过为熬困。”刚开始还有点替她们辩解，因为守夜的人真的很辛苦，通常又没有什么事发生，玩玩扑克什么的为的是可以熬过那个夜晚。我们当兵时站岗都会这样，两个人站岗不能动，就想各种办法来玩。“近来渐次放荡，竟开了赌局，甚至有头家局主，或三十吊、五十吊、一百吊大输赢。半月前竟有争斗相打之事。”这就严重了，已经变成赌场了，开了赌局，有了赌首，输赢的数目越来越大了，慢慢地就出了大事。

贾母忙说：“你既知道，为何不早回我们来？”探春道：“我因想着太太事多，且连日不自在；凤姐又病着，所以没回。只告诉了大嫂子和管事的人们，戒饬过几次，近日好些。”我们读《红楼梦》要从不同的角度去看，其中有个角度是非常现实的。一个家族在富贵久了以后，就会丢掉创业时的那份谨慎，甚至连守成的谨慎也消失了。贾母深知第一代的创业精神，她对子孙辈一方面疼爱、溺爱，另外也确实觉得管理上有很多问题。所以听了探春的汇报，她说：“你姑娘家，如何知道这里头的利害！你自为要钱常事，不过怕起争端。殊不知夜间既要钱，就保不住不吃酒；再保不住门户不任意开锁。或买东西，寻张找李，其中夜静人稀，趋便藏贼引盗，何等事作不出来。况且园内你姊妹们起居相伴皆系丫头、媳妇们，贤愚混杂，贼盗事小，再有别事，倘略沾带了，关系不小。这事岂可轻恕！”她知道开赌局这件事没有那么简单，就对这个事情特别重视，决定亲自查处。

凤姐“遂回头命人速传林之孝家的等总理家事四个媳妇到来，当着贾母申饬了一顿。贾母命即刻拿赌家来，有人出首者赏，隐情不告者罚。林之孝家的等见贾母动怒，谁敢徇私，忙至园中传齐人，一一盘问。虽不免大家赖一回，终不免水落石出。查得大头家三人，小头家八人，聚赌者共二十多人，都带来见贾母，跪在院内磕头求饶”。贾母先问大头家名姓和钱之多少，最后发现“原来这三个大头家，一个就是林之孝两姨亲家，一个就是园内厨房柳家媳妇之妹，一个是迎春之乳母。这是三个为首的，余者不能多记。贾母便命将骰子、牌一并烧毁，所有的钱入官分散与众人，将为首者每人四十大板，撵出，总不许再入；从者每人二十大板，革去三月月钱，贬入坑厕行内”。

体肥面阔的傻大姐

接下来又发生了一个事件，就是有个傻大姐，有的版本写的是痴丫头，她卖到贾家来是做粗活的。这个女孩子长得胖胖的，有点弱智，但贾母很喜欢她。老人到了某一个年龄的时候，她身边多的是灵巧的像鸳鸯这种丫头，就会觉得这个憨憨傻傻的、讲话大剌剌、动作粗笨的丫头好玩。我不知道大家懂不懂，现实中真有这样的人，在某个团体或者某个学校里，都会碰到这样的角色，这种人身上的傻和憨，有时候会变成一种奇怪的保护，大家觉得他没有心机，通常会不忍心伤害他。

《红楼梦》里面安排了这个傻丫头的最大目的，是她发现了那个“绣春囊”，凡是有心机的人捡到这个东西都会尽量掩藏，可是就因为她傻，根本不知道那是什么东西。也许在作者看来，这个大人看到以后大惊小怪的“绣春囊”，纯洁的小孩子对它根本一无所知。《红楼梦》里的丫头一个比一个聪明，一个赛一个漂亮，突然冒出一个傻大姐，这种另类的写法，充分体现了小说的文学张力。就像最恐怖的电影常常会用很单纯的小孩来制造气氛，那个小孩完全处于无知的状态，可是观众会替他紧张。

我们读下文本，也看看贾母喜欢傻大姐的原因。“邢夫人在王夫人处坐了一回，也就往园内散散闷来。刚至园门前，只见贾母房内的小丫头子名唤傻大姐，笑嘻嘻的走来，手内拿着个花红柳绿的东西。”作者没有先讲这个花红柳绿的东西是什么。“低头一壁瞧着，一壁只管走，不防迎头撞着邢夫人，抬头看见，方才站住。”感觉一下那个画面，有点儿像电影。这种傻傻的人，就是因为没有心机，所以才会撞到邢夫人，通常在这种家族里，用人跟主人的身份差距很大，一般丫头远远地看到主人来，都会让到一边。只有傻大姐糊里糊涂，只顾看手上的东西，结果撞到了邢夫人身上。只有傻大姐才会有这样的动作和行为。通常，一个贵妇人，如果被丫头撞到，一定会发怒的，可正因为是傻大姐，邢夫人才不会发火。大家可以体会一下作者的用心，因为傻，大家对她才会有种担待和不忍。“邢夫人因说：‘这痴丫头，又得了个什么狗不识儿，这么欢喜？拿来我瞧瞧。’”“狗不识儿”当然有点在调笑她，意思是你像狗一样，看什么东西都看不懂。我们小时候常常被妈妈这样调笑，当时还不识什么字，每次拿本书在那装模作样地看的时候，妈妈就会说：“狗看星星一片明。”民间有很多这种俗语。

“原来这傻大姐年方十四五岁，是新挑上来的，与贾母这边提水桶、扫院子，专作粗活的一个丫头。”大家知道这种做粗活的人，是连怡红院都进不了的。那次芳官的干娘跑到宝玉的屋里，很快就被骂出去了。“只因他生得体肥面阔”，注意一下，体肥面阔。这个傻大姐的样子一下子就出来了。“两只大脚作粗活简捷爽利，其心性愚顽，一无知识，行事出言，常在规矩之外。贾母因喜欢他爽利便捷，又喜他出言可以发笑。”这类人很难形容，不完全是我们常说的笨，只是有点呆，那呆里又带着一种执着，常常会打破砂锅问到底。这种个性很讨贾母喜欢，就把她留在身边。

《二十四孝》中的老莱子自己已经很老了，可爸爸妈妈更老，所以他扮成幼稚园孩子的样子去逗父母笑，我一直觉得那是一个非常悲惨的故事。其实父母在年纪大了以后，就有点像小孩子，潜意识里也希望你还是当年那个从幼稚园回来跟他撒娇的，说些乱七八糟话的孩子。老莱子的故事里其实隐藏了人永远要面对的问题，这里也点出了贾母作为一个上了年纪的人，很喜欢身边有个好玩好笑的人。

在历史上，比如唐朝的宫廷里就会养很多侏儒，西方的宫廷也有所谓的弄臣，就是专门讲笑话逗趣的。当今出土的唐代壁画里，就有很多体肥面阔的侏儒，这样我们就可以理解这个傻丫头在贾母身边所扮演的角色。贾母给她起名为“呆大姐”，“发闷时便引他取笑，毫无避忌，因此又叫他作‘痴丫头’”。贾母年轻时是一个精明的人，她的“发闷”其实是一种很特别的忧愁，最后干脆就装糊涂。前面讲到贾琏求鸳鸯去偷她的金银器，后来大家才发现贾母其实是知道的，只是装着不知道而已。因为孙子这么多，万一大家知道了，都来要很麻烦，索性睁一只眼闭一只眼。难得糊涂是个很东方的哲学，西方人根本不懂，其实它的意思是你一旦聪明过，要想再回到糊涂的状态是非常难的。就是你不再看细节了，只是保证生命能够得过且过，我想贾母之所以留个傻大姐在身边就是这个原因。“他纵有失礼之处，见贾母喜欢，他们依然不去责备。”

痴丫头误拾绣春囊

“这丫头也得了这个力，若贾母不唤他时，便入园内来玩耍。”这就点出了为什么傻丫头会捡到绣春囊。她“今日正在园内掏促织”，“促织”

是蟋蟀的俗称，可以用来斗的。孩子们常常在山石底下捉，然后互相之间斗蟋蟀玩。我们小时候也玩过，如果我的蟋蟀赢了，对方就要给我补偿，其实就是孩子们玩乐的一种方式。傻大姐“忽在山石背后得了一个五彩绣香囊”。我们知道所谓的春宫，或者现代语言叫作情趣用品，在西方有很多专门的博物馆收藏，把它当成文明中非常重要的一个部分。但在过去这绝对是禁忌，大家都不去探讨它。

如果大家有机会到阿姆斯特丹，火车站的前面就有一个非常大的情趣博物馆。到了那里，你就会觉得人类真好玩，竟然会想尽一切办法去刺激欲望，而且有那么多的想象和创造。这类东西以前无法登大雅之堂，可是如果你仔细去看，其中有非常精致的艺术。最近出版了一本国外博物馆收藏的中国的《秘戏图大观》，卖得很贵，全是房中术的东西和各种姿态，那可真是叹为观止。其中有很精彩的版画，还有大画家像陈洪绶和唐伯虎画的秘戏图。以前外国人跟我说，你们中国有好多不得了的情趣用品，我就觉得有点受侮辱，可后来到法国国家博物馆一看，吓一大跳，那些东西其实就是这个傻丫头找到的五彩绣香囊。人类文明中有一个部分会用很精致的方法去满足人的欲望，而且它又有商业性，当然就有很多工匠去做。

我们今天对于所谓的情趣商店，或者情趣用品当然会嗤之以鼻，甚至连看都不要看。可是如果从人类文明发展史的角度上看，情趣用品其实扮演了蛮重要的角色，过去一讲到文明史，就会先入为主地把某些东西给排斥掉，其实完全可以据此探究它们跟人类文明史之间的关联。比如说赌的历史，如果仔细研究所有民族的赌博史，大概也能写出了不起的论文。你可以看到在赌的欲望里，人是如何开拓各种思辨能力、游戏能力和输赢的能力。不知道我讲得清不清楚，像法国的哲学家福柯，他也是历史学家，可是他的历史学中的很多东西看上去是从旁门左道的地方切入的。他最精彩的著作就是《疯癫与文明》，其中研究了不同的民族对待精神病的态度，从人对待非主流人群的态度，去看一个文明的走向，这本书在西方现在是很重要的经典。在我们被主流文化绑得太死的时候，很难判断什么东西是可研究的。

五彩绣香囊绝对是做得非常精致的，作者想透露的是在这个家族里绝对是存在情趣用品的。只是这些在《大学》、《中庸》里你永远读不到。大家有兴趣，我下次可以把《秘戏图大观》带来，大家传阅一下，真的蛮惊人的。你肯定觉得很像杂耍，因为我一直怀疑说，有些动作做起来手都会脱臼的，更为难得的是那些画家竟然还要说明，去讲解所有的细节。只是这些东西都藏在国外的博物馆。但，最严谨的科学跟最好的文学一样不能有任何道德的偏见，作为一个好的文学家，绝对不会避讳任何当代生活里的现实，所以作者描述这个五彩绣香囊说“极其华丽精致，固是可爱”。注意一下，这是邢夫人和傻丫头的角度，因为稍后王熙凤在被质问的时候，她觉得不够华丽精致，根本看不上眼。

邢夫人的心理元素

“但上面绣的并非花鸟等物，一面却是两个人赤条条盘踞相抱，一面是几个字。”这个形容也很有趣，因为傻大姐看不懂，我们小时候大概也是看不懂的。“这痴丫头原不认得是春意”，“春意”这两个字讲得很含蓄，是比较文雅的解释。“便心下盘算：‘敢是两个妖精打架？不然必是两口子相打！’”这是傻丫头的反应，心说这两个人在干吗？衣服脱得光光的抱在一起，是不是妖精在打架？后来民间常常用“妖精打架”来指性行为。“左右猜解不来，正要拿去与人瞧看。”作者安排的这个傻丫头非常精彩，因为傻，她才会认为这个东西一定很好玩，要给贾母看看，幸好碰到了邢夫人。这就像悬疑电影里出现的四五岁的小女孩，面对杀手的时候傻傻呆呆的，毫无防范之心，观众却紧张得冷汗都下来了。

“是以笑嘻嘻的一壁看，一壁走，忽见了邢夫人如此说，便笑道：‘太太真个说的巧，真个是狗不识呢。太太请瞧一瞧。’”她不知道“狗不识”是句骂人的话，傻丫头的好玩就在于，你讽刺她、骂她，她都听不懂，接下来你也就不会想讽刺挖苦她了。所以人常说傻人有傻福，就是因为你越计较，别人就越跟你计较，一个全无心机的人绝不会有对手。

“说着，便送过去。邢夫人接来一看，吓得连忙死紧攥住。”大家有没有觉得这个反应很有趣，前面提到我们在中学里书包被查的时候，大家都不知道查的是什么东西，只是脸都吓白了，因为老师的表情是比那个东西还要恐怖的。邢夫人忙问：“你是那里得的？”傻大姐说：“我掏促织，忽在山石背后拣了这个。”邢夫人道：“快休告诉人！这不是好东西，连你也要打死才是。”有没有发现这话很严重，一旦在主流文化里，性一下子就被引导到不是好东西、要打死这些概念上，结果一定很难健康。

可是在充满了道德偏见的社会里面，这样的反应很正常。邢夫人说：“皆因素日是傻子，以后再别提起。”傻大姐平常傻傻的，这个时候好像也听懂了，“反唬的白了脸，说：‘再不敢了。’磕了个头，呆呆而去”。

“邢夫人回头看时，都是些女孩儿，不便递与。”这里很好玩，就是她本来觉得应该找个人说一下，怎么这个家里会有这样的东西，可是一看都是还没出嫁的人，这是在讲性的禁忌。其实这些女孩子现在差不多都十六七岁了，早就懂事了。袭人和宝玉已经发生过性关系了，内心的欲望其实是汹涌澎湃的，只是在大人的世界里，还是不敢去面对这一切，其实根本就是掩耳盗铃。

“自己塞在袖里”，我觉得中国古代衣服的袖子真好用，什么东西都可以塞在里面。小时候看歌仔戏，就发现那个袖子可以拿出好多东西来，什么鸽子、画轴、匕首都能掖在袖子里。“心内十分罕异，揣摩此物从何而至，且不形于声色，且来至迎春室中。”这一段就是在讲邢夫人的心机，大家都知道邢夫人是个头脑不怎么灵光的女人，丈夫又很糟糕。可是她有个很厉害的儿媳妇就是王熙凤，更关键的是王熙凤根本不把她放在眼里，所以她一直感觉很窝囊，总想找机会整王熙凤一下。这一次她认为机会来了，因为她有个偏见，觉得大观园里都是没有出嫁的女孩子，不会用这个东西，只有王熙凤是个少妇，就先入为主地认定这个东西一定是她的，而真正原因是她骨子里讨厌这个儿媳妇。她不敢轻易动王熙凤的另一个原因是王夫人，王家是大贵族。邢夫人出身比较卑微，所以这其中有很复杂的心理作祟。

如果是个开明的婆婆，完全可以直接去找儿媳妇说，这个东西可以用，但不要乱丢，给人家看到不好，也就算了。可是最有趣的是，她没有直接去找王熙凤，而是把这个东西交给了王夫人。其实这是一个巨大的陷害，意思是你们王家的人都是贵族，平常鼻子都长到额头上了，可你们王家的女孩子最见不得人的事被我发现了，她去找王夫人，等于是表示要把你们家的丑事张扬出去。

迎春的个性与命运

“迎春正因他乳母获罪，自觉无趣，心中不自在。”因为大观园中探春、惜春、黛玉、宝钗的丫头、奶妈都没有出事，唯独自己房里的人出事，迎春觉得不好意思。“忽报母亲来了，遂接入内室。”邢夫人只是她名分上的母亲，迎春也是庶出。“奉茶毕，邢夫人因说道：‘你这么大了，你那奶妈子行此事，你也不说说他。如今别人都好好的，偏咱们的人做出这事来，什么意思！’”

在这里我们停一下，大家有没有感觉到过去的长辈教育子女不是针对事情，不是说你看你没有把奶妈管好，竟然跟人家赌钱，还做赌首之类的。她讲的是，只有咱们闹出这种事，多丢脸！可见教育的失败是因为我们把很多的心血都花在所谓的道德偏见上。

迎春是个特别木讷，没有什么个性的女孩子。《红楼梦》里关于迎春的故事大概只有在第七十三回，其他的部分只是开诗社时，她说我不会写诗，就躲掉了。她是个喜欢逃避的女孩子。我跟很多朋友提到过，迎春恐怕是十二金钗中最容易被遗漏的人，这也是我自己后来觉得很惭愧的地方。在教书的时候，总是有学生教了四年，老是叫不出他的名字。他既不聪明，也不漂亮，没有什么个性，连调皮捣蛋都不会。迎春这种角色在文学里其实最不好写，因为她在所有的场合都不表现，任何时候都是探春在讲话。惜春虽然孤僻，但有个性。可是大家发现没有？其实迎春也是很有特点的人，这个特点就是没有个性。好像存在，又好像不存在，描写一个在生活里大家视而不见的人物是特别需要作者的悲悯心的。

邢夫人骂迎春，她就那么低着头弄衣带。很多的学生就是这样，你批评他的时候，他既不反驳，也不跟你争辩。这样性格的形成当然有一定的原因，最后迎春就变得特别害怕被别人看到。第七十三回是她的重头戏，在整个《红楼梦》里只有这一段被记忆，就是她的奶妈赌博输了，当掉了她的首饰。然后接下来就要到第七十八回、七十九回才看到她父亲随便给她找了一个孙绍祖就嫁了，最后被打死。

作者对迎春有着深深的同情，觉得没什么个性、对自己的生命存在没有什么要求的女孩子，其实是个好人。可是身边的人却借此随意地践踏她，先是她的奶妈，接着就是她的丈夫。

邢夫人内心充满恨的心结

“迎春低首弄衣带，半晌答道：‘我说过他两次。’”过去的奶妈或用人其实是很怕小姐的，因为小姐是可以有处罚权的。但迎春本身很懦弱，所以她即使讲，也讲不清楚，或者没有任何威慑力，所以这个奶妈当然不听。“他不听也无法。况且他是妈妈，只有他说我的，没有我说他的。”贾府有一个规定，凡是喂过小姐跟少爷奶的用人，到老的时候身份就很高。就像宝玉的房里的那个李奶妈，常常会倚老卖老。

邢夫人道：“胡说！你不好了他原该说；如今他犯了法，你就该拿出小姐的身分来。他敢不从，你就回我去才是。如今直等外人共知，这是什么意思！”邢夫人还是觉得被外人知道了，脸上挂不住。邢夫人又跟她说：“再者，只他去放头儿，还恐他巧言花语借簪环、衣服作本，你这心活面软的，未必不周济他些。若被他骗去，我是一个钱没有的，看你明日怎么过节！”真的被邢夫人料中了，等一会儿就发现迎春的首饰累丝金凤被奶妈当掉了。可是迎春一直装糊涂。她是那种小偷到家里偷东西，就赶快用被子蒙着头，眼不见心不烦的人。作者并不是讨厌迎春，只是觉得这个人好可怜。“迎春不语，只低头弄衣裳。”大家可以留意一下，你身边一定有无论你怎么言辞激烈，都不吭声的那种人，那就是迎春型的人。

“邢夫人见他这般，因冷笑道：‘总是你那好哥哥、好嫂子，一对儿赫赫扬扬，琏二爷、凤奶奶，两口子遮天盖地，百事周到，竟通共这一个妹子，全不在意！”我们知道迎春和贾琏是同父异母的兄妹，这里面完全是心理学，王熙凤整得那么风光，在贾母和王夫人面前那么得宠，邢夫人心里是不服气的。有没有发现她本来是来教育迎春的，结果变成挑拨是非了。大家注意一下那酸酸的语气，语言最能透露心事，邢夫人感觉最窝囊、最憋屈的就是她有一个这么能干的儿媳妇王熙凤，一有机会就要去戳她一下，摆明了是要迎春去反王熙凤。

“但凡是我身上掉下来的，又有一话说——只好凭他罢了。况且你也不是我养的，你虽不是同他一娘所生，到底是同出一父，也该彼此瞻顾些，也免别人笑话。我想天下的事也难较定，你是大老爷跟前的人养的，这里探春丫头也是二老爷跟前的人养的，出身一样。如今你娘死了，从前看来你两个的娘，只有你娘比如今赵姨娘强十倍的，你该比探丫头强才是。怎么你反不及他一半！谁知竟不然，这可不是异事。倒是我一生无儿无女的，一生干净，也不能惹人笑话议论为高！”当所有大人都借教育子女来解决自己的痛苦和委屈的时候，一定是最坏的教育。记得小时候常常听到，有时候在公家宿舍、眷村里面就听到一个妈妈骂孩子，说的全是她自己的辛劳跟痛苦，当然是人就会有很多压抑跟苦闷，可是借着教育去发泄是最糟糕的。孩子会因此背负所有不健康的东西，这个邢夫人就很典型，就这么对迎春有的没的讲了一大堆。

“旁边伺候的媳妇们便趁机道：‘我们的姑娘老实仁德，那里像他们三姑娘伶牙俐齿，会要姊妹们的强。他明知姐姐这样，他竟不顾一点儿。’邢夫人道：‘连他哥哥嫂子还如是，别人又作什么呢！’一言未了，人回：‘琏二奶奶来了。’”注意，这里王熙凤并没有错，她做事还蛮周到的，只是邢夫人的心里有结。“邢夫人听了，冷笑两声，命人出去，说：‘请他自去养病，我这里不用他伺候。’”这根本就是决裂的意思，连表面的亲切都不要了，因为她的袖子里藏了一个东西，她认定这是个把柄，已经打定主意要让王熙凤难堪了。记不记得前面宝玉在读书的时候，还在关心旁边的人有没有穿衣服，是不是该要睡觉了。人性的温暖与冷漠，在宝玉跟邢夫人身上一下子就对比出来了。邢夫人心里之所以这么多的结，就是她总是感觉自己卑微，所以才要害别人。一个充满爱意的生命跟一个充满恨意的生命，待人处世的方法会截然不同。

“接着又有探视的来报说：‘老太太醒了。’邢夫人方起身前边来。迎春送至院外方回。”

懦小姐不问累金凤

“绣橘因说道：‘如何？前儿我回姑娘，那一个攒珠累丝金凤竟不知那里去了。’”绣橘是迎春的丫头，攒珠累丝金凤是古代女子很讲究的首饰，丫头是有管理这些首饰的责任的。“回了姑娘，姑娘竟不问一声儿。”等一下探春、黛玉她们都来为她抱不平，并不是觉得那个东西有多贵重，而是觉得身边的人这样欺负你、踩你，你竟然一句话都不说。绣橘又分析说：“必是老奶奶拿去当了放头儿的。姑娘不信，只说司棋收着呢。叫问司棋。司棋虽病着，心里却明白。我去问他，他说没有收起来，还在书架上匣内放着，预备八月十五日恐怕要戴呢。姑娘就该问老奶奶一声，只是脸软怕人恼。如今正无着落，明儿要都戴时，独咱们不戴，是何意思呢！”有一种人的个性是唯恐别人不高兴。因为一旦问起奶妈你是不是把我的东西拿去当了？对方一定不高兴的。这种人最好是天下太平，一旦天下有事，她根本无力处理。这种人就是我们常说的滥好人，这个“滥”是说他们有时候会坏事。有时候跟朋友聊起来，我就说主管千万不要找这样的人，这是最糟的主管，因为一旦有事，你绝对要跟着背黑锅。

迎春道：“何用问，自然是他拿去暂借一肩儿。我只说他悄悄的拿了出去，不过一时半晌，仍旧悄悄的送来就完了。”这绝对是迎春的个性，其实她早知道奶妈把首饰偷了去当。大家也理解一下，迎春这样的女孩子生在贵族家，根本没有多少机会上街，几乎连钱都没有花过的，她根本不懂得什么叫作当，什么叫作高利贷，什么叫作利息。这个家族把小孩子保护到这种程度，根本不具备管理用人的能力。

“谁知他就忘记了。今日偏又闹出事来，问他也无益。”注意她的语言，她说是奶妈忘了，就等于人家跟你借了一百万，然后没有还，你还说她大概是忘了。这当然是好心，迎春从来都不去怪别人，在她看来人都没有那么坏。绣橘道：“他何曾是忘记！他是识准了姑娘的性格，所以才这样。如今我有了主意：我竟走到二奶奶房里将此事回了他，或他着人去要，或他省事拿出几个钱来替他赔补，如何？”绣橘很聪明，知道这些用人最怕的就是王熙凤，王熙凤一出面，事情就好办了。他们欺负迎春就是因为迎春太软弱，这又是另外一种因果。迎春忙道："罢，罢，罢！省些事罢。宁可无事，何必生事！"迎春连说了三个罢，这个人最怕的就是惹事。"绣橘道：'姑娘怎么这样软弱。都要省起事来，将来连姑娘还骗了去呢。我竟去的是。'说着便走。迎春便不言语，只好由他。"这句话其实是一个预言，就是说有一天连你自己都要遭殃，后来她果然就那么糊里糊涂地嫁了，然后活活被打死。作者借迎春点出：人既应该有对人的善良，也应该有事理上的清明。

"谁知迎春乳母之媳王住儿的媳妇，正因他婆婆得了罪，来求迎春去讨情，听他们正说金凤一事，且不进去。也因素日迎春懦弱，他们不放在心上。"作为一个主管，处理事情总是这么糊里糊涂，底下人就会肆无忌惮。"如今见绣橘的主意去回凤姐，估量这事脱不去了，且又有求迎春之事，只得进来，哭着先向绣橘说：'姑娘，你别去生事。姑娘的金凤，原是我们老奶奶老糊涂了，输了几个钱，没的捞梢，所以暂借了去。原说一日半晌就赎的，因总未捞过本来，就迟误了。可巧今儿又不知谁走了风声，弄出事来。虽然这样，到底是主子的东西，我们不敢迟误下，终究是要赎的。如今还要求姑娘，看从小儿吃奶的情分，往老太太那边去讨个情面，救出他老人家来才好。'""捞梢"就是越输钱的人越是想赶紧捞回本，每次都告诉自己捞回本儿我就不玩了，可是几乎所有的人都是越输越厉害，就是因为捞梢的动机太强烈，最后变成了无底洞。

迎春的态度很有趣，她说："嫂子，你趁早儿打了这妄想，要等我去说情，等到明年也不中用的。方才连宝姐姐、林妹妹大伙儿说情，老太太还不依，何况是我一个人。我自己愧还愧不过来，反去讨臊！"绣橘便说："赎金凤是一件，说情是一件，莫绞在一处说。难道姑娘去说情，你就不赔了不成？嫂子且取了金凤来再说。”这就有点僵住了，王住儿家的听见迎春如此拒绝她，绣橘的话又锋利无可回答，“一时脸上过不去，也明欺迎春素日好性，乃向绣橘发话道：‘姑娘，你别太仗势了。你满家子算一算，谁的妈妈奶奶不仗着主子哥儿、姐儿多得些益，偏咱们就这样“丁是丁，卯是卯”的，只许你们偷偷摸摸的哄骗了去。’”

用人们都会有一个想法，就是说我们之所以跟某个主人是要有油水可捞的。像跟着宝玉的用人就总有很多赏钱，我们跟了一个迎春，也没有什么油水，这就有点在抱怨了。一旦主人不明事理，底下人就开始乱讲话了，一个用人竟然把心里话在迎春面前大剌剌地讲出来了。“自从邢姑娘来了，太太吩咐一个月俭省出一两银子来与舅太太去，这里饶添了邢姑娘的使费，反少了一两银子。常时短了这个，少了那个，不是我们供给？谁又要去？不过大家将就些罢了。算到今日，少说些也有三十两了。我们这一项钱，岂不白填了眼呢。”这当然是有一点夸张，这些人大概只有把迎春的东西多摸走一些去当，可是现在却反过来说，你要吃臭豆腐、买漫画书什么的，我都帮你贴了钱的。“绣橘不待说完，便啐了一口，道：‘作什么的白填了三十两银子，我且和你算一算，姑娘要了些什么东西？’”

“迎春听见这媳妇发邢夫人之私意，忙止道：‘罢，罢！你不能拿了金凤来，不必牵三扯四乱嚷！我也不要那凤了。便是太太们问时，我只说丢了，也妨碍不着你什么，你出去歇息歇息倒好。’”迎春被逼到最后只好说，这个首饰再贵我不要了，说我自己丢了可以吗？你们别再闹了！迎春绝对是好人，你可以把她的东西都拿走，反正她最后会说你是忘了还她。如果有人帮她打官司，她就说是自己掉的，不是你偷的，也不是你借的。所以绣橘就很生气，不知道大家是否理解作为迎春的丫头的那份辛苦，肯定会觉得这个小姐怎么能这么糊涂？

“一面叫绣橘倒茶来。绣橘又气又急，因说道：‘姑娘虽不怕，我们是作什么的，把姑娘的东西丢了。他倒赖说姑娘使了他的钱，这如今竟要准折起来。倘或太太问姑娘为什么使了这些钱，敢是我们就中取势了？这还了得！’一行说，一行就哭了。”因为这些小姐每个月的零用钱，都是司棋跟绣橘这些丫头在管。现在底下跑出来一个用人说，她买漫画书、眼影什么的都是我们贴的钱。那上面一旦追究月钱都干了什么，管钱的丫头怎么交代？作为主管怎么可以说我不管了，最后谁来担这个责任？“司棋听不过，只得勉强过来，帮着绣橘问着那媳妇。迎春劝止不住，自拿了一本《太上感应篇》去看。”

守如处女，脱如狡兔

“三人正没开交，可巧宝钗、宝琴、黛玉、探春等因恐迎春今日不自在，都约来安慰他。”这四个都是有脑子的学姐、学妹。在大观园这个青春的王国中，迎春这样的人大家既疼她、爱她，又有点恨她、可怜她。最后四个人就相约来安慰她、帮助她。

“走至院中，听得两三个人较口。探春从窗内一看，只见迎春倚在床上看书，若有不闻之状。探春也笑了。”这里点出迎春的个性，她是典型的鸵鸟政策，探春却恰恰相反，她是个特别明事理，爱憎、公私分明的女孩。有时候你会觉得人的资质怎么会差那么远？记不记得探春对她亲生母亲，都不留情面的。在她看来人是人，事是事，如果亲生母亲跑到当总经理的女儿办公室要求加薪的时候，她马上会跟她说："你出去！"

"小丫头们忙打起帘子，报道：'姑娘们来了。'迎春方放下书起身。那媳妇见有人来，且又有探春在内，不劝而止，遂趁便要走。"注意，这些下人真的很精明，如果只是宝钗、黛玉，她会觉得没关系，可是探春一来，她就害怕了，因为探春平常就很有威严，思路很清楚。可见所谓的威，并不是你摆出什么样子吓人，主要跟你平常处理事情的态度有关。真正好的主管，根本不用讲什么重话，底下的人全都规规矩矩的。

"探春坐下，便问：'刚才谁在这里说话？倒像拌嘴的。'"你看，我刚才讲到的"威"绝对不是乱骂人，她只说我刚才好像听到有人在吵架。迎春笑道："没有说什么，不过是他们小题大作罢了。何必问他！"迎春还想要掩盖，探春笑道："我才听见什么'金凤'，又是什么'没有钱只和我们奴才要'，谁和奴才要钱了？难道姐姐和奴才要钱了不成？难道姐姐不是和我们一样有月钱的，一样的用度不成？"这句话很重要，就是姐姐怎么会到跟奴才要钱的程度？这句话一出来，底下的人大概就要吃不了兜着走了，因为她们讲了不该讲的话，其实是她们贪了迎春的钱却反咬一口说，我们一直在帮你贴钱。

司棋、绣橘道："姑娘说得是了。姑娘们都是一样的，那一位姑娘的钱不是由着奶奶妈妈们使，连我们也不知道怎样是算帐，不过是要东西只说得一声儿。如今他偏要说姑娘使过了头儿，他赔出许多来。究竟姑娘何曾和他要什么了？"司棋跟绣橘为迎春抱不平说，别的人也就罢了，迎春是最省事的，什么都不要的人。探春笑道："姐姐既没有和他要，必定是我们和他要了不成！你叫他进来，我倒要问问他！"注意探春的威严，她脸上笑着，实际上却步步紧逼。再看迎春的态度。迎春笑道："这话又可笑。你们又无沾碍，何得带累于他？”可是探春就说：“这倒不然。我和姐姐一样，姐姐的事和我的事也一般，他说姐姐即是说我。我那边的人有抱怨我的，姐姐听见也即同怨姐姐是一理。”这就真的很像学姐、学妹了，意思是她们欺负你就不行，因为我们是一国的，就是要彼此帮忙、共享喜悦、同担忧愁。探春的这番话，和宝玉读书的那一段是一个调性。

探春说：“咱们是主子，自然不理论那些钱财小事，只知想起什么要什么，也是有的事。但不知金累丝凤因何又夹在里头？”那王住儿媳妇害怕绣橘先把事情说出来，“遂忙进来用话掩饰。探春深知其意”。探春的脑子就是好使，特别知道自己是来干什么的。因笑道：“你们所以糊涂。如今你奶奶既得了不是，趁此求二奶奶，把方才的钱尚未散人的，拿出些来赎了就完了。比不得没闹出来，大家都藏着留脸面。如今既是没了脸，趁此时纵有十分罪，也只一人受去，没有砍两个头的理。你依我，竟是和二奶奶说去。在这里大声小气，如何使得？”你看探春多明白，一个人错了一次就错了，不会砍两次头的，你在这边继续闹下去，只会更糟。“这媳妇被探春说出真病，也无可赖了，只不敢往凤姐处去自首。探春笑道：‘我不听见便罢，既听见，少不得替你们分解分解。’使个眼色与待书，待书出去。”

“正说话，忽见平儿进来。”宝琴毕竟是小女孩，就很顽皮地拍手笑道：“三姐姐敢是有驱神遣将的符术？”王熙凤的特别助理平儿来了，宝琴觉得很奇怪，其实我们知道是探春给她的丫头使了一个眼色，让她去找人来。我们前面讲过很多次，能够在聪明的主人身边干活的丫头，都不是好惹的角色。平儿就很厉害，探春房里的待书也不含糊，只一个眼色，她就懂了。以前我也想过，碰到事情时我使个眼色怎么样。比如训导主任到我们系里来了，问学生昨天晚上干了什么好事，我就使一个眼色，告诉他们该说做了什么事。可有些学生恰恰是你的眼睛都快挤烂掉了，他就是看不懂，最后还站起来问：老师你为什么一直挤眼睛？这个时候你只能崩溃了。

黛玉也聪明得不得了，她笑道："这倒不是道家玄术，倒是用兵最精，所谓'守如处女，脱如狡兔'，出其不备之妙策也。"意思是平常好像没事一样，一旦必要的时候，一招出手就可以毙命。平常一直很躁动的那个人，常常是办不了什么大事的，恰恰是看上去最端庄、最冷静的人，是能担大事的。可见黛玉早就发现探春跟待书之间的秘密了。

虎狼屯食阶陛，尚谈因果

"二人取笑。宝钗使眼色与二人，令其不可，遂以别话岔开。"大家看宝琴、黛玉、宝钗三个女孩的不同反应。探春正在处理事情，宝琴是典型的小女孩，马上喊出："哇，用什么法术！"黛玉很冷静，清楚地讲出本质，而宝钗则最识大体，宝琴是她堂妹，而黛玉是她的干妹妹，所以就立刻使了眼色给她俩，让她们别闹。为什么？因为毕竟是在处理事情，这些学姐、学妹之间私下里闹是可以的，但探春是协理，处理正事时不能乱开玩笑。

大家看这部小说写得多么细致，每个人的动作都是符合性格的。如果这个眼色是黛玉使的就不对了，因为她没有那么周到；如果是黛玉拍手也不对，因为黛玉比较稳重，只有宝琴比较孩子气。这里作者很精细地描摹了探春、宝琴、黛玉、宝钗的个性。我想将来我也要写一部《红楼梦》，因为中学的时候也真的曾碰到过这么精明厉害的四个学姐。

探春见平儿来了，就问："你奶奶可好些了？真是病糊涂了，事事都不在心上，叫我们受这样的委屈。"平儿连忙问："姑娘怎么委屈？谁敢给姑娘气受，快吩咐我。"住儿媳妇在一旁慌了手脚，上来赶着平儿叫："姑娘坐下，让我说原故请听。"平儿正色道："姑娘这里说话，也有你混插口的理！但凡知礼，只该在外头伺候。不叫你，进不来的。几时有外头的媳妇子们无故到姑娘房里来的例呢？"绣橘说："你不知我们这房里没礼的，谁爱来就来。"平儿道："都是你们的不是。姑娘好性儿，你们就该打出去，然后再回太太去才是。"平儿介入了，这件事情就这样被交到了王熙凤手上。

接下来我们看到这个画面的结束是迎春躺在床上，还在读她的《太上感应篇》，这是有关道家修养的一本书。所以就没有听到探春向平儿说明情况，又忽然听到平儿问她的处理意见，就笑着说："问我，我也没什么法子。他们的不是，自作自受，我也不能讨情，我也不去苛责就是了。至于私自拿去的东西，送来我收下，不送来我也不要了。太太们要问，我若能隐瞒遮饰过去，是他的造化；若瞒不住，我也没法，没有个为他们反欺诳太太们的理，少不得直说。你们若说我好性儿，没个决断，竟有个好主意可以八面周全，不使太太们生气，任凭你们处治，我总不知道。"众人听了，都好笑起来。黛玉笑道："真是'虎狼屯食阶陛，尚谈因果'。"就是说虎跟狼已经就在家门口了，你还在谈因果。这表面上是在讲迎春，实质上也在讲贾府。

第七十四回

惑奸谗抄检大观园
矢孤介杜绝宁国府

青春王国的破灭

第七十四回的抄检大观园，可以说是《红楼梦》里非常重要的一个篇章。这些十二三岁就住到大观园里的孩子们，在此度过了一段最美丽的青春岁月，抄检大观园预告了这个青春王国的破灭。每个人都有过自己的青春岁月，也都有结束青春的时刻，只是结束的方法、时间不太一样。对曹雪芹来讲，他的家族大概在雍正五年被抄。一般的学者推论，曹雪芹那一年是十三岁，大概在他的记忆里有一个巨大的青春断裂。如果把作者的家世跟贾宝玉的生平连在一起的话，下面即将看到，在抄检大观园的过程中，探春是最敏感、反应最强烈的，她当时就流下了眼泪，觉得如果家族内部已经自相残杀到这种程度，还用等别人来抄吗？

所以在这一回我们看到好几条线组织在一起，一条线是上回里的傻大姐，不小心捡到一个绣春囊，而这个绣春囊很意外地落到了王熙凤的婆婆邢夫人的手中；还有一条线是贾琏求鸳鸯偷着把贾母床底下的金银器拿出来当掉，当了一千两银子；还有一些线索是之前就伏下的，比如邢夫人出面替贾赦讨鸳鸯做妾，结果碰了一鼻子灰的负面影响……就这样，以绣春囊为导火索，好几件事情一起爆发。

所以我想大家读《红楼梦》一定要比较细心，我说过很多次，作者是个了不起的编织家，能把无数的经线跟纬线编织成非常漂亮的锦绣。

宝玉的热心肠

第七十四回一开始写到宝玉。“话说平儿听迎春之言，正是好笑，忽见宝玉也来了。”宝玉不是正在装病吗？这个时候他已经忘了这回事了。因为贾母盘查出的三个赌头之一是大观园的主厨柳家的妹妹，前面讲过，柳家的一直想把女儿送到怡红院里来做用人，她们跟芳官的感情特别好。可是《红楼梦》里的派系很复杂，不会说赌头是你的妹妹，在法律上就只是你妹妹负责。“因园中有素与他不睦的，便又告诉出来，说柳家的和他妹子是伙计，虽然他妹子出名，其实赚了钱两个人平分。因此凤姐要治柳家之罪。”我们知道厨房是油水最多的地方，因为克扣、贪污不太容易被查出来。所以这个位置是大家都要抢的，柳家的曾经因为玫瑰露事件，一度被人赶走过，没有多久，平儿又恢复了她的职务。

“那柳家的得了此信，便慌了手脚，因思素日与怡红院人最为深厚，故走来悄悄的央求晴雯、金星玻璃等人。金星玻璃告诉了宝玉。”因为唯一能够帮忙就是宝玉。“宝玉因思迎春之乳母也现有此罪，不若来约同迎春去，比自己独去单为柳家说情又更妥当，故此前来。”宝玉想干脆我们一起去说情，两个人在脸面上比较大，贾母就会放了。其实也是很幼稚的想法。宝玉根本不会骗人，老爸考试的事情蒙混过去了，他就忘了自己原本是在装病，就直接跑到迎春那边去了。“忽见许多人在此，见他来时，都问：‘你的病可好了？跑来作什么？’”宝玉一看到宝钗、黛玉、探春都在，“不便说出讨情一事，只说：‘来看二姐姐。’当下众人也不在意，且说些闲话”。

我们看到平儿要处理这个事了：“平儿便出去，那王住儿媳妇紧跟在后，口内百般央求，只说：‘姑娘好歹口内超生，横竖去赎了出来。’”可见这些下人其实也都知道轻重，明白万一查出来是不得了的事情，一个奶妈竟然偷了小姐的贵重首饰去赌博。平儿笑道：“你迟也赎，早也赎，‘既有今日，何必当初’！你的意思得过去就过去了。既是这样，我也不好意思告人，趁早赎了来，交与我送去，一字不提。”王住儿媳妇听了以后，“方放下心来，说就拜缴，又说：‘姑娘自去贵干，我赶晚拿了来，先回了姑娘，再送去，如何？’”平儿道：“赶晚不来，可别怨我！”意思是说今晚以前我还可以徇私帮你隐瞒此事，如果到时东西没有赎回来，我就告诉王熙凤公事公办。

王熙凤的巨大沮丧

“平儿到房，凤姐问他：‘三姑娘叫你作什么？’平儿笑道：‘三姑娘怕奶奶生气，叫我劝着奶奶，这两天可吃些什么。’”不知大家是否读懂，本来平儿是去处理迎春的奶妈把首饰当掉这件事情，可是她在王熙凤面前却只字未提。因为平儿很疼惜王熙凤，知道她的身体已经一塌糊涂了，又好逞强，多知道一件事，只是多一份气。

所以我们读《红楼梦》一定要仔细，每个人的语言都很契合这个角色的心情和性格。平儿是对王熙凤忠心耿耿的人，觉得此时她知道的事情越少越好。凤姐笑道："倒是他还记挂着我。"注意，这句话的感慨很深，王熙凤管家管了几年之后，几乎把人都得罪光了。这样的人有权有势的时候，所有的人都巴结她。一旦生了病，把大权交给李纨和探春之后，马上就会有冷落的感觉，何况她骨子里是个喜欢风光热闹的人，所以在这个时候就特别有感触。

可王熙凤这样的人，每天就是大事、小事此起彼伏。注意一下她的语言："刚才又出了一件事：有人来告柳二媳妇和他妹子通同开局，凡他妹子所为，都是他作主。"《红楼梦》里要处理的事情太复杂了，派系太多，大家彼此争权夺利，事实上这个家败就败在这里。王熙凤就说："我想，你素日肯劝我'多一事不如省一事'，就可闲一时，自己保养保养也是好的。我因听不进去，果然应了些，先把太太得罪了，而且自己反赚了一身病。"作为一个特别助理，平儿常常劝王熙凤处理问题尽量大事化小，小事化无。平儿是《红楼梦》里我非常喜欢的一个女性，她其实是个一辈子在感情、婚姻上都没有任何希望的女孩子，可她就是对王熙凤非常好。而这个好包括分担她所有的劳苦，承受王熙凤的强势。她很能干，心地又非常善良，很多事情处理完以后根本不告诉王熙凤，这才是真正得力的助手。所以王熙凤这个时候也有一点感谢平儿，平儿知道王熙凤生理上的病，其实是心理强势造成的，相当于一直在透支生命。

王熙凤真的把平儿作为知己，跟她说："如今我也看破了，随他们闹去罢，横竖还有许多人呢！我白操一会子心，倒惹的万人咒骂。"这里透露出王熙凤内心巨大的沮丧、灰心，还有无奈的忧伤，眼看着这个贾家已经烂透了，想撑也撑不起来。反正这个房子要垮，第一个压的也不是我！她本能地感觉到，丈夫贾琏本身就总在外面惹事，所以她说：干脆"我且养病要紧，便是病好了，我也作个好好先生，得乐且乐，得笑且笑，一概是非却凭他们去罢！所以我只答应着知道了，自不在心上”。“知道了”三个字很有趣，如果大家有机会到故宫博物院去看清朝所有皇帝批的奏章后面都写这三个字。“知道了”很好用，年轻的时候很喜欢操心，一旦年纪大了，碰到学生来报告什么事情，就只说“知道了”，学生不敢走，因为他不明白你到底是什么意思，“知道了”三个字无褒无贬无意见。后来我就明白古代的皇帝有多厉害了，大臣费尽力气洋洋万言的奏折，回复是：“知道了。”弄得大臣根本搞不清皇帝的态度，我想这就是所谓政治的玄机。如今王熙凤也终于领悟到这个玄机了，就是不到万不得已先不处理。

平儿笑道：“奶奶果然如此，便是我们的造化。”平儿很开心，觉得你终于肯听我的话了。

《红楼梦》里的家族斗争

下面这段非常精彩，平儿和王熙凤“一语未了，只见贾琏进来，拍手叹气”。注意，作者描写人的动作用词非常考究，贾琏虽然二十岁，可是有点不成才，还蛮幼稚的，完全没有料到的事情发生了，便拍手叹气，道：“好好的又生事！前儿我和鸳鸯借当，那边太太怎么知道了？”“那边太太”是指邢夫人，“刚才叫过我去，叫我不管那里先迁挪二百银子，做八月十五日节间使用。我回没处迁挪。太太就说：‘你没有钱就有地方迁挪，我白和你商量，你就搪塞我，说是没地方了。前儿那一千两银子的当是那里的？连老太太的东西你都有神通弄出来，这会子二百银子，你就这样。幸亏我没和别人说！'”这是很重的话，足见《红楼梦》的家族斗争有多严重，母亲对儿子讲话都含有威胁的成分。意思是说你要是不给的话，我就把这个事儿给你抖出来。别忘了，她的袖子里还有一个绣春囊，这个时候恐怕是邢夫人自认为最得意的时候，她抓到了最恨的两个人的把柄，一个是她儿子，一个是她儿媳妇。

所以等你把《红楼梦》里的人物关系真搞清楚再去看的时候，真是恐怖到后脊梁骨发凉。其实探春后来哭的就是这个，这种家族铜墙铁壁、门禁森严，外边怎么杀都杀不死，最怕的就是内部出问题。一旦家族中的三代人之间的关系变成了一个利益关系，孙子惦记着占老祖母便宜，妈妈则打儿子的主意，这样的家族怎么可能不败？读历史的朋友大概都知道唐代最有名的“玄武门之变”，玄武门就是大内皇宫的北宫门，李世民就是在这次政变中杀死自己的长兄和四弟，得立为皇太子的。

我想《红楼梦》读到七十四回，就会觉得其实这个家根本不需要别人抄，孙子比谁都清楚祖母的床底下有什么，一直琢磨着怎么去把它搞光，这是这个富贵了四世的大家族最悲惨的地方。我们在报纸上看到很多大家族的父母子女、兄弟姊妹因为分财产而反目成仇，常常觉得很不可思议，对我们这些普通家庭的人来说，那种经验很遥远，可是如果你生活在这样的家族，财产有几十亿、上百亿的，很可能就连最基本的亲情都没有了。

贾琏这个人脑子也不是很清楚，他说：“我想太太分明不短，何苦来要寻事奈何人！”如果真的是缺两百两银子，动机反而比较简单。可邢夫人真的不是缺这点钱，她的动机比较复杂，为的是要证明自己的权力，因为自从王熙凤嫁过来以后，她在这个媳妇面前始终抬不起头来，这次是存心要报复的。

可大家看王熙凤的反应，她想到的是谁有可能去泄漏这个秘密。曹雪芹写人物的时候，根本就处于精神分裂的状态，每一个人的反应一定是那个人该有的，上百个人物遇到事的反应完全不同。王熙凤就说："那一日并无一个外人，谁走了这个消息？"平儿听了，也细想那日有谁在此，想了半天，笑道："是了。那日晚上送东西来的时节，老太太那边傻大姐的娘也来送浆洗的衣服。他在下房里坐了一会子，见大箱子，自然要问，必是小丫头们不知道，说了出来，也未可知？"傻大姐这个角色又出来了，绣春囊、贾琏偷祖母床底下的东西，都跟傻大姐有关，但无论是她本人还是她娘，都处于无心的状态。

邢夫人小人眼馋肚饱

接下来平儿就要开始查案了，因此便唤了几个小丫头来问："那日谁告诉傻大姐的娘来？"众丫头慌了，都跪下赌咒发誓，说："自来也不敢多说一句话。有人凡问什么，都答应不知道，这事如何敢说！"可见王熙凤房里的丫头都是训练有素的，这里既有王熙凤的厉害，又有平儿的精明，这些小丫头很明白自己的身份，所以"知道了"是很重要的智慧，"不知道"也是很重要的智慧。相比之下，迎春房里简直乱七八糟。那个奶妈，包括王住儿媳妇都是可以随便说话的。

"凤姐详情"，"详情"就是审度了一下情理，说道："他们必不敢多说，倒别委屈了他们。如今且把这事靠后，且把太太打发了去要紧。宁可咱们短些，再别讨没意思！"王熙凤的脑子非常清楚，她知道这个婆婆不好惹，不把钱给她，她会没完没了的。她就叫平儿："把我的金项圈拿来，且暂押二百两银子来送去完事。"又是一个金项圈，记不记得上一次当金项圈是皇宫里的夏太监要买房子，可见王家女儿的陪嫁还真是不少，难怪她会看不起贾琏。最精彩的还是曹雪芹的人物刻画，贾琏立刻反应说："越性多押二百，咱们也要使呢。"王熙凤说："很不必，我没处使钱。这一去还不知指那一项赎呢。"意思是说这个项圈押出去，什么时候能赎回来还不知道呢。可见贾家这些富贵公子像贾琏之流花钱如流水，根本不事生产，相比之下王熙凤是当家方知柴米贵。

这些地方都是《红楼梦》最精彩的细节，能让你看到人性很细微的地方。此处能看出王熙凤的了不起，大概曹雪芹晚年回想起来，曹家之所以还能够维持一段时间的富贵，恐怕也是因为有这样的女性。记不记得夏太监来的时候，王熙凤叫贾琏赶紧躲起来，这绝对是个聪明的女人，她深知政治上牵一发而动全身的厉害，更知道什么时候需要打点，什么时候必须严格。

"平儿拿去，吩咐一个人叫了来旺媳妇来领去，一时拿了银子来。贾琏亲自送去，不在话下。这里凤姐和平儿猜疑，是谁走的风声，竟拟不出来。凤姐道：'知道这事还是小事，怕的是小人趁便又造言生事。那边正和鸳鸯结下仇了，如今听得他私自借给琏二爷东西，那起小人眼馋肚饱，没缝儿还要下明蛆。'"这个民间的俗语我们现在不太懂，没有缝的鸡蛋在很多时候是不会坏的，有了缝儿的才会发臭变质，可是人一旦存心害人是完全可以无风起浪的。仔细琢磨这句话，说的就是邢夫人，之前邢夫人不是替她丈夫讨鸳鸯做妾，结果鸳鸯不肯吗？所以她的公婆和鸳鸯之间是有仇的。王熙凤接着说："如今有了这个因由，恐怕又造出些原故来，又说些没天理的话，也定不得。在你琏二爷还不妨，只是鸳鸯正经女儿，带累他受屈，岂不是咱们的过失！”其中有一点很有趣，王熙凤心疼的是鸳鸯，而不是她的丈夫，在她眼里，贾家的男人都不是什么正经角色。

平儿安慰她说：“这也无妨。鸳鸯借东西原看的是奶奶，并不为的是二爷。”有没有感觉到《红楼梦》里女性之间的惺惺相惜，平儿说，你以为鸳鸯那样做是为了贾琏吗？才不是呢，她为的是跟你的交情，觉得你是一个能干、明理的人。更精彩的是，她说：“一则鸳鸯虽应名是他的私情，其实他是回过老太太的。”我觉得这句话非常重要，鸳鸯是得到贾母百分之百信任的丫头，她如果要搞怪的话，比谁都有机会和权力；可鸳鸯是个正直无私的人，这个事情她已经跟贾母讲过了。可能说你这个孙子真不像话，叫我来偷你床底下的东西。依我看你就给他吧，但最好说是我偷的，不要说是你给的。“老太太因怕孙男弟女多，这个也借，那个也借，到跟前都撒个娇儿，和谁要去？”我不知道大家懂不懂，《红楼梦》里面的平儿、鸳鸯都是出色的人才。关键时刻头脑清楚，处事正直，有同情心。可惜的是，她们落到了贾府这样一个腐败家族，周围全是些扶不起来的阿斗。

平儿说：“老太太因此只装不知道。纵闹了出来，究竟他也无碍。”有没有发现老太太的装糊涂也是非常值得玩味的，像这种四代同堂的家族，光孙子就几十个，过年只是发压岁钱就要发昏掉了。面对这么多的儿孙，碰到孙子偷盗，如果是年轻的时候，肯定会把贾琏吊起来痛打一顿。现在她老了，没有那个力气了，索性就跟鸳鸯联手，把事情遮掩过去就算了。

凤姐道：“理虽如此。只是你我知道的，便罢了，不知道的，焉得不生疑呢！”

王夫人的道德偏见

下面出现了极其紧张的状态。“一语未了，人报：‘太太来了。’”这个太太是指王夫人。注意，邢夫人出身卑微，而王夫人是王子腾的妹妹，王熙凤是她的亲侄女，王夫人把家交给王熙凤管理，就是因为她们之间有血缘关系。而邢夫人把绣春囊交给王夫人，说你们王家的女儿去买情趣用品，为的就是给她们难堪。

“凤姐听了诧异，不知为何事亲来，与平儿等忙迎出来。只见王夫人气色更变，只带一个贴己的小丫头走来。”我们知道王夫人通常都是要八个丫头的，如今只带一个贴身的，有点微服私访的意味，不能让太多人知道这个事情。“一语不发，走到里间坐下。”作者渲染的简直就是山雨欲来风满楼的气氛。“凤姐忙奉茶，因赔笑问道：‘太太今日高兴，到这里逛逛？’”王夫人没有回答她，而是喝命：“平儿出去！”表明这件事情连平儿都不能参与。“平儿见了这般光景，心内着慌不知怎么样了，忙应了一声，带着众丫环一齐出去。”

大家可以感觉一下作者所营造的事情爆发前的那种紧张和悬疑，还有文笔的收敛。平儿“在房门外站住，越性将房门掩了，自己坐在台矶上，所有的人，一个不许进去”。平儿意识到王夫人有重要、私密的话要说，干脆就坐在台阶上守着门。镜头又转回来：“凤姐也着了慌，不知有何等事。”平日里只知道吃斋念佛的太太，怎么会发这么大的脾气？“只见王夫人含着泪，从袖里掷出一个香袋来，说：‘你瞧！’”前面提到过，其实性本身真不见得有多严重，可是因为性而引发的道德上的危机感才最恐怖。绣春囊不过就是两个人抱在一起，哪有那么严重？问题是一旦牵扯到道德批判，事情就变得没那么简单了。

“凤姐拾起一看，是十锦春意香袋，也吓了一跳，忙问：‘太太从那里得来？’王夫人见问，越发泪如雨下，颤声说道：‘我从那里得来！我天天坐在井里，把你当个细心人，所以我才偷了空儿。’”这是在责备王熙凤，意思是我觉得你是一个好的管理者，把家里大小事都交给了你，我只是吃吃斋、念念经。“谁知你也和我一样。这样东西，大天白日里明摆在园里山石上，被老太太的丫头拾着，不亏你婆婆遇见了，早已送到老太太跟前去。”可见王夫人也是个老实人，她根本没想到邢夫人是趁机来整她的儿媳妇的，如果这个婆婆真的关心这个儿媳妇，私下里直接给儿媳妇就好了，干吗要弄到她姑妈那里去？

“我且问你，这个东西如何遗在那里来？”大家有没有注意到，王夫人对这个东西是王熙凤的一点都不怀疑。她觉得大观园里的女孩都没有结过婚，不会有这个东西；她也不怀疑宝玉，因为那是她的儿子。我们可以从心理学的角度好好分析一下，为什么她和邢夫人都一致认定这东西是王熙凤的？道德的偏见会让你在面对事情的时候，根本没有办法启动理性思维，而一个不成熟的社会会有特别多的道德偏见。

“凤姐听了，也变了颜色，忙问：‘太太怎知是我的？’”她觉得自己已经被认定就是嫌疑犯了，那还了得！“王夫人又哭又叹说道：‘你反问我！你想，一家子除了你们小夫妻，余者老婆子们，要这何用？’”这里有点小看那些老太婆了。“女孩子们是从那里得来？”她早就已经分好了，老的不会用，年轻的也不会用，当然就是你们刚结婚的小夫小妻才会有这种东西。可见王夫人有多糊涂，面对这么大的一个家族，形形色色的人，对人性缺乏最起码的了解根本不行。“自是那琏儿不长进下流种子那里弄来。”我不知道在今天如果一个婆婆碰到她儿媳妇用情趣物品，会怎么反应，但我相信这样的事在今天也肯定会碰到。王夫人说是贾琏弄来的，把王熙凤也过滤掉，是因为她想我们王家家教这么好，怎么会用这种东西。所以王夫人的语言蛮好玩，一层层地过滤。“你们又和气，当作一件玩意儿，年轻人儿闺房私意是有的，你还和我赖！”这个“和气”讲得很委婉，意思是你们夫妻两个也需要看看 A 片什么的去刺激情趣，这是王夫人最大方的一次对性的支持，大概她也忽然想到了自己年轻时的经验。细琢磨，这个语言很好玩，本来一直在是责备，忽然又说闺房里有这样的东西是可以理解的。

“幸而园内上下人还不解事，尚未拣得。倘或丫头拣着，你姊妹看见，这还了得！不然，有那丫头们拣着，出去说是园内拣着的，外人知道，这性命脸面要也不要？”在当时那个社会里，性这个东西就是有这么严重的，弄不好真的要赔上性命。前面的金钏儿只是跟宝玉说了几句比较自由的话，最后就被逼跳井自杀了。所以我常常跟朋友说，在一个社会里，钱可能逼死人，名誉也可以逼死人。王夫人深知道德舆论的厉害，因为别人一旦拿这个做文章，王家的人就完了。

王熙凤含泪说理

“凤姐听说，又急又愧，登时紫涨了面皮，便依炕沿双膝跪下。”王熙凤这么好强的人，在这个时候都没有其他的办法，这关系到女性的贞节和品德。八字都还没有见一撇，便不由分说地认定是你的。古代社会很多女性经常会被这样冤枉，这个时候只能自杀以谢国人，因为你的贞操、德性都没了。但王熙凤在这个时候表现得很不简单，换作别的女性，肯定只能死给你看了，根本就没有心思去分辩是不是我，但王熙凤却跪在那里开始认真打量、仔细分析。

她含泪申诉说："太太说的固然有理，我也不敢辩我并没有这样东西。但其中还要求太太细详其理：这香袋是外头雇工做的，请看带子、穗子一概是卖货。若是内工绣的，自然都是好的。""雇工"就是外面的一般工人，"内工"是讲皇宫里边用的高手，可见中国真的是有情趣用品历史的。过去的皇宫里有一批专门做皇宫贵族的情趣用品的工人，做工细得不得了。"我便年轻不尊重些，也不要这劳什古子！此其一。"我觉得王熙凤的了不起在于，她运用的是现代的法律观念，就是绝对是讲证据的，而不是道德偏见。接下来她还有第二点、第三点，脑子非常清楚。我多次提到，王熙凤如果活在今天，绝对是精英。

她说："二者，这东西也不是常带着的，我纵有，也只好在家里，焉肯带在身上各处去？"王熙凤并不住在大观园，她到大观园只是去办事，怎么可能带着这个东西去上班？"况且又在园里，个个姊妹我们都拉拉扯扯，倘或露出来，不但在姊妹前，就是奴才们看见，我有什么意思？我虽年轻不尊重，亦不能糊涂至此。"大家记不记得前面大家喝点酒就东摸摸西摸摸的，有一次李纨就摸着了平儿怀里的钥匙，说这个硬邦邦的是什么东西。女孩子之间不太有什么禁忌。第二点是非常有力的证据，意思是你怎么不想一想，哪里有人会带着这个东西到处乱跑？我觉得"糊涂"这两个字是故意说给她姑妈听的。

接着她讲第三点："三则论主子内我是年轻的媳妇，算起奴才来，比我更年轻的又不止一个人了。况且他们也常进园，晚间各人家去，焉知不是他们身上的？"这也是王熙凤很冷静的分析，那些丫头也都已经十六七岁，像司棋就跟她的表弟有过幽会，这些东西就可能传来传去。下面第四点："四则除我常在园里之外，还有那边太太常带几个小姨娘们来，如嫣红、素云等人，皆系年轻，他们更该有这个。还有珍大嫂子，他不算甚老，他也常带过佩凤等人来，焉知又不是他们的？""小姨娘"就是刚刚被收为妾的人，这种人是最有可能有这种东西的。因为男主人收她做妾的时候，性变得比较像游戏，年轻的时候反而不会，像贾赦要鸳鸯做妾，他就很需要这种东西。

王熙凤就这样抽丝剥茧地慢慢理清，到底哪些人有可能。这个人又羞又愧地跪在地上哭着，还可以一二三四五分析得这么清楚，确实不简单。还有第五："五则园内丫头太多，保的住个个是正经的不成？焉知年纪大些的知道了人事，或者一时半刻人查问不到偷着出去，或借着因由同二门上小幺儿们打牙犯嘴，外头得了来的，也未可知。"和小厮打牙拌嘴，大家可能见识过。就是看门的小男孩，他们很有趣，比如你现在要出去买臭豆腐或者桂花油什么的，要给我点好处，我才帮你开门。这种小孩子是最容易犯规的，而丫头们跟他们年龄又差不多，打打闹闹的，这些人也极有可能把这种东西带进来。

"如今不但我没此事，就连平儿我也可以下保的。太太请细想。"这个真的是保对了，平儿是绝不敢碰这个东西的，平儿作为陪嫁丫头，连贾琏都尽量躲着，她知道王熙凤吃起醋来有多厉害。

"王夫人听了这一席话大近情理，因叹道：'你起来。我也知道，你大家子小姐出身，焉得轻薄至此，不过我气急了，拿话激你。但如今却怎么处？你婆婆才打发人封了给我瞧，说是从傻大姐手里得的，把我气了个死。'”这时候王夫人头脑慢慢清醒了，这个“大家子小姐出身”，当然是一语双关，是你也是我。其实“绣春囊”本身不是什么不得了的事，小孩子们看看玩玩，也没多严重的，可一旦涉及家族的脸面、道德，问题就严重了。王夫人气得半死是因为被人暗示说，你们王家的女儿没有家教。

抄检大观园专案小组

凤姐说：“太太快别生气。若被众人觉察了，保不定老太太不知道。且平心静气暗暗访查，才得确实。”但王熙凤也知道这个东西无论怎么查，都无从查起。所以她说：“纵然访不着，外人也不得知道。这叫作‘胳膊折了在袖内’。”意思是即便查不到，至少不会声张出去。

但等一下看到抄检大观园的过程，你会心痛。原来一个两小无猜、天真烂漫的世界，竟然能被污染到那种程度，而这个污染恰恰是打着贞洁的名义去的。王熙凤出主意说：“如今惟有趁着赌钱的因由，革了许多的人这空儿，把周瑞媳妇、旺儿媳妇等四五个人，贴近不能走话的人安插在园内，以查赌为由。”注意，周瑞家的和旺儿媳妇这些管家，都是王夫人或者王熙凤的陪房丫头，她们不会随便偷漏风声的。由她们组成一个专案小组，这就是抄检大观园的开始。

下面这一场戏写得非常精彩。王熙凤处于不得已，因为她自己是一个嫌疑犯，所以她必须帮王夫人把这个专案小组组织好，以还自己的清白。如果是寻常日子里，王熙凤未必会赞同这个事，这个时候她就特别提到了有些丫头。她说："再，如今的丫头也太多了，保不住人大心大，生事作耗，等闹出事来，反悔之不及。"下面有段戏都是丫头的戏。迎春房里的司棋、宝玉房里的晴雯，这些女孩子都比宝玉大一点点，王熙凤觉得她们已经懂事了。"如今若无故裁革，不但姑娘委屈烦恼，就连太太和我也过不去。不如趁此机会，以后凡年纪大些的，或有些难缠咬牙的，拿错儿撵出去配了人。一则保得住没有别的事，二则也可省些用度。太太想我这话如何？"王熙凤觉得这些丫头很难管，不如随便找点错儿，撵出去配人。从管理人员的角度来讲，这样操作起来最方便，可是细琢磨起来蛮可怕的，一个女孩子的命运就这样被决定，其实蛮悲惨的。

王夫人有点儿难过，又觉得好像应该这样办。叹道："你说的何尝不是，但从公细想，你这几个姊妹也甚可怜了。也不用远比，只说你林妹妹的母亲，未出阁时，是何等娇生惯养，是何等金尊玉贵，那时像个千金小姐的体统。如今这几个姊妹，不过比人家丫头略强些罢。通共每人只有两三个丫头像个人，余者纵有四五个小丫头子，竟是庙里的小鬼。如今还要裁革了去，不但于我心不忍，只怕老太太未必就依。虽然艰难，也穷不至此。我虽无受过大荣华富贵，比你们是强的。如今宁可我省些，别委屈了他们。以后要省俭先从我来倒使得。你如今且叫人传了周瑞家的等人进来，就吩咐他们快快暗地访拿这事要紧。"其实是在讲这个家族已经远不如上一代，有明显的家道中落的感觉。

王善保家的被忽视的心态

接下来王夫人要主持的这个抄家专案小组，她能够动用的人，当然只能是她和王熙凤的陪房。“一时，周瑞家的与吴兴家的、郑华家的、来旺、来兴家两家的，现在五家陪房进来，余者皆在南方各有执事。王夫人正嫌人少不能勘察，忽见邢夫人的陪房王善保家的走来，方才正是他送了香袋来的。王夫人向来看视邢夫人之得力心腹人等原无二意，今见他来了打听此事，十分关切，便向他说：‘你去回了太太，你也进园来照管照管，不比别人又强些？’”王夫人觉得这个小组的声势应该更壮大一点，就加上了王善保家的。等一下在整个抄检过程中这个王善保家的是个关键人物，因为邢夫人本身的地位比较卑微，她的陪房平常的教养和受重视程度也很不够。这样的人一旦变成专案小组的成员，立刻就狐假虎威起来。如果说抄检大观园是法律上很客观的抄检，也没多大问题，可问题牵涉到复杂的人际关系，每个人都想趁机报复。

接下来这一段希望大家能注意一下：“王善保家的因素日进园去，那些丫环们不大趋奉他。”生活中一个人大家是不是喜欢你，就能看出你随不随和，有没有人缘，或者懂不懂事。很明显，王善保家的在大观园里不怎么受欢迎。越不受尊重，就越想要发号施令，但问题是她背后没有很硬的后台，邢夫人本身就没有什么地位，这种多年来累积的怨气，如今终于有机会宣泄了。她大概做梦都没想到天上会掉下来一个专案小组委员的资格。因为丫头们不理她，她“心里大不自在，要寻他们的事故又寻不着，恰好生出这样事来，以为得了把柄”。注意，所有法律事件，一旦想作为把柄就很难公正，其中一定有先入为主的偏见。现在“又听见王夫人托他，正撞在心坎上，连忙应道：‘这个容易。不是奴才多话，论理这事早该严紧些的。’”注意，这已经不是法律的语言了。

她说：“太太也不大往园子里去，这些女孩子们一个个倒像受了封诰似的。他们就成了千金小姐了。”“封诰”是古代官员的夫人要戴凤冠霞帔，由皇帝封赏诰命。她心里也看不起这些人，她觉得大家都是下人，你们凭什么那么娇贵。可见真正瞧不起苦出身的人不一定是贵族，很多时候是另外的贫苦人。“闹下天来，谁敢哼一声儿！不然，就调唆姑娘们，说欺负了姑娘们了，谁还当得起！”

王夫人说：“这也是有的，本是常情，跟姑娘们的丫头原比别的娇惯些。”因为小姐有高贵的身份，所以跟小姐的丫头，也都会因此受到尊重。像黛玉身边的紫鹃，探春旁边的待书，或者迎春旁边的司棋，也都会有一点娇，因为熏染了小姐被尊重的气息。王夫人自己是大户人家小姐出身，觉得这是可以理解的。“你们该劝他们。连主子们的姑娘不教导，尚且不是，何况他们？”

晴雯的美变成罪恶

王善保家的就说：“别的都还罢了。”注意，她一心要整的就是晴雯。《红楼梦》读了那么久，大家都知道晴雯是个热心肠的人，可就是嘴巴不饶人，王善保家的希望有人去奉承她，晴雯最不会来这一套，所以她最恨的就是晴雯。她就说：“太太不知，头一个宝玉屋里的晴雯丫头，仗着他生的模样儿比别人标致。”“标致”就是漂亮，注意，在主流文化中“美”会变成罪恶。后来王夫人把所有的女孩子叫出来排一排检查的时候，一眼就看到了晴雯的美，而且她就觉得因为漂亮，晴雯是最可能勾引宝玉的，所以就把她赶了出去。

林语堂曾写过一篇文章叫《晴雯的头发》，五四运动以后三十年代的作家对此是蛮有感触的。儒家的文化最后在判断人的时候，缺乏对人的本质的认知，太容易从一个人的外在去判断，比如穿什么样的衣服、梳什么样的发型，大概就是什么样的人。晴雯只是因为头发没有梳好，就被认为是妖精。事实上刚好相反，因为那个最规矩的、老是穿着学生制服的袭人，才是最早跟宝玉发生关系的。

专案小组还没有开始办案，晴雯就被点出来了，王善保家的就说那个丫头仗着生的模样比别人标致些，“又生了一张巧嘴，天天打扮的像个西施的样儿”。有没有发现这些完全跟主流文化有关，所谓“巧言令色，鲜仁矣！”一个人口才太好，长得太漂亮，就很难合乎道德。一旦这种判断演变成通用的标准，这个文化一定会出大问题，所以很多人在青少年的时代，不管多爱美都不敢表现，宁愿让自己丑丑的、呆呆的，因为美和灵巧真的是种忌讳。

现在她说晴雯：“在人跟前能说惯道，掐尖要强。”“掐尖要强”四个字很有趣，掐是用指甲掐最好的，过去比较讲究的人家择青菜时是用指甲掐其中最嫩的部分，比如豆苗，大概五分之三都丢掉了，只掐那一点点尖来吃。这里就有一点形容晴雯是那个喜欢冒尖的，而冒尖是最容易受伤的。主流文化一直在警告大家，锋芒不要太露，晴雯不管，什么时候都要表现自己最好的一面。为什么林语堂会为晴雯辩护？因为他受了很多西方文化的影响。西方文化的灵魂是鼓励人去表现自己的。所以在林语堂的眼中，晴雯是个非常西化的女孩子，她觉得我会、我好，为什么不能表现？如果不“掐尖要强”，宝玉的雀金裘就没有人补了。晴雯补裘其实是生命的另一种热情，是人对所从事专业的认真或者心血的投注。

王善保家的继续说：“一句话不投机，他就立起两个骚眼睛来骂人，妖妖娆娆，大不成个体统！”眼睛就是眼睛，但“骚眼睛”就是明显的道德批判，如果把一个人语言中情绪性的东西拿掉，剩下的便只是眼睛而已。可是加了一个“骚”字，就变得跟性有关了，它是动物身上一种吸引异性的气味。今天要说一个人很骚，或者卖骚，原始的意义就是在讲性。事实上可能只是晴雯不太瞧得起王善保家的这个人。“妖”字也很有趣，读过《诗经》的朋友都知道，这个字在《诗经》里是很美的意思，是花开放时的状态，可是这个字的含义不知为何一路下滑，事实上它只是在讲生命本能地展现出自己最美的那个部分。

王夫人对晴雯的批判

“王夫人听了这话，猛然触动往事。”王夫人本质上跟王善保家的差不多，虽然她是个贵夫人，但她们都是主流文化的牺牲品，对美丽的女性都会有所防范。“便问凤姐道：‘上次我们跟了老太太进园逛去，有一个水蛇腰、削肩膀、眉眼又有些像你林妹妹的。’”有没有注意到林黛玉开始要倒霉了，王夫人一直没有直接说对林黛玉的态度，可是在举例时，把林黛玉和晴雯扯在一起，由此可以断定这个母亲绝对是要宝钗而不要黛玉的。水蛇腰、削肩膀、眉眼之间都像林黛玉，显得太聪明、太灵巧了。而宝钗则是聪明到极点，表面上却永远是端庄宁静的，因此能躲过所有的灾难，这里我们可以了解一个母亲的潜意识。

“正在那里骂小丫头。我的心里很看不上那狂样子，因同老太太走，我不曾说得。后来要问是谁，又偏忘了。今日对了坎儿，这丫头想就是他了。”王夫人说不喜欢晴雯的狂样子，大家知道晴雯的脾气很大，但大家仔细想想，其实晴雯每一次发脾气都是因为她觉得事情不合理。记不记得那次坠儿偷了虾须镯，别人都想不声不响地把坠儿赶出去算了，只有晴雯忍不住把坠儿的手抓过来拿针去戳，意思是你怎么能这么不自尊？坠儿可能会永远恨晴雯，其实晴雯口快心直、古道热肠，她才是最关心坠儿的那个人。如果大家把有关晴雯的文字都找出来，就会发现晴雯像一块烧红的炭一样，随时会爆起来，一个社会中如果没有了这样的人，大家都做好好先生，是很糟糕的。可是在王夫人眼里，她骂人能骂到那个样子，好狂啊。有没有发现，王夫人每次都是先入为主，刚才是认为王熙凤有绣春囊，现在讲的是晴雯。这个主人的耳根子太软，底下人一进谗言，她便认定"就是她了"。

凤姐道："若论众丫头们，共总比起来，都没晴雯生得好。论举止言语，他原轻薄些。方才太太说的倒很像他，我也忘了那日的事。"在王夫人和王善保家的眼里，晴雯的水蛇腰、削肩膀、骚眼睛都是道德批判。而凤姐此刻扮演的角色就很有趣，她比谁都更了解晴雯是个很好的丫头，但她并没有想出头维护她，她只是说：我承认这些丫头里长得最漂亮就是晴雯。注意，她没有说漂亮是否有罪。大家要琢磨作者语言的分寸，王熙凤还不至于像王夫人那么糊涂，可是王善保家的再加上个王夫人，晴雯已经翻不了身了。

"王善保家的便道：'不用这样，此刻不难叫了他来，太太瞧瞧。'王夫人道：'宝玉房里常见我的，只有袭人、麝月，这两个笨笨的倒好。'"这是一句了不起的话，作者是在反讽主流文化对人才的扼杀，一个文化最后之所以会既没有创意，也没有创新人才，就是因为大家都认为笨笨的倒好。"若有这个，也自然不敢来见我的。我一生最嫌这样的人，况且又出来了这事。”这其中也有一份贵妇人的压抑，她对所有长得漂亮的女性都极其排斥。有时候很偶然地看到一个足够自信的女性，对自己的丈夫说：你看那个女生有多漂亮的时候，你会觉得她是异类，因为那个赞美里充满了自信、自然，没有道德批判的介入。可惜的是，很多时候美都是跟道德纠缠在一起的。

好个美人

王夫人的话越来越不堪入耳，她说：“好好的宝玉，倘或被这蹄子勾引坏了，那还了得！”大家仔细玩味一下这句话，一个母亲竟然在大庭广众之下能这样说话，她从来没想到儿子也可能会去勾引别人。《红楼梦》这本书完全可以用来做心理学的研究，为什么这个母亲在这种时候会说出这样的话？

“因叫自己的丫头来，吩咐他：‘到园里去，只说我说的话，叫他们留下袭人、麝月伏侍宝玉不必来，有一个晴雯最伶俐，叫他即刻快来！你不许和他说什么！’”王夫人就要开始赶人了，她认为麝月、袭人都笨笨的，所以她们两个留在宝玉身边没有关系。我们看了都会偷笑，因为那个笨笨的恰好是勾引她儿子的，或者说被她儿子勾引上的。我们也许不应该用她的语言，我想青春期的男孩、女孩之间应该是互相吸引，“勾引”已经是一种偏见了。

“丫头子答应着，走入怡红院，正值晴雯身上不自在，睡中觉才起来，正发闷，听如此说，只得随了他来。”晴雯真的很倒霉，因为生病的时候仪容没有平常那么讲究。“素日这些丫环皆知王夫人最恶乔妆艳饰、语薄言轻者，故晴雯不敢出头见王夫人。今因连日不自在，并无十分妆饰，自为无碍。”晴雯平常非常爱美，记得前面医生来给她看病，两个长长的指甲用凤仙花染得红红的。可是她也很聪明，觉得爱美是自己的事，不能在王夫人面前露出来。我反复强调《红楼梦》一直在探讨的那个主流文化回避的问题：为什么一个文化会把美视为罪恶？所谓的“红颜祸水”是个蛮奇怪的价值观，它让我们对身体的美，甚至对花的灿烂都有一种恐惧感，好像美先天就带着邪恶一样。

“及到了凤姐房中，王夫人一见他钗歪鬓松，衫垂带褪，有春睡捧心之遗风，而且形容面貌，恰正是上月的那人，不觉勾起方才的火来。”这里纯粹是一个母亲的主观偏见，其实晴雯就是病得太久了，刚刚睡午觉被临时抓来，身体松松垮垮的感觉，但前面有“骚眼睛”之类的铺垫，王夫人已经先入为主了，所以晴雯这一天注定不会有什么好下场。“春睡捧心”是讲古代的美女都是娇滴滴的，有一种体态上的美。王夫人的这个“火”到底是什么，我们搞不清楚，大概是由绣春囊引发的，这个火先是烧到王熙凤那里，现在又烧到了晴雯的身上。

“王夫人原是天真烂漫之人，喜怒出于心臆，不比那些饰词掩意之人。”这既像赞美，又像批判。曹雪芹如果就是贾宝玉，这段话就是在讲自己的妈妈，《红楼梦》里所有讲到王夫人的部分都很委婉，因为毕竟是母亲。所以他会说王夫人天真烂漫，小人一进谗言，她就相信了，高兴跟不高兴很容易就表现出来，也不会掩饰。“今既真怒攻心，又勾起往事，便冷笑道：‘好个美人！’”真该用这四个字来写一篇论文，这四个字可以是赞美，说：你真漂亮！可在这里却是罪恶，这个罪恶里不需要内容，只有一个字，就是“美”！“真像个病西施了。”王夫人把她比喻成古代的美女，大家知道，西施是曾经导致亡国的红颜。“你天天作这个轻狂样儿给谁看？”注意一下，我们小时候常能听到这种语言，女性在批判女性的时候常用。读到这里你就会觉得晴雯真是委屈极了，大家都知道她什么事都没有做，但这个母亲的偏见竟然会这么深，说：“你干的事，打量我不知道呢！且放着你，自然明儿揭你的皮！宝玉今日可好些？”

晴雯真是聪明到了极点，“一听如此说，心内诧异，便知有人暗算了他，虽然着恼，只不敢作声。他本是聪明过顶的人，见问宝玉，他便不肯以实言对，只说：‘我不大到宝玉房里去，又不常和宝玉在一处，好歹我不能知，只问袭人、麝月两个人。’”王夫人还要继续陷害她，就说：“这就该打嘴！你难道是死人，要你们作什么！”晴雯道：“我原是跟老太太的人。老太太说园里空，大人少，宝玉害怕，所以拨了我去外间屋里上夜，不过看屋子。”贾母能干，所以身边能容得下晴雯这样的人。而且她觉得晴雯非常好，就把她拨到了宝玉的房里。有没有发现贾母的态度跟王夫人不太一样，王夫人本身自信不够，所以才会防范，可是贾母不是，一直到最后晴雯死掉的消息传来，贾母还叹息说，我从小看她很好啊，怎么会是这样子！

晴雯说：“我原回过我笨，不能伏侍。老太太骂了我一顿，说：‘又不叫你管他的事，要伶俐的作什么？’我听了这话才去的。不过十天、半月之内，宝玉闷了，大家玩一会子就散了。”有没有发现她说谎了，她其实二十四小时都跟宝玉在一起，这么说为的是解除王夫人的情结。可是晴雯再聪明也解不掉，因为王夫人的防卫之心已经到了极致。“至于宝玉饮食起居，上一层有老奶奶、老妈妈们，下一层有袭人、麝月、秋纹几个人。我闲着还要作老太太屋里的针线。”因为她的编制是在老太太那边，花又绣得极好，所以老太太那边的针线活她也要做。最精彩的是下面的话："所以宝玉的事竟不曾留心。太太既怪，自后我留心就是了。"有没有发现实际上晴雯比王夫人要聪明得多。

"王夫人信以为实，忙说：'阿弥陀佛！你不近宝玉是我的造化，竟不劳你费心。既是老太太给宝玉的，我明儿回明了老太太，再拨你。'"这里还有一个尊重，因为老太太是她的婆婆。"因向王善保家的道：'你们进去，好生防他几日，不许他在房里睡觉。等我回过老太太，再处治他。'喝声：'去罢！站在这里，我看不上这浪样儿！'"我很希望大家能够把王夫人口中这些情绪性的字眼挑出来："骚"、"浪"都是对性的防范。这些字眼在我们今天的社会也并未消失，它反映了主流文化对性的恐惧。《红楼梦》里的丫头们，大概都是红袄配绿裙的，可是一旦有了偏见，她就要说："谁许你这样花红柳绿的妆扮！"晴雯只好出来。她是个有个性的女孩子，不是那种忍气吞声的人。"这气非同小可，一出门便拿手巾捂脸，一头走，一头哭，直哭到园内去。"

看到这段我总能联想到在中学时那些被剪了头发的女孩子的样子，觉得她们好委屈，不过就是有点爱美，可是那些责备和惩罚是她们无法承受的，其中加了太多的道德指责。

大观园的土崩瓦解

"这里王夫人向凤姐自怨道：'这几年我越发精神短了，照顾不到。这样妖精似的东西，我竟没看见！只怕这样的还有，明日倒得查查。'"所以由绣春囊引发的所有事件是非常有趣的，先是引发了王夫人对她儿子的性防范，接下来她就觉得这样的女孩大概还多得很。“凤姐见王夫人盛怒之际，又因王善保家的是邢夫人的耳目，常调唆着邢夫人生事，纵有千百样的言词，此刻也不敢说，只低头答应着。”其实这里多少有点暗示王熙凤并不赞成王夫人这样做，可她明白邢夫人是冲着她来的，王善保家的又是她婆婆的心腹，所以她什么话都不敢讲。

王善保家的继续挑拨：“太太且请养息身体要紧，这些小事，只管交给奴才。如今要查这个主儿，也极容易，等到晚上园门关了的时节，内外不通风，我们竟给他们个猛不防，带着人到各处丫头们房中搜寻一遍。”有没有发现，原来王夫人还没有想到半夜突然抽查，是王善保家的建议的。所以小人心理最明显的特点就是，他们永远觉得人都是坏的，不能用比较公正的办法去面对人和处理事。

她说：“想来谁有这个，断不单只有这一个，自然还有别的东西。那时翻出别的来，自然这个也是他的了。”注意她的逻辑，就是在谁那里找到了类似的东西，那这个绣春囊一定就是谁的。王夫人说：“这话倒是。若不如此，断不能清的清、白的白。”她们本来是要把事情查清楚，结果造成了更大的混乱。“因问凤姐如何？凤姐只得答应说：‘太太说的是，就行罢了。’王夫人道：‘这主意很是，不然一年也查不出来。’于是大家商议已定。”凤姐其实并不赞成，可是她在这样的状况下无话可说。

“至晚饭后，贾母安寝了，宝钗等入园时，王善保家的便请凤姐同入园，喝命园门皆锁上。”是不是很恐怖？简直就是一部恐怖片，一个青春王国开始有了妖魔。“便从上夜的婆子处抄检起来，不过抄检出些多余攒下蜡烛、灯油等物。”晚上不是要点蜡烛吗，蜡烛最后剩下一点点头，上夜的人舍不得丢掉，把它变成私人的东西，当然也有罪，因为这是公物。

王善保家的说："这也是赃，不许动，明儿回过太太再动。"如果是王善保家的这种人来治国，大概真的要乱套。可见平常不掌权的人，一旦有了权力，就要千方百计地花力气来证明。

"于是先就到怡红院中，喝命关门。当下宝玉正因晴雯不自在，忽见这一干人来，不知为何直扑了丫头们房门去。"这又是很有趣的先入为主，宝玉是不能查的，要查就查他的丫头，坏的只能是他的丫头。宝玉就"迎向凤姐，问是何故。凤姐道：'丢了一件东西，因大家混赖，恐怕有丫头偷了，所以大家都查一查去疑儿。'一面说，一面坐下吃茶"。这里凤姐是在掩饰，因为绣春囊的事不好直接说，其实我常想如果凤姐直接讲出来，宝玉会不会说："那是我的。"事实上真的有可能是宝玉的，他这个年龄最容易碰这种东西。

"王善保家的等搜了一会，又细问这几个箱子是谁的，都叫本人来亲自打开。袭人因见晴雯这样，知道必有异事，又见这番抄检，只得自己先出来打开箱子并匣子，任其搜检一番，不过是平常动用之物。遂放下又搜别人的，挨次都一一搜过。到了晴雯的箱子，因问：'是谁的？怎不开了让搜？'"真是不是冤家不聚头，王善保家的最看不惯晴雯，晴雯也看不惯王善保家的。"袭人等方欲代晴雯开，只见晴雯挽着头发闯进，'豁啷'的一声将箱子掀开，两手提着，底子朝上，往地下尽情一倒，将所有之物尽都倒出。"这一场的画面感好强烈，我们在中学时就见过这样的场面，当一个人被侮辱的时候，他干脆就豁出去了，就觉得你们干什么？把人当贼防！这绝对是晴雯的个性，她觉得大不了一死，绝不妥协也不求饶。

"王善保家的也觉没趣，看了一看，也无甚私弊之物。回了凤姐，要往别处去。”凤姐也很厉害，就说：“你们可细细的查，若这一番查不出东西来，难回话去。”意思是这个专案小组是你提议组成的，如果没有查出结果，是要担责任的。众人都说：“都细细的翻着看了，没有什么差错东西。虽有几样男人的物件，都是小孩子的东西，想是宝玉的旧时物件，没甚关系的。”凤姐听了，笑道：“既如此，咱们就往别处去。”

探春看见家族的败落

“说着，一径出来。”凤姐就跟王善保家的说：“我有一句话，不知是不是？要抄检只抄检咱们家的人，薛大姑娘屋里，断乎抄不得的。”意思是我们要搜自家的人，千万不能搜亲戚。王善保家的笑道：“这个自然。岂有抄起亲戚来！”凤姐笑道：“我也这样说。”可最好玩的是，虽然没有搜宝钗的屋子，宝钗第二天就搬出了大观园，后来王夫人怎么要她搬回来她都不肯。这是大观园土崩瓦解的开始，标志着这个青春王国曾经有过的欢乐跟单纯全部消失了。

“一头说，一头到了潇湘馆内。黛玉已睡下了，忽报这些人来，也不知为何事。”林黛玉这个孤傲清高的女孩子，忽然碰到这样的事真的蛮惨的。“才要起来，只见凤姐已走进来，忙按住他不许起来，只说：‘睡着罢，我们就走。’这边且说些闲话。”凤姐很疼她，不想让黛玉知道实情，黛玉也真的有点不食人间烟火。

“那个王善保家的带了众人到丫环房中，也一一开箱倒笼抄检了一番。因在紫鹃房中抄出宝玉常换下来的两副寄名符，一副束带上的披带，两个荷包并扇套，套之内有扇子。打开看时皆是宝玉往年往日手内曾拿过的。王善保家的自为得了意，遂忙请凤姐过来验视，又说：‘这些东西从那里来的？’”这个得意也很糟糕，其实所有的不干净都来自她自己的内心，那些小男孩、小女孩是天真无邪的，而最令人难过是，那种曾经的两小无猜、那种最单纯的生命经验，忽然一下子完全被污染了。凤姐笑道：“宝玉和他们从小儿一处混了几年，自然是宝玉的旧东西。这也不算什么罕事，撂下再往别处去是正经。”紫鹃就笑着说：“直到如今，我们两下里的帐也算不清。”这句话大家可以深深地玩味一下，宝玉和黛玉是一起长大的，潇湘馆跟怡红院的东西是分不清你我的。记得前面黛玉哭的时候，宝玉会送去自己的旧手帕。所以紫鹃就说：“要问这个，连我也忘了是那年月日有的了。”王善保家的听凤姐如此说，“也只得罢了”。

接下来最精彩就是到探春的房里，每次看到抄探春房里的这一段，我才觉得总算把所有憋着的气都好好地发泄了一下。每个人在成长过程中，多少都有被压抑的成分，内心很希望有探春这样的人站出来把这些人给指责一顿，我希望大家能好好读读这一段。

“又到探春房内，谁知早有人报与探春了。探春也就猜着了必有原故，所以引出这等丑态来。”在探春看来，抄检自己家的人，管理青春期的小孩用这样的方式，根本就是“丑态”。“遂命丫环们秉烛而待。”一点儿都没有害怕跟躲避的意思。“一时众人来了。探春故问：‘何事？’凤姐笑道：‘因丢了一件东西，访查不出人来，恐怕旁人赖这些女孩子们，所以越性大家搜一搜，使人去疑，倒是洗净他们的好法子。’”王熙凤说得比较委婉，说我们查一查，她们就清白了。探春就冷笑说：“我们的丫头自然都是些贼，我就是头一个窝主。”我一再提到这绝对是好长官，探春绝不能让她的丫头被动，有没有发现专案组是不敢查宝玉、黛玉的，查的都是丫头。

作者在这里表现的是探春这个女孩子的担当，平常丫头服侍你，这个时候你就是要负责任，所以她说："既如此，先来搜我的箱柜，他们所偷了来的，都交给我藏着呢。"你看这话多厉害！"说着便命丫环们把箱一齐打开，将镜奁、妆盒、衾袱、衣包若大若小之物一齐打开，请凤姐去抄阅。"凤姐赔笑道："我不过奉太太的命来，妹妹别错怪了我。何必生气！"于是让丫鬟们赶紧关上。因为无论如何都不敢查探春的东西。

"平儿、丰儿等忙着替待书等关的关，收的收。探春道：'我的东西倒许你们搜阅，想要搜我的丫头，这却不能！'"这是最了不起的一句话，一个社会就是需要这样的有担当的人，才十四岁的探春就能够有这样的一个认识，《红楼梦》里最能做好政务官的角色就是探春。

她说："我原比众人歹毒，凡丫头所有的东西我都知道，都在我这里间收着，一针一线他们也没的收藏，要搜自来搜我。你们不依，只管去回太太，只说我违背了太太，该怎么处治，我自去领。你们别忙，自然连你们抄的日子有呢！"探春一语中的，她说如今的抄检是小事，很快有一天你们也会被抄家。"你们今日早起不曾议论甄家，自己家里好好的抄家，果然今日真抄了。咱们也渐渐的来了。"我们知道《红楼梦》里一直有贾家、甄家，南方的甄家已经被抄了，前面来了几个女人把东西藏到贾家来。下面是最痛心的话："可知这样大族人家，若从外头杀来，一时是杀不死的，古人曾说：'百足之虫，虽死不僵。'必须先从家里自杀自灭起来，才能一败涂地呢！"

这一句话虽出自一个十四岁的女孩子之口，其实放到任何一个社会都是能成立的。"说着，不觉流下泪来。"探春是最早警觉到这个家族的败落的，也是唯一逃过了这一劫的人，她在抄家之前就远嫁做了外族的王妃。大家可以感觉一下探春的哭泣意味着什么，她的泪是为家族的毁灭和败落而流的。

惑奸谗抄检大观园

“凤姐只看着众媳妇们，周瑞家的便道：‘既是女孩子的东西全在这里，奶奶且请到别处去罢，也让姑娘好安寝！’”周瑞家的比较有眼力价，看出了这个小姐惹不起，凤姐便起身告辞。探春还不饶她们，说：“可细细的搜明白了？若明日再来，我就不依了。”凤姐笑着说：“既是丫头们的东西都在这里，就不必搜了。”探春冷笑道：“你果然倒乖。连我的包袱都打开了，还说没翻。明日敢说我护着丫头们，不许你们翻了，你趁早说明，若还要翻，不妨再翻一遍。”探春明着是在跟凤姐讲有些刺激的话，但她知道凤姐是迫不得已，其实她是说给这些抄检的人听的。“凤姐知道探春素日与众不同的，只得赔笑道：‘我已经连你的东西都搜查明白了。’探春又问众人：‘你们也都搜明白了不曾？’周瑞家的等都赔笑说：‘都翻明白了。’”

只有王善保家的最糟糕，她“本是个心内无成算的人，素日虽闻探春的名，他自为众人没眼力、没胆量罢了，那里有一个姑娘就这样起来，况且又是庶出，便敢怎么他。自恃是陪房，连王夫人尚另眼相看，何况别人。今儿见探春如此，只当是探春认真单恼凤姐，与他们无干”。注意，我们刚才提到过，探春讲这个话不是说给凤姐听的，她当然知道凤姐的苦衷。但王善保家的最好笑，她感觉自己简直就是王夫人特派的政府大员。其实这个世界上坏人并不多，但是笨人蛮多的，她竟听不出探春是在骂她们。“他便要趁势作脸献好，因越众向前，拉起探春的衣襟，故意一掀，嘻嘻笑道：‘连姑娘身上我都翻了，果然没有什么。’”凤姐就知道不妙了，忙说：“妈妈走罢，别疯疯癫癫的了。”“一语未了，只听‘啪’的一声响，王善保家的脸上早着了探春一掌。”这是我小时候一看到就想鼓掌的地方，觉得这些笨人真没办法，只好由探春这样的人警告她一下。探春这一巴掌打的不是王善保家的，是痛心这个家族的人的不成器和不成才，小人的一点点谗言，就可以闹成这个样子。

“探春登时大怒，指着王善保家的问道：‘你是什么东西，敢来拉扯我的衣服！’”这个时候她的威出来了，平常她都是笑着讲话的。可是对这么笨的人，她只能发怒。很多人觉得探春是个冷酷的人，前面对自己的母亲赵姨娘，以及现在给王善保家的这一巴掌，都显得这个女孩子太厉害。可我要解释的是，赵姨娘跟王善保家的都是愚蠢之人，当愚蠢会坏事的时候，她必须要阻止那个愚蠢，因为跟这些人是没有办法讲道理的。探春打王善保家的，以及摆小姐的威风，是对这个家族所做的最后一次拯救。

所以她在这里说：“我不过看着太太的面上。”这个太太是指邢夫人。“你又有年纪，叫你一声妈妈，你就狗仗人势，天天作耗，专管生事！如今越性了不得了。你打量我是同你们姑娘那样好性儿，由着你们欺负他，就错了主意！”“你们姑娘”就是迎春。“你来搜检东西我不恼，你不该拿着我取笑儿。”你看探春的语言多有分量。“说着，便亲自解衣卸裙，拉着凤姐儿细细的翻。”这一招最厉害了。又说：“省得叫奴才来翻我身。”她其实也有点在指责王熙凤，一家人自相残杀到这样的程度，难道你都看不出来？“凤姐、平儿等忙与探春束裙整袂，口内喝着王善保家的说：

‘妈妈吃两口酒就疯疯癫癫的起来。前儿把太太也冲撞了。快出去，不要提起了！’又劝探春休得生气。探春冷笑道：‘我但凡有气性，早一头碰死了！不然岂许奴才来我身上翻贼赃呢？明儿，我先回过了老太太、太太，然后过去给大娘赔礼，该怎么，我就领！’”“大娘”就是邢夫人，因为王善保家的是邢夫人的陪房。探春说，我打了奴才，要给主人道歉，当然邢夫人也是个笨蛋，如果聪明就知道这一巴掌是打在自己身上的，你的陪房平常是怎么训练的？怎么会这么无法无天？

接下来的戏越演越精彩了。“那王善保家的讨了个没意思，在窗外说：‘罢了，罢了！这也是头一遭挨打。’”其实在贾府里大家对这些老妈妈还是蛮尊重的，晴雯也不过是怠慢了些，如果不是真的不成样子，肯定不会挨打的。“我明儿回了太太，仍回老娘家去罢。这个老命还要它作什么！”这个王善保家的有点在撒娇了。“探春喝命丫环道：‘你们听着他说话，还等我和他对嘴去不成？’”意思是说她这样不懂事的人，还要等我去骂她吗？你们平常的训练到哪里去了。

下面就能看出探春手底下丫头的厉害了。“待书等听说，便出去说道：‘你果然回老娘家去，倒是你的造化了。只怕舍不得去。’”一个企业有个什么样的主管真的很重要，你平常的管理做到什么程度，关键时刻是看得出来的。前面在迎春房里就乱成一团，什么人都可以跑来乱扯，可是到探春的房里就清清楚楚。小姐不可能去骂王善保家的，待书她们就站起来去骂，而且骂得特别到位。

凤姐笑道：“好丫头，真是有其主必有其仆。”意思是有什么样的长官，就会有什么样的员工。探春就冷笑说：“我们作贼的人，嘴里都有三言两语的。这还算笨的，背地里就只不会调唆主子。”意思是我们是厉害，可是我们绝不做小人，在背后挑拨是非，把事情弄得乱七八糟。“平儿忙也赔笑解劝了一会，又拉了待书进来。周瑞家的等人劝了一番。凤姐直待伏侍探春睡下，方带着人往对过暖香坞来。”

矢孤介杜绝宁国府

“彼时李纨犹病在床上，他与惜春是紧邻，又与探春相近，故顺路先到这两处。因李纨才吃了药睡着，不好惊动，只到丫环们房中一一的搜了一遍，也没有什么东西，遂到惜春房中来。因惜春年纪尚幼小，吓的不知当怎样，凤姐少不得安慰他。”我想大家读到这里真的会有一点心痛，惜春大概才十一二岁，可能真的吓坏了。我一再地说，那个绣春囊本身没什么了不起，它所引发的污染才是这些孩子长大以后的巨大阴影。她们的不健康，不是因为那个绣春囊，而是因为这种突袭式的抄检。这一回的回目——“矢孤介杜绝宁国府”，说的就是惜春后来断绝了和宁国府的人的往来，她本来是宁国府里贾珍的妹妹，住在荣国府这边。这以后，她下决心要跟那些不干不净的人分开。

“谁知竟在入画箱中寻出一大包金银锞子来，约共三四十个，又有一副玉带板子并一包男人的靴袜等物。”这个就不得了，那“入画也黄了脸。因问是那里来的，入画只得跪下哭诉真情，说：‘珍大爷赏我哥哥的。’”珍大爷就是宁国府的贾珍。“因我老子、娘都在南方，如今只跟着叔叔过日子。我叔叔、婶子只要吃酒赌钱，我哥哥怕交给他们又花了，所以每常得了，悄悄的烦老妈妈带进来叫我收着的。”大家有没有感觉到因为这个抄检带出来的事情其实蛮辛酸的，这些小孩都出身贫穷，爸爸妈妈在南方守房子，哥哥做车夫，妹妹在惜春的房里做丫头。过节主人赏个红包什么的都没有地方放，就想妹妹这里应该比较可靠，没想到最后竟成了贼赃，可见她们根本没有任何私密领域。

惜春表现得很绝情。“惜春胆小，见了这个也害怕，说：‘我竟不知道。这还了得！二嫂子，你要打他，好歹带他出去打罢，我听不惯的。’”她就是要撇清，她犯了什么罪跟我没关系。主要是因为太害怕了，一个原来很单纯的青春的王国就这样被污染、破坏了。

青春被伤害的痛苦

从惜春那里出来，就到了迎春这里。“迎春已经睡着了，众人叩门半日才开。凤姐吩咐：‘不必惊动小姐。’遂往丫环们房里来。因司棋是王善保家的外孙女儿，凤姐倒要看看王家私藏不私藏，遂留神看他搜检。先从别人箱子搜起，皆无别物。”问题最严重的是司棋。“及到了司棋箱中搜了一会，王善保家的说：‘也没有什么东西。’”因为王善保家的觉得这是她的外孙女，她查别人严格得不得了，轮到司棋就不想细查。

“才要关箱，周瑞家的道：‘且住，这是什么？’说着，伸手掣出一双男子的棉袜，并一双缎鞋来。又有一个小包袱，打开看时，里面是一个同心如意并一个字帖。”其实就是一个类似情人卡那样的东西。“一总递与凤姐看。凤姐因理家事，每每看帖并帐目，也颇识得几个字了。便看那帖子，是大红双喜笺，上面写道：‘上月你来家后，父母已觉察你我之意。但姑娘未出阁，尚不能完你我之意愿。若园内可以相见，你可托张妈给一信息。若得在园内一见，倒比来家得说话。千万，千万！再赐香袋二个，今已查收外，特寄香珠一串，略表我心。千万收存！表弟潘又安拜具。'"

这个"潘又安"用得极好，因为古代有一个美男子叫潘安，这里作者用"潘又安"，让人觉得曹雪芹也蛮幽默的。其实读到这里，大家一定能感觉到一种深情，因为他们两个人青梅竹马，司棋就把亲手绣的香袋送给表弟，表弟也留了信物给她。结果这个东西被查到了，司棋成了受害者。我想说的是，这个年龄的男孩、女孩怎么能不谈恋爱，如果看到一个十六七岁的男孩、女孩之间写个情人卡，就觉得是大逆不道，到底是他们的问题，还是大人的问题？

"凤姐见司棋低头不语，也并无畏惧之心，倒觉可异。"其实约会司棋的表弟在被发现后就跑掉了，之后司棋就生病了，在东西被查出以后，她跪在地上既不求饶，也没有哭闹。对她来讲，生命最大的幻灭不是这个东西被查抄出来，而是她的表弟走了。大家可以体会一下她的心情，这是一个女孩子最大的悲哀，也是一种青春被伤害的痛苦。

作者从非常异类的角度颠覆了主流文化，他对这个青春王国里的人抱有深深的同情。在第七十五回以后，这些丫头一个一个地被赶走，所以宝玉的痛苦不只是那些小姐要一一出嫁了，更痛苦是这些丫头陪他到了十五六岁，现在全部要走了。抄检大观园整个粉碎了大观园这个青春王国最美好的梦。

第七十五回

开夜宴异兆发悲音
赏中秋新词得佳谶

繁华进入幻灭的关键

第七十四回的抄检大观园，是《红楼梦》由繁华到幻灭的关键。当时反应最强烈的是探春，她打了专案组成员王善保家的一个耳光，也讲出了最痛心的话："我们这样的大族，从外面杀是杀不死的，只有自相残杀，才会败落。"这句话，也刚好预言了《红楼梦》中贾家的没落。

在上一回的结尾，抄检大观园事件发生后，荣国府跟宁国府这两个家族之间也开始设防，表现得最明显的就是惜春。因为她的哥哥就是贾珍，而她跟贾珍的太太尤氏说："从此以后，你们有事别累我……我清清白白的一个人，为什么叫你们带累坏了我！"这个青春王国对惜春来讲，能维护她的洁癖，她希望自己能在大观园里杜绝所有的肮脏。大观园曾经有过最天真无邪的青春王国，最早表现这种无邪的是黛玉葬花。这也暗示着青春的美，如果不想受污染，只能用死亡来对抗。林黛玉是唯一死在大观园里的人，她觉得大观园本身是一个美丽的青春王国，出去以后的大人的世界是肮脏的，每一个人的命运从那个时候就已经注定了。

尤氏性格的两面性

第七十五回里用了一个人来串场，就是尤氏。尤氏这个人的个性和王熙凤反差很大，王熙凤好强爱表现，尤氏则很温和，甚至让人觉得有一点无能，可她的人缘非常好，跟丫头和用人之间没有什么等级界限。这一回里李纨发现尤氏不开心，第一是因为抄检大观园，第二个原因就是惜春说以后我们少来往，她就觉得自己心里面吃了一大堆的窝囊。

李纨就说，你要不要冲点面茶，但看她好像也没什么胃口。底下的描写很精彩："尤氏仍出神无语。跟来的丫头、媳妇们因问：'奶奶今儿中晌尚未洗脸，这会子趁便可洗一洗好？'尤氏点头。李纨忙命素云来取自己妆奁。素云一面取来，一面将自己的脂粉拿来，笑道：'我们奶奶就少这个。奶奶不嫌脏，这是我的，将着用些。'李纨道：'你该往姑娘们那里取去，怎么公然拿出你的来。幸而是他，若是别人，岂不恼呢？'"这里的意思是说，贾家其实是等级森严的。就是也许SKII这样的东西是只有小姐、少奶奶才可以用的，所以李纨就骂这个小丫头没礼貌，应该拿主人特别讲究的化妆品给尤氏。这就是作者了不起的地方，他能写到非常多的细节，不注意，根本就看不出这里面的很多人际关系和等级界限。

尤氏却说："这又何妨！自来我每逢过来，谁的没使过，今日又嫌脏了？""一面说，一面盘膝坐在炕上。"一般的贵妇人可能会因为这种事情发怒的，会说你也太小看我了，怎么能把街头地摊上的化妆品拿来给我用呢！但尤氏是个不怎么在意细节的人。一方面，你会觉得她是个好人，很善良，没有什么等级观念。可从另一方面来看，这个家族是要靠等级来建立管理秩序的，尤氏是特别不善于管理的人。所以到最后很多底下的人会瞒着她贪赃枉法，可见任何事情都有它的正反面。尤氏这个人非常好，可她如果是个经理层的人，在管理上就会出问题，因为她没有办法像王熙凤盯得那么严，而且东西应该怎样归档，各个阶层应该怎样管理，她一无所知。

底下还有细节："银蝶上来忙代为卸去腕镯戒指，又将一大袱手巾盖在下截，将衣裳护严。小丫环炒豆儿捧了一大盆温水走至尤氏跟前，只弯腰捧着。银蝶笑道：'一个个没机变的！说一个葫芦就是个瓢。奶奶不过待咱们宽些，在家里不管怎样罢了，你就得了意，不管在家出外，当着亲戚也只随便罢了？'尤氏道：'你随他去罢，横竖洗了就完事了。'炒豆儿赶着跪下。"我觉得曹雪芹的了不起在于，他能借着小小的事件呈现出尤氏的两面性，他一直认定人性没有绝对的好或不好，关键是如何把人放对位置。私下里贾家没有人不喜欢尤氏，她是一个极其善良的人。尤二姐、尤三姐是她的妹妹，可是她们被贾家的男人，甚至她自己的丈夫贾珍玩弄、包养，她都不出一声，可见这个女人有一味做好人的成分，不太会计较事理的分明。

在这一回里尤氏的两面性表现得非常清楚，曹雪芹借着两个小事情，一个是尤氏用丫头的化妆品，还有一个是丫头服侍她的时候没有跪下来，说明这个家族里面有些阶级的东西开始不严了，可是这个不严包含着主仆之间缺少了必要的界限，而这个家族的败落恰恰跟管理上很多的疏忽有关。也许对曹雪芹来讲，一直存在着一个两全的问题，就是如何做到对人善良，而对事严格。其实这不只是《红楼梦》里的问题，也是我们今天的问题。因此我觉得《红楼梦》作为一部在现实中阅读的小说，可以让我们反省很多问题。作者并没有做任何判断，只是引领着我们思考。很多时候，读《红楼梦》就相当于在读每一天的现实，面对新闻里的任何一个闹得沸沸扬扬的事件，你要想保持自己情绪上的冷静，坚持事理上的分明，其实很不容易。因为你很容易一下子同情这个人或那个人，而这个同情有时候是缺乏理性的。

贾母心里的阴影

作者在这一回特别把尤氏挑出来，是因为这个家族的败落已经透出端倪。最明显的是尤氏进了大观园，有人问："今天怎么搞的，好像有点不对劲，有几个女人慌慌张张的，他们到底是谁？是从哪里来的？"小说的悬疑性出来了，然后她就说："看邸报甄家犯了罪，现今抄没家私，调取进京治罪。"注意，《红楼梦》一直是写两个家族的故事，贾家和江南的甄家，假作真时真亦假，其实甄家才是真正的曹雪芹家族，贾家是假托的。"邸报"是当时的一种官方的公报，有点像今天的官方文件，公示哪些官员犯了什么罪之类的。

抄家就意味着这个家族在政治较量中被挤掉了，这个斗争表面上可能看不到，但其实是持续不断的。曹雪芹一生最大的痛苦是雍正五年他们曹家被抄，那是非常惨的。忽然"国安局"的人来了，把整个家包围起来，到处都被贴上封条，最惨的是所有的女性都要发到军队去做妓女。所以书里说江南的甄家慌慌张张地来了几个女人，可能是有什么私事。官场上是有自己的派系的，甄家跟贾家是同一派的，他家被抄，唯一能拜托的就是贾家，可能会把最珍贵的东西转移到贾家。这个事件在第七十五回只稍微透露了一点点，没过多久贾家也被抄了。

所以第七十四回、七十五回是《红楼梦》最关键的篇章，一定要注意作者为什么用尤氏来串。

贾母听到江南的甄家被抄，心里很不好受。从荣国公、宁国公开始，这个家族受到了皇室的恩宠，经过第二代、第三代，现在到了第四代，贾母隐约觉得这个家族的富贵已经到头了。可是老人家到某一个年龄是不太想面对这种现实的，而她一辈子都为这个家族的富贵努力撑着，也有一点儿累了。因此她听到这个消息，只轻描淡写说："好好招待他们，我们商量一下怎么过中秋吧！"因为中秋节是团圆节，这可能是这个家族最后一次过中秋节。

接下来又发生了一件事，就是中秋节的时候一定要行朔望之礼，因为初一跟十五要开祖宗的祠堂祭祖。祭拜祖先的意思是告诉祖先，你打下的这片江山，我们今天仍然可以守成，能继续维持这样的富贵跟荣华。可是就在中秋节的前一天晚上，贾家在月光底下摆开宴席，音乐声不断的时候，忽然听到了一声叹息。我们知道叹气的声音是很不容易听到的，可是在场的每个人都听到了，忽然之间音乐停止，大家都不讲话了。过一会儿那个叹气的声音翻过墙头，进入祖宗的祠堂，就听到祠堂里的关门声，这是让人毛骨悚然的一段。其实就是祖先出现了，叹了一口气提醒说：你们还在玩乐，这个家族就要大难临头了！作者用了非常灵异的方法，暗示了贾家的即将没落。

第七十五回如果抽出来，是世界上很少有的一篇精彩的短篇小说，描写了甄家的抄家、尤氏怎么化妆、祖宗的叹气、贾母怎么吃东西。

抄检大观园后的反应

如果从文本上来看，大家要注意第七十四回是怎么连接到第七十五回的，我想大家能更清楚地看到抄家以后的反应。抄检大观园这件事做得好像很隐秘，但引起的反响却很大。惜春的反应是我从此要断绝跟所有肮脏的东西的接触，后来选择了出家，她觉得这才是干净的路，其实她就是第二个妙玉。

宝钗最有趣了，十二金钗中她是最圆融的，所有的是非她都不沾染。大家记不记得抄检大观园的时候王熙凤特别交代说，什么人都可以查，就是宝钗住的蘅芜苑不能查，去查抄亲戚是很尴尬的。可是宝钗在第二天就来找李纨，说妈妈不舒服要搬出去。其实妈妈不舒服并不是很充足的理由，以前的贵妇人身边有一大堆的用人可以照顾，哪里用得着她？最后，第一个搬出大观园的女孩子就是宝钗，她觉得这个青春王国已经不能维持了。大观园里两个最精彩的女孩子，一个宝钗，一个黛玉，黛玉在大观园里陪葬了她的青春，而宝钗是决意要出去的。她自认为不可能永远保有青春的天真无邪，必须进入充满了纠结的现实世界。她们两个一个是入世的，一个是出世的。黛玉选择宁为玉碎地死在这里，宝钗却选择走入红尘。

但探春绝对不是那种含蓄的人，她直接就说：宝钗，你要走很好。妈妈病好了也不要再回来了。我们一直说《红楼梦》的十二金钗里最明理的人就是探春，在她眼里处理任何事情都不应该情绪化，她既不徇私，也不贪婪。如果贾家多几个探春这样的角色，也不至于沦落至此，但她实在是孤掌难鸣。王熙凤也有脑子，但她会徇私，又太贪婪。所以探春是《红楼梦》里最让人佩服的女孩子，她最早看清了这个家族所有的危机，并试图尽力去挽救这个危机。

根据现在红学的考证，探春后来可能嫁到柬埔寨或者越南去做了王妃，在古代一个女孩子嫁得那么远，是悲惨的。可是以现代的观点来看，探春恰恰用这种方式拯救了自己，她到了一个全新的世界。如果继续留在这个家族里，肯定是要一起腐烂的。

宝钗搬出大观园

这里尤氏正在洗脸，“人报：‘宝姑娘来了。’忙说快请时，宝钗已走进来。尤氏忙擦脸起身让坐，因问：‘怎么忽然一个人走来，别的姊妹都怎么不见？’宝钗道：‘正是，我也没见他们。只因今日我们妈妈身上不自在，家里两个女人也都因时症未起炕，别的靠不得，我今日要出去伴着老人家夜里作伴儿。要去回老太太、太太，我想又不是什么大事，且不用提，等好了我横竖进来的，所以来告诉大嫂子一声。’”

有没有发现宝钗在来之前就已经先想好要怎么告辞了，因为你从一个位置上离开，一定要找个非常妥帖的理由。肯定不能直接说昨天晚上你们抄家了，所以我要走了，而是要讲得非常圆融，只说妈妈身体不好需要照顾，又不是什么大事，就不去跟董事长、副董事长报告了。因为这个事情闹得太大，被注意到也很麻烦。由于宝钗的身份很特殊，一听说宝钗要搬出大观园，所有的媒体肯定要来采访、拍照。可见，“退”也是个大智慧，这里包含着人文的教养和素质。宝钗的这段话，所有的政务官都该学一学，非常低调地处理了一件比较麻烦的事。

注意《红楼梦》里最轻描淡写的地方的精彩，大家看这个镜头："李纨听说，只看着尤氏笑，尤氏也只看着李纨笑。"她俩都知道宝钗为什么要这么做，但是都不明说，这里面既是教养，也是含蓄。

"李纨因笑道：'既这样，且打发人去请姨妈的安，问是何病。我也病着，不能亲自来的。好妹妹，你去只管去，我自然打发人，去到你那里去看屋子。好歹住一两天还进来，别叫我落不是。'"有没有发现这其中的礼貌，就是你的房间我还给你留着，不会立刻叫人住进去。现在有些时候很尴尬，前面的人还没走呢，后面的人已经来了，我就听说过有两个管文化的政务官竟然在一个房间里拍着桌子对骂。

"宝钗道：'落什么不是呢，这也是通融常情，你又不曾卖放了贼。'"好厉害的一句话，很多读者会读不懂。宝钗其实是在暗示说你们是不是把我当贼了。《红楼梦》最难懂的就是这样的地方，其中的语言措辞太委婉了，非常细致精当。就这么淡淡的一句话，我猜李纨跟尤氏心里一定像刀割一样，因为你们就是让住在家里的客人不舒服了。如果所有人都查了，没有查到贼赃，那我就可能是贼啊。所以我干脆赶快搬出去吧！有没有发现宝钗身边有情报员？才昨天晚上的事，一大早她就知道了。宝钗继续说："依我的主意，也不必添人过去，竟把云丫头请了来，你和他住一两日，岂不省事？"尤氏说："可是史大姑娘往那里去了？"宝钗说："我才打发他们找你们探丫头去了，叫他同到这里来，我也明白告诉他。"宝钗提议让史湘云住在那里，我觉得宝钗很好玩，她把自己弄得清清爽爽，却不太管别人，难道史湘云就不怕招嫌疑吗？

"正说着，人报：'云姑娘和三姑娘来了。'大家让坐已毕，宝钗便说要出去一事。探春道：'很好。不但姨妈好了还来的，就便好了不来也使得。'"你看探春这句话多厉害，姨妈好了你回来可以，不再搬回来也没关系。古代社会人与人之间一般不会用这么直接的语言。其实探春才是真正意义上的改革者，她有勇气冲破所有人际间的含蓄和所谓的教养，能直截了当表达对问题的态度。尤氏笑道："这话奇怪，怎么撵起亲戚来了？"探春冷笑说："正是呢，有叫人撵的，不如我先撵。亲戚们好，也不必要死住着才好。咱们倒是一家子亲骨肉呢，一个个不像乌眼鸡，恨不得你吃了我，我吃了你！"大家细品一下这句话，其实会有一种心痛，这个心痛是说怎么大家总是达不成共识，找不到共同的感觉，所以这个"恨不得你吃了我，我吃了你"，真的是当头一棒。探春真正心痛的是这个家族怎么就看不到这一点，看不到亲骨肉的意义到底是什么。

探春改革的魄力

尤氏是个糊里糊涂的女人，根本听不懂，"只得笑道：'我今儿是那里来的晦气，偏都碰着你姊妹们的气头儿上了！'"她刚才去惜春那边被骂了一顿，现在又被探春骂了一顿。有没有发现尤氏的糊涂在于她不懂事理，总觉得只要和和稀泥就完了。可探春不行，她绝对要把事情讲清楚，她认为只有讲清楚才是长长久久在一起的真正保证。"探春道：'谁叫你赶热灶来了！'因问：'谁又得罪了你呢？'因又寻思道：'惜丫头也不犯罗唣你，却是谁呢？'尤氏只含糊答应。"

探春"知他畏事不敢多言，因道：'你别装老实了。除了朝廷治罪，没有砍头的，你不必畏头畏尾的。实告诉你罢，我昨儿把王善保的那老婆子打了，我还顶着了罪呢。不过背地里说我些闲话，难道也打我一顿不成！’”要改革，就必须要有这样的勇气，也要有这样的担当。作为一个改革者，探春就是把自己豁出去了，希望能用这样的方法让这个家族有最后的清醒跟觉悟，她再也不愿意一同沉沦了。

“宝钗因问因何又打他，探春悉把昨夜怎的抄检，怎的打他，一一都说了出来。”我们知道宝钗早就都知道了，如果不知道，她是不会搬出去的，可是她却假装不知道。在这方面，宝钗绝对能拿老庄哲学的最高段位，完全大智若愚，看起来一无所知，但实际上局势全都在她的掌控之中。“尤氏见探春已经说了出来，便把惜春方才之事也说了出来。探春道：‘这是他的僻性，孤介太过，我们再傲不过他的。’”探春对惜春也有批评，认为她的孤僻、孤介太过。这个人是有洁癖的，只要她自己的干净。

抄检大观园事件展现了几个女性的不同个性：宝钗一走了之，惜春断绝了跟所有人的往来，尤氏糊里糊涂，李纨也没有什么能力，王熙凤正在生病，唯一的改革者就是探春。她还在希望能做一点点改革，大家一定能体会到她的寂寞跟孤独。

贾母吃饭的细节

“尤氏等辞了李纨，往贾母这边来。”贾母听说甄家被抄了家，“听的不自在”，叹道：“咱们别管人家的事，且商量咱们八月十五日赏月是正经。”

好，下面就转到贾母的用餐，这一段也很精彩。“说话之间，早有媳妇、丫环们抬过饭桌来，王夫人、尤氏等忙上来帮着捧饭。贾母见自己的几色菜已摆完，另有两大捧盒内捧了几样菜来，便知道是各房另外孝敬的旧规矩。贾母因问：‘都是些什么？上几次我就吩咐过，如今可以把这些蠲了罢，你们还不听。如今比不得在先辐辏的时光了。’鸳鸯忙道：‘我说过几次，都不听，也只得罢了。’”因为她是老祖母，所以子侄辈、孙子辈每一房要拿几样菜来孝敬她，贾母吃饭的时候，桌子上东西就堆得很吓人。贾母有意要做些改革，可是不论家族还是社会要改革真的很不容易，有一些老习惯不是那么容易动的。所有的改革者，包括宋朝的王安石和明朝的张居正，都是非常寂寞的。因为他们要面对的并不是制度的改换，而是人的习惯该怎么去除。这是最难的，任何一个社会一旦老习惯养成，再去动摇它都很不容易。贾母就说以后可不可以免了，我相信这话大概已经讲了很多次，延续了四代的习惯最后就变成了某些累积的弊端。每一次吃饭面对一大堆菜，而且事先大家也没商量，很有可能每一家送来的都是鸡，贾母肯定觉得很无聊，可还是要问这是什么，那是什么。

王夫人道：“不过都是家常东西。今日我吃斋，没有别的。那些面筋豆腐，老太太又不大甚爱吃，只拣了一样椒油莼齑酱来。”椒油是花椒油，不是辣椒油。莼菜大家应该知道，是江南的一种水草，长得像小荷叶，入口很滑嫩。你会发现富贵人家吃的东西其实蛮一般的，比如这个椒油莼齑酱。台北现在有很多餐厅在做红楼宴，我吃过一次，吓了一大跳，后来我问老板知不知道椒油莼齑酱？老板偷偷地跟我说：“如果做这样的菜，根本就赚不到钱。”可那只是他们想象中的红楼宴，真正的红楼宴可能就是面筋、椒油莼齑酱。它的考究不在材料，而在做工，其中凝聚着制作人的心血。

“贾母道：‘这样正好，正想吃这个。’鸳鸯听说，便将碟子挪在跟前。

宝琴一一都让了，方归坐。贾母便命探春来同吃。探春也都让过了，便同宝琴对面坐下。待书忙去取了碗菜来。鸳鸯又指几样菜道：'这两样看不出是什么东西，是大老爷送来的。这一碗是鸡髓笋，是外头老爷送上来的。'一面说，一面就只将这碗笋送至桌上。贾母略尝了两点，便命：'将那两样着人送回去，就说我吃了。以后不必天天送，我想吃，自然来要。'"贾母吃饭的时候，大家供来的不只是素菜，还有很多其他的东西。这一段很好玩，你会发现鸳鸯是贾母身边了不起的一个特别助理，每一道菜送来的时候，她一定要先看看是什么，好向贾母报告。如果你去一个讲究的餐厅，问餐厅的服务生说这是什么菜，他说不知道的时候，你就知道这个餐厅一定不上档次。贾母觉得这些仪式跟礼节都太麻烦了，同时也有点应酬的意思。这些细节我们今天大概可以做越来越多的考证，如果有一天《红楼梦》有图可以解说，或者可以用摄影机拍出来，就比较清楚了。

我们看到有些房里送来的东西贾母根本不想吃，比如贾赦就是贾母不太喜欢的儿子，他送的东西，贾母就说让人送回去吧！这其实是很小的细节，可也反映出人的某种爱憎。如果一个老祖母有四个儿子、八个孙子，大家纷纷建议去郊游、去看电影的时候，这个老祖母该怎么办？因为各种不同的建议，加起来就有十二个。最后她选择的一定是她特别喜欢的儿子或者孙子的建议。贾母在这里扮演的角色很有趣，她其实很疼贾政，所以疼王夫人、疼宝玉。而她对贾赦的不喜欢，也反映在那个菜上。

"贾母问：'有稀饭吃些罢。'尤氏早捧过一碗来，说是红稻米粥。贾母接来吃了半碗，便吩咐：'将这粥送给凤姐儿吃去。'又指：'这碗笋和这盘风腌果子狸给颦儿、宝玉两个吃去，那一碗肉给兰小子吃去。'"红稻米粥其实就是我们现在的紫米粥，我第一次吃紫米粥是八十年代在南京，那时候才知道《红楼梦》里讲的红稻米是这个东西。当时紫米比白米要贵，所以是特别给贵族吃的。

紫米粥贾母只吃了半碗，就说送给凤姐。所有的东西她都只尝两口，接下来就开始配送了，最后特别加的兰小子，就是贾兰，等于是她的重孙子。老祖母这里就变成了一个很有趣的调配中心，贾家要维持它的繁华，最重要的秘密是因为有贾母这棵大树。在今天一般家族的伦理里，不太容易感觉到大树的稳定力量，因为现在大部分是小家庭的结构。在我们童年的时候都能感觉到家里有个老人的稳定性，家族的和睦还有事理的清明都得靠他维护。一旦有一天这个老人家走了，很多东西就不见了。包括以前清明节大家一定要去做个什么仪式，或者中秋节一定要聚一聚这种事情，一旦这个老人家不在了，大家也就各自散掉了，所以"树倒猢狲散"是在讲一个看不到的或者不容易觉察到的力量。

然后贾母又跟尤氏说："你就来吃了罢。"贾母是长辈，尤氏是宁国府来的客人，等于是贾母邀她在这边吃。为什么不叫王夫人？因为她们还有任务，要服侍贾母。"待贾母洗手漱口毕，贾母便下地和王夫人说话行食。"有的学生读到这一段时问我，贾母还要去要饭吗？注意，"行食"不是讨饭，因为老人家不容易消化，吃完饭要有人扶着她走几圈，用行动来帮助食物消化叫作行食。最近拍得很好的那部叫《走向共和》的电视剧，慈禧太后每天吃完饭后，都要李莲英扶着她走九百九十九步，那个时候又没有计步器，旁边人要一步一步地数，因为九九九是最好的数字，就像中了乐透一样。

下面这一段大家注意。"尤氏告坐。探春、宝琴二人也起来了，笑道：

‘失陪！’尤氏笑道：‘剩我一个人，大排桌不惯。’”因为各房进贡的食物太多，必须用大排桌，贾母吃饭的时候，探春、宝琴是陪她一起吃的。贾母笑道：“鸳鸯、琥珀来趁势也吃些，又作了陪客。”鸳鸯、琥珀是贾母的丫头，辈分是比下面的主人还要高的，所以她们可以坐下来吃。尤氏笑道：“好，好，好！我正说呢。”这个命令必须要由贾母来发。贾母笑道：“看着多多的人吃饭，最有趣的。”这里反映的是老人家内心的荒凉，老人家过年过节时最怕家里没有人，总觉得以前那么热闹，如今孩子一个在台北，一个在新竹，一大家子的时候越来越少。“又指银蝶道：‘这孩子也好，也来同你主子一块儿来吃，等你们离了我，再立规矩去。’尤氏道：‘快过来，不必装假。’”下面有个画面很漂亮，当这些人一起坐下来吃饭的时候，“贾母背着手看着取乐”。这个老太太背着手，一面运动着消食，一面看这些年轻人吃饭，老人最快乐的时刻莫过于此。今天年轻人总觉得自己好忙好忙，实在歉疚了就买东西送老人，其实老人最需要的就是子侄辈可以常陪陪他们，天伦之乐是任何外在的东西都无法取代的。

贾母“因见伺候添饭的手内捧着一碗下人的米饭，尤氏吃的仍是白粳米饭”。这是我们今天最不容易懂的，贾母竟然发脾气说：“你怎么昏了，盛这个饭来给你奶奶？”那人道：“老太太的饭完了。今日添了一位姑娘，所以短了些。”因为是按人头做的，主人吃的是比较贵的紫米粥，尤氏是临时来的客人，人一多就不够了。“鸳鸯道：‘如今都是可着头做帽子了，要一点富余也不能的。’王夫人回道：‘这一二年水旱不定，田上米都不能按数交的。这几样细米更艰难了，所以都可着吃的多少关去，生恐一时短了，买的不顺口。’”王夫人作为儿媳妇心里很不安，觉得荣国府里连多要一碗紫米粥都没有，所以她赶紧解释。其实，作为老人见到这种情景是很难过的，会觉得这个家族怎么能到这种程度，经济上开始拮据了。作者的了不起在于，他一直在呼应抄家这件事。贾母就只好用笑话混过："这正是'巧媳妇做不出没米的粥'来了。"众人都笑起来。

鸳鸯道："既这然，你就去把三姑娘的饭拿来添也是一样，就这么笨！"我觉得这个家族里的探春和鸳鸯，如果一个是总统，一个是副总统，改革就有希望了。因为这两个人是最清楚的，探春处事清明，鸳鸯懂权宜之变。"尤氏笑道：'我这个就够了，也不用去取。'鸳鸯道：'你够了，我不会吃的？'"尤氏只是觉得不要麻烦了，可鸳鸯的态度不是麻不麻烦的问题，而是这个家族必须要有规矩。

贾府男人的堕落

第七十五回里串场的主要人物是尤氏，先是由她来串抄检大观园以后惜春的反应，再串出宝钗的圆融告辞和探春的强烈反应。接下来，"这里尤氏直陪贾母说话取笑。到起更的时候，贾母说：'黑了，过去罢。'尤氏方告辞出来"。

我想大家脑海里大概有个图像，有一条街，街的这边是荣国府，那边是宁国府，尤氏常常要从宁国府到荣国府来向贾母她们请安，现在她要回去了。回家有一套固定的仪式，前面提过，主要人物的马队或者是车轿要过这条街的时候，先要把街道封起来，有点像今天的临时交通管制。

"两边大门上的人都到东西街口，早把行人断住。尤氏大车上也不用牲口，只用七八个小厮挽环拽轮，轻轻的便推拽过这边台矶上了。于是众小厮退过狮子以外，众嬷嬷打起帘子，银蝶先下来，然后搀下尤氏来。大小七八个灯笼照的十分真切。尤氏因见两边狮子下放着四五辆大车，便知是来赴赌之人。”我不知道大家会不会想起小说刚开始的时候，有一次王熙凤带着宝玉到宁国府做客。当时宁国府的老家人焦大喝醉了酒，就骂道：你家除了这两个石狮子以外，哪里还有干净的东西。而且还嚷嚷：“爬灰的爬灰，养小叔子的养小叔子。”这两句话出来以后，大家都吓坏了，因为他讲出了这个家族的隐私。现在这两个石狮子又出现了，如果说这两个石狮子曾经表现的是这个家族的荣华富贵和创业的艰辛，现在这两个石狮子则变成了一种反讽，暗示着所谓的辉煌仅剩下了两个石狮子守在那边，所有的腐败都已经暴露出来。

接下来作者透露了这个家族最不为外人所知的很多细节，写得非常细腻。这种场合绝对少不了的人就是薛蟠，还有一个是邢夫人的弟弟邢德全，大家管他叫“邢大舅”。

作者透过尤氏看男人世界

作者的写法很有趣，因为通常情况下，这种场所女人是不能出现的，所以尤氏一直不知道丈夫跟儿子到底在搞些什么，这些细节是尤氏偷偷在窗户上弄了个洞后看到的。作者透过一个女性的眼睛看到了当时贾家真实的男性世界，完全是吃喝嫖赌，最后尤氏都看不下去了。这也在说明在古代社会，女性对男性的世界是不太了解的。除了像歌妓那样的特殊女性，一般家族中的女性，根本不知道男性在外面都做些什么。问题是这一切都发生在自己的家里，所以尤氏就有很多的感慨。

尤氏刚到门口，看到车马，就知道是来赌博的，“遂向银蝶众人道：‘你看，坐车的是这样，骑马的还不知有几个？马自然在棚里拴着，咱们看不见。’”他们家里还有个很大的马圈，有点像我们今天的私人停车场。

接下来她就讲了一句很感慨的话：“也不知道他娘老子挣下多少钱与他们，这么开心。”意思是上一代创业的辛苦，白手起家的艰难，下一代是不知情的，这就是民间常说的“富不过三代”。因为上一代所有的辛苦和艰难都希望能在下一代身上得到补偿，希望他们再不用任何打拼就可以拥有一切。但实际上作为人来讲，一生不经历任何艰难困苦并不是什么好事，生命力会因此受损。因此贾家第三代、第四代的腐败，很大程度上是上一代对他们的纵容所致。因为最好的生命传递，其实并不是权力和财富，而是对待生命的态度。一个社会之所以能维系它的安定与繁荣，是因为有文化教养的积淀，而这种教养的内涵究竟是什么，是值得大家探讨的问题。我多次讲过社会上总是在说的“草莓族”，意思是碰一碰就坏了。可是“草莓一族”出现，显然是上一代的责任，因为从小到大的溺爱和纵容让他们丧失了抵抗力。这些王孙公子从出生开始要什么就有什么。我一再提到，像薛蟠这样的孩子，不是本性好坏的问题，而是被宠坏了，其实这是生命最痛苦的开始。我在读《红楼梦》的过程里，一直对薛蟠充满同情，他一生唯一没得到的只有柳湘莲，还因此被痛打一顿。可是得不到对他来讲并不是坏事，从此以后薛蟠懂事多了，开始学做生意。可见人生中一直吃糖是个大问题，一定要有一天让他尝尝酸的味道和苦的滋味，这样的人生才饱满、丰富、有力量。

《红楼梦》是家破人亡之后的曹雪芹在落难时写下的忏悔书，反省的是这个家族的所有问题。

斗鸡走狗、问柳评花

尤氏“一面说，一面已到了厅上。贾蓉之妻带领家下众媳妇、丫头们，也都来秉烛接了出来。尤氏道：‘成日家我要偷着瞧瞧，也没得便。今儿倒巧，就便打他们窗户跟前走过去。’”当今社会的女性领域跟男性领域的界限没有那么严格了，可是有的时候，你跟一个妻子谈话，就会发现她对丈夫的领域也不怎么了解。比如说作为一个男性创作者，导演、画家、作家，他可以触碰的题材非常多，可是女性的创作者就受限制，因为有些东西女性在生活里根本碰不到，她根本无法想象还有一个这样的天地。我们可以因此理解曹雪芹为什么要透过一个女性的眼睛去打量男性世界，不要忘记，在三百多年前，这是非常特殊的一个角度，因为当时还是几乎没有女性视角的社会，可是作者特地让尤氏这个善良的、怯懦的、对男人一味纵容的女人看到了真正的男性的世界。

“众媳妇答应，提灯笼引路，又有一个先去悄悄的知会小子们不要失惊打怪。于是尤氏一行人悄悄的来至窗下，只听里面称三赞四，耍笑之音虽多，又兼着恨五骂六，忿怨之声亦不少。原来贾珍近因居丧，不得游玩，又不得观优闻乐作遣。”因为过去的丧礼很严格，父亲去世后要丁忧三年，其间要看戏或请人来跳钢管舞什么的都不行。“优乐”是指当时的表演艺术，包括各种杂耍或者各种很民间的诸如脱衣舞之类的表演。“无聊之极，便生了个破闷之法。日间以习射为由，请了各世家弟兄及诸富贵亲友来较射。”富贵了两三代以后的家族才叫作“世家”，他说：“白白的只管乱射，终无裨益，不但不能长进，而且坏了式样，必须立个罚约，赌个利物，大家才有勉力之心。因此在天香楼下箭道内立了鹄子，皆约定每日早起饭后来射鹄子。”意思是如果你今天射得不够好，而我的成绩比较好，我就赢五十万或者一百万。人类的赌博可以放在任何场合，大家都觉得运动很好，可是运动却常常变成赌博，有时候一场足球赛，你都不知道外面已经赌成什么样子了，连奥斯卡奖现在都有人赌。

“贾珍不肯出名，便命贾蓉作局家。”因为当时贾珍官做得大，如果被周刊报道出来影响很坏，贾蓉只是个五品龙禁尉的闲职，于是就让他来做局家。所以从现实的角度去看《红楼梦》，真是有趣极了。“这些来的皆系世袭公子，人人家道丰富，且都在少年，正是斗鸡走狗、问柳评花的一干游荡纨袴。”这些字眼看起来很含蓄、很典雅，在中文系讲起来会觉得他们是去国家剧院或音乐厅之类的，其实“问柳评花”是嫖妓，“斗鸡走狗”是赌博。《红楼梦》中的很多语言已经文雅到成为中文系的典故了，以致大家不知道其真正的内涵。可是《红楼梦》的精彩在于，在这些典雅的话下面，你能看到具体的场景。

“因此大家议定，每日轮流作晚饭之主，每日来射箭，不便独扰贾蓉一人之意。于是天天宰猪割羊，屠鸡戮鸭，好似临潼斗宝一般，都要卖弄自己家的好厨役好烹宰。”以前的富贵人家常常会夸耀他的厨子。民国初年的那些大家族中就有家庭厨艺的比赛，谭家厨后来都变成大餐馆了。“临潼斗宝”是个典故，讲的是春秋时期的秦穆公，曾邀请了十七个国家的国王来斗宝。要求各国把各自的宝贝，都拿到临潼这个地方来“秀”一次，看看哪个国家的宝贝最厉害。可见富贵到了某种程度，就变成要把自己的生活“秀”给别人看了。

有没有发现，刚刚贾母吃的也不过是面筋豆腐、椒油莼齑酱，可见在女性的世界里，或者说在贾母所代表的第一代的世界里面，还是谨慎、节制的，讲究的是品位；可是在男性世界里，就完全变成了炫耀和攀比。

“不到半月工夫，贾赦、贾政听见这般，不知就里，反说这才是正理，文既误矣，武事当亦该习，况现在世族。”贾赦、贾政他们是文字辈的，也不查底细，就鼓励“贾环、贾琮、宝玉、贾兰等四人于饭后过来，跟着贾珍习射一会，方许回去”。本来还没有那么多孩子变坏，这下有了借口，所有的孩子都凑到一起了。我常说小孩子们以复习功课为由聚在一起，其实父母根本不知道他们在一起到底干了些什么，小时候大概谁都有过这种经历，跟父母说为了准备联考要到某某同学家一起去复习功课。现在想想，我所有的吃喝玩乐的事情都是那个时候学会的。可是父母很放心，甚至经常很得意地在邻居面前说：“我这个孩子每天到几点钟就会到朋友家去读书。”

所以下面尤氏偷窥到的场面非常有趣，这个场景不只是“斗鸡走狗、评花问柳”可以形容的。

吃酒赌钱、眠花宿柳

“贾珍志不在此，再过几日便渐次以歇臂养力为由，晚间或抹牌，赌个酒东而已，至后渐次赌钱。”我们知道赌博其实是一个习性，这也是作者的了不起，没有什么人是天生就坏的，开始只是觉得好玩，赌得小小的。但慢慢地，你就会发现人的野心跟企图心是很难控制的，最后就收不住了。“如今三四月的光景，一日一日赌胜于射了，公然斗叶掷骰，放头开局，日夜赌起来。”本来是说只射箭怪无聊的，我们赌一赌吧，射赢了我给你五块钱。这个无所谓，我们就觉得不必苛求，才五块钱。可是慢慢就变成五百万了，三四个月下来，家里根本就变成了一个赌场。

“家下人借此名有些进益，巴不得的如此，所以竟成了事。”这个大家可能不太容易懂，过去有一段时间，用人到谁家去应征就会问：你们打不打麻将？不打麻将他是不做的，因为那就意味着他没有分红的可能。如果一天三场麻将，他肯定会来，他在意的不是薪水，因为其中的分红非常可观。赌场上的赢家出手很大方，随便一笔可能比一个月薪水都要高。有这样一个传统在，家里面的用人非常愿意主人赌钱，因为他们可以趁机捞外快。

“外人皆不知一字。”因为这种家族属于社会名流，贾珍、贾蓉都是做官的，所以他们也有很好的防卫系统，几个月下来，外面的“狗仔队”竟然全不知道。“近日邢夫人之胞弟邢德全，也素好如此，故也在其中。又有薛蟠，头一个惯喜送钱与人的，见此岂不快乐。”作者很幽默，薛蟠天生爱赌，逢赌必输。“这邢德全虽系邢夫人胞弟，却居心行事大不相同。只知吃酒赌钱、眠花宿柳为乐。”《红楼梦》真是太优雅了，把很多肮脏的事情都用非常美的语言包装了一下。

“滥漫使钱，待人无二心，好酒者喜之，不饮者则不去亲近，无论上下主仆皆出自一意，无贵贱之分，因此都唤他‘傻大舅’。薛蟠更是早已出名的呆大爷，今日二人都凑在一处，都爱‘抢新快’爽利，便会了两家，在外间炕上‘抢新快’。别的又有几家在当地下大桌上打幺番。里间又一起斯文些的，抹骨牌、打天九。”“骨牌”、“天九”、“幺番”是各种不同的赌具，掷骰子比较简单，在《红楼梦》里面叫“抢新快”，一翻两瞪眼，比较容易，所以薛蟠最喜欢这种玩法。

《红楼梦》里的"第三性公关"

下面有一个薛蟠在赌博中的画面，作者说："薛蟠兴头了，便搂着一个娈童吃酒。""娈童"是十六岁左右的被当时的贵族包养的男孩子，有点儿像今天台湾所说的"第三性公关"。我们大概只在报纸和广告上看到，也不知道"第三性公关"是什么，这就是我刚才提到的领域问题。如果把《红楼梦》放在中文系的典雅领域，或许永远碰不到这个部分，可是如果有一天你了解了古代的娈童制度，就会发现"性"很奇怪，有的时候它很大程度上也在满足人们的好奇心。贾珍、贾蓉这些人，想怎么玩女性都可以，因为他们有的是钱，买也可以，用权势去霸占也可以。可是他们会好奇，如果跟男性玩是什么样子，所以就产生了所谓的娈童。清代的娈童非常多，很多人的家里就包养。因为十六七岁的男孩有点介于两性之间，如果长得清秀，就能同时扮演两种性别角色。记不记得在第九回的时候，薛蟠在学校里就包养过两个学弟，还给他们取了两个很美的名字——香怜跟玉爱。

关于"第三性公关"，我的学生竟然比我还了解。他们说高雄有好多，您不知道吗？还建议我要不要去看一看。结果发现非常有趣，他们服侍的客人有男性也有女性。非常特别的是，他们会穿女装出来，可是并不化妆。我的意思是说，如果你想要去探讨一个社会现象，你就不能先有道德偏见，你必须客观地观察它。《红楼梦》里提到的所谓"娈童"，在所有大学的古典小说研究所里，都没有办法还原它非常现实的一面，无法了解薛蟠搂着一个娈童赌博到底是一个什么样的场景。

这些娈童本身也是要拿分红的，这也是《红楼梦》的厉害之处。曹雪芹的生活经验丰富到不可思议，我相信这些地方他绝对都去过，所以他才完全懂这种场合的语言。今天我们到一个酒廊或妓院所听到的语言，跟你平时在那些幽雅的场所听到的是截然不同的，所以我总觉得《红楼梦》只在古典文学的系统里读太可惜，因为有很多东西你读不到。可我也不知道该怎样来开一个《红楼梦》的课，能把各位带到“第三性公关”者面前，那样，你就能懂他们的语言到底是什么样的。凭良心讲，那个语言比现在大家在《红楼梦》里看到的还要厉害，我不知道自己哪一天才敢写出来。其实文学始终跟作者对人性的观察有关，它需要你思考人性的复杂，比如为什么人要想方设法地来刺激各种欲望，而且人往往对轻易无法得到的东西感兴趣。这从常理上完全无法理解，薛蟠不是打死了人家未婚夫抢到了香菱吗？现在他干吗不玩香菱而要去玩一个娈童？因为他永远想要那些要不到的东西。

《红楼梦》里这个场景的描写，是曹雪芹晚年对自己家族的一个大回忆，这个大家族经过了第二代、第三代，竟然可以玩乐到这种程度。也许很多人不赞同，我一直觉得作者是充满悲悯地在写这件事，当人沉沦在自己的欲望当中，其实是种巨大的痛苦，表面看起来吃喝玩乐，背后是极度的空虚。

薛蟠“又命将酒去敬邢大舅。傻舅输了，没心绪，吃了两碗，便有醉意，嗔着两个娈童只赶着赢家不理输家了，因骂道：‘你们这起兔子，就是这样专洑上水。天天在一处，谁的恩不沾过？只不过这一会子输了几两银子，你们就三六九等了。难道从此以后再没有求着我们的事了？’”

作者描述的是欢场里的现实，这些就是欢场的细节，“娈童”就是这样的人。如果今天你看到“第三性公关”，他也会很直接地告诉你，我们就是靠这个赚钱的。他没有月薪，服侍什么客人，就赚什么客人的钱，那是他的生存方式，谁给的钱最多，他就跟谁在一起。要到欢场里去找情感，绝对是你自己倒霉。我想很多人，大概是一辈子都不会碰到这样的领域的。有时候我听江蕙的歌，总觉得那就是欢场的歌，其中有种很奇怪的苍凉，那些酒吧里的陪酒女，就那么一个台子一个台子地转，因为所有的酒钱她都可以抽成。喝酒是她赚钱的方式，如果你不跟她喝酒，她立刻就转台了。这就是所谓的欢场文化，而这种文化没有几个作家能写得这么真实，一方面大部分人没有这个经验，另外一方面是你即使有这个经验，也可能会有道德偏见，没有办法描述细节。因为你没有真正观察，比如白先勇的《台北人》，有一篇《孤恋花》写的就是台湾的酒场里面的小酒女是怎么谋生活的，他绝对是对这一切有观察的。

文学有一部分提供了社会主流文化里完全看不到的东西，正规的主流教育中永远不会有这个部分。所以我关心的不是一个社会的教科书里有什么，而是敢肯定地说如果一个社会里的学生只有教科书，一定会完蛋的。比如在英国，教科书可能就是莎士比亚，可是他必须要有另外一个文化，可能是劳伦斯的小说，也可能是其他的东西；在法国也是，他们永远不会把让·热内的小说选在主流文化教科书里，可是法国的年轻人都在读让·热内。所以他们更成熟，会有主流文化之外的追求。今天年轻一代的朋友，可能连《红楼梦》中的这些部分都不太碰了，《红楼梦》被放在一个非常高雅的古典文学的殿堂上。我相信在很多的古典文学课上，大家都不讲这一段，但它却是《红楼梦》非常精彩的部分，是曹雪芹真正的生命经验。

文学深度的人性刻画

“众人见他带酒，都说：‘很是，很是。果然他们风俗不好。’因喝道：‘快敬酒赔罪！’”欢场里就是这么闹的，大家起哄喝酒。“两个娈童都是演就的局套，都跪下奉酒。”我们觉得下跪很屈辱，可是对这些靠身体谋生的人来讲，下跪没什么了不起。说：“我们这行人，师父教的不论远近薄厚，只看一时有钱势就亲敬，便是活佛活仙，一时没了钱势，也不许理他。”有没有发现这些人说的是真话，你到这里来也不过是发泄欲望，花几两银子买他的身体而已。明天看到一个长得更俊、更美的，你会买另外一个。他们当然也一样。他们讲的是非常现实的关系，在欢场根本就没有道德、人情可言。注意，作者如果不是有过实际的观察，写不出这么动人的东西。就像《金大班的最后一夜》里一样，讲话很直接，没有丝毫的含蓄跟优雅。当她的身体都被当成货物在卖的时候，她的语言跟中文系的语言会完全不一样。只有了不起的文学才能让我们看到社会的各个方面。

“况且我们又年轻，又居这个行次，求舅太爷体恕些我们就过去了！”说着，“便举着酒俯膝跪下。那邢大舅心里虽软了，只还故作怒意”。有时候我常想嫖客去买的究竟是什么，花钱去买漂亮、买身体这我们都了解，还有时候是去买那种当大爷、被伺候的感觉。可是邢大舅还是要摆出不饶人的样子，你要更巴结我才行。这个心理也很有趣。如果一个人白天在单位不断地受到上司的打压，在晚上的欢场就极可能摆出一副大爷的模样，因为他要追求心理上的补偿。

我在讲第七十五回的时候，希望大家能够有一个新的角度。很多朋友来听我讲《红楼梦》，目的是想要亲近一种很古典的文学，学到很优雅的东西，但我对文学的解释和理解不止如此。我觉得把“音容宛在”念成“音容苑在”并不是最重要的事，那只是文辞上的没落，而文学上最大的没落是对人性的不了解。我对文学最看重的是它是否对人性有非常深层的刻画，而这种刻画拓宽了我的生命领域。我想如果不是这一段，我绝不会想到去看看“第三性公关”到底什么样。所以我一直觉得真正的好文学，最后也许并不在文字本身，而是能借着这些文字让你深入社会的各个角落，把你的领域拓宽，让你知道人性的复杂。如果我们不含道德偏见，我们不会立刻指责邢德全、薛蟠和贾珍，因为我们的社会里就有这样的人；我们也不会指责这两个势利眼的娈童，因为我们的社会里也有“第三性公关”。我觉得“第三性公关”是个了不起的发明，实在要比“娈童”二字高明。娈童的意思是说，把美丽的男孩子当成你的禁脔，带一个“女”字其实就是性别暧昧的角色。可是今天“第三性公关”真的就是公关，而且男性、女性都服侍。

“众人又劝道：‘这孩子是实情话。说得倒是，老舅是久惯怜香惜玉的，如何今日反这样起来？若不吃这酒，他两个怎敢起来！’邢舅已撑不住了。”欢场里就是要用非常奇怪的方法处理人际关系，其实就是闹酒，邢大舅终于撑不住了。曹雪芹的了不起在于，他没有把邢大舅写得特别坏，他对这些靠这个行当谋生的小孩子还是有一点心疼，“便说道：‘若不是众位说，我再不理。’”大家一定看得出来，邢德全跟薛蟠都是那种外面像霸王一样，其实心还蛮软的。欢场里最喜欢的就是这种人，因为他们很容易被骗，出手大方。“说着，方接过来一气干了。又斟了一碗来。”

“这大舅便酒勾往事，醉露真情起来，乃拍案对贾珍叹道：‘怨不得他们视钱如命。多少世宦大家出身的，若提起“钱势”二字，连骨肉都认不得了。老贤甥，昨日我和你那边的令伯母赌气，你不知道么？’贾珍道：‘不曾听见。’邢大舅叹道：‘就为钱这件混帐东西。利害！’”大家这才发现他的不快乐，不是因为这两个小孩，而是因为最近手头比较紧，去跟他的姐姐借钱，姐姐跟他翻了脸。这两个“第三性公关”说得一点不错，不知有多少家族的父子、母子、兄弟姊妹为了钱反目成仇。

尤氏“好”妻子的角色

“贾珍深知他与邢夫人不睦，每遭邢夫人弃恶，扳出怨言，因劝道：‘老舅，你也太散漫些。若只管花去，有多少给老舅花的？’邢大舅道：‘老贤甥，你不知我邢家底里。我母亲去世时我尚小，世事不知。他姊妹三个人，只有你令伯母年长出阁，一分家私都是他把持带来。如今二家姐虽也出阁，他家甚也艰穷，三家姐尚在家里，一应用度都是这里陪房王善保家的掌管。便来要钱，也非要的是你贾府的，我邢家家私也就够我花了。无奈竟不得到手，所以有冤无处诉。’”大概只有富贵家庭才会讲出这么难听的话。我常跟朋友讲，父亲过世的时候，我们六个兄弟姐妹就决定把他的所有存款都给他最疼的那个孙子买了辆车，遗产处理得这么简单，我觉得好快乐。可是听到很多家族要到日本住在最贵的一个饭店里，然后三四十口人开会开一个礼拜来分家产，我觉得好累。大概是因为钱的多少不一样，贾家属于那种要开一个月才分完遗产的家族，所以这个邢大舅就很不爽，借着酒劲把这些不快乐的事都讲了出来。

“贾珍见他酒后絮絮叨叨，恐被众人听见不雅，连忙用言语去解释。”

注意，此时尤氏正在外面偷听、偷看，这是一个做太太和做母亲的人看到丈夫跟儿子做的一切，她忽然懂了。“这外面尤氏等听得十分真切，乃悄悄向银蝶道：‘你听见了？这是北院里大太太的兄弟抱怨他呢。可怜他亲兄弟还是这么样，可就怨不得这些人了。’因还要再往下听时，正值打幺番的也歇住了，要吃酒。因有一个问道：‘方才是谁得罪了老舅，我们竟不曾听得明白，且告诉我，我替评评这理。’邢德全见问，便把两个娈童不来理输的只去赶赢的话，告诉了一遍。这个年少的就夸道：‘这样说来，原实可恼，怨不得舅太爷生气。我且问你两个：舅太爷输了的，不过是银子钱，并没有输丢了鸡巴，你怎么就不理他了？’众人听了都大笑起来，连邢德全也喷了一地饭。”

这一段是最难得的文学，可惜我们今天可能未必觉得它是典雅的文学，教科书里也不会选这一段。但这是了不起的生命经验，在欢场里比这严重的话要多得多。我们就此能看到一个写作者是如何留下他最重要的东西的，这个最重要的东西是他对社会所有事物的观察。记不记得第九回里，提到了当时十二三岁的男孩子在学校会做什么样的事情，会讲什么样的黄色笑话？回忆一下自己初中、高中就会知道，第九回里的语言就出来了：你们两个人在那儿干吗？在厕所里面亲嘴摸屁股的？今天十几岁的小孩子读《红楼梦》，我跟他说你别的先别看，先看第九回，他看完以后，说：“哇，天呢，怎么跟我们讲的话一样，连我们的火星文，他们都会。”我马上明白这个小说不会立刻死掉，是因为它其中有活泼泼的东西，触碰到了生活最真实的地方。

这个时候尤氏就听不下去了，“在外面悄悄的啐了一口，骂道：‘你听听，这等没廉耻的小挨刀的，才丢了脑袋骨子，就胡唚嚼毛的。若再灌嗓下些黄汤去，还不知再唚出些什么东西来呢。'”尤氏也不知不觉地讲出了很粗的话。“一面说，一面便进去卸妆安歇。这里贾珍直至四更时，方才散了，就往佩凤屋里去了。”这就是这些男人的世界，作者轻描淡写地带了一下。《红楼梦》你不细读，读不懂这几句。这其中尤氏的角色非常有趣，她是那种好女人、好母亲、好妻子，可是这个“好”字也许要加个引号，丈夫、儿子做什么她都纵容，丈夫在外面都玩到她自己的妹妹了，她也不出声，委屈到几乎对自己的生命毫无意见的状态。

开夜宴异兆发悲音

接下来我们可以直接跳到过中秋节的时候。“果然贾珍煮了一口猪，烧了一腔羊。”这是要祭祀祖先的，就是所谓的“牺牲”。“余者果菜亦不可胜记，就在会芳园中丛绿堂上，屏开孔雀，褥设芙蓉，带领妻子姬妾，先饭后酒，开怀赏月。将一更时分，真是风清月朗，上下如银。”月光非常漂亮，整个空气里都带着银色的光，我希望大家注意，作者的描绘风格开始变了，从刚才那种“第三性公关”的欢场，转到了“风清月朗，月色如银”。为什么要这样转？因为刚才的欢场闹得太厉害了，如果没有一个过渡，叹息的声音是听不到的，他必须让周遭的环境安静下来。

“贾珍有了几分酒，益发高兴，便命取了一竿紫竹箫，命佩凤吹箫，文化唱曲，喉清嗓嫩，真令人魂散魄飞。”这些纨袴子弟不光玩“第三性公关”，当然也有他们优雅的部分，他们也会听箫赏曲。前一天晚上他们玩的是娈童，今天听的是女性的“喉清嗓嫩”。然后“那天将有三更分时，贾珍酒已八分了。大家饮茶，换盏更酌之际，忽听那边墙下有人长叹之声”。有没有发现祖先的叹气是在贾珍醉酒后的混沌状态，我们无法确定这是不是灵异事件，人在喝了酒以后，开始面对自己最深层的内在时，忽然听到内心深处的哀叹。我觉得作者不是在写灵异，而是在写这个家族玩乐太过之后刹那间的悲凉。不知道大家有没有这种感觉，有时候在一个很热闹的场合喝酒、开玩笑，酒席散尽的时候，刹那之间会有一种极度强烈的孤独感。很有可能贾珍听到的是心中的声音，另外一个自己开始出来指责现在的自己，因为他们毕竟从小读过书、有教养，祖辈、父辈有过很多期望的。但在吃喝玩乐当中，变成了另外一个人，可是那个真实的自我还是留在心理学上所说的潜意识里。

“大家明明听见，都悚然疑畏起来。”注意是“大家”，这么多人都听到了，可是不知道在哪里，当然害怕。“贾珍忙厉声叱咤，问：‘谁在那里？’”我们今天所有的灵异影视片都拍不了这么好，因为没有这种悬疑的感觉。只是觉得心里发毛，因为那个东西你找不到，如果可以确定在墓碑上看到什么，一点意思也没有。贾珍心里也怕，可是他还要装腔作势地大声问，“连问几声，并无有人答应。尤氏道：‘是墙外边家里人也未可知。’”有没有发现尤氏就是那种老好人，她永远把事情解释得比较圆满。贾珍道：“胡说！”因为这种家族大得不得了，有那么大的进深和保全人员，外面的人根本无法靠近，这一段写得精彩极了，用超现实的手法预示着这个家族的败落。

贾珍说：“这墙四面皆无下人的房子，况且那边又紧靠着祠堂，焉得有人？”祖宗祠堂是一个家族最重要的地方，是每个家族最先要守护的地方。以前要害某一个人，总是想法去破坏人家祖坟的风水，所以祖宗祠堂是绝对不能让外人进的。这个时候你也开始害怕了，觉得好像是祖先在叹气。“一语未了，一时只听得一阵风声，过墙去了。恍惚闻得祠堂内阖房槅之声。”我们知道祠堂的门有好多道，每次祭祖那些门是一道一道打开的，现在就是门在开阖的声音。作者写灵异的感觉写得非常惊人，因为这个灵异是你心里的恐惧。

记得小时候民间有很多的信仰，比如我父母过世的时候，听人说做“头七”的几天里他会回来，叫我们在地上撒面粉，看有没有脚印什么的。因为是最亲的父母，所以我们一点都不害怕，甚至是渴望他们回来。我们六个兄弟姐妹到最后就有的说，我觉得我听到开门的声音，更夸张的是说冰箱里面那个父母最喜欢吃的辣椒酱都被打开了。我觉得所谓的灵异是你自己的渴望和恐惧，两种内心都会发生灵异，贾家这次的灵异绝对是因为恐惧，那种恐惧是觉得自己真的玩得太过了，这样玩下去，这个家族还会长久吗？

“只觉得风气森森，比先更觉凉飒起来；月色惨淡，也不似先明朗。”有没有发现作者在讲心理，刚才那么亮的月光，现在不亮了，其实是看风景的人受了心情的影响。可以呼风唤雨，用几个字就能把情境感改变的文学才是好文学。“众人都觉毛发悚然，贾珍酒已醒了一半，只比别人撑持得住些，心下也十分疑畏，大没兴头起来。”

“次日一早起来，乃是十五日，带领众人开祠堂行朔望之礼，细看祠内，都依照旧好好的，并无异怪之迹。贾珍自为醉后自怪，也不提此事。礼毕，仍闭上门，照旧锁上。”祠堂里面没有任何曾经被打开过的痕迹，这是最精彩的写法，小说绝对要有这种悬疑，只是心里发毛，现实里无论如何都找不到证据，大家都不敢再提这个事情了。

嘉荫堂中秋节强颜欢笑

中秋节是传统的家族团圆的日子，贾母当然要和子侄辈一起过，晚宴设在嘉荫堂。“嘉”是美好的，“荫”有护佑、荫庇的意思，“嘉荫”就是美好的护佑。“嘉荫堂前月台上，焚着斗香，秉着风烛，陈献着瓜饼、各色果品。邢夫人等一干女客皆在里面久候。正是月明灯彩，人气香烟，晶艳氤氲，不可形状，地下铺着拜毯锦褥。贾母盥手上香拜毕，于是大家皆拜过。”有没有发现作者还是将这种富贵荣华写到了极致，所谓的破败是外表上看不出来的。这个家族的中秋节，外面看起来依然辉煌得不得了。

接下来贾母就说今天是中秋节，难得大家都聚在一起，要击鼓传花讲笑话，可偏偏找了两个最不会讲笑话的人来讲。第一个是贾政，他是最无聊、无趣、最不会讲笑话的人，讲完后大家都笑不出来，又不好意思不笑，只得强颜欢笑。接着是贾赦抽到了，这些人都是前面从没有表演过的，可是今天都表演了。贾赦讲的笑话很奇怪，说：“一家子一个儿子最孝顺。偏生母亲病了，各处求医不得，便请了一个针灸的婆子来。这婆子原不知道脉理，只说是心火，如今用针灸之法，针灸针灸就好了。这儿子慌了，便问：‘心见铁即死，如何针得？’婆子道：‘不用针心，只针肋条就是了。’儿子道：‘肋条离心甚远，怎么就好？’婆子道：‘不妨事。你可能知道天下父母心偏的多呢！’”贾赦前一阵子喜欢上了贾母的丫头鸳鸯，要娶她，贾母不同意，他就恨妈妈。他的意思是说，你偏心眼，只喜欢贾政，根本不喜欢我。“众人听说都笑起来。贾母也只得吃半杯酒，半日笑道：‘我也得这个婆子针一针就好了。’”作者竟然可以用这样的方法来讲这个家族强颜欢笑的程度。这个家族的败落是因为每一个人都有心结，连妈妈跟儿子之间都有心结，可是还要维系笑话的场面。

我一直觉得第七十五回抽出来绝对是很精彩的短篇小说，到第七十六回以后就是一路败落，可是全部的元素都在第七十五回里准备好了。因此我觉得大家有机会要细读这一回，悉心体会作者在细节上的精描细画。很多事件看上去是不相干的，尤氏化妆，宝钗搬走，贾母吃饭，尤氏看到自己的丈夫和儿子包了一大堆“第三性公关”在那边讲黄色笑话，然后接下来是过中秋节，可是其中的精神是连贯的，讲的全是从繁华走向破败。所以每次读到第七十五回，你会佩服得五体投地，一个作家竟然可以这么厉害，在我目前读到的世界各国的文学里，还没有可以写人性写到这么动人、这么精彩的。尤其是贾政和贾赦讲笑话这一段，你会感觉真是难过到了极点。我现在很害怕到热闹场所，因为常常会让那个最不幽默的人上去致辞，弄得大家都难过得要命，旁边的朋友在那边你捏我、我捏你，可还是要听下去，真是痛苦不堪，心说这样的场合我下次再也不来了。

作者在书写的过程中，写悲哀不用悲哀的手法，而是用欢笑的手法写，“第三性公关”要出现，笑话也要出现。我们知道当一个人想用欢笑来掩盖他的痛哭时，大概是最痛苦的时候。因为曹雪芹是在写自己家族的败落，所以他一直在用强颜欢笑的方法。贾母极度聪明，大概也知道这个家族不久就要完蛋了，可她还是希望最后一次中秋节能够有形式上的团圆，有形式上的笑话，至少要维持表面的这种排场。

第七十六回

凸碧堂品笛感凄清
凹晶馆联诗悲寂寞

贾母的眷恋与不舍

第七十六回作者书写的是一种荒凉、一种凄清、一种寂寞，这个家族经历几代的繁华富贵，面临已经很难维持下去的现状，大家的心里一定是不舍的，就像人面对生死。尽管我们常常会劝朋友说，世间原本就没有永远的事，可是事到临头你还是舍不得。大家明显能感受到贾母对这个中秋节之夜的眷恋。如果对贾母来说，这是最后一个中秋夜，是家族最后的一次团圆，接下来就是家破人亡了。我希望大家在读文本时，能感觉一下贾母努力撑持的辛酸，她也很累，可她知道只要她一走，大家就散了。

我常想，很可能这就是曹雪芹十三岁时与家人的最后一次团圆。所以他在写下这一切的时候，一定有很多的感伤，会想到那一天老祖母的表情，想到那一天所有人讲着强颜欢笑的笑话的情境。

艺术世界里的时间分两种，一种是我们今天讲的三点到四点或者四点到五点的物理时间。还有一种是在电影里，一分钟可以变得很长，比如，一个经过特殊剪接的慢镜头，或者停格，就有拉长时间的效果；也有可能十年过得很快，可能就是翻翻日历，几秒钟，十年就过去了。时间在艺术里有另外的表达方式。文学里面什么时候时间会变长？在你眷恋、舍不得一种东西的时候，那个时间就会变成很慢的镜头。

凸碧堂、凹晶馆

在这个中秋节的团圆之夜，在贾政、贾赦他们几个男性离开了以后，贾母跟家里的女眷在一起时，时间一下子变得特别慢，而这个慢里有很多诗意性的描述。包括贾母去赏桂花，又看到月光，再找人来吹笛子，等到笛声从远处悠悠扬扬地传来的时候，贾母忽然掉泪了。一定是这笛声勾起了她的很多心事，从十几岁嫁到贾家，如今已八十岁了，她见证了这个家族渡过的所有艰难，可是现在最大的艰难是因为它富贵到毫无节制。我希望大家能体会贾母的心境，她是这个家族创业的第一代，富贵荣华对她来讲已经没有什么意思，她在意的是全家的和睦与温暖。可是却蓦然发现连母子之间都有心结，儿子会用笑话影射母亲偏心，这就更给人一种凄凉之感。

这一段大家特别能感觉到作者叙事中显现的淡淡的诗意。最后发现有两个人不见了，一个是湘云，一个是黛玉。接下来作者换了一个场景，她们两个并没有回去睡觉，而是找了一个地方开始玩一种游戏，这个游戏就是你一句我一句的作诗比赛。就这样，中秋节晚上的荒凉场景被记录下来，从繁华到幻灭的过程，变成了一首长诗。

这一回回目里有个“凸碧堂”，还有个“凹晶馆”，有趣的是，等一下林黛玉说在民间这两个字不是读“tū ”跟“ āo”，而是把“凸”读成“拱”，把“凹”读成“洼”，一个凹下去的洞。当初大观园盖好以后，贾政曾带着宝玉等人游园，然后负责给各处命名，当时宝玉有点江郎才尽了，黛玉就做他的枪手，帮他想出了凸碧堂跟凹晶馆，凸碧是一座假山，因为山上面种了很多的绿草，就命名为“凸碧堂”，旁边有个凹下去的池塘，则命名为“凹晶馆”。

也许大家在读这一段时，觉得这不过是两个大观园里的处所、两个不同名称的地点而已。但实际上，人的生命、家族的生命都有所谓的起和伏，特别自然的起落本身其实没有什么绝对的好和不好，山高起来，水凹下去，就这样高高低低、起起伏伏。人生如此，家族也如此。巅峰过后，必然会下落，这是大自然的秩序，当然也是人生的秩序。所以两个小女孩离开强颜欢笑的中秋宴会，跑到这个地方去写诗，其实就是去领悟自然。她们对这个家族的败落，好像并没有太多的哀伤。我们一直在说每个人对家族败落的反应是不同的。宝钗选择了离开，探春想做最后的努力，黛玉和湘云则觉得我们的青春曾经如此美丽过，有过了那个巅峰，就不再在意巅峰之后的下滑。如果生命一直停留在青春的巅峰，大概就像塑料花了，并不是真正的生命循环。我想，这些大概都是《红楼梦》里比较深的哲学，为什么黛玉和湘云要到凸碧堂跟凹晶馆去联诗？因为诗本身可以表达很多心事。

贾母心觉冷清了好些

第七十六回的线索比较少，作者的手法比较像散文或诗，着墨的重点在于心境。“话说贾赦、贾政等散去不提。且说贾母这里命将围屏撤去，两席并为一席。”可能大家不太容易懂为什么会把屏风撤掉。过去即使是一个家族的宴会，男人跟女人也还是分开坐的，中间会用围屏稍微隔一下，因为贵族女性还是要有一点私密空间。现在剩下都是女性，围屏就可以撤了。

“众媳妇另行擦桌整果，更杯洗箸，陈设一番。贾母等都添了衣。”注意，添衣是暗示入夜以后气温开始慢慢变凉，秋天最明显的特征就是昼夜温差比较大。“盥漱吃茶，方又入座，团团围绕。贾母看时，宝钗姊妹二人不在坐内，知他们家去圆月去了。”作者其实一直都在体会贾母的心情，她很在意这个晚上的人够不够多，希望尽量能热闹一点。“且李纨、凤姐二人又病着。”李纨、凤姐也不在，可见这个热闹的团圆夜是有人缺席的。有没有发现，注意到缺席者正是贾母的心情，如果你很开心地跑去跟朋友吃饭，肯定不会特别注意谁在谁不在，可是老人家会特别在意，对她来说，团圆不能完成就存在缺憾，就不够圆满。“少了四个人，便觉冷清了好些。”从一开始这个冷清就一直在。

我们肯定会说，少四个人怎么会那么冷清，这个家族人这么多，应该也够热闹了吧？人在心情不好的时候，少一个人你都会觉得冷清，尤其王熙凤是个特别能说笑话的，她在场的话大家宁肯作弊也会让她说笑话，至少不至于让贾政和贾赦去说那么无聊的笑话，弄得大家那么尴尬。

“贾母因笑道：‘往年你老爷们不在家，咱们越性都请姨太太来，大家赏月，却十分闹热。’”记不记得贾政有段时间被皇家派去做学差，跑了好几年才回来。他不在的时候，贾母就把薛姨妈等人都请过来一起过节。“忽一时想起你老爷来，又不免想到母子、夫妻、儿女不能一处，也都有些没兴。及至今年你老爷来了，大家团圆，却又不便请他娘儿们来说说笑笑。”贾母希望人越多越好，越热闹越好，可是伦理是有一定界限的。

所以她说："况且他们今年又添了两口人，也难丢了他们跑到这里来。"重点是下面这句："偏又把凤丫头病了，有他一人来说说笑笑，还抵得十个人的空儿。"这个时候你就能发现王熙凤的重要，很多时候在一个环境和一个团体里，有的人就是能搞笑的。平常也许不觉得她重要，可是一旦想热闹，就一定要有这样一个人，她能保证不冷场，所以王熙凤的生病也导致了贾母的落寞，她说："可见天下的事总难十全。"这个时候老太太的感伤就出来了。"说毕，不觉长叹一声，遂命拿大杯来斟热酒。"贾母平常喝酒多半都是点到为止，今天大概有点想借酒浇愁，想大杯痛饮。

王夫人笑道："今日得母子团圆，自比往年有趣。往年娘儿们虽多，终不似今年自己骨肉齐全的好。"王夫人希望贾母的心境能转换一下。贾母笑道："正是为此，所以我才高兴拿大杯来吃酒。你们也换大杯才是。"有没有发现她在掩盖真相，不想晚辈们为她的寂寞难过，就劝大家也趁机多喝一点。"邢夫人等只得换上大杯来。因夜深体乏，不能饮酒，却有些倦意，无奈贾母兴犹未尽，只得陪饮。"其实大家都想睡了，可是贾母很眷恋这个团圆，希望这种团圆能够永续。我想每个人都有这样的时候，但生命里所有主观希望永恒的东西最终都不可能永恒。这样我们就可以理解贾母为什么要强撑着。作为八十多岁的老太太，最累的其实应该是她，但因为她觉得自己是那棵大树，一旦大树倒了，子侄辈会散得更快。只要她在，儿媳妇、孙媳妇就要陪着。

花长好、月长圆、人长久

接下来作者描绘的依然是那种明明应该结束而不结束的悲哀。我读七十六回读了很多次，总在想，什么是最究竟的生命智慧？就是在该停的时候停，或者说接受“散”这个事实。人生总有一天要做这个功课，该结束的时候就要结束。可是贾母在这晚上坚持不散，拖下去之后变成了另外一种难堪。

“贾母又命将罽毡铺于阶上，命人将月饼、西瓜、果品等类都叫搬下去，令丫头、媳妇们也都团团围坐赏月。”老太太要大家到外边去像野餐一样赏月。“贾母因见月至中天，比先益发精彩可爱，因说：‘如此好月，不可不闻笛。’”此处一方面显现出贾母的生活情趣和品位；另一方面也表现了她想用各种方法把这种欢乐延续下去，把明月、花香、笛声等所有生命中的美好留住，也就是我们常说的花长好、月长圆、人长久。每次在卡片里看到这三个“长”都有很多的感慨，因为你知道花不可能长好，月不可能长圆，人也不可能长久，那只是一个愿望，这个愿望总能让人体会到生命的荒凉。

“因命人将十番上女孩子传来。”前面也讲过，“十番”就是杂耍班子，里面要配不同的乐器，其中就有笛子。贾母吩咐说：“音乐多，反失雅致，只用吹笛的远远吹起来就够了。”注意，这种品位绝不是荣华富贵的第一代能懂得的，通常要到三代以后才会知道真正的雅是什么。不能锣鼓喧天、卡拉 OK 闹得你头昏脑涨，这是最重要的美学教育。只用笛子一种乐器，还要在远远的地方吹。最动人的声音，是那种若有若无的笛声。这就是贾母的美学品位，这是暴富的新贵不可能具备的。

“说毕，刚去吹时，只见跟邢夫人的媳妇便走来向邢夫人前说了两句话。贾母便问：‘什么事？’那媳妇便回说：‘方才大老爷出去，被石头绊了一下，崴了脚。’贾母听说，忙命两个婆子快看去。”贾母此时的表现是透露了心结的，其实脚崴了本不是什么不得了的大事，因为贾赦刚才说了父母“偏心”的那个直白的笑话，讲得她有点难过。五十几岁的儿子抱怨八十岁的妈妈偏心，实际上蛮麻烦的，因为这已经不是小孩子在撒娇了，所以贾母有点格外表示关心的意思。因为这个家族的财富太多，最后家族的不和往往是因为财产，贾赦觉得贾母的财产一定会给贾政这一支，而自己这一支明显受冷落了，所以贾母就有点想趁机弥补一下。接着“又命邢夫人快去。邢夫人遂告辞起身”。可见贾母是非常细致入微地在维持这个家族复杂的人际关系。

贾母便又说：“珍哥媳妇趁着便你就去罢，我也就睡了。”注意，“珍哥媳妇”就是尤氏，在第七十五回、七十六回里我们一直在讲，尤氏是一个非常好的女性，好到连丈夫玩她妹妹，都能睁一只眼闭一只眼的程度，当然这个“好”是要加一个引号的。在个人品质上，尤氏为人非常善良，从不愿意伤害别人，她知道贾母这个时候要她走，是因为怕她累。尤氏笑道：“我今日不回去了，定与老祖宗吃一夜。”她一定是体会到了贾母此刻的心情，觉得很需要有人陪她。贾母说道：“使不得，使不得。你们小夫妻家，今夜也要团团圆圆，如何为我耽搁了？”这里是在讲辈分，贾母八十岁了，她看孙媳妇当然觉得是年轻夫妻，就说今天晚上你们至少应该亲热亲热，那时候的中秋节基本上像今天的情人节。

“尤氏红了脸，笑道：‘老祖宗说的我们太不堪了。我们虽然年轻，已经十来年的夫妻，也奔四十岁的人了。况且孝服未满，陪着老太太玩一夜还罢了，岂有自去团圆之理！’”注意一下尤氏的反应，因为贾母说你们总要有一点自己的私事，尤氏就有点不好意思，所以红了脸。贾母听说，笑道：“这话很是，我倒也忘了孝未满。”古代父丧，要守三年的孝。

“可怜你公公转眼已是二年多了，可是我倒忘了，该罚我一大杯。既这样，你就率性别去，陪着我罢。你叫蓉儿媳妇，他就顺便回去罢。尤氏说了。蓉妻答应着，送出邢夫人，一同至大门，各自上车回去。”

《红楼梦》中的这些细节是最不容易读懂的，一方面是人际关系的复杂，另外一方面从第七十五回到七十六回，尤氏是一个很重要的串场人物。因为这个女人的天性准确地说不是善良，而是温和，她希望每一个人都能好，这一天她看出贾母特别不开心，她就想陪在这里。其他人就不见得懂这些，像贾蓉的太太就走了，邢夫人也走了。人越来越少才能够感受到贾母内心的虚无和荒凉。

贾母的美学品位

下面这一段文学性就出来了。“这里贾母仍带众人赏了一会桂花，又入席换暖酒来。正说着闲话，猛不防那壁厢桂花树下，呜呜咽咽，悠悠扬扬，吹出笛声来。”贾母找人来吹笛子这件事，大家可能已经忘了，这个时候笛声才传来。生活中真正的美是在不经意间呈现的。猛然间，带着桂花香味的笛音传来，嗅觉、听觉的美全有了。作者用了“呜呜咽咽”、“悠悠扬扬”来形容笛声，我想这个园子作为一所美学的大学，一定比任何大学都要好，在这里才能真正懂得什么叫作美。遗憾的是，今天的主流文化教育里，恰好缺了这个东西。人的培养最重要的部分不是知识，而是一种感觉，就是赏桂花、看月光、听笛声，从嗅觉、听觉、视觉上来全方位地感知这个世界的美好。

“趁着明月清风，天空地净，真令人烦心顿解，万虑齐消，都肃然危坐，默相赏听。”注意这个长句子，在笛声配着月光跟花香传来的时候，本来正在聊天、开玩笑的人都安静下来了。有没有发现美真正出现的时候，人可以没有聒噪、没有烦虑，忽然觉得天地之间只有光明和清静了。

“约两盏茶时”，时间意义的有趣又体现出来了，《红楼梦》里很少讲听了一刻钟、半小时这种确定的时间，而是说你喝了两杯茶的时间。每个人喝两杯茶的时间都不一样，这就是美学上的时间。所以大家可以试着考考朋友，喝两杯茶的时间有多长，你会发现每一个人的答案都不一样。有的人三秒钟就喝完了，有的人可以喝好久。法国的哲学家柏格森曾专门讲过艺术里的时间，他说在文学里、在音乐里、在戏剧里的时间是不能等同于现实的时间的。因为你在惊恐、忧愁、喜悦等各种不同的状态下，对时间的感觉是不一样的。我常常觉得《红楼梦》里讲时间的词汇非常有趣，比如它教你体会自己生命中的两盏茶、一顿饭的时间。

笛声“方才止住，大家称赞不已。于是遂又斟上暖酒来”。有没有体会到此时的一切动用了人所有的感官，酒是味觉的，桂花是嗅觉的，笛声是听觉的，月光是视觉的，清风是触觉的，所有的感官都处在最美的情境里。贾母笑道：“果然好听么？”因为这个音乐会是贾母建议的，所以这个时候要征求意见。众人笑道：“实在可听。我们也想不到这样，须得老太太带领着，我们也得开心胸。”这个话一方面是对贾母的赞美，另一方面也是她们的真实感受，因为贾母是最有见识的人。注意，见识不是知识，读很多很多的书只是知识，见识意味着有很深厚的生命体验，懂得如何享受生命。我们今天最大的遗憾是知识跟见识完全被割裂，没有见识的、不融入生命的知识和学问变得非常枯燥无味。贾母见多识广，她可以带领晚辈用这样的方法度过一个这么美好的中秋之夜。我一直认为这个中秋的夜晚可能是真正存在过的，曹雪芹在潦倒落魄的时候，凭记忆写出了这段对自己家族最美的记忆。

不知道大家有没有试着对比一下，第七十五回里讲到的贾珍、贾蓉带着邢德全、薛蟠那些人，找了“第三性公关”玩得一塌糊涂是一种富贵，而如今贾母带着大家享受全方位的美感也是一种富贵。此时，贾母心里一定有种很深的哀伤，就是子侄辈已经不懂得怎么玩了。

贾母道：“这还不大好，须得拣那曲谱中越慢的吹来越好。”我一直认为贾母是个美学大家，我们知道不同的音乐有不同的处境。有时候你觉得很奇怪，你跑到一个人家里做客，吃法国鹅肝，喝马高红酒，都是最贵的东西，但给你来个大的交响曲，整得大家都累得不行，那个时候来个四重奏就很对了。并不是音乐不好，而是场景不对。因为大家在茶余饭后，需要一个比较轻松的、清雅的东西，而不是很厚重的东西。假如喝个下午茶要演奏贝多芬的《命运》，人真的要昏倒了。我的意思是说，艺术必须要有与之相配的时间、空间，绘画也是如此。我跟很多朋友提起过，我很佩服能把梵高的画挂在卧室里的人，因为色彩太强烈了，挂在那里还能睡着觉，说明这个人的感官不怎么敏感。因为梵高的画中燃烧着热情，这不是画的好坏，而是说美本身需要放对位置。面对大海的波澜壮阔时，贝多芬的音乐自然会出来，可是贝多芬有很多音乐是像《克罗采奏鸣曲》那样很安静的东西，它可能适合在一个小小的室内听。贾母的厉害就在这里，她说刚才那个还不够好，因为选的曲子不够慢，这样的情境下曲子越慢，越能够品出味道。这是高段位的美学，因为她懂得如何留白。

“说着，便将自己吃的一个内造瓜仁油的松穰月饼”，一个月饼的名字就这么长。“内造”是指皇宫内府制造，“瓜仁油”就是瓜子仁榨出来的油，“松穰”就是松子仁，这是非常考究的点心。

“又命斟一大杯热酒，送给谱笛之人，慢慢的吃了来，再细细的吹一套。”此处可以看出过去的贵族跟艺术家之间的关系，不会让人家饿着肚子来吹一个更慢的，饿着肚子的话有可能越吹越快。给他们最好的月饼，再喝一点酒，情绪来了，感情对了，才有可能有更美的呈现。我们知道人类艺术最精彩的时代，不管西方还是东方，都有一种贵族跟艺术家之间的默契与理解。瓦格纳一辈子都被巴伐利亚的国王路德维希二世养着，天鹅堡就是为了演奏他的音乐而专门建造的。音乐家之所以能不断地写出好作品，很多时候是因为那个知己或赏识他的人，可以用所有的权力和财富来支持他的美。我们知道路德维希二世曾讲过在历史上引起很大争议的话，就在他耗巨资为瓦格纳盖那个世界上最豪华的音乐厅时，别人跟他说：巴伐利亚正在打仗，前方很需要钱，但这个国王就是不拨款，他说：战争对我是不存在的。他也因此成了历史上的罪人。但在文化史上就很难说，他没用来打仗的那笔钱，造就了瓦格纳的音乐。可这件事有时候很难衡量，就算今天这样说估计还会挨骂，所以有时候就会很矛盾。什么叫文明？“美”在文明里面扮演的角色到底是什么？在这个中秋节的夜晚，贾母就是一个真正支持美学文化艺术的贵族夫人。

贾母禁不住坠下泪来

“只见方才瞧贾赦的两个婆子回来，说：‘瞧了，右脚面上白肿了些，如今服了药，疼的好些了，也不甚大关系。’贾母点头叹道：‘我也太操心得紧，说我偏心，我反这样。’”我觉得这里面有太多的感伤，她为这个家族所付出的心血，连儿子都不理解。“因就将方才贾赦的笑话说与王夫人、尤氏等听”。注意王夫人扮演的角色，不知道大家能不能理解，贾母有两个儿子，一个贾政，一个贾赦，贾赦觉得她更疼贾政，而贾政的太太就是王夫人。贾母现在说：你看我的大儿子嫉妒了，说我偏爱你们这一房。这个时候王夫人该怎么回答，换个人可能巴不得趁机拨弄一下是非，可是王夫人很懂事，她出面帮对方讲话。“王夫人等因笑说，劝道：‘这原是酒后说笑，不留心也是有的，岂有敢说老太太之理！自当解释才是。’”

“只见鸳鸯拿了软巾兜与大斗篷来，说：‘夜深了，恐露水下来，风吹了头，须要添了这个。’”注意，鸳鸯绝对不是要等贾母命令说，“我冷了，你帮我拿一件外套”时才行动。她永远能够察言观色，注意该怎么去照顾贾母。提醒她说：“坐坐也该歇了。”贾母的反应很有趣，她说：“偏今儿高兴，你又来催。难道我醉了不成，偏天亮才歇！”可能因为她那种不舍的心情被鸳鸯看破了，就有点儿像个小孩子在撒娇了。“命斟酒来。一面戴了兜巾，披了斗篷，大家陪着又饮，说些笑话。”

这个时候笛声又起来了：“只听桂花阴里，呜呜咽咽，袅袅悠悠，又发出一缕笛音来。”注意，作者用的是“一缕”，就是细细的一丝声音，这全部都是在讲美学。所以读第七十六回时的心情跟读第七十五回完全不一样，第七十五回热闹，第七十六回则完全静了下来。这种写法表现在绘画里一个是暖色调，一个是冷色调。第七十五回全部是金色、红色，第七十六回所有的东西都开始褪色，变成一张泛黄的黑白照片。

“果真比先越发凄凉。大家都寂然而坐。”这里讲的全是心境，刚才是“默然”，现在是“寂然”，都是不讲话，但现在心里的寂寞出来了，作者用音乐带出了家族败落的幻灭之感。“夜静月明，且笛声悲怨，贾母年老带酒之人，听此声音，不免有触于心，禁不住堕下泪来。”贾母很少哭，因为她知道自己是那棵大树，不能乱了阵脚，可是此时却忍不住掉下眼泪来，因为她忽然发现是告别的时候了。而这个告别也不是她想象的样子，是一个个陆续走掉的感觉。“众人此时也都不禁凄凉寂寞之意，半日，方知贾母伤感，才忙转身赔笑，发语解释。又命换酒，且住了笛。”第七十五回里我们说过《红楼梦》已经到了强颜欢笑的时候，曹雪芹这个不起的作家，他能用笑话来呈现悲哀。

最好玩的是尤氏，这个“好”女人又要来串场了。尤氏是最害怕别人不快乐的，为了让贾母快乐，她说：“我也就学了一个笑话儿，说与老祖宗解解闷。”我想大家的汗毛都要竖起来了，因为尤氏人太老实，能说笑话的人都要多少有一点坏，有点计谋的，她这种人怎么说笑话？贾母就勉强笑道：“这样更好，快说来我听。”你看贾母多聪明，她明知道尤氏根本不会讲笑话，但还是鼓励她。尤氏就说：“一家养了四个儿子：大儿子是一个眼睛，二儿子是一个耳朵，三儿子只一个鼻子眼，四儿子是个哑巴……”发现没有，作者创造出的这个笑话是让人觉得毛骨悚然的黑色笑话，黑色幽默在西方的文学里是一个很特别的文类，其中常常隐藏着很大的悲哀，让人感觉既恐怖又好玩。尤氏的笑话里竟隐含着人世间没有圆满，任何东西都有缺憾之意。尤氏这么木讷的人竟然讲出了这么智慧的话，她自己肯定不知情。

这世间大概很少有作家对生命的领悟能如此透彻，能用这么活泼自由的方式描画人生。

家族败落的荒凉

“正说到这里，只见贾母已朦胧双眼，似有睡着之态。”读到这里，不知道大家是不是跟我有同样的感觉，蛮希望贾母的睡着是真的。因为这段笑话还不如不听，不用提示她生命里所有东西都是不圆满的，因为她是如此希望圆满，可是宝钗、宝琴、李纨、王熙凤都没有来，儿子又说她偏心，处处都是残缺。贾母在极度的伤感里听到这样一个笑话，心灵上是无法忍受的，所以蒙眬睡去也许是件好事。就像有时候看到一些长辈被判定患老年痴呆的时候，难过的同时也为他庆幸，觉得生命辛酸到此为止，能够忘了最好。我有一个学生跟我讲他爸爸老年痴呆了，我问他说多少岁，因为我也很紧张自己的状况。他说五十二岁，而且很奇怪，他爸爸所有的时间都停在他妈妈过世的时候。医生问他，你儿子几岁、女儿几岁时，他讲的都是他妈妈过世时候的岁数。这个故事对我影响很大，我不是医生，没有办法判断病情，可是我一直在想，会不会因为一个重大的生命事件，让他一下子就把生命自动地停在那里了，因为接下来的时光他实在很难面对。我们知道动物在经历巨大惊吓之后会暂时失忆，其实那是一种自我保护机制。所以有时候我觉得糊涂大概也是生命到一定年龄段时保证自己渡过难关的方法。

“尤氏方住了，忙和王夫人轻轻请醒。”尤氏有一点心虚，觉得如果是王熙凤讲笑话，贾母绝不会睡着的。而自己则像一个烂演员在那边歹戏拖棚，就问她的婶婶王夫人，说要不要叫贾母回房去睡。贾母睁眼笑道：“我不困，白闭闭眼养神。你只管说，我听着呢。”忽然想起我们兄妹在母亲过世以前都很紧张，因为每次看到她看电视时睡着了，可是你一关电视，她马上就醒了，说我没有睡啊！刚开始我们还很生气地跟她辩论，后来觉得真是不懂事，其实她就是要一个东西在旁边，哪怕是有个声音也好。在当时，孩子们忙得不能陪她，电视对她来讲恐怕是比儿女还要亲的。我以前每次跟朋友讲起这一段，大家就都决定晚饭要回家跟妈妈一起吃，因为老人最怕的就是寂寞。下次碰到老人跟贾母说一样的话，千万不要去戳破她，因为那是对她很大的伤害，实际上她是害怕曲终人散。

王夫人笑道："夜已四更了，风露也大，请老太太安歇罢了。明日再赏十六，也不辜负这月色。"可大家知道不是十五、十六的问题，是贾母害怕生命的告别，这个告别是人生很重要的学习，这个功课做起来比学校里的要难得多。

果然都散了

贾母道："那里就四更了？"她根本没有想到时间就过去了，所以很惊讶。换句话也可以说："怎么四代就这样过去了，我怎么会八十岁了。"生命里永远有刹那间的经验，觉得时间就是一弹指顷。前面一直写得很慢，现在忽然天都快亮了。"王夫人笑道：'实已四更，他们姊妹们熬不过，都去睡了。'贾母听说，细看了一看，果然都散了，只有探春一人在此。"这一句话是最重要的，我一直强调探春是最后一个想做点努力撑住的女孩子。因为她看到了家族未来将要发生的悲剧，所以她还有那份热情。

贾母笑道："也罢。你们也熬不惯夜，况且弱的弱，病的病；可倒要费心。"注意，这句话也是暗示，这个家族已经没有一个健康的人了。记得第一代的宁国公是焦大从死人堆里打出来的，白手起家时的第一代是充满生命力的，所以贾母很感慨，到了第四代怎么会弱的弱、病的病。“只有三丫头可怜见儿的，尚还等着呢。你也去罢，我们要散了。”说着，贾母“便起身，吃了一口清茶，便预备下竹椅小轿，便围着斗篷坐上，两个婆子搭起，众人尾随出园去了”。

贾母决定要散，说明她已经接受了家族败落的事实，她的“倒要费心”这句话好像是在讲这个家族，也在讲她自己。

镜花水月

到第七十六回的后半段，当大家陆续散去，连贾母也不得已走了之后，两个重要的人物——史湘云跟林黛玉留下了。其实林黛玉父母双亡，寄居在外祖母家，此刻的心境是极其孤独的。尽管她一直处在繁华中，可是总感觉这个繁华跟她无关。史湘云也是如此，她们两人都有寄居者的感觉，而寄居者最容易领悟到繁华的不确定性和不实在性，所以她们不会像繁华中人那样有过多的不舍或眷恋。所以这两个女孩就跑到了凸碧堂、凹晶馆附近，在大观园这个比较僻静的风景区，这两个小女孩开始作诗了。作诗的原因是因为她们看到空中一轮皓月倒影水中，美得不得了。注意这两个月亮一个是真实的，一个是虚幻的，佛教中一直在用水中月、镜中花来暗示人生所有的繁华，其实只是幻象，因为总有一天它会消失，因此这两个小女孩面对这个情景所作的诗是《红楼梦》走向尾声的暗示跟通告。

我们常常会把《红楼梦》里这些十几岁的少女们所作的诗看成是非常严肃的古典文学，事实上那只是她们玩的游戏。她们先是决定写五言排律，律诗就是除了押韵，内容必须是对仗的。排律就是你出一句上联，我接下联来对你，然后我再给你一个上联，你再接下联，这真的只是个游戏，只是这个游戏比薛蟠他们的“抢快新”要难得多。这里面有很多知识、典故的运用，有对声音以及对当下场景事物的敏感。

《红楼梦》里的两个大才女，在小说快要结束的时候，进行了一场最惊人的期末考试，最后一个加入的人是妙玉。妙玉是个出家人，大概也觉得中秋的月色很美，就跑出来到处乱逛，结果听到了黛玉跟史湘云的联句，联到二十二韵的时候，她有点心动，就邀请她们到她的庙里去喝茶赏月，把后面接着写完。等于是三个人玩了一个长诗游戏。

诗句生命情怀的表现

等一下大家读诗的时候，一定不要被外在的典故绑住。典故有典故存在的意义跟价值，可是今天我们在读古典文学的时候，这些典故往往变成了很大的障碍，所以我宁可跨过它，用最简单的方法带领大家来看这两个小女孩，如何用她们当时能够掌握的文字和语言去记录她们的生命故事。

一般读者在读《红楼梦》的时候，常常觉得诗词的部分最难，尤其是很多青少年朋友。读《红楼梦》时的最大障碍常常是诗和词，一碰到诗词，他就停在那里了，多碰到几次诗词，他就不看了。我觉得大家不要把它当成障碍，因为第七十六回真正要讲的荒凉和凄清在前半段已经讲过了，现在只是用诗句再做一次整理而已。这些诗句我等一下会尝试着朗读，另外还可以用现代的语言去重新解释，这种解释的方法可能跟过去做的注解不太一样。因为注解要引经据典，把典故讲得很周到，可是在真正的文学欣赏时，会感觉牵牵绊绊的，没有办法体会到文学真正动人的力量。我希望大家能像欣赏今天的某个歌手唱的一首流行歌一样，来真正感受到这两个女孩子的生命情怀。

《红楼梦》如果用“玩”这个字来讲，有各种不同的玩法。贾母懂得如何品笛赏月，薛蟠他们要找“第三性公关”，林黛玉、史湘云等人则有属于自己的诗的世界，作者呈现了各色人等抒发自己生命情怀的方式，而没有去比较它们的高低，他只是想让我们看到生命原来可以有这么多不同的选择。黛玉和湘云走的这条路是我们今天看上去最陌生的，因为是用诗句来讲生命情怀的。可我把它解释为，如果你今天喝了点酒，跟朋友在一起，忽然很想唱一首歌来表达心情的喜悦或者忧伤，如此而已。

事若求全何所乐

她们写诗是在凸碧山庄和凹晶溪馆，作者作了一点景象的描述：“因此处房宇不多，且又矮小，只有两个老婆子上夜。”这里本来就是大观园里比较僻静的角落，不是热闹和繁华的处所。“今日打听得凸碧山庄人应差，与他们无干，这两个老婆子关了月饼、果品并犒赏的酒，并各色的菜，二人吃得既醉且饱，早已息灯睡了。”

“黛玉、湘云见息了灯，湘云笑道：‘倒是他们睡了好。咱们就在这卷棚底下赏这水月如何？’”注意，“卷棚”是中国古建筑中的一种形式。其屋面双坡，即前后坡相接处不用脊而砌成弧形曲面。“二人遂在两个湘妃竹墩上坐下。”注意不是椅子，椅子有点太正式。“墩”，圆形，腹部大，上下小，造型犹似古代的鼓。竹子做的墩，比较随意，不是什么正式的家具。注意，“湘妃竹”就是潇湘馆里的那种竹子。“只见天上一轮皓月，池中一轮水月。”在最清明的水塘旁，你会发现天空的月亮、水中的月亮一样美。“上下争辉，如置身于晶宫鲛室之内。微风一过，粼粼然池面皱碧铺纹，真令人神清气爽。”刚才所有人世间的欢乐和忧伤都过去了，两个正值青春的少女走进了大自然。在大自然里，所有人的忧伤都会减少，欢乐也会平静。对比上一回薛蟠、邢德全他们玩得一塌糊涂的现实世界和贾母的中秋赏月品笛的那个忧伤的世界，现在的情景是一种超越，这个超越意味着，如果你能从一个高度去眺望生命的忧伤跟喜悦，就会变得淡泊。因为在生命无所依附的时候，并没有真正的忧伤，也没有真正的喜悦。

有没有发现这个晚上这么多人在赏月，每个人看到的层次是不一样的。看到月光感到快乐是人生的一个层次，看到月光产生凄凉也是人生的一个层次，看到月光产生了欢乐跟忧伤都能够沉淀为平静，是另外一个层次。抵达最后这个层次的是黛玉跟湘云，她们已经领悟到天空的月亮、水中的月亮，都是虚幻，你很难在这里判断真假。所谓真假也就是天上的月亮跟水中的月亮，不管如何上下争辉，到头来都是过眼云烟，我想作者其实是想让我们去领悟这个实质。

湘云就有了企图心，笑道：“怎得这会子坐上船吃酒倒好。这要是我家里这样，我就立刻坐船了。”黛玉笑道：“正是古人常说的好，‘事若求全何所乐’。据我说，这也罢了。偏要坐船起来！”有没有发现第七十五回到七十六回一直在讲圆满这件事，作者一直在提醒我们所有的圆满都只是自己的假想。我们会觉得一个眼睛是残缺，一个耳朵是残缺，一个鼻孔是残缺，可是都有了，未必不是残缺。所以我们应该问自己两个问题：我缺什么？我有什么？答案一定很有趣，你可以有很少，也可以缺很多；可以有很多，同时又缺很多；你可以有很少，也缺很少；你可以有很多，可以缺很少……这个追问可以演变很多的数学公式出来。

所以黛玉在这里就有一点领悟，她父母双亡，真的是什么都没有，可是觉得生命里能有这样一个时刻的美好，大概也是一种圆满。所以她反而会提醒湘云说："事若求全何所乐。"人总是要有一点"缺"才能快乐，这个逻辑很有趣，有缺憾才会有渴望，有渴望才会有珍惜。前面讲的薛蟠可能就是一个极不快乐的人，因为他要什么有什么。湘云当然也是个领悟力很高的人，在黛玉讽刺了她之后，她笑道："得陇望蜀，人之常情。可知那些古人说的不错。说贫穷之家自为富贵之家事事趁心，告诉他说竟不能趁心，他也不肯信的；必得亲历其境，他方知觉了。就如咱们两个，虽父母不在，然也忝在富贵之乡，只你我就有许多不遂心的事。"在作者看来，人是一定要经验生命本身的，没有体验，光说是没有用的，那只能是一个知识体系上的知道，而不是心里面的领悟。

其实心灵上最荒凉的应该是湘云跟黛玉，这两个女孩子经历过生命里最大的痛，所以她们的聪明、懂事，跟她们极早承受的痛苦有关。黛玉笑道："不但你我不得称心，就连老太太、太太以至宝玉、探丫头等人，无论事大事小，有理无理，皆不能各遂其心者，同一理也，何况你我是旅居客寄之人！"意思是我们根本就是孤儿，我们凭什么可以要求顺心。"湘云听说，恐怕黛玉又伤感起来。"因为黛玉总是会伤感，总是在哭。

可是在这里我想跟大家交换一个看法，如果我问大家，谁是《红楼梦》里最感伤的人，大家可能不假思索地会说是黛玉。可是《红楼梦》多读几次，你不一定会这么快回答，黛玉是整天在哭，可是在面对生命里最该舍弃的东西时，她是比任何人都决绝的。比如黛玉对于“散”这件事，从来不假思索，她认为生命就是会散的，她跟宝玉最大的不同也在这里，宝玉最怕的就是散场。可黛玉永远告诉他说：“生命有聚就有散，有生就有死。”可见黛玉是最早领悟聚散生死的人，因此我不觉得她是一个感伤的人。可湘云还是怕她伤感，“忙道：‘休说这些闲话，咱们且联句。’”

愿逐月华流照君

“正说间，只听笛声悠扬起来。”有没有发现这里接到了刚才的场景，那边已经散了，贾母都回去睡觉了，可是黛玉她们听到了刚才的笛声，这就是电影里的蒙太奇，刚才的那部分跟这个部分会剪辑在一起。黛玉笑道：“今日老太太、太太高兴了，这笛子吹的有趣，倒是助咱们的诗兴。”同样是桂花树下传出来的笛声，被贾母听到的那场戏和被黛玉听到这场戏是两个不同的场景。

因此我们会发现同一个月亮这个时候有多少人在看，我们可以从不同的角度，借着这个圆月来做另外一种沟通。这个沟通不是当下的，不是同一时间和同一空间的。张若虚的《春江花月夜》里写月光写得极好，说一个在楼上想念丈夫的女子，看着那个月光，跟在千里之外的划船的丈夫沟通，说“愿逐月华流照君”。我愿意是那月光，同时照着你和我。这其实是一种联觉和扩大，这种扩大能抑制感伤，也能感受宇宙的空阔。

黛玉就跟湘云说：“咱们两个都爱五言，就还是五言排律罢。”五言诗跟七言诗有不同，七言诗可以多一点委婉，五言诗则比较质朴。湘云道：

"限何韵？"黛玉笑道："咱们数这个栏杆的直柱，这头到那头为止。他是第几根就用第几韵。若十六根，便是'一先'起。这可新鲜？"我这样讲这一段是希望大家了解，所谓的很不容易懂的优雅的古典文学，其实很多时候真的是游戏，限韵就靠数栏杆的数字。如果把它们看得太严重了，读起来就会紧张得要死，因为大部分的字你都没有看过，其实没看过是因为时间变了，就像今天的火星文我们也看不懂一样。

"湘云笑道：'这倒别致。'于是二人起身，便从头数至尽头，止得十三根。湘云笑道：'偏又是十三根，"元"字。这韵少，作排律只怕牵强不能押的稳呢。少不得你先起一句罢了。'"她们决定用十三元来押韵。黛玉笑道："倒要试试咱们谁强谁弱，只是没个纸笔记。"你看湘云的厉害，她说："不妨，明日再写。只怕这一点记心还有。"什么意思？记忆力太好了，其实最容易记的东西就是诗，因为诗本身的节奏是帮助你记忆的。十几岁的时候不背诗真是太可惜了，因为那个时候记忆力好，念两遍就能记住。我记住的《长恨歌》和《琵琶行》，都是那个时候背的。我想大家今天可以回家考一下自己，两个人来联句，就三十六句，明天早上起来再记。我觉得这是一个有趣的考试，一个句子你用那么多的热情去创造它，应该不会忘掉。当林黛玉写出那个非常美的句子——"冷月葬花魂"的时候，相信她第二天一定能记得。

月光下青春的美丽

我希望大家能接受我解诗的方法，一方面把大家可能不懂的典故、注解简单地讲一下，但不希望大家被典故绊住，重要的是要读出诗中的精神。一味想难为大家的诗没有什么意义。只是因为她们用的词汇，我们今天有些不懂，比如那个时候建筑中的某些东西，现在已经不存在了。这个很简单，我只要讲一下大家就知道了，真正要去感受的是它的内在力量。

黛玉先念了“三五中秋夕”，湘云就接了一句：“清游拟上元。”三乘五就是十五，她可以讲十五，可是也许不谐韵，所以她用“三五”来说中秋的晚上。“清游拟上元”，“清游”，在这么美好的月光下游玩，可以与上元节媲美了。上元节是一年中的第一次月圆，就是元宵节。接下来湘云又给了黛玉一个题目：“撒天箕斗灿。”漂亮得不得了的句子，“箕”跟“斗”都是星辰的名字，你可以去读注解、看考证，关键不要忘记这个画面指的是满天的繁星。非常像少女的语言，她的生命刚好也到了最美的时候，而且湘云是那种最豁达、最豪爽的女孩儿。“撒天箕斗灿”，有种开阔的感觉。

如果我现在丢给大家一个“撒天箕斗灿”，你要怎么去接？黛玉接的是：“匝地管弦繁。”注意，“天”一定要用“地”去对，满天都是繁星的时候，遍地都是音乐的声音；“繁”对“灿”，你是灿烂，我是繁华。一开始就展示了中秋节的繁华之美，我觉得这也是在讲她们的青春，一个是满天的繁星，另一个是遍地的歌声。所以“撒天箕斗灿，匝地管弦繁”，绝对可以翻译成满天繁星、遍地歌声。诗句是要去创作的，而不是执着于某些词汇。因为词汇每个时代都在变，可是你对星辰的灿烂和音乐的美好的热爱永远不会变。

下面黛玉给出了一个非常美的句子：“几处狂飞盏。”有没有感受到青春里的开心、快乐和豪迈？这个中秋的晚上，多少人家宴会中都喝酒，酒杯飞来飞去。这种句子不年轻绝对写不出来，心情沉重的时候也写不出来，“几处狂飞盏”，让你想起李白《将进酒》中的豪迈跟豁达。

湘云笑道：“这一句‘几处狂飞盏’有些意思。这倒要对的好呢。”湘云也很高兴，这里面有种知己之间对话的意思，就是棋逢对手了，你有好句子，我也得有好句子。湘云想了想，就说：“谁家不启轩。”面对这么美的月光，哪一家能不把门窗打开？我希望大家体会一下，中秋之夜的月光特别美，所以每一家都会把门窗打开；另外，我们的心灵也是一个有门窗的空间，“启轩”，就是打开你心灵的门窗，让光亮进来。因为前面贾母她们太忧伤了，现在这两个青春少女在月光底下，书写她们青春的美丽。我觉得这首长诗如果仅仅被当成很会写诗的两个中文系女生的作品来理解，不从青春、热情的层面上去理解太可惜了，这绝对是两个热爱青春的少女的梦。“撒天箕斗灿，匝地管弦繁。几处狂飞盏，谁家不启轩”四句，把那种心绪的狂放和对生命的热爱全呈现出来了。我现在最害怕的是我们的教育里缺失了这些，才十几岁就没有了热情，而这个热情在黛玉跟湘云联诗的时候是最美的。青春的生命不管遇到什么事情，首先要做的是应该让它敞开胸怀。

湘云又给了一句：“轻寒风剪剪。”黛玉说：“对的比我的却好。只是这一句又说熟话了，就该加上劲说了去才好。”因为是知己，所以有褒有贬，只是这褒贬跟世俗的是非无关。她们之间是有默契的，只有中学同学之间才会有这种对话，再大一点就没有了，大家讲话时都变得好小心，生怕别人不高兴。那个年龄真是美好，就是自在，就是对生命坦诚。黛玉说你这么聪明，为什么不用功，这个“轻寒风剪剪”，太随便了。我自己想过，如果我能写出“轻寒风剪剪”，一定高兴得要命，这么好的句子，她其实是在用燕子尾巴的感觉在讲风，中秋时节风刚有一点凉。

湘云就有点辩驳，笑道："诗多韵险，也要铺陈些才是。纵有好的，且留在后头。""铺陈"就是有一点随意，连贯下去的感觉。这也是了不起的文学教育，包括人生也是如此，总要有起伏、有凹凸。如果每天都在狂欢，最后狂欢也无法称其为狂欢了。黛玉笑道："到后头没有好的，我看你羞不羞？"因为有对生命的真正热爱，才能避开很多人世间虚伪的应酬，才可以这样真诚地交流。

我一直觉得如果你是爱美的，或者爱文学艺术的，身边真该有几个这样的朋友。你在职场里不会讲的话，和这些朋友在一起，比如在一个画班里或者一个诗社里就可以讲。我知道在台北有一群写日本俳句的老先生、老太太，年龄都在七十五岁以上了，每个礼拜聚一次。在那里你会觉得他们好年轻，因为他们会直接说这句太烂了吧，或者说：好棒啊，你是怎么想到这个句子的？你能感觉到他们少年、少女时候的那个梦，在那一刻又回来了。

香新荣玉桂，色健茂金萱

黛玉就联了一句："良夜景暄暄。""轻寒风剪剪，良夜景暄暄"，微寒的风一阵一阵吹来，美妙的夜晚到处都是明亮的。下面是比较有典故的，叫"争饼嘲黄发"。古代讲"黄发"是说人已经上了年纪。意思是人到中年应该不会去跟人家抢饼吃了，可是这天晚上大家都忘情了，都在嘲笑怎么到了中年还会跟人家抢月饼吃，其实在讲一种毫无顾忌的生命快乐。

湘云笑道："这句不好，是你杜撰，用俗事来难我了。"黛玉笑道："我说你是不曾见过书呢。吃饼是旧典,《唐书》、《唐志》你看了来再说。”这些小女孩真的非常厉害，她们没有绩测、段考，可是在知识方面竟然这么渊博。湘云已经算是读书很多的女孩子了，可是黛玉还笑她孤陋寡闻。有没有发现只有这样的知识追求才有真快乐，如果只是为了应付考试可真够无聊的，而在这个时候你会感觉到这是两个人的快乐，如此棋逢对手、强强相遇，生命的快乐才会出来。

湘云说：“这也难不倒我，也有了。”于是联道：“分瓜笑绿媛。”你看这是多严格的对仗，绿衣少女对黄发老人，“笑”对“嘲”，“分瓜”对“争饼”。头脑之机智、速度之快，令人惊讶！我想说，下一次选大学校长，不如就叫他们联句好了，很快就能见高下。连客家山歌都是这样唱的，他们就是我丢五个字过去，你要回五个字过来，否则我就不嫁你。民间对语言和文字有非常深厚的智慧，所以我不认为它们是什么不得了的文学典故，其实就是人的生命对声音和词汇的反应。

湘云又给出一句“香新荣玉桂”，金黄色的桂花叫金桂，杭州那边大多都是金桂，白色的就叫玉桂。“荣”是欣欣向荣，刚刚盛放的桂花的香味是最新鲜浓郁的。黛玉笑道：“分瓜可是实实你的杜撰了。”湘云笑道：“明日咱们对查出来，大家再说，这会别耽误了工夫。”作者是在暗示写诗到底是用典还是你的创造、杜撰，其实没有那么严重。如果全部都是典故，就根本没有了创造。因为明清以后，文学典故太多，搞得大家都不敢创作。每一个句子出来都要引经据典，只有用了别人的东西，才能证明我是个有知识的人，结果把文学变成了卖弄，严重缺乏自我创造。所以作者借这两个女孩子之口，在开玩笑似地说，为什么我就不能创造？因为前一句大家在抢月饼啊，连年纪大也在抢，这些女孩子抢着分西瓜不行吗？

黛玉“因联道：‘色健茂金萱。’”好漂亮的对仗，上一句的“香新”是在讲嗅觉，下一句是说金色的萱草颜色如此明亮。“色健”，我们很少看到形容颜色时用健康的“健”，大家到台东那一带，看到大片的金针花时，你就会想到“色健”两个字。金黄色的花朵在绿色的草丛里，真的是“色健茂金萱”。我讲“颜色健康”不知道大家能不能同意，比如青菜只要看颜色就知道它健不健康，萎萎黄黄的肯定不行，翠绿欲滴的一看就很健康，这就是“色健”。我觉得这还是在讲青春，青春是香味特别浓郁的时光，也是颜色非常鲜艳的季节。

我对很多朋友说，一定要找机会到南洋去看看豆蔻，你才知道为什么说“豆蔻年华”。豆蔻是一种香料，色彩浓艳，豆荚裂开里面是艳红色，一个一个的种子排在里面。你就明白“豆蔻年华”是在讲人到了发育的年龄以后，身体的那种美和强烈的生命力。所以“香新荣玉桂，色健茂金萱”，恰好说的是这两个少女的青春年华。

黛玉又给出下句：“蜡烛辉琼宴。”蜡烛映照着豪华的宴会。注意，她们一面写，一面评。湘云笑道：“‘金萱’二字便宜你了，省了多少力。”她不说黛玉写得好，而是说那是因为我上面出得好，你才能对得这么好。这完全是中学女生才会有的对话，就像说如果我不下这步棋，还斗不出你这一步棋。看来生命里能碰到对手是幸运的，这样你的潜能才会被真正激发。有时候我问学生：“最近找的工作怎么样？”他说：“太容易了，躺着就干了。”我听了觉得很难过，心想这下你不惨了吗，你的生命不就完了吗？我说，你到底觉得薪水重要，还是自己的生命重要。你这么年轻，为什么不去做一份比较有挑战性的工作？等到你快退休的时候，再去选个躺着干的职业也来得及。我想他大概是听懂了，不久就辞了职。

湘云说："这样现成的韵被你得了，只是不犯着替他们颂圣去。况且下句你也是塞责了。"特别注意一下"只是不犯着替他们颂圣"，其实这是曹雪芹的文学观，他觉得好的文学绝不去"颂圣"。那些讲"万岁万岁万万岁"的巴结逢迎之词，都不是好文学。可是古代文人在社会中常常扮演在各种场合歌功颂德的角色，此处也可以看出这两个女孩子的叛逆。黛玉笑道："你不说'玉桂'，我难道强对'金萱'么？再也要铺陈些富丽的话才是，方才是即景之实事。"大家有没有发现一直到现在，她们的联句中没有丝毫的感伤，因为她们认为自己正值青春年华，为什么要感伤？繁华没落跟我无关，我应该好好活出自己。生命的完成并不在于多长，而是该做的事情我每一刻都在做。我始终觉得作者的观念非常现代，他不喜欢苟延残喘的生命，而是认为活着就是"香新荣玉桂，色健茂金萱"。就是要把你最美的色彩、最好的香味释放出来。

湘云只得又联道："觥筹乱绮园。""觥"是一种青铜酒器，大家到台北"故宫"应该能看到，此处代表酒杯。"筹"也是跟宴会有关的筹码或赌局。注意，湘云的下句"分曹尊一令"，就讲到赌博了。喝酒时要行酒令，行酒令的时候要分不同的队伍，还要有一个令官，所以要尊令官一人之令。

黛玉笑道："下句好，只是难对些。"因想了一想，联道："射覆听三宣。"有没有发现这些典故因为现在不太用，我们不知道"分曹、一令、射覆、三宣"到底是什么？其实它就是在描绘猜谜、行酒令、玩游戏时的场景。这些部分如果用一个比较现实的场景来比喻，你就容易懂这两个女孩在干什么了，她们是用诗句去表现中秋夜晚的快乐。

湘云笑道："'三宣'有趣，竟化俗成雅了。只是下句又说上骰子。"因为刚才黛玉对的是："骰彩红成点。"湘云又联道："传花鼓滥喧。"行酒令时要有一枝花随着鼓声在传。鼓声时快时慢，随随便便地乱敲，大家不太能确定到底会停在谁的手中，所以是“传花鼓滥喧。”

可接下来，你会发现诗的情境慢慢地静了下来。“晴光摇院宇”，“晴”这个字通常是形容日光的，现在用来形容明美的月光在院子里面慢慢地摇动，这里讲的是月光跟树影之间的关系。“黛玉笑道：‘对的却好了。下句又溜了，只管拿些风月来塞责。’湘云道：‘究竟没说到月上，也要点缀点缀，方不落题。’黛玉道：‘且姑存之，明日再斟酌。’”黛玉就联了：“素彩接乾坤，赏罚无宾主。”注意，“素彩”是没有颜色的光，意思是透明的月光把天跟地都接在一起了。可“赏罚无宾主”不是又回来了吗？刚才已经讲到天地自然，可是下面又讲到客人、主人。

湘云就有点不高兴，说：“又说他们作什么，不如说咱们。”就联道：“歌吟序仲昆。构思时倚槛。”我不知道大家能不能读出其中的精彩，意思是这个家族败落不败落，所有的人事纠结都跟我们无关，我们只讲自己。我一直觉得曹雪芹在这首长诗里绝对有很多暗示，她俩的生命态度不像探春那样介入，而是超越的，她们认为生命一定要在自我完成以后，才能够做接下来的事。在整个大的儒家文化系统里，个人通常是陪葬的。

但湘云必须要接，所以面对“赏罚无宾主”，她就接了“吟诗序仲昆。”作诗的时候，要按照老大、老二、老三的秩序来，就是过去常说的“伯仲叔季”。看到一个人的名字是伯还是仲，就知道他是老大还是老二。

酒尽情犹在，渐闻语笑寂

好，湘云又出了一句“构思时倚槛”。“构思”，我们现在还在用。黛玉说："这可以入上你我了。"于是联道："拟景或依门。酒尽情犹在。"想要描述一个景象，却写不出来，就倚着门在那里构思，这是写诗的一个状态。

有没有感觉到这些对话很好玩，"酒尽情犹在"，说的是现实中物质的东西没有了，可是情感还在延续，这也呼应着前面的曲终人散。这两个小女孩的生命状态就是"酒尽情犹在"，曹雪芹写《红楼梦》也是"酒尽情犹在"，在整个家族败落之后写这样一本书，为的就是交代自己一生的情感。

一听"酒尽情犹在"，湘云就接了一句："更残乐已谖。"五更之后天亮了，更就慢慢地不打了，音乐也渐渐缓和下来。这里还在呼应着四更以后贾母被劝回去睡觉，大家慢慢散去的场景。然后她给出一句："渐闻语笑寂。"相信每一个人都一定会经历这样的场景，有时是中学、大学毕业，有时是人生的告别，都是"渐闻语笑寂"。讲话的声音、笑声，慢慢在远离、褪色。

落了片白茫茫大地真干净

黛玉说："这时可知一步难似一步了。"她们的对话颇有深意，她们既在写诗，也在讲这个家族。曲终人散的功课是最不好做的，贾母直到泪都流下来，甚至都睡着了，还是不肯散。但这两个女孩子是清醒的。

黛玉因联道："空剩雪霜痕。"有没有发现已经不是在写诗了，直接讲到了贾家的结局，就是"落了片白茫茫大地真干净"。后来补《红楼梦》的人写到贾宝玉在白茫茫的雪地里给父亲磕头，就是"空剩雪霜痕"。云门舞集的《红楼梦》的结尾也是“空剩雪霜痕”。她们是在给这个家族的繁华谢幕。

“阶露团朝菌”，台阶上因为露水的潮湿，所以已经长出了朝菌。注意“朝菌”是一种阳光出来就会消失的生命，庄子最喜欢用的典故就是朝菌，他用“朝菌不知晦朔”来形容生命的短暂，其实也是在讲繁华一霎那就不见了。

“湘云笑道：‘这一句怎么押韵，让我想想。’因起身背手，想了一想，笑道：‘够了，幸而想出一个字来，几乎败了。’”看到没有，她还是在考自己。“因联道：‘庭烟敛夕棔。’”“棔”就是合欢树，“庭烟”，晚饭的炊烟，每当在黄昏的时候，棔树的叶子就会合起来，是指已经到了日落西山的时刻了。所以大家细读一下这首长诗，就会发现它完全是一篇家族繁华的祭文。

下面说“秋湍泻石髓”，“湍”是很急的溪水，描写的是秋天的溪水在石块之间流泻的感觉。“黛玉听了，不禁也起身叫妙，说：‘这促狭鬼，果然留下好的。这会子才说“棔”字，亏你想得出。’湘云道：‘幸而昨日看《历朝文选》，见了这个字，我不知何树，要查一查。宝姐姐说不用查，这就是如今俗叫作明开夜合的。我信不及，到底查了一查，果然不错。看来宝姐姐知道的竟多。’黛玉笑道：‘“棔”字用在此时更确，这也罢了。只是“秋湍”这一句亏你好想。只这一句，别的都要抹倒。我少不得打起精神来对这一句，只是再不能拟这一句了。’”

因为对手太强，所以她也不能偷懒、不能松懈，“因想了一想，联道：‘风叶聚云根。’”风吹着秋天的落叶，聚在云根底下。因为一般人都认为云是从山里升起来的，所以把山崖叫作“云根”。

寒塘渡鹤影，冷月葬花魂

下面她又给了一句："宝婺情孤洁。""婺"是婺女星，过去认为是保护女性的星，所以它特别孤傲、洁净。有没有发现黛玉在讲自己，讲自己对洁净、孤独的那份坚持。湘云说："这对的也还好。只是下一句你也溜了，幸而是景中情，不单用'宝婺'来塞责。"接下来联道："银蟾气吐吞。""银蟾"讲的是月亮，古代人相信月亮里面有一只蟾蜍，因为月光是银色的，所以用"银"字来形容这个蟾蜍。好，下面还是讲月亮，"药经灵兔捣"。古代神话里说月亮里有只兔子，每天都在捣一种灵药。

"黛玉不语点头，半日遂念道：'人向广寒奔。'"这句是讲嫦娥，嫦娥因为吃了不死灵药，所以就飞到了月亮上，住在广寒宫里。所以是"药经灵兔捣，人向广寒奔"。"犯斗邀牛女"，又讲到星辰了，"斗"是北斗七星。这样的句子，全是在表现青春，刚才的"撒天箕斗灿"，意思是满天的繁星是我们撒出去的，现在是我要超越北斗七星，去邀请织女星来跟我为伴。这首诗不是青春年华绝对写不出来，因为只有青春才有资格这样狂傲，才有敢跟天地对话的气势。为什么我们会觉得李白一直是年轻的？因为他的诗里就有这样的气象，他是可以"举杯邀明月"的，就像黛玉的"犯斗邀牛女"。

"湘云也望月点头"，心说写得真好！联道："乘槎待帝孙。""帝孙"也是织女星，因为织女是天帝星的孙女，意思是我今天要划着船越过银河去会织女星。这既是一种抱负，也是一种胸怀，人在十几岁的时候，其生命气象绝对是能跟宇宙对话的。然后下面又讲道："虚盈轮莫定。""虚盈"是讲月亮的圆缺。月亮的虚或者盈，是人无法掌握的，所谓的圆满有时候只是一种妄想。

黛玉笑道："又用比兴了。"因联道："晦朔魄空存。""晦"是农历每月的最后一天，那是月光最暗的时候；"朔"是一月之初，是月亮慢慢又升起的时候。黛玉在这里是说，我们看到的时明时暗、或圆或缺的月亮，它的魂魄是不变的，而那个才是最要紧的。可见所谓的生死或者荣枯，其实只是我们自己在执着，事实上它们都有一个最本质的灵魂。接着就讲到了时间，"壶漏声将涸"。古代把水装在壶里来计时，就像现在的沙漏一样。当水都流光的时候，表示生命已经结束了，所以黛玉也在暗示，她自己的生命和这个家族的繁华都即将结束。

"湘云方欲联时，黛玉指池中黑影与湘云看道：'你看那河里怎么像个人在黑影里去了，敢是个鬼罢？'"在写诗的场景里，作者用了电影里的场景。"湘云笑道：'可是又见鬼了。我是不怕鬼的，等我打他一下。'因弯腰拾了一块小石片向那池中打去，只听打得水响，一个大圆圈将月影荡散复聚者几次。"我不知道大家可不可以想象一下这个画面，可惜的是《红楼梦》拍电影时拍不出这些场景。《红楼梦》里最美的就是这种画面，两个人诗兴正浓，眼前忽然看到月光在水里荡开。

"只听那黑影里戛然一声，却飞起一个白鹤来，直往藕香榭去了。黛玉笑道：'原来是他，猛然想不到，反吓了一跳。'湘云笑道：'这个鹤有趣，倒助了我了。'因联道：'窗灯焰已昏。'""窗灯焰已昏"，窗边的灯光已经越来越暗了。"寒塘渡鹤影"，指池塘上刚才飞过去的那只鹤。"林黛玉听了，又叫好，又跺足，说道：'了不得，这鹤真是助他的了！这一句更比"秋湍"不同，叫我对什么才好？"影"字只有一个"魂"字可对，况且"寒塘渡鹤"何等自然，何等现成，何等有景且又新鲜，我竟要搁笔了。'湘云笑道：'大家细想就有了，不然就放着明日再联也可。'黛玉只看天，不理他，半日，猛然笑道：'你不必得意，我也有了，你听听。'因对道：'冷月葬花魂。'"

"寒塘渡鹤影，冷月葬花魂。"大概是这首长诗里最高级的两句，其实这两句既在讲史湘云也在讲林黛玉。史湘云非常潇洒，给人感觉像孤鹤一样，独来独往——"寒塘渡鹤影"；可黛玉是花，她要把自己埋葬在最美丽的时候，所以是"冷月葬花魂"。

这里面绝对有一种高贵，而这个高贵跟刚才所有的喜悦和感伤无关，她们只是要把自己拯救出来。这首诗到这里应该就结束了，后来妙玉出来再接，没有接到那么好，所以凹晶馆联诗的真正结尾应该是"寒塘渡鹤影，冷月葬花魂"。寒跟冷预示着这个家族将要败落，可是她们俩可以做鹤跟花，保有自己生命的孤高、洁净和美丽。

第七十六回应该从这样的角度去读，才能体会出更深的意义。

第七十七回

俏丫环抱屈夭风流
美优伶斩情归水月

《红楼梦》进入尾声

上一回讲到了贾家中秋节的团圆，整个气氛充满了悲戚，笛声催人泪下，笑话都不好笑。作者通过这样的场景告诉读者，所谓圆满已经是个假象了，一旦人生带着这么多的残缺去向往圆满，那个圆满就完全变成了一个外在的形式。到了第七十七回，很多丫头被王夫人赶出贾府，宝玉最亲的一个丫头晴雯含冤而死。如果以八十回作为《红楼梦》原创者的完整版本的话，七十七回已经到了这个家族的尾声。所以，对读者来说，重要的恐怕不是《红楼梦》中其他人物的下场，而是与一起长大的女孩子的分离给宝玉心灵带来的巨大伤害。

回顾一下《红楼梦》这部大小说，我们曾经多次形容它类似编织，构成编织的条件是其中的线索绝不是单一的。按说抄检完大观园，接下来就该是王夫人处理那些丫头，但是此时作者横出了另外一条线，就是过中秋。大家一定记得作者在那个晚上的许多的暗示，其中最惊心动魄的就是尤氏讲的那个黑色笑话，看似轻描淡写，其实是在揭示这个家族的残缺与破碎。而真正的破碎是在第七十七回才整个呈现出来的。

人参与生命力

第七十七回一开始的时候，又横生出一个枝节。“话说王夫人见中秋已过，凤姐的病已比先减了些，虽未大愈，然亦可出入行走得了，仍命大夫每日诊脉服药，又开了丸药方子来配调理养荣丸。因用上等人参二两。”王夫人特别着急，赶快让去找。注意，王夫人跟王熙凤是姑妈跟侄女的关系，所以她特别重视王熙凤在这个家族中的地位。本来她只要交代一下就好，但现在是亲自张罗。“王夫人命人取时，寻了半日，只向小匣内寻了几枝簪挺粗细的。王夫人看了嫌不好，命再找去，又找了一包须末出来。王夫人焦躁道：‘用不着偏有，但用着了，再找不着。成日家我说叫你们查一查，都归拢在一处。你们白不听，就随手混撂。你们不知他的好处，用起来得多少换买来还不中使呢！’彩云道：‘想是没了，就只有这个。上次那边的太太来寻了些去，太太都给过去了。’王夫人道：‘没有的话，你再细找一找。’彩云只得又去找寻了几包药来说：‘我们不认得这个，请太太自看。除了这个再没有了。’王夫人打开看时，也都忘了，不知是些什么东西，并无有一枝人参在内。因一面遣人去问凤姐有无，凤姐来说：‘也只有些参膏、芦须。虽有几枝，也不是上好的，每日还要煎药用呢。’”

我希望大家能借这个事件读到作者的厉害，他在这里讲的已经不是人参本身，而是在讲这个家族已经亏损到连补元气的东西都找不到了。

接下来的描绘非常惊人，王夫人命令几个管家到处去找都没有找到，最后只好去找贾母。我们反复强调过，贾母是《红楼梦》里的真正支柱。贾母也很疼王熙凤，立刻就让鸳鸯去找。结果找到了手指粗细的上等人参，大家都高兴得不得了。这就是贾母，她的手上还藏着这个家族最好的东西。前面说过，她在做孙媳妇的时候，也曾经管过家，这个家族在她的手里度过了最繁荣、最兴盛的阶段。现在她已经有孙媳妇了，有时候还会检查这个家管得怎么样，记得她过生日的时候，就曾抽查过王熙凤的工作。这就是贾母精明的地方，这个董事长平常看起来只吃喝玩乐，不怎么管事，可是她随时会有监督跟检查。

因此，在《红楼梦》接近八十回的时候，贾母所扮演的角色变得越来越重要。大家记不记得贾琏曾拜托鸳鸯，要她把老太太床底下没有用的那些金银器偷当掉。可见贾母的房里一定塞了一大堆的宝贝。这个富贵了四代的家族，光是别人送的礼物就不得了，记得那次宝玉要出去做客，贾母对他穿的外衣不太满意，就把那件俄罗斯进贡的雀金裘送给了他。

作为创业的第一代，贾母对这个家族的收入、支出是最清楚的，而且他们也很谨慎，很多珍贵的东西藏了很久都不用，包括最好的人参也是在贾母房里找到的。但这个故事最悲惨的结局是：医生看到人参后说，这真的是上等人参，只可惜已经一百年了，没有效力了。任何物质都有它的生命保质期，就像我们讲食物的新鲜、生猛就是在讲这个东西。其实作者讲的不是人参，而是在说这个家族富贵了一百年，已经没有精气神儿了。那个精气神儿是很难解释的，有时候你会看到一个家族的文化教养可能还不够，甚至还有些粗俗，可它就是有很旺的生命力。这个“旺”也很难解释，就是它可能还没有细化，可是却蕴含着一种力量，这个力量能保证它战胜任何困难，闯过许多难关。大概在二十世纪七十年代，台湾很多白手起家的中小企业都有点这种感觉，连语言都不通，但它的产品就是能打开世界市场，可是到了第二代、第三代的时候，跟我同龄的企业家都在感叹他们的下一代不再那么能闯了，其实就是上一代把他们保护得太好了。

特别希望大家在读这一段的时候，能注意到作者是借人参在比喻生命力，贾母那一代人的生猛力量，就像那枝人参，如今放了一百年，效力没有了。熟悉《易经》的朋友都知道，《易经》里常讲的“亢龙有悔”，就是指生命在最高峰的时候，一定要小心。很多社会新闻你一看就知道这个人是亢龙，起得太快了，肯定无法持久。我们常讲的“诗礼传家，文章华国”，说的就是教给孩子最好的东西，不是权力，也不是财富，而是文化教养。古今中外有多少人为下一代准备权力跟财富，最后都只能是枉费心机。

我每次读到这一段，都有一种很奇怪的感觉，总想在中国古老的文化里，不论《易经》，还是阴阳五行，都认为事物的运转有一定的规则。现在能看到的汉代瓦当，上面的字多是“长乐”和“未央”，我们知道汉代的宫殿有“未央宫”和“长乐宫”，“未央”就是永远不到中央，才能长乐，后来有一部很著名的通俗小说叫《未央歌》，其实讲的都是青春或者兴盛，怎么才能让它延长。其实它是在提醒自己的后代子孙：乐极一定生悲。这里面有种古老的生命智慧，大家知道汉代之前的秦帝国，就是典型的乐极生悲的朝代。所以汉朝一直提醒自己不要变成第二个秦朝，结果延续了三百年。所以关于人参这一段，作者用了很多的隐喻跟典故，其中更多的是他看到自己家族败落之后的许多领悟，大概是想把这些生命的提醒和警告，留给阅读这部小说的后人吧！

曹家——康熙的心腹

我特别希望读《红楼梦》的朋友可以从这个角度去读，到目前为止，我还没有看到一个红学的论证里谈到这一段。我一直觉得是在讲人生，是在说这个时代已经没有好的人参了。接下来宝钗又露了一手，她说我们家经常跟参行有来往、打交道，知道什么是好人参，我来帮你找吧。

这一点很有趣，贾母那些手指粗细的人参，一百年前绝对是出自皇宫的，可是现在没有了。我们一再提到说，从真正曹家的历史来看，曹家曾是康熙的心腹。每个执政者都要有自己的心腹，如果我们研究一个执政者的权力趋势，就一定要注意他周边的心腹。曹家的没落，很明显是因为雍正继位，当雍正需要物色自己的心腹时，曹家就完了。现在很多人都在探讨曹家怎么样可以永续持久，其实最根本的问题是他们已经不再是当政者的亲信。所以一百年后没有效力的人参，其中有很多暗喻，很多实质性的东西作者不敢明讲。

现在红学中最关心的一个问题，就是《红楼梦》在乾隆那里到底被删了多少。因为《红楼梦》在出版以前只是个手抄本，但已经流传到每个人都津津乐道，竟然连皇帝都知道了。据说乾隆看了之后，曾经做过删节，但是目前还无法证明删节了哪些部分。但有一点可以肯定，目前的《红楼梦》是个不完全版本，因为它牵涉到太多的政治内幕，而执政者跟心腹之间的关系，当时是不足为外人道的。尤其在那样的年代，查证是相当不容易的，所以我不认为红学研究会有机会真正翻出很多细节。曹雪芹在临终以前曾大胆地写出了很多东西，但他在十年间一直在修改，恐怕就是要删掉很多太过露骨的地方，在乾隆看过之后，大概删得更多。

可是我总感觉今天读《红楼梦》，隐喻的部分是最值得大家用心体味的，其中有作者很深的感叹。

我记得第一次读的时候好高兴，说终于找到了好人参，王熙凤的病有救了。结果医生说已经没有效力了，这个时候忽然觉得有种无奈跟沮丧。作者真是厉害，每次都能让你在觉得好不容易有了希望的时候又忽然产生幻灭感。所以很多人都说《红楼梦》的作者有很多的哀伤，好像希望这个家族在雍正五年不被抄，没有遭遇没落的命运。可我却觉得曹雪芹已经透彻地知道那是不可能的事情，因为这里面有一种天意的循环，这个家族就像那个一百年的人参一样，自动失去了它的效力。

长乐未央

所以我特别希望大家可以读一下文本。“王夫人没法，只得亲自过来请问贾母。贾母忙命鸳鸯取去。当日所余的，竟还有一大包，皆是手指头粗的，遂称了二两与王夫人。王夫人出来交与周瑞家的拿去，命人送与医生家去，又命将那几包不能辨得的药也带了去，命医生认了，各记号了来。”可见这个家族已经有点乱了，找人参找出了一大堆的药，多到自己都不记得是什么了，但这些一定都是很珍贵的药材。

“不一时，周瑞家的拿了来说：‘这几包都各包好记上名字了。但这一包人参固然是上好的，如今就三十换也不能得这样的，就只是年代太陈了。这东西与比别的不同，凭是怎样好的，只过一百年后，自己就成了灰了。如今这个虽未成灰，然已成了朽株枯木，也无性力的了。请太太收了这个，不拘好歹，再换些新的倒好。’”我觉得这其中当然是一种幻灭，可同时也是一种天意。所以《红楼梦》是不是一个悲哀的书，我不敢讲，我只觉得它是一本让我们看到了天意的书。感叹和悲哀是希望能挽回，但天意不可能挽回。作者知道自己所热爱的生命总有一天会全部成灰，所有的热情里都透出一种荒凉。

“王夫人低头半日才方说：‘这可没法了，只好去买二两来罢。’也没心看那些，只命：‘都收了罢！’因说给周瑞家的：‘你就去说给外头的人们，拣好的换二两来。倘或一时老太太再问，你们只说用的是老太太的，不必多说。’”王夫人低头不语，其实是对家族的命运完全没办法。但在王夫人命令周瑞家的去买人参的时候，宝钗拦住了她。

“周瑞家的方才要去时，宝钗因在坐，乃笑道：‘姨娘且住，如今外头买的人参都没好的。虽有一枝全的，他们也必截做两三段，镶嵌上芦泡须枝，卷匀了好卖，看不得粗细。’”我想这也透露出作者写《红楼梦》时，尽管还是一个盛世，可是很多败象已显露出来。可见所谓兴盛，光看外面是不行的。有时候一个永续、长久的生命，外表看起来反而是弱弱的。这就是前面讲到的汉代的“未央”，汉代之所以能在王莽篡位之后中兴，其实汉光武帝刘秀的身上就有这个东西，在刘氏家族的政权被篡夺了之后，他还能够东山再起。如果我们留意一下东汉的历史，打天下的那批人全部是靠知识起家的太学生，因此最能佐证“诗礼传家”的政权就是东汉，它靠这个又维持了一百多年。甚至在东汉灭亡以后，到了三国时代的刘备还在坚持“诗礼传家”。

很多人都说三国时，孙权有自己的地盘和策略，曹操更有自己的一套谋略和权势，刘备什么都没有，凭什么最后能鼎足三分？其实你读《三国演义》，会发现刘备最厉害的一招就是哭，可是很少人能看到他哭的背后是一种信义的力量。他的"三顾茅庐"，其实就是一种文化教养，很少执政者能有这样的教养，最后硬是请出了诸葛亮这个"躬耕陇亩"的知识分子替他出谋划策。所以现在我到四川的武侯祠，最感慨的一点就是诸葛家族三代全部死在军中，真的是为蜀汉呕心沥血，其实就是为了报答一个知遇之恩。现在我们再读《出师表》，就觉得刘备真是厉害，一个执政者可以身边什么都没有，最早的荆州还是借来的，可是他身边就是有人能够忠心耿耿，在他走了之后还在辅佐这个政权，可见忠信这种文化教养了不得。在今天的政治里，很快就可以把自己支持的人放弃，或者把一个政党的信仰丢掉，丝毫不见《出师表》中的精神。一旦政治如此短线操作，到哪里去找可以永续的根基？今天回头去看大的历史脉络，无论西方东方，一个政权没有文化教养的传承，绝对是无以为继的。

清朝在盛世已经出现很多掺假、做伪的东西，表面上看起来很粗壮，实际上没有一点可以持续的力量。世家文化的延续也说明了这个问题。到了米兰，你会看到五百年前维斯康泰家族的徽章，他们是当年支持达·芬奇搞创作的家族，而今天他们是阿尔法·罗密欧汽车的制造商。你肯定会觉得这个家族好厉害，都五百年了还在，用的还是那个族徽。这才是真正的世家文化，它具备持续长久的能量。他们当时竟然可以让达·芬奇这样的人成立达·芬奇学术院，带领一批人去做科学研究和各方面的探索，我想这个基础才是可能持续的文化基础。

文艺复兴的产业家族

宝钗非常懂人参，她特别跟姨妈说："我们铺子里常和参行交易，如今我和妈妈说了，叫哥哥去托个伙计过去和参行说明，叫他把未作的原枝好参兑二两来。不妨咱们多使几两银子，也得了好的。”宝钗在冷眼旁观，看得非常清楚。

因为所有皇室内宫的人参，都是由薛家提供的，所以他们一定掌握了当时这个产业的所有资源，就像当时的曹雪芹家族掌握了丝织业的资源一样。从另外的角度看，如果不把江宁织造当作一个官职，而是当成一个经营了好几代的产业来看的话，这个家族为什么没有能把纺织转换成产业？曹家所处的时代刚好是西方文艺复兴的时代，当时的西方就诞生了好多的产业家族。美第奇家族是从事羊毛和纺织业的，后来这个家族不再为梵蒂冈教皇或米兰公爵做事，而变成为自己做事，这个很大的产业力量支撑了西方兴盛几百年的所有文化，这就是最早的所谓的布尔乔亚阶级，也就是资产阶级。可是在东方，那么大规模的江宁织造，说抄家就全抄光了，没有一点家族产业的概念。我的意思是，如果这个家族早一点让他们的后代懂得丝绸贸易和丝绸生产是怎么回事，最后你就抄不了他们的家，因为我完全可以不做你清朝的官，而把自己的产业向外扩展，变成最早的现代产业。

比较一下东方跟西方的近代产业史，就会发现东方所有的产业都是政治控制下的国营，而西方的产业则很早就具备了企业的独立性，真正的产业经营一定要脱离政治的过度干预。因此我们可以用《红楼梦》为切入点，来思考中国近代为什么没有能转型成为现代国家的问题，到“五四运动”才提出“德先生、赛先生”，其实已经太晚了，早在《红楼梦》时代就应该提出来，可这个问题是《红楼梦》一开始就讲过的。

大家记不记得秦可卿死前曾托梦给王熙凤说，这个家族已经大难临头，应该赶快到乡下去置一些田产，这个家族有一天才能有救，用今天的话讲就是才能转型成功。可惜曹家始终没有尝试转型，他们只眷恋江宁织造这个头衔，而不珍惜他们自己发展出来的丝绸产业。他们根本没有想到，这个丝绸产业一旦独立，就是中国近代史上的一场巨大革命。我常常跟朋友说，东方的文艺复兴晚些时候在日本明治维新时发生了。

大概今天讨论《红楼梦》时很少有人从这个角度去谈，后来高阳在写《胡雪岩》的时候，也碰到类似的问题。胡雪岩是清朝很了不起的商人，但最悲惨的是商人前面加了“红顶”二字，他死就死在这个“红顶”上。如何使商业独立于“红顶”之外，是胡雪岩始终没有觉悟的问题。那时候他娶了十几房太太，每房的门口都有一个铃，你一定觉得这个人真的很有管理观念。可是他的观念全用在管理那些太太上了，他完全没有领悟该怎样去摆脱跟政治的关系。好多人很羡慕他的红顶，因为那些“红顶”不是为国家立下汗马功劳的军人，就是科举出身的名臣、重臣。而他只是一个商人，那个红顶恰恰是他的软肋。

八十回的《红楼梦》在结尾时，有很多感叹。这个感叹会带着我们注意到中国近代历史的关键点。甚至我今天还会问，台湾从二十世纪七十年代企业都发展起来了，为什么还没有发生文艺的复兴？如果没有文化的积淀，所有的繁华都将是非常短暂的。我们知道西方几百年来，因为达·芬奇、米开朗琪罗、拉斐尔、但丁这些人在文艺复兴时期打下的基础，最后发展出地理大发现，在全世界拥有殖民地。因此我想由人参所牵连出来的隐喻跟暗示真的很有趣。当年在乾隆朝时，圆明园中就按照西洋巴洛克的风格修建了西洋楼，一位西方传教士甚至说：“圆明园者，中国之凡尔赛宫。”乾隆身边还有一大堆外国传教士像郎世宁、蒋友仁做他的科学和艺术顾问。当时的英国大使在乾隆八十岁的时候，曾亲自带着礼物到圆明园给他祝寿，可只是因为不想下跪，就被驱逐出去了，他觉得蛮夷之邦根本不配跟我们平等。可见，有时候只是一个很偶然的事件，整个文化的复兴就停滞了。所以，我觉得读《红楼梦》就是应该以大历史为背景，这样你的眼界才宏阔，才更能体味作者的情怀。

迎春耳软心活不能做主

接下来王夫人就要开始赶丫头了，赶丫头代表了王夫人身上具备的一种权威性，如果一个社会中最大的权威是操控在王夫人这样的人手中的话，怎么可能治理好家国?

第一个要处理的就是司棋。司棋是最能展现大观园青春精神的一个女孩子。可迎春懦弱得不得了，是那种首饰被奶妈拿了当掉去赌博都不管不问的小姐，所以司棋是没有人可以保护的。司棋曾苦苦哀求过迎春，她也知道自己这一去就是第二个金钏儿。如果小姐出面努力做一点担保，她可能还会有机会和希望。大家有没有发现，在这个过程中唯一保护了下人的就是探春，因为她有担当。

大家看下迎春的反应："只是迎春语言迟慢，耳软心活，是不能作主的。"所以我常常跟朋友说，工作的时候稍微注意一下你的主管，最怕就是迎春这种主管。"司棋见了这般，知不能免，因哭道：'姑娘好狠心！哄了我这两日，如今怎么连一句话也没了？'"这句话的意思，我想大家应该能懂，她私下里求迎春的时候，迎春一定说："好好好。"她是典型的什么事都先说好，可是事到临头却没有任何办法做到好的滥好人。"滥"好是不会拒绝别人，当然她也没有恶意，只是不知道那个“好”的分量有多重，能不能够真正负起“好”的责任。

“周瑞家的等说道：‘你还想姑娘留你不成？便留下，你也难见园子里的人了。’”为什么再难见人？因为舆论可以杀人，因为你自己在外面交男朋友，房间里留了他的情书和袜子，已经是大逆不道了，留下来后怎么办？“依我们的话，好快快收拾了，倒是人不知鬼不觉的去罢，大家体面些。”这就是传统社会处理事情的方法，根本没有任何“法”的观念。司棋到底犯了什么法，做了什么不合理的事，谁都不再管。在法和理都不存在的时候，就只剩下了失衡的人情。迎春含泪道：“我知道你干了什么大不是，我若说情留下，岂不连我也完了。”当一个社会没有法理的时候，大家都只想撇清自己。她还说：“你瞧入画也是几年的，怎么说去就去了。自然不止你两个，想这园里凡大的都要去呢。依我说，将来终有一散，不如你各自去罢。”惜春身边的一个丫头叫入画，入画的故事前面讲过，现在也已经被赶走了。

“周瑞家的道：‘到底是姑娘明白。明儿还有打发的人呢，你放心罢。’司棋无法，只得含泪与迎春磕头，和众姊妹作别，又向迎春耳边说：‘姑娘好歹打听我受罪，替我说个情儿，就是主仆一场！’迎春亦含泪答应说：‘你放心。’”这个画面如果拍成电影大概是会让人落泪的。司棋没有骂迎春，也不恨她，这两个女孩子表面上是主仆，其实也是耳鬓厮磨一起长大的。九岁到十六岁这个年龄段没有阶级意识，也没有性别意识，有的只是一种亲密的情感。如今要分开了，她真的是依依不舍。注意，她不敢大声说，而是附在迎春的耳旁说，如果还有人要整我，别忘了替我说个情。可见司棋非常聪明，记不记得前面她曾大闹过厨房，一定得罪过不少人，在一个没有法、没有理的社会，总难免有人落井下石。

再往大些说，为什么乾隆、嘉庆年间中国没有走向现代化，恐怕不仅是单纯的政治问题，而是大的社会结构出现了问题，民众没有现代化的觉悟。

主流社会的无情

“于是周瑞家的等人带了司棋出去，又命两个婆子将司棋所有的东西都与他拿着。走了没几步，后头只见绣橘赶来，一面也擦着眼泪，一面递与司棋一个绢包儿说：‘这是姑娘给你的。主仆一场，如今一旦分离，这个与你作个念想儿罢。’”大家很容易误解迎春为什么没有救司棋，其实她们都处在大悲剧中，每个人都要告别青春，迎春的心肠很软，到最后还是觉得不忍不舍，所以就给了她一些东西作为纪念。《红楼梦》最动人的部分其实就是没有任何杂质的青春情感。“司棋接了，不觉又哭了起来，又和绣橘哭了一会。周瑞家的不耐烦，只管催促，二人只得散了。”

司棋哭着拜托这些管家：“婶婶大娘们，好歹略徇个情儿。”意思是说可不可以私下给我一点时间，“让我到相好的姊妹跟前辞一辞，也是我们这几年好了一场”。大家看管家的回答：“我劝你走罢，别拉拉扯扯的了。我们还有正经事呢。谁是你一个衣包里爬出来的，辞他们做什么。”其实这些丫头之间真的比亲姐妹还亲。下面的话更恶毒：“他们看你的笑声儿还看不了呢。”意思是她们巴不得看你落难呢！这个时候你会觉得青春里那种人与人之间的不忍和同情忽然不见了，这些管家的人生里是没有这个东西的。在作者看来，主流社会如果这样无情，那它被颠覆是迟早的事。

从这个角度看,《红楼梦》是一部非常叛逆的小说。大家要去细读一下这些老管家的话，有一天如果因为年龄、因为性别，或者因为职业、社会地位，你的嘴里一旦讲出这样的话来，就成为《红楼梦》里所批判的那个人了。你已经失去了真正柔软的青春记忆，失去了回到人的原点的纯粹的美。

“可巧正值宝玉从外而入，一见带了司棋出去，又见后面抱着些东西，料着此去又不能来了。因闻得昨夜之事，又见晴雯之病是那日加重，细问晴雯，又不知是为何。昨日又见入画已去，又见司棋出来，不觉如丧魂魄一般，因忙拦住问道：‘那里去？’周瑞家的等皆知宝玉素日行为，又恐唠叨误事，因笑道：‘不干你事，快念书去罢！’”主流社会永远都是：跟你没有关系，你就去念书就好，别的都不要管。

“宝玉笑道：‘好姐姐们，且站一站，我有道理。’周瑞家的便道：‘太太吩咐不许少捱一刻，又有什么道理？我们只遵太太的话，管不得许多。’司棋见了宝玉，因拉住哭道：‘他们做不得主，你好歹求求太太去。’宝玉不禁也伤心，含泪说道：‘我不知你作了什么大事，晴雯也气病了，如今你又去。都要去了，这却怎么的好。’周瑞家听了宝玉之言，忙发躁言向司棋道：‘如今你已是有事的人，不是伏侍小姐的了，若不听话，我就打得你了！别想着往日有姑娘护着，任你们作耗。越说着，你还不好好儿的走。如今又和小爷们拉拉扯扯的，成个什么体统！’那几个媳妇不由分说，拉着司棋就出去了。”

“宝玉又恐他们去告舌，急的只瞪着他们，看着已去远了，方指着恨道：‘奇怪，奇怪！怎么这些人只嫁了一个汉子，染了男人的气味，就这样混帐起来，比男人更可杀了！’”这是第七十七回里让人心惊肉跳的话，我想在座的很多朋友一定不同意宝玉的说法，觉得这是偏见。宝玉一直认为这个社会上只有女孩子是干净的，男人是肮脏的、污浊的。但我认为宝玉在这里讲的不是男人，而是主流社会。他讨厌男人是因为他们大多沉迷于权力和财富，其中最典型的代表就是他父亲，每天逼他读跟考试有关的书，他母亲当然也沾染了男人的气味。不知不觉间，这些人就变成了主流文化的共犯结构。别忘了，这部小说的宗旨是在颠覆主流，所以宝玉这里说的不只是性别，真正的目的是指责以男性为代表的主流社会。

王夫人对人的无情无礼

这时，宝玉听说他妈妈要进大观园亲自清点，“便料定晴雯也保不住了，早飞也似的赶了去”。等到了怡红院，“只见一群人在那里，王夫人在屋里坐着，一脸怒色，见宝玉也不理”。我们知道王夫人平常是最疼宝玉的，宝玉常常一回家就一头钻到妈妈怀里。如今这个关系忽然变了，妈妈变成了一个训导人员。“晴雯四五日水米没曾沾牙，恹恹弱息，如今现从炕上拉了下来，蓬头垢面，两个女人搀架起来去了。”注意语言的力量，作者在写晴雯的美和受到的委屈。“王夫人吩咐道：‘只许把他贴身的衣服撂出去，余者好衣服留下给好丫头们穿。’”注意这些语言，这是一个母亲在管理她儿子周边的人。“撂”这个动词是扔出去的意思，王夫人平常整天吃斋念佛，怎么忽然扮演了这种角色，对人既无情又无礼。有趣的是，她为什么这么恨晴雯，为什么一定要这样去侮辱她，还特别讲好衣服给好丫头穿？言外之意是说晴雯是个坏丫头，这明显是偏见。

“又命把这里所有的丫头们都叫来一一过目。”这就是训导，过去有段时间曾叫“训政时期”，就是不相信百姓有自己的判断力，要训练他们来学习当家做主。“训”这个字很有趣，我们这一代从小就每天都要在朝会上接受训话，“训”当然是教育的一部分，可是一旦变成教训就很严重。所以我们一再强调王夫人此时扮演的角色是非常特殊的，接下来你会发现她赶走的几个丫头，其实都是没有任何事情的，而那个跟宝玉上了床的袭人，她却始终认为是最好的。可见这个训导的问题有多大，因为自己的恐惧和某些情结，使得她没有办法冷静地处理事务。

“原来王夫人自那日着恼之后，王善保家的趁势儿治倒了晴雯，他和园中不睦之人，他也就随机趁便下了些话，说在王夫人耳中，王夫人皆记在心里。因节间有事，故忍了两日，所以今日特来亲自到园中阅人。一则为晴雯事犹可，二则因竟有人指宝玉为由，说他也近来已解人事，都由屋里丫头们不长进引诱坏了。因这事更比晴雯一人较甚，乃从袭人起至作粗活的小丫头们，个个亲自看了一遍。”王夫人一直觉得宝玉大了，懂得性这件事以后，身边的女孩子会带坏他。当然我们并没有批评王夫人的意思，曹雪芹自己也不会在小说里批评自己的母亲。他只是很无奈地在写一种无责任的悲剧，就是爱有一天竟然会变成一种捆绑，或者变成对美的排斥。这种悲剧也极有可能发生在我们身上，我们的“爱”常常也是一种霸占，而且我们自己也很难控制。作者在这里并没有把王夫人作为一个坏人来批判，而是很准确、精细地把握了她情绪中自己都不知道的某些“情结”。

王夫人的情结

第二个被处理的是蕙香。王夫人“因问：‘谁是和宝玉一日生日的？’本人不敢答应，老嬷嬷指道：‘这一个蕙香，又叫作四儿的，是同宝玉一日生日。’”千万不要小看旁边站着的这些老妈妈，平常她们没有什么发言权，在这个时候却权力很大，向王夫人通风报信的全是这些人。所以大观园里有两个世界，一个是宝玉他们这些天真烂漫的孩子，还有一个就是已经沾了男人习气的老妈妈们，她们很看不惯青春期里的孩子，觉得她们怎么可以这么开心，所以一有机会，就想去破坏。

其实西方白雪公主的故事也是如此，东西方文化里都存在这种对立，包括我们自己也有一个部分是白雪公主，还有一部分是永远要问镜子谁是世界上最美的人的那个王后。因为她可能会仇视自己已经失去的东西，但大家千万不要误会，认为只要失去的就都会仇视。其实就算你距离青春已经很远了，你依然可以坐在一个城市里去欣赏和赞美，或者包容、支持和鼓励青春，因为你自己也曾经年轻过。这个时候你就会发现，就因为王夫人和这些老妈妈们根本没有青春过，她们对青春根本不了解，才会如此憎恨青春。

我有时候跟朋友开玩笑说，如今看身边的人发现一个奇怪的现象，年轻时玩得很疯的现在过得都蛮稳当的，可年轻时没玩过的却常常出事，因为他根本不知道怎么玩。所以我觉得青春就是应该去体验很多东西，甚至多冒点险。我到日本去看一个嫁到日本的女学生，她当年在台湾是那种一天抽一包烟，晚上熬夜的女孩儿，是我最喜欢的美术编辑。嫁到日本后，生了一个孩子，跟公公婆婆住，大家知道日本的规矩礼节简直到了可怕的地步，但她竟然可以安静地把一切处理得那么好，我看了都觉得不可思议。但就因为她以前玩过，所以现在可以这么安静从容去处理事情。

生命是分阶段的，花在含苞欲放的时候是很骚动的，因为它的雄蕊跟雌蕊要等待蜜蜂来替它传播花粉，一定要有异常的诱惑力才行。可是一旦花粉传播完了，它的果实是非常安静的。所以青春的美和成熟以后从容淡定的美差别很大。如果青春一直被阻搁，到了该结果实的时候，青春还在骚动，就会显得很怪异。因此假设司棋没有谈过这场恋爱，十六岁时随便被发配给一个车夫，有一天司棋就会变成这些老妈妈，一定会哀怨，因为别人经历过的她从没有体验过。

“王夫人细看了一看，虽比不上晴雯，却有几分水色。”有没有发现王夫人判断的标准首先是美不美，在当时那个社会里，要把美这件事情变成正面的东西很困难，因为它已经背负了上千年罪恶。在我童年时还是如此，一个人穿得漂亮一点，头发做得跟别人不太一样，就会被指责。“视其行止，聪明皆露于外面，且也打扮的不同。”注意，第一不能美，第二不能聪明，当时的主流社会里是要丑的、要笨的。王夫人最后认为只要找很丑、很笨的人在宝玉屋里就没事了。这在我们的传统文化里有很长久的传统，孔子就讲“巧言令色，鲜矣仁”，这并没有说错，太会讲话、太会做人的人往往不是厚道人。可是这个话时间长了就变成了标准，变成标准以后，丑跟笨就变成了新的道德规范。第三是打扮的不同，在儒家传统里，不同就是作怪，西方一直鼓励个性的发展，赞赏人的不可取代性。可是在我们熟悉的主流社会，你一定要变得跟大家一样，最好不被发现。所以这天被饶过的丫头，都是因为丑和笨，或者是没有个性。

“王夫人冷笑道：‘这也是个不害臊的。’”你看，这些判断都不是法律的，也不是基于事情的，而是非常主观的。“他背地里说的，同日同时就是夫妻。这可是你说的？打量我隔的远，都不知道呢。可知我身子虽不大来，我的心耳神意时时都在这里。”我常常跟很多做妈妈的朋友讲这句话，千万不要时时心耳神意都在孩子旁边。当然这很难做到，因为母亲本来容易牵挂，可是一定要想办法，不要让对方觉得你的心耳神意随时都在，这样孩子才能长大。“难道我通共一个宝玉，就白放心凭你们勾引坏了不成！”这也是很惊人也很典型的母亲的语言，现在依然很有意义，这就是西方心理学中常常提到的所谓“俄狄浦斯情结”。弗洛伊德一直用这个来分析母亲跟男孩子之间的关系，这个“结”一定要从大的文化传统里去找源头，《红楼梦》所呈现出的真实人性绝对是解构主流社会心理学最好的标本。

“这个四儿见王夫人说为他素日和宝玉的私语。”我想在那个天真烂漫的年龄，因为很高兴能在茫茫人海里碰到一个同月同日生的人，都会说我们是兄弟，或者是夫妻。可大人无法了解这个部分，在大人的世界里，这个东西只会变得肮脏。四儿“不禁红了脸，低头垂泪。王夫人即命也快把他家的人叫来，领了去配人”。谈到这里，你会感到由衷的悲凉，这个叫作蕙香或四儿的丫头很少出场，只是因为讲了一句好玩的话，就遭遇了这样的下场。她本来是没有罪恶感的，可现在有罪恶感了。最后这五个字——“领了去配人”，多么令人心惊肉跳，决定命运的时候完全不考虑这个孩子的未来。其实就算领出去配人多半也是没人要，接下来就是各种蜚短流长，这个女孩子迟早要被逼死，最早的金钏儿就是例子。

美优伶斩情归水月

第三个是芳官，王夫人又问："谁是什么耶律雄奴？"你看这个小报告打得有多仔细，连芳官的外号都报上去了。"嬷嬷便将芳官指出。"有没有发现这些老妈妈一直扮演这种通风报信的训导人员，其实不是年龄的衰老，是她们的心从来没有打开过，所以才会憎恨跟青春有关的美好事物。大家再看王夫人的判断："唱戏的女孩子，自然是狐狸精了！"如果把这一回王夫人所有的语言搜集起来，是一个绝好的父性权威社会中的女性共犯结构。我的意思是，父性权威所主张的理念，如今透过一个女性的嘴巴在讲。她赶走晴雯，是因为美；赶走蕙香，因为她跟宝玉太亲；赶走芳官，因为她是唱戏的，所有的判断都非常直接武断。

"上次放你们，你们又懒怠出去，可就该安分守己才是。"最早这十二个女孩子是从江南买来专门学戏的，后来王夫人觉得养在家里有点不放心，因为唱戏的在舞台上恩恩爱爱，难保私下不扮演这样的角色。其实我们今天虽然有了表演艺术这个比较尊贵的称谓，但在大家对这个领域不怎么了解的时候，恐怕也会有这种偏见。因为戏里戏外的人生，很容易混淆，到底如何看待，怎么去界分，是个很复杂的问题，古代社会当然防范得更厉害。

前面也提到过，这十二个唱戏的女孩子的确是青春男女中比较早熟的，芳官唱《游园惊梦》的时候大概才十岁，可是她演的十六岁的杜丽娘，是一个思春的少女。像藕官反串的是男孩子，最后就爱上了舞台上扮演女性角色的演员。这些《红楼梦》里都有交代，她们在舞台上的情绪、情感难免带到日常生活中。只是作者一直从同情的角度来叙述这一切，觉得她们之间的情感是可以理解的，而且在美学上，这是一种让人非常感动的深情。所以我要特别提醒大家，美跟道德有时候真的会起冲突，而这个冲突里的分寸确实很难拿捏。

王夫人此时的判断就非常简单，也非常武断："你就成精鼓捣起来，调唆着宝玉无所不为。"我相信今天所有的老师、父母，面对自己的孩子、学生都存在这种两难。以前有很严格的"电剪"，电影要剪过你才能看，现在还有所谓的"限制级"或"辅导级"的电影，都是因为我们对某个年龄段的孩子不放心，觉得他们必须要经过辅导以后，才能理解这件事情。这个问题在教育上一直存在争议，其实孩子们透过戏剧了解某些东西，可能是最好的疏解方式，这样他们在道德的领域就没有太多隐秘的角落，这是古希腊的亚里士多德等人的美学观点。可是在保守的东方，就是一味地禁止接触。

所以作者一直认为，美和道德并不见得是对立的，一个孩子经由美的深情所历练出来的，应该是更稳定的道德。相反，设置很多防范的道德可能会是虚假的，有一天也许会一发而不可收拾。这个结论大概目前世界各国还有争议，因为经由表演艺术透露出来的生命现象常常会碰触到某些临界点，要不要带孩子去接触这样的美术、小说、电影，这个分寸很难拿捏，有些父母虽然子女还没有到限制级的年龄，但仍愿意让孩子接触一下，因为他们从小就对孩子的教育很负责任，彼此之间有很多的对话，也有很多的了解，关系很亲密，所以他们很放心。如果父母、老师能跟孩子一起坐在剧场或电影院里接受那些东西，我想不会发生什么问题。除非大人不够成熟，他们的惊慌失措反而引发了孩子的紧张。就像蕙香跟宝玉说：我们同月同日生，是不是前世夫妻啊。本来是句天真烂漫的话，可王夫人一大惊小怪，蕙香就觉得是罪恶。以后这个女孩子的心理不可能健康。

有没有发现晴雯和蕙香被赶出去时，都不敢回嘴。权威之所以是权威，就是没有对话的可能。可是芳官因为有过舞台上的历练，就哭辩道："并不敢调唆什么来。"王夫人笑道："你还强嘴。"你看，只要回嘴，就是错的，你只是一个被卖来做戏子的，竟敢跟一个贵妇人这样对话。王夫人说："我且问你，前年我们往皇陵上去，是谁调唆宝玉要柳家的五儿丫头来着？幸而那丫头短命死了，不然进来，你们又是连伙聚党遭害这园子。你连你干娘都欺倒了，岂止别人！"芳官只是觉得跟五儿很好，要介绍五儿到怡红院来当差。她完全不知道这里面涉及很多政治，一直盯着这个肥缺的那些人一直到处说芳官有多坏。而这些天真烂漫的小孩子，根本不知道自己什么时候得罪了人。

王夫人"因喝命：'叫他干娘来领去，就赏他外头寻个女婿去吧。把他的东西一概给他们。'"大家一定记得芳官那个干妈的行径，每个月的薪水都被干妈领走。但芳官也是有个性的，因为她在舞台上扮演的是有个性的角色，所以她敢回嘴。她的干妈贪了她的钱，她也会抗争。

接下来"又吩咐上年凡有姑娘们分使的唱戏的女孩子们，一概都令其干娘带去，自行聘嫁。一语传出，这些干娘皆感恩趁愿不尽，都约齐了来与王夫人磕头"。因为这些唱戏的女孩长大以后，这些干妈就有点管不了她们了，现在她们领回去又可以再卖一次了。这些女孩子根本没有任何生命的自主，就这样被人卖来卖去。

"王夫人又满屋搜检一遍宝玉之物。凡略有眼生之物，一并命人收的收，卷的卷，着人拿到自己房内去了。因说道：'这才干净，省得旁人口舌。’因又吩咐袭人、麝月等人：‘你们可要小心！往后再有一点分外之事，我一概不饶。因叫人查看了书，不宜迁挪，暂且挨过今年，明年一并给我仍旧搬出去清净。’”

告密者袭人

下面我们看宝玉跟母亲的关系：“如今且说宝玉只当王夫人不过来搜检，即搜检，也无甚大事，谁知竟这样雷嗔电怒的来了。所责之事皆系平日私语，一字不错，料必不能挽回的。虽心下恨不能一死，但王夫人盛怒之际，自不敢多言一句，多动一步，一直跟王夫人到沁芳亭。”宝玉吓得要死，因为他从没见过妈妈这个样子。王夫人此时也不给宝玉好脸色，命他：“回去好生念念那书，仔细明儿问你，才已发下狠了。”就这样把宝玉打发了。

“宝玉听如此说，方回来。”可以想象宝玉此时的心情，看到自己最心爱的晴雯、蕙香、芳官都被赶走，这个十几岁的男孩子忽然意识到自己的青春结束了。他本以为永远天真烂漫的青春世界，忽然闯进了一个恶魔，而扮演这个恶魔的，竟然是他的母亲。作者写得当然没那么直接，但其实王夫人就是拆散了大观园的青春王国的恶魔。

宝玉“一路打算：‘谁这样犯舌？况这里事也无人知道，如何就都说着了？’”宝玉很难过，一直在想到底是谁这么爱打小报告？因为这些话都是一般人不会知道的，于是他开始怀疑一个人，这个人就是袭人。《红楼梦》里的袭人永远都是最稳当的，她真心照顾每一个人，可是这时你就会发现《红楼梦》的厉害，真正深藏不露的两个人，一个是宝钗，另一个就是袭人。大家千万注意，深藏不露不是坏，而是她们要自保。我们一再说，袭人是第一个跟宝玉上床的。一方面她已认定自己以后就是宝玉的人了，另一方面她最害怕失去王夫人的信任，所以她一直要取得王夫人的最大信任。王夫人很早就决定从自己的月俸里每月拨二两银子给袭人了，还嘱咐说，一定帮我看好宝玉，不要让旁边的狐狸精碰。其实宝玉之前从来没有怀疑过袭人，因为在天真王国里，他没有丝毫的怀疑之心。

宝玉“一面想，一面进来，只见袭人在那里垂泪”。因为袭人也很难过，她也被王夫人骂了一顿，说以后你再管理不好，我就唯你是问。宝玉“且去了心上第一个人，岂不伤心，便倒在床上也哭起来。袭人知他心内别的还犹可，独有晴雯是第一件大事，乃推他劝道：‘哭也不中用了。你起来我告诉你，晴雯今日已经好了，他这家去，倒清净养几天。你果然舍不得他，等太太气消了，你再求老太太，慢慢叫他进来也不难。不过太太偶然信了人的诽言，一时气头上如此罢了。’宝玉哭道：‘我究竟不知晴雯犯了何等滔天大罪！’”这是一个青春里的巨大控诉，袭人就回答说：“太太只嫌他生的太好了，未免轻佻些。在太太是深知道这样美人似的必不安静，所以很嫌他，像我们这粗粗笨笨的倒好。”当一个社会，所有的美人都被认定为祸水的时候，你对美就会变得恐惧。而这种恐惧恰恰表现在女性权威者的身上，她们对美有很深的恐惧和排斥。

宝玉说：“这也罢了。咱们私自玩的话怎么也知道了？又没外人走风，这可奇怪。”因为就算这些老妈妈去打小报告，也要有人告诉她们。袭人道：“你有甚忌讳的，一时高兴了，你就不管有人没人了。我也曾使过眼色，也曾递过暗号，被那人已知道了，你反不觉。”袭人解释说是因为你根本没有防人之心，这也是事实。宝玉道："怎么人人的不是太太都知道，单不挑出你和麝月、秋纹来？"意思是妈妈今天每个人的毛病都挑了，怎么就没有挑你们这几个人？他开始把狗仔队的范围缩小到袭人、麝月、秋纹了。

"袭人听了这话，心内一动，低头半日，无可回答。"注意这短短的一段，"内心一动"是她忽然感觉不对头，意识到宝玉开始怀疑她了，这是袭人很大的心病。可她是个非常稳重的女孩子，所以表面上绝对不动声色。关键是作者很了不起，好的文学家处理细节非常细腻，他没有给我们任何蛛丝马迹来判断到底告密者是不是袭人。这里的不透露，表达了作者对人性的态度，其实所有的好恶只是我们的情绪而已，如果我们此时也去判断谁对谁错，那跟王夫人就是五十步笑百步了。袭人"因慢笑道：'正是呢。若论我们也有玩笑不留心的孟浪去处，怎么太太竟忘了？想是还有别事，等完了再发放我们，也未可知。'"袭人不动声色地面对了宝玉的质疑，我们真的不知道到底是不是她。大家记得前面袭人曾经去密报过，说宝玉大了，身边的女孩也大了，总在一起拉拉扯扯不好。她讲得很冠冕堂皇，不像是在打小报告，也就是那一次她深得王夫人的信任。

接下来宝玉说了一句很吓人的话："你是头一个出了名的至善至贤之人。"我不知道大家听不听得出来，这句话其实带有很强烈的颠覆主流文化的情绪。因为在儒家文化的评价体系里，最好的人就是圣贤。这里的圣跟贤绝对是反讽的。"他两个又是你陶冶教育的，焉能还有孟浪之处！只是芳官尚小，过于伶俐些，未免倚强压弱，惹人厌。四儿是我误了他，还是那年我和你拌嘴的那日起，叫上来作些细活，未免夺占了地位，故有今日。"接下来宝玉开始忏悔，我一直觉得《红楼梦》是一本赎罪的书，他觉得所有女孩子的悲剧都是他应该忏悔的。可这里大家要注意,《红楼梦》里越是轻描淡写的部分,可能越值得我们去认真思考。因为袭人一直认定自己将来就是宝玉的妾,所以她最担心的就是别的丫头取代她。假如听到宝玉说蕙香跟他同一天生日,将来是夫妻的话,心里一定会有情结,好的小说一定有心理上最精彩的描绘。

“只是晴雯也是和你一样,从小儿在老太太屋里过来的,虽然他生得比人强些,也没甚么要紧。就只他的性情爽利,口角锋芒些,究竟也不曾得罪你们。想是他过于生得好了,反被这好所误。”说完,又哭起来。这一段大家特别注意一下,它透露出一个信号。晴雯跟袭人都曾是贾母身边最得力的丫头。贾母不排斥长得美的丫头,她把晴雯拨去照顾宝玉。晴雯又心灵手巧,能做别人做不了的手工,她是唯一可以跟袭人匹敌的丫头,袭人很多复杂的心事从宝玉的话里透露出来了。所以我一直说,《红楼梦》这部小说可以读一辈子,很多东西第一次是绝对读不出来的,慢慢才会发现袭人身上有些地方蛮吓人的。

“袭人细揣此话,好似宝玉有疑他们之意,竟不好再往前劝,因叹道:‘天知道罢了。此时也查不出人来,白哭一会子也无益。倒是养着精神,等老太太喜欢时,回明白了再要他进来是正理。’”

宝玉与晴雯的最后告别

宝玉当然很难过,“冷笑道:‘你不必虚宽我的心。等到太太平服了再瞧势头去要他时,知他的那病等得等不得。他自幼上来娇生惯养,何尝受过一日委屈。’”接下来他用了一个很特别的形容:“他这一下去,就如同一盆才抽出嫩箭来的兰花送到猪窝里去一般。”兰花是很娇嫩的，水多了不行，光照太足也不行。不知道大家有没有看出来，宝玉跟晴雯并不是爱人关系，他只是对所有刚刚透出青春的气息就要被糟蹋的生命有一种疼惜和不忍。《红楼梦》很多时候不是在写爱情、友情，而是在写青春间的深情。

“况又是一身重病，里头一肚子的闷气。他又没有亲爷娘，只有一个醉泥鳅的姑舅哥哥。他这一去时，是不惯的，那里还等得几日？知道还能见他一面两面能不能了！”宝玉说着，又越发伤心起来。

所以宝玉想去看一看晴雯，下面就是他去探视晴雯。这一段也许大家读起来会觉得很容易，今天家里的菲佣生病了，我们到医院病房去看看她很合情理。但不要忘记，三百多年前像宝玉这样的身份到晴雯家里去看她是多么难。

“宝玉将一切人稳住，便独自得便出了后角门，央一个老婆子带他到晴雯家去瞧瞧。偏这婆子百般不肯，只说怕人知道，‘回了太太，我还吃饭不吃！’无奈宝玉死活央告，又许他些钱，那个婆子方带了来。”

我一直觉得这是《红楼梦》里面极精彩的一段，它不仅是宝玉跟晴雯的告别，也是宝玉跟所有青春的告别。

深情的告别与欲望的对比

我们先看一下作者交代的背景：“这晴雯当日系赖大家用银子买的，那晴雯才得十岁，尚未留头。因常跟着赖嬷嬷进来，贾母见他生得十分伶俐标致，十分喜爱。故此赖嬷嬷就孝敬了贾母使唤，后来所以到了宝玉房里。”过了几年，赖大家的又把晴雯的姑舅哥哥买来做工，还给他配了一个女孩子为妻。“成了房后，谁知他姑舅哥哥一朝身安乐，就忘却当年流落时，任意饮酒，家小也不顾。偏又娶了个多情美色之妻，见他不顾身命，不知风月，一味死吃酒，便不免有蒹葭倚玉之叹，红颜寂寞之悲。又见他器量宽宏，并无嫉妒衾枕之意，这媳妇遂恣情纵欲，延揽满宅内的英雄，收纳才俊，上上下下，竟有一半是他‘考试’过的。若问他夫妻行径，与上回所述的多浑虫多姑娘一般。这媳妇却叫作灯姑娘，目今晴雯只有这门亲戚，出来就住他家。”

下面一段大家一定觉得很奇怪，宝玉去看晴雯，怎么会写出一个灯姑娘？有趣的是，灯姑娘看到宝玉以后，便一把把他抱住。作者很大胆地在同时写两个东西，本来是讲宝玉跟晴雯的生离死别，忽然蹦出一个情欲事件。这个文学手法很奇特，很多版本把这一段删掉了，觉得这样的场景里，不应该出现这么粗俗的东西。其实作者是在做非同寻常的对比，宝玉跟晴雯告别完全是深情，其中没有任何的欲望；可是忽然加进的这个女人，有的却只是欲望。这是非常现实的人生，我一直觉得这一段如果抽出来完全是一个惊人的短篇。

我们读一下文本：“此时，他表哥往外头去了，那灯姑娘吃了晚饭，也去串门子去了，只剩下晴雯一人，在外间房内卧着。宝玉命那婆子在院内瞭望，他独自掀起草帘进来，一眼就瞧见晴雯睡在芦席土炕上，幸而衾枕被褥还是旧日铺的。见了心里不知自己怎么着才好，因上来含泪伸手轻轻的拉他，悄悄唤两声。当下晴雯又因着了风，又受了哥嫂的一夕话。”因为哥嫂都讽刺她说，你一定是做了什么见不得人的事才被赶出来的。“病上加病，嗽了一日，才朦胧睡着。忽闻有人唤他，强展星眸，一见是宝玉，又惊又喜，又悲又痛，忙一把死攥住他的手。哽咽了半日，方说出半句话来：‘我只当今生不得见你了。’一句话未完，便咳嗽个不住。宝玉也只有哽咽的分儿。”注意，晴雯此刻一定觉得自己值了，为一个被卖来卖去、从来不曾有人疼爱的女孩子，临终的时候宝玉特别关切地跑来看她。《红楼梦》中最动人的就是这些地方，宝玉完全可以不来，对于一个公子哥儿来说，丫头这么多，没几天就忘掉的多的是。

晴雯说：“阿弥陀佛，你来的很好，且把那茶倒半盏给我喝。渴了这半日，叫半个人也叫不着。”刚刚讲到的是生离死别的感动，接下来就是这么直接要活下去的渴望。“宝玉听说，忙拭泪问：‘茶在那里？’晴雯道：‘那炉台上就是。’宝玉看时，虽有个黑沙吊子，却不像个茶壶。”注意作者的形容，富贵之家的少爷根本不知道穷人家的茶壶是什么样子。“只得桌上去拿个碗，也大也粗，也不像个茶碗，未到手内，先就闻得油膻之气。”我们都知道茶杯应该是清香的，可是这个碗大概干什么都用，所以全是腥膻味。“宝玉只得拿了来，先拿些水洗了两次，后又用水汕了两遍，方提起茶壶斟了半碗。”注意这些细节，躺在床上的人都快渴死了，这个人还在那边擦、洗、闻。可这就是宝玉，也是作品最动人的时刻。宝玉做的事是我们完全无法想象的，我们今天看到的电视剧、电影拍到这里，哭、叫、闹之类的表达你都不会感动，但当你看到他在那里又擦又洗又闻的时候，眼泪会忍不住掉下来。这个男孩子从来没做过这些事情，他做这些事其实是在修行，是对自己一生富贵的忏悔，这才是曹雪芹写这本书的终极意义。

“看时，绛红颜色，也太不成茶了。”大家要特别注意此处嗅觉、触觉、视觉的所有小细节，他太想好好照顾这个女孩子了。晴雯已经等不及了，

“扶枕道：‘快递给我喝一口罢！这就是茶了。那里比得咱们的茶！’”我想大家读到这里可能会掉泪，因为这是晴雯的落难，可是宝玉的到来，就是要跟她一起分享那种最粗糙、最没人疼爱的生活。“宝玉听说，先自己尝了一口，并无清香，只一味苦涩，略有茶意而已。”注意这个动作，记不记得宝玉在喝汤、吃饭、喝茶之前，都是丫头们先尝过的。古代的贵族一方面是怕中毒，另一方面要看凉热是否合适，现在是他先尝过再给晴雯。所以真正的忏悔和赎罪应该是你要去担当对方曾经为你承担过的东西。

“尝毕，方递与晴雯。只见晴雯如得了甘露一般，一气都灌了下去了。”这里的“如甘露一般”，一方面是太久没有喝水，另一方面讲的也是这深情就像甘露一样。生命都到了这个时候还有什么好计较的？她觉得自己所有的委屈、冤枉，都值得了，因为这个人是值得你爱的。“宝玉心下暗道：‘往常那样好茶，他尚有不如意之处，今日这样。看来，可知古人说的“饱饫烹宰，饥餍糟糠”，又道“饭饱弄粥”，可见都不错了。’一面想，一面流泪问道：‘你有什么话，趁着没人告诉我。’”深情到最后就是这样，交代后事不要任何的伪装。

“晴雯呜咽道：‘有什么可说的！不过挨一刻是一刻，挨一日是一日。我已知道横竖不过三五日的光景，我就好回去了。只是一件，我死也不甘心的：我虽生的比人略好些，并没有私情密意勾引你怎样，如何一口死咬定了我是狐狸精！我太不服。’”这是晴雯最大的控诉，也是所有的青春对主流文化的最大控诉。“今日既已担了虚名，而且临死，不是我说句后悔的话，早知如此，我当日也另有个道理。不料痴心痴意，只说大家横竖是在一处。不想平空里生出这一节话来，有冤无处诉。”过去的女孩子绝不敢讲这种话，其实她的意思是：早知道还不如就真跟你上床！因为她觉得太不值了，我们两个人相处得清清白白，竟然这样被委屈、被冤枉，早知今日，不如当时就轰轰烈烈谈场恋爱。这里面其实有个指责是说，像袭人那样偷偷摸摸的，反而被容忍了。

“晴雯说到这里，气往上咽，两手已经冰凉。宝玉又痛又急又怕，歪在席上，一只手攥着她的手，一只手轻轻给她捶着，又不敢大声哭叫，真正万箭钻心。”这些动作都是过去晴雯对宝玉做的，宝玉是在回报。

“两三句话时，晴雯才哭出来。宝玉拉着他的手，只觉骨如枯柴，腕上犹戴着四个银镯，因泣道：‘且卸下这个来，等好了再戴上罢。’因与他卸下来，塞在枕下。”注意，这场景后来被张爱玲的《金锁记》挪用，就是女人病到最后，干瘦的手臂上戴着四个银镯子。这种对比让你强烈地感受到华丽的荒凉。

宝玉又说：“可惜这两个指甲，好容易长了二寸长，这一病好了，又损好些。”“晴雯拭泪，就伸手取剪子，将左手上两根葱管一般的指甲都齐根铰下。”前面曾经交代过，晴雯养着几寸长的指甲。在过去，留这么长指甲的女孩子是不做粗活的，指甲晚上要用热水泡软卷起来，用很漂亮的指套套起来养着，还要用凤仙花来染色。记得那个给晴雯看病的年轻医生看到那两个红红的长指甲，便乱了方寸，脸红心跳地开了一个乱七八糟的药方，所以指甲是晴雯身体的一部分。晴雯就把这两根指甲剪断，放在宝玉的手心里。我觉得这一段写得真是惊人，不知道曹雪芹是不是真的碰到过这样的事情，如果没有碰到，他是怎么想象出来的。人与人之间最深的情感，到最后就是身体一部分的交代了。记得第一次读《红楼梦》，最让我惊心动魄的就是这一段，那时候不懂，觉得怎么会有这样的事。甚至想我哪一天去看一个亲人，也会有这么惊人的场景出现。现在的感觉是，我多么希望王夫人这个做母亲的能看到这一段，那她就会知道自己错得有多离谱。这一段里没有任何的欲望和她想象的不干净的东西，而是一清如水。

晴雯“又伸手向被内将贴身穿着一件旧红绫袄脱下，并指甲都与宝玉道：‘这个你收了，以后就如见我一般，快把你的袄儿脱下来我穿。我将来在棺材内躺着，也就像还在怡红院的一样了。论理不该如此，只是担了虚名，我也是无可如何了。’”第一次读的时候读不懂，就是一个病得都坐不起来的人，为什么还要做这种大动作，在被窝里把内衣脱掉递给宝玉。最惊人的是，宝玉立刻就懂了，就连忙解开外衣，把自己的内衣袄褪下来，盖在晴雯身上，然后把晴雯的穿上。还来不及扣扣子，只用外衣掩了。

这是两个十岁到十六岁一起长大的孩子在做最后的交换仪式，这种在别人看起来觉得完全不懂的仪式，对这两个人是这么重要。一般大人会觉得你们发什么神经啊，都这个时候了，还不赶紧帮她去打点滴，还忙着换什么衣服！可是要知道这是《红楼梦》最动人的部分。

晴雯把衣服和指甲递给宝玉以后，自己已经喘得一塌糊涂。最后她张开眼睛说：“你扶起我来坐一坐。”宝玉就把她扶起来，晴雯伸手把宝玉的袄往自己身上拉，宝玉连忙给她披上。拖着胳膊伸上袖子，轻轻放倒，然后把她的指甲放在他的荷包里。

这一段我不知道大家能不能读懂，宝玉觉得晴雯实在太虚弱了，没有办法换衣服，所以只是把自己的衣服帮她盖上，可是晴雯坚持要把那个袄穿好。我们知道中国古代有一种入殓的仪式，在人临终前要一定替她换好衣服，等到身子僵硬了就没有办法换了，其实换内衣就相当于是晴雯的入殓仪式，他们最后是一起被埋葬的。

等到晴雯的那个每天在街上勾引人的嫂嫂进来的时候，看到宝玉，就感觉像天上掉下一个礼物一般，因为她从来没有想到宝玉会到她家来。宝玉吓坏了，这个时候晴雯已经昏死过去。作者把世俗的、非常强烈的肉体欲望和如此洁净的深情放在一起，是很有深意的。

我想大家如果有机会细读这一段，才能体会我为什么会说《红楼梦》的真正结尾是第七十七回，前八十回里作者并没有写到黛玉的死亡，也许他根本写不出与那个更亲密的生命告别的细节。可晴雯是他的贴身丫头，记不记得有天晚上很冷，晴雯是钻到宝玉被窝里的。他们就是这样长大的，这种感情不是爱情，也不是友情，就是身体曾经贴近过的深刻记忆。临终的入殓仪式预示着宝玉已经通过晴雯的死亡，埋葬了自己的身体和青春。

第七十八回

老学士闲征姽婳词
痴公子杜撰芙蓉诔

替母亲的行为忏悔反省

在上一回里，许多女孩子被赶走，其中有几个唱戏的女孩子。王夫人认为唱戏的都不正经，准备把她们发配出去嫁人了事，但这几个女孩子却不愿意，因为她们名义上的干妈实际上都有点像人口贩子，对她们从没有过真正的关心，所以她们就决定出家。王夫人作为一个佛教徒，认为出家是一件严肃的事情，所以她认为这几个女孩子是在胡闹，就不准她们出家。但刚好她身边就有几个出家人，说这是好事，就是因为你们家好几代人念佛，才结下的佛缘，连唱戏的女孩子都想出家了。所以第七十七回在结尾的时候，作者一直在对比现实跟非现实之间的关系。在传统戏剧当中，每当生命处于极大的沮丧、无奈、绝望的时候，就会选择遁入空门。包括今天我们如果在现实当中受伤，都会想到遁入空门，其实大家都幻想了一个乌托邦式的寺庙，如果我们真正去庙里住一住，就会知道其中的问题一点也不比世俗社会少。

作者很明显地讲到，芳官她们几个女孩子已经感觉到了极度的绝望。可是劝王夫人的几个尼姑想到的却是，她们平白无故地可以得到一些人来做粗活，可见庙宇也并非不是贩卖人口的机构。这样就有两拨儿人在抢这些女孩子，一拨儿是她们的干妈，转卖她们可以赚一笔钱；还有一拨儿就是庙宇里的人，她们常年到贾家，无所不用其极地在这个贵族家里捞钱。所以《红楼梦》再写下去，这些女孩子的命运恐怕就和妙玉一样。

我们都知道妙玉的出家并不是因为信仰，因此她在所谓的空门里，反而有更多世俗的牵挂与纠缠。我想这些女孩子学戏，一定会唱到昆曲里非常重要的一出戏叫《思凡》，这个戏到现在还在演，是昆曲里唱腔和做功都很要功夫的戏。讲的是一座庙里的尼姑私自跟一个香客恋爱，然后逃亡下山的故事，也代表着传统社会里的女性对主流文化的控诉。我想主流文化是在无形中形成的，儒家哲学之所以成为主流，是因为它变成了考试的工具。可我们不能忽视的是，道家、佛家也有可能成为主流。宋代以后，佛教跟道教都曾经是主流文化的组成部分，所以《红楼梦》里对主流文化价值的反省跟检讨是非常复杂的。王夫人就是很明显的一个例子，她每天吃斋念佛，是个虔诚的佛教徒，可在她处理晴雯、金钏儿这些人的时候，她平常的慈悲完全消失了。我相信作者一定是在反省一个问题，如果一个信仰只是作为对自己内心恐惧的一种保护，那就不是真的信仰。真的信仰是能对自己的行为做检查或者反省的，所以《红楼梦》里不乏对老尼姑和老道士的批判。因此我们并不觉得这几个唱戏的女孩子遁入空门是好的结局，很可能是悲剧的开始。像芳官这么聪明伶俐的女孩子，长得又漂亮，她在舞台上唱得最好的就是《游园惊梦》，杜丽娘是可以用死亡去换取情爱延续的女性，这样的女孩如何遁入得了空门？

可是显然王夫人已经没有能力去反省了，她在主流文化里浸淫太久、积习太深，没有办法调整跟改善。所以曹雪芹是在替他的母亲——如果真有王夫人这个母亲的角色的话——做忏悔和反省。

贾母与王夫人的不同

王夫人处理了这个事情以后，不敢轻易禀报贾母。一般读者读到第七十八回开始的一段，会觉得她干吗要这么小心翼翼，不就是赶走几个丫头吗？但大家不要忘了，王夫人赶走的晴雯曾是贾母的丫头。在贾家的贵族伦理中，必须要“打狗看主面”，儿媳妇赶走婆婆的丫头，就是给贾母难堪，意思是你调教的人不够好，所以她当然要很小心。何况她等于是先斩后奏，所以必须察言观色，看哪一天贾母心情好，比如中了乐透，或者打麻将赢了钱的时候。

“话说两个尼姑领了芳官等去后，王夫人便往贾母处来省晨，见贾母喜欢，便回道：‘宝玉屋里有个晴雯，那丫头也大了，而且病不离身；我常见他比别人分外淘气，也懒；前日又病倒了十几天，大夫瞧，说是女儿痨，所以我就赶着叫他出去了。若养好了，也不用叫进来，就赏他家配人去也罢了。’”

贾母的反应很有趣：“点头道：‘这是正理，我正想着如此呢。但晴雯那丫头我看他甚好，怎么就这样起来？我的意思，这些丫头的模样、爽利、言语、针线多不及他，将来只他还可以给宝玉使唤。谁知变了性。’”可见在贾母心目中，将来能做宝玉的妾的不是袭人，而是晴雯。从这里也可看出贾母她们创业的一代，选择人的标准跟王夫人完全不同。王夫人要的是笨笨丑丑的，忠心耿耿就好，其他的一概不问；可创业的一代则看得比较远，她会选晴雯这样有能力的人。贾母不好意思直接说儿媳妇处理不当，她只说以前看她不是这样的。

王夫人感觉婆婆有点儿怪她了，赶紧要想办法扳回来，于是“笑道：‘老太太挑中的人原不错。只怕他命里没造化，所以得了这个病。俗语又说：“女大十八变。”况且有了本事的人，未免有调歪。老太太还有什么不曾经验过的。三年前我就留心这件事，先只取中了他，色色虽比人强，只是不大沉重。’”她先假造晴雯得了女儿痨，这种病是会传染的，而且治不好。又说有本事、聪明的人未免都有一些调歪。这就是王夫人的态度，因为她本身就是个无能的人，所以很害怕能干的人。我们知道今天一个企业在选人才时会遇到一个两难，一种是专业上能力很强，但很可能不怎么听话；另一种是很笨，虽然很听话，但做事总不到位。贾母选的是聪明伶俐能干的，王夫人选的是听话规矩稳重的。贾母自己能干，所以她不怕调歪，她知道如果管理上轨道，聪明的人可以把她的好用到极致，所以贾母不太害怕手底下的人搞鬼。可王夫人本身比较无能，能干的人她根本驾驭不住。

如果我们开始多少有点怀疑袭人是那个通风报信，害得晴雯被赶走的人，这里也透露出明确的信息，在贾母心目中宝玉未来的妾是晴雯，不是袭人。可王夫人选的是袭人，所以她就特别跟贾母回报：“若说沉重知大礼，莫若袭人第一。虽说贤妻美妾，却也要性情和顺、举止沉重的更好些。就是袭人的模样虽比晴雯略次一等，然放在屋里，也算是一、二等的了。况且行事大方，心地老实，这几年来，从未逢迎着宝玉淘气。凡宝玉十分胡闹的事，他只有死劝的。因此品择了二年，一点不错了，我就悄悄的把他丫头的月钱止住，我的月分银子里拿出二两银子来给他。不过使他自己知道越发小心学好之意。且不明说者，一则宝玉年轻，老爷知道了又恐说耽误了书；二则宝玉再自为已是跟前的人，不敢劝他说他，反倒纵性起来。所以直到今日才回明了老太太。”

此时贾母的态度又不太一样了，笑道：“原来这样，如此更好了。袭人本来从小儿不言不语，我只说他是没嘴的葫芦。既是你深知，岂还有错误的。而且你这不明与宝玉的主意更好。且大家别提这事，只是心里知道罢了。”这其中表现出贾母跟王夫人的明显差别，贾母真正经历过创业，她身上还留有某种活力，可是王夫人却没有继承这个部分，这个家族最后失去生命力，关键的问题就出在王夫人这一代的身上。她们既无法创业又无法守成。可是贾母年纪大了，表示两件事情都尊重王夫人的意见，但同时也发表了不同意见。这个老人很聪明，在这种情况下她不愿意再插手。

大观园瓦解的魔掌——王夫人

接下来我们就看到迎春要出嫁了。“一时，只见迎春打扮了前来告辞过去。”从第七十七回开始，就是大观园的土崩瓦解，不只是丫头，住在里面的女孩子也开始要出嫁了，迎春之后是探春。

第一个走的是宝钗，抄检大观园的那个晚上大家并没有通报宝钗，但她在第一时间就搬了出去。都已经过了中秋，她还没跟王夫人说她已经搬出去的事。直到王夫人从别人那里听到宝钗搬出去的消息，觉得很奇怪，就和凤姐讨论原因。王夫人和凤姐说：“别是宝玉有口无心，孩子似的，高兴了信嘴胡说也是有的。”可见王夫人在了解人性方面，真的非常无能，她竟然认为是宝玉得罪了宝钗。

凤姐笑道："这可是太太过于操心了。若说他出去，说正经话、干正经事去，却像个孩子。若只叫他进来在这些姊妹跟前，以至于大小的丫头们跟前，最有尽让，又恐怕得罪了人，可是再不得有人恼他的。我想薛妹妹出去，想必为着前日搜检众丫头的东西的原故。他自然为信不及园子里的人才搜检，他又是亲戚，现也有丫头老婆子在内，我们又不好搜检，他恐我们疑他，所以多了这个心，自己回避了。也是应该避嫌疑的。"这里也透露出这个做母亲的，对自己的孩子太不了解，根本不知道宝玉是什么个性。

"王夫人听了这话不错，自己遂低头想了一想，便命人请了宝钗来，分析前日的事，以解他的疑心，又仍命他进来照旧居住。宝钗笑道：'我原早要出去的，只是姨妈有许多的大事，所以不便来说。可巧前日母亲又不好了，家里两个靠得的女人也病着，所以我趁便出去了。姨妈今既知道了，我正好明讲出情理来，就从今日辞了好搬东西出去的。'"

王夫人、凤姐都笑道："你太固执了。正经仍搬进来的为是，休为无要紧的事反疏远了亲戚。"有没有发现，到现在她们都没有告诉宝钗为什么抄检大观园，为什么赶走晴雯、司棋。如果王夫人扮演的是训导人员的角色，她根本就没有跟这些年轻人解释说她在干什么，而只是说你赶快搬进来，不要为了不要紧的事疏远了亲戚。在她看来很不要紧的事，在宝钗看来就很严重，不然怎么会突击检查？可见训导工作其实最难做，因为它牵涉到对人性的深切了解，王夫人恰恰是个极度不了解人性的人。就在大观园的青春王国已经面临土崩瓦解的时候，王夫人还不知道自己正是瓦解这个青春王国的魔爪，她竟然还坚持要宝钗再搬进来。接下来宝钗就讲了一大段话，说明自己为什么不搬进来。从这段话里大家就能看出这个女孩子的厉害，这种人在社会上一定会是成功者。

宝钗笑道："这说的话太不解了，并没为什么事我出去。我为的是妈近日神思较先大减，而且夜间晚上没有靠得的人，通共只我一个。二则我哥哥跟前娶嫂子，多少针线活计并家里一切动用的器皿，尚有未齐备的，我也须得帮着妈去料理料理。姨妈和凤姐姐都知道我们家的事，不是我撒谎。三则自我在园里，东南上小角门子就常开着，原是为我走的，保不住出入的人就图省路也从那里走，又没人盘查，设若从那里做出一件事来，岂不两碍脸面。"

大家看，宝钗的思路是绝对有一二三的，而第三点才是宝钗真正要暗示的，但她没有直接说。以宝钗的聪明，她不想沾任何的嫌疑，所以建议王夫人赶紧关掉这个门。实际上就是摆明了说我不会再搬进来了，她已经决定不再沉溺青春了。这是非常理性的态度，跟黛玉是两个极端，黛玉是陪葬在自己的青春里的，宝钗则是从青春里提前毕业的那个人，她不想在毕业典礼上感感伤伤、拖拖拉拉。这就是主流文化提倡的所谓智慧圆融，尽量不要牵涉在复杂的事情里。

她继续说："而且我进园里来睡原不是什么大事，因前几年年纪皆小，且家里没事，有在外头的，不如进来姊妹相共，或作针线，或玩笑，皆比在外头闷坐着不好么？但如今彼此都大了，也都有事。况姨妈这边，历年皆遇不遂心的事故，那园子也太大，一时照顾不到，皆有关系，惟有少几个人儿，就可以少操些心。所以今日不但我执意辞去，此后还要劝姨妈该减些的也就减些罢，也不会失了大家子的体面。"

可以说宝钗的态度其实是非常理性的，就是这个青春如果不可挽留，就用理性的态度完全断绝。相比之下，其他人都是悲剧，希望大家在第七十八回里可以对比一下。

物在人亡荒渺的痛

我们说第七十七回最动人的片断就是宝玉去探望晴雯，晴雯咬断指甲给他，两个人还交换了内衣，完成了最动人的仪式。可到了第七十八回作者怎么会一直不提这件事？以一般的小说来讲，对这个事情应该还有个交代，可是就没有了。变成了王夫人去向贾母汇报，宝钗讲她为什么要搬出去，然后接着交代上一回宝玉去见客的情况。上一回家里忽然来了一些客人，什么梅翰林之类的，都是院长、部长级的，所以爸爸就很想秀一下儿子，叫宝玉出来见客。

大家知道宝玉正处于最痛苦的时刻，刚刚跟晴雯告别，还穿着晴雯的内衣，忽然要打了领带，穿了西装去见那些政府要员，这绝对是一种严重的自我分裂。我觉得作者最了不起的是在写极大的悲剧时，很少用传统的悲剧手法，而是写宝玉必须在那边正襟危坐地应酬。这是很惊人的一种笔法，一般作者写到这里会收不住笔，前面有那么惨痛的故事，当然会忍不住去延续它。但《红楼梦》的作者却就此打住，把宝玉叫到前面去见爸爸，这是最厉害的，因为最大的悲哀是不表现出来的悲哀。平时宝玉最怕的就是爸爸，在爸爸所代表的主流文化氛围里，他必须要努力去应酬。在作者笔下，宝玉竟然可以应付自如。我希望大家可以注意到这种让悲哀不成其为悲哀的写法，这其中有着荒谬的痛。可知这个十五六岁的男孩子，穿得正经八百地去见客人，在那里谈笑风生，得到很多的礼物和赞赏，但心里却痛得不得了。

我想大家读一下这段：“王夫人忙问道：‘今日可曾丢了丑？’宝玉道：‘不但不丢丑，倒拐了东西来了。’接着，就有老婆子们从二门上小厮手里接了东西来。王夫人看时，只见扇子三把，扇坠三个，笔墨共六匣，香珠三串，玉绦环三个。宝玉说道：‘这是梅翰林送的，那是杨侍郎送的，这是李员外送的，每人一份。’说着，又向怀中取出一个旃檀香的小护身佛来，说：‘这是庆国公单给我的。’王夫人又问在席何人、作何诗词，宝玉一一答应毕，只将宝玉一分令人拿着，同宝玉、环、兰前来见过贾母。贾母看了，喜欢不尽，不免又问些话。无奈宝玉一心记挂着晴雯，答应完了话时，便说骑马颠了，骨头疼。贾母说：‘快回房里换了衣服，疏散疏散就好了，不许睡倒。’宝玉听了，便忙入园来。”

宝玉眷恋晴雯的死亡

其实宝玉在离开晴雯的时候，并不知道晴雯马上就要死了。作者的手法非常复杂，他让宝玉穿着外衣去见客。我们每个人都有内外衣，外衣是用来见客人或者应征，在一些比较正式的场合穿的；内衣则是最贴近肉体的衣服，是我们最自在的部分。其实《红楼梦》一直在讲被撕裂的两个自我，宝玉一直希望这两个自我能合在一起。他之所以一直被爸爸骂，是因为他总是“内衣外穿”，这个“内衣外穿”的意思是说，他总是把那些不该在大庭广众面前讲的东西直接说出来，长辈们就觉得这个孩子太不成器。但现在他似乎可以演得蛮成功了，至少在晴雯那边哭过之后，还可以穿着正经衣服去见大人，并得到很多礼物跟赞美。可是回来以后他就一件件地脱衣服，露出了里面一条大红血点的裤子。作者的暗喻非常惊人，我们不要忘记，他跟晴雯最后交换的是内衣，外衣要交换很容易，内衣的交换是非常难的。而且在上一回，宝玉本来只是把内衣披在晴雯身上，但她坚持要穿上，因为只有内衣才有人身上真正的体温和气味。

我们特别注意下面的句子："宝玉满口里说'好热'，一壁走，一壁便摘冠解带，将外面的大衣服都脱下来。"冠、带，都是贵族官员的符号。"缙绅"两个字都带丝旁，就是因为他们跟衣服有关，所以这里的"摘冠解带"是把所有跟父亲有关的符号全部解掉。"只穿着一件松花绿绫子夹袄，内露出血点般大红裤子来。"注意这种符号：红色的血点。这个时候忽然和晴雯的死亡连在一起了，像是有吐血的感觉。"秋纹见这条裤子是晴雯做的，因叹道：'这条裤子以后收了罢，真是物在人不在了。'麝月忙道：'这是晴雯的针线么？'又叹道：'真是物在人亡了！'秋纹将麝月拉了一把，笑道：'这裤子配着松花袄儿、石青靴子，越显出这靛青头皮，雪白的脸来了。'"

秋纹主要是怕宝玉伤心，怕他太过眷恋晴雯的死亡，可是宝玉并没有追问。其实前面宝玉做过一个梦，梦见晴雯走了，他对于人间的事情，常会用自己的意愿来解释。他曾经看到走廊上有一盆海棠无端枯萎了，就跟袭人说：晴雯不会活着了。袭人还很生气地说，她是什么东西，她死了，花还要跟着死？宝玉就跟袭人解释说，不是，其实人世间所有的东西之间都是有感应的。他一直相信某种超经验的东西，所以此时宝玉并没有追问晴雯是不是真的死了，怎么死的。

我觉得这一段很悬疑，感觉宝玉有一点在防范身边的这三个人——袭人、秋纹、麝月。因为只有这三个人王夫人没有讲她们任何不好，他开始有点害怕了，所以特地把秋纹和麝月支开了。"宝玉在前只装听不见，又走了两步，便止步道：‘我要走一走，这怎么好？’麝月道：‘大白日里，还怕什么？还怕丢了你不成！’因叫两个小丫头跟着：‘我们送了这些东西去再来。’宝玉道：‘好姐姐，等我一等再去。’麝月道：‘我们去了就来。两个人手里都有东西，倒像摆执事的，一个捧着文房四宝，一个捧着冠袍带履，成个什么样子。’宝玉听说，正中心怀，便让他两个去了。”其实是他心里难过，想疏解一下，可是他不想跟袭人、秋纹、麝月在一起，因为他觉得她们不够纯粹，所以他只留下了两个小丫头。

青春的挽歌

注意我一直提到的象征，穿着外衣的那个作假的人走了，穿着晴雯给他做的内衣的真人继续再走。宝玉问小丫头晴雯到底怎么样了，小丫头道：“回来说晴雯姐姐直着脖子叫了一夜，今儿早起就闭了眼，住了口，人事不知，也出不得一声儿了，只有倒气的分儿了。”宝玉忙问：“一夜叫的是谁？”小丫头子说：“一夜叫的是娘。”宝玉拭泪道：“还叫谁？”小丫头子道：“没有听见叫别人。”宝玉道：“你糊涂，想必没听真。”很简单的对话，可这都是《红楼梦》最动人的部分，宝玉念念不忘的是她临终的时候有没有叫我。她要是叫我，我没有在身边，那是多大的遗憾跟愧疚啊！可我们知道这个小丫头，包括去看晴雯的宋妈，恐怕都不怎么关心晴雯到底是在叫谁，她们理所当然地想，临终时不舒服大概就是叫妈吧。可宝玉一直追问：“还叫谁？”大家一直在琢磨为什么《红楼梦》是好的文学，好文学就是因为它能这么真实地表达人的感受，生死攸关的大事是文学里最难表现的，因为很容易作假，怎么写都不对。

旁边那个小丫头知道宝玉会难过，就抢过话头说，我偷偷去见晴雯姐姐了。晴雯姐姐“见我去了，睁开眼，拉着我的手问：‘宝玉那去了？’我告诉实情。他叹了一口气说：‘不能见了。’我就说：‘姐姐何不等一等他回来见一面，岂不两完心愿？’他就笑道：‘你们不知道。我不是死，如今天上少了一位花神星，敕命着我去司主。我如今在未正二刻到任司花，那宝玉须待未正三刻才到家，只少得一刻的工夫，不能见面。世上凡该死之人阎君勾取了过去，是差些小鬼来提人魂。若要迟延一时半刻，不过烧些纸钱浇些浆水，那鬼只顾抢钱去了，该死的人可就多待些工夫。’”

这个小丫头完全是在编故事，可是她很会安慰人。烧纸钱、浇浆饭，本是民间很通常的礼俗，可是在这里忽然变得很动人，在人的魂魄要被鬼带走的时候，如果烧些纸钱，鬼就会忙着去抢钱，人的魂魄就能多留一会儿。这些事我们现在也常做，可是读到这里，你才意识到原来礼俗的真正意义是这样的。它其实是人想象出来的，可是很奇怪，一旦真到那个时刻，你真的会拼命烧纸钱，多摆饭菜，因为你想让最亲的人尽可能多留一会儿。文学的动人是因为它碰触到了人最本质的情感。与此相比，之后贾政找了一些清客在那边谈“姽婳将军”就显得非常空洞，既没有什么实质性的内容，也没有任何实际经验。作者的笔法很委婉，读者不容易发现第七十八回里这些强烈的对比关系。

这个小丫头真的很会编剧本，她继续转述晴雯的话：“‘又，从来皆说“阎王注定三更死，谁能留人至五更”之语。我这如今是天上的神仙来召请，岂可捱得时刻！’我听了这话，竟不大信，至回来看表时，果然是未时正二刻他咽了气，正三刻上就有人来叫我们，说你来了。这时候倒都对合。”宝玉听了很高兴，说：“果然是她。”意思是晴雯真有这样的缘分。《红楼梦》里一直在用花来比喻青春，人死了就会回到自己的本位，花神在这里是青春的象征。小丫头很聪明，她还故意说：晴雯姐姐一定是胡说，我不太信，怎么会有花神？宝玉忙道："你不识字看书，所以不知道。这原是有的，不但花有一个神，一样花有一位神之外，还有总花神。"大家看宝玉有多荒谬？他很愿意相信晴雯没有死，而是到天上去管花了，因为这样的结局能让他的痛苦得到最大的安慰。

"这丫头听了一时发呆。宝玉又问道：'但不知是他作总花神去了，还是他单管一样的花神。'这丫头听了，一时诌不出来。"诌不上来是因为她前面全是编的故事，可宝玉竟然问得这么细，她一下编不出来了。"恰好这是八月节，园中芙蓉正开。这丫头见景生情，忙答道：'我曾问他是管什么花的神，告诉我们日后也好供养的。他说："天机不可泄漏。你既这样虔诚，我告诉你，只可告诉宝玉一人。除他之外，若泄了天机，五雷就来轰顶。"他就告诉我说，他是单管芙蓉花的。'"有没有发现这个小丫头绝对是个好作家，她编的故事中有很多悬疑的细节。

"宝玉听了这话，不但不为怪，亦且去愁而生喜，乃指芙蓉花笑道：'此花也须得这样一个人司掌。我就说他那样人，必有一番事业做的。'"大家读到这里，肯定会想起那次宝玉过生日，大家在怡红院里违法举行通宵宴会。大家玩占花名的游戏，黛玉抽到的就是芙蓉，现在说晴雯去管芙蓉花，因此我们知道其实晴雯的死亡就是在讲黛玉的死亡，她们是同一种花。这个故事引发了后面的《芙蓉诔》，但直到这回的结尾，《芙蓉诔》才出来。所以作者一直在酝酿以及转换晴雯死后宝玉的悲哀，这都是在为《芙蓉诔》的出现做铺垫。

宝玉觉得"虽然临终未见，如今且去灵前一拜，也算尽这五六年的情肠。想毕，忙至房中，又另穿戴了，只说去看黛玉，遂一径出园来，往前日之处去，意为停灵在内。谁知他哥嫂见他一咽气便回了进去，希图得几两发送例银。王夫人闻知，便就赏了十两银子。又命：'即刻送到外头焚化了罢。女儿痨死的，断不可留！'他哥嫂听了这话，一面就雇了人来入殓，抬往城外化人厂去了。剩的衣履簪环，还有三四百金之数，他兄嫂自收了为日后之计。二人将门锁上，一同送殡去未回。宝玉走来扑了个空"。

宝玉本来想去祭奠，去了却发现连个灵位都没有。这一段读起来很凄惨，晴雯的遗体最后就是这样处理的。但我自己一直觉得晴雯死亡的真正仪式在第七十七回跟宝玉交换内衣时已经完成了。至于后面别人怎么对待她的身体，已无关紧要。

"宝玉发怔，自立了半天，别没法儿"，只得又走回大观园。想去找黛玉，这个时候他一定想找黛玉。结果黛玉不在家，她们说黛玉去看宝钗了，他就只好到宝钗那里去。到了蘅芜苑，"只见寂静无人，房内搬的空空落落的，不觉吃了一大惊"。宝玉"看着那院中的香藤异蔓，仍翠翠青青，忽比昨日好似改作凄凉一派，更又添了伤感"。晴雯的死亡，说明了大观园的土崩瓦解，宝玉想去祭奠而不能，失魂落魄地回来，看到整个园子一派凄凉。我好几次读到这里，总想这个时候总应该写《芙蓉诔》了吧，但，还不是《芙蓉诔》。

满纸荒唐言，一把辛酸泪

忽然有人说老爷又叫他了，"宝玉听了，只得跟了出来。到王夫人房中，贾政已出去了。王夫人命人送宝玉到书房去”。有没有发现，生命里真正的深情是一直被打断的，作者写的是人的深情的难以持续。再深情的人，在日常俗务繁忙的世界里，心灵深处的悲哀和牵挂都会慢慢变淡。可宝玉总有一天要写他的《芙蓉女儿诔》，虽然他也可以去应付那些长辈。

“彼时贾政正与众幕友谈论寻秋之胜”，大概这些做官的人也有一个小型读书会。“又说：‘临散时忽然谈及一事，最是千古佳谈，“风流隽逸，忠义慷慨”八字皆备，倒是个好题目，大家都要作一首挽词。’众人听了，都忙请教是何等妙题。贾政乃说：‘近日有一位恒王，出镇青州，这王最喜女色，且公余好武，因选了许多美女，日习武事。每公余辄开宴，日会众女习战斗攻拔之事。其姬中有一姓林行四者，姿色既冠，且武艺更精，皆呼为林四娘。恒王最得意，遂超拔林四娘统辖诸姬，又呼为“姽婳将军”。’众清客都称：‘妙极神奇。竟以“姽婳”下加“将军”二字，更觉妩媚风流，真绝世奇文。想这恒王也是第一风流人物了。’”

“姽婳”这两个字大家从声音上联想到的字和视觉上看到的字会很不一样，因为在视觉上，它表示女孩子正襟危坐、娴静安适的样子。如果只看字很漂亮，可它的音是“鬼”；“婳”，是讲女性很娴静的样子。所以曹雪芹真是最会玩文字的人，他怎么能想到要引“姽婳将军”这个历史典故，这两个字看上去很漂亮，一读出来就是鬼话连篇的“鬼话”。很明显是在讽刺贾政这类政府要员，闲着没事就要歌颂这种无聊的事情。因为他们觉得一个政府要官能够如此宠爱一个妾是非常值得夸耀的，而这个妾武艺就更不得了。

贾政说：“但更有可奇可叹之事。”原来恒王被贼众所杀，所有的男人都没有办法应敌，“各各皆谓：‘王尚不胜，尔我何为！’”姽婳将军就带了一群美丽的女子，上战场去打仗，最后全部战死沙场。他们就认为姽婳将军是可歌可泣的英雄。这有点像我们小时候歌颂的梁红玉抗金兵。我们那个时候很少想抗金兵干吗男人不去，一定要梁红玉带着一大堆女兵去？其实民间有很多类似的故事，比如传统戏剧里最著名的《杨门女将》，杨家的男人战死之后，由佘太君和穆桂英挂帅上战场。很奇怪，在男性权威的审美视野里，女性不但要美，还要忠心耿耿，最后还要能以死为男人复仇。这样一些很奇怪的情结纠缠在这个故事里，大家就慨叹：这样的女子真是人间的奇迹，就要宝玉和贾家的晚辈子侄们，每一个人作一首诗来赞美一番。过去的男性社会玩赏女性的心情很复杂，一般女性的样子已经看够、玩够了，需要新奇的刺激。

其实我们仔细感觉一下就会觉得很滑稽，在这种以文化作为风雅的虚伪的环境中，文学只是他们的游戏，可是宝玉却要怀着巨大的哀伤来应付他们。

“且说贾政又命三人各作一首，先成者赏，佳者额外加赏。”用今天的话来讲，就是要颁发文学奖。我觉得曹雪芹真有趣，大家知道他的这部小说是在绝对的孤独里完成的，他死后很久《红楼梦》才有机会面世。因此他很明白所谓风光的文学是怎么回事，因为这个社会里、官场上一直不乏文学。可究竟什么是真正的文学，文学怎么来传递一个人真正的性情和心事，他一直有所警惕。

这时候如果宝玉是十五六岁的话，贾环和贾兰更小，怎么能理解如此奇怪的故事。

“一时，贾兰先有了。贾环生恐落后也就有了。”文学奖变成这样其实蛮可怕的，别人已经写出来了，我不写就有点丢脸。“二人皆已录出，宝玉尚出神呢。”这个时候我们就很能理解曹雪芹为什么最后要说“满纸荒唐言，一把辛酸泪”了,《姽婳词》这么快就有了，一定不会是辛酸泪，辛酸泪绝不会这么容易就写出来。所以大家可以思索一下，宝玉的尚自出神，到底是在想《姽婳词》呢，还是根本魂不守舍？

老学士闲征姽婳词

这一段如果你不小心，会以为他们在写很好的诗，可其实《姽婳词》是在讽刺这批人把文学当成一种应酬，当成是茶余饭后可有可无的玩赏，当成他们许多无法满足的欲望的一种转换，完全是词藻的堆砌。当贾政让宝玉写一个歌行体来歌颂姽婳将军的时候，宝玉马上朗朗上口，这时候的宝玉是穿了外衣，可以见客的那个人了。每说一句大家就鼓掌击节说，少爷真是人才，出口成章如何如何。可是大家想一下，一个十五六岁的男孩子，对恒王和姽婳将军毫无感觉，怎么可能写好这样的词？如果宝玉能写好《姽婳词》，曹雪芹就不是好文学家。

我们看一下贾兰的七言绝句：“姽婳将军林四娘，玉为肌骨铁为肠。捐躯自报恒王后，此日青州土亦香。”我们知道文学到最后分辨不出好坏的时候，是因为它的形式——押韵、修辞、对仗——太完美了，可这也是文学需要革命的时候了。今天我们写一句“我真想念你，或者很怀念你”，都比“音容宛在”要更动人，就是因为“音容宛在”仅仅是一个形式、套语了。但它原本是个很了不起的句子，古代人用这个做挽联是非常动人的。所以文学为什么要不断更新，是因为很多文字和语言会死亡，文学要想有生命力，就一定要保证能让生命的真性情变成表达情感的真正力量。

我想贾兰的这首诗，在座的朋友不会觉得不好，一个十多岁的孩子写出这样的诗，所以“众幕友看了，便皆大赞：‘小哥儿十三岁的人就如此，可知家学渊源。’”以后听到客人赞美自己孩子的时候，要稍微小心一点，因为这种句子很容易就出来。尤其是当时的官场几乎没有真话，大家想尽办法靠巴结跟奉承来求得一点点利益，牺牲的是这些孩子。

接下来又看贾环的：“红粉不知愁，将军意未休。掩啼离绣幕，抱恨出青州。自谓酬王德，谁能复寇仇。诗题忠义墓，千古独风流。”你还是无法分辨好坏，五言律诗是延续了一千年的文学形式，到了清朝，这个形式本身已经死亡了。众人又开始拍马屁，贾政还是要谦虚一下，这就是宝玉要穿着外衣应付的大人环境。

“因又问宝玉怎样。众人道：‘二爷细心镂刻，定又是风流悲感，不同此等的了。’宝玉笑道：‘这个题目似不称近体，须得古体，或歌或行，长篇一首，方能恳切。’”大家很熟悉的像李白的《将进酒》、杜甫的《哀王孙》都是歌行体，特点是文句比较朴素、自由，不受绝句、律诗的押韵跟对仗的限制，他觉得这个故事应该用歌行体来写。他爸爸的反应很有趣，“自提笔向宝玉笑道：‘你念我写。若不好了，我捶你那屁股。谁许你大言不惭了！’”

“宝玉只得念了一句，道是：‘恒王好武兼好色。’”贾政摇头道：“粗鄙。”这里明显可以看出宝玉跟爸爸的不同，宝玉蛮想把事情直接讲出来，可爸爸很不高兴，于是他只好转了。这里的关键是在这样的文化里一个孩子究竟还能保持多久的纯粹和天真，他必须加上很多虚伪的外衣，尽快转换成大人。曹雪芹本身是个始终没有变成大人的人，他一生都流连于自己的青春岁月之中，才能写出这么一部惊世奇作。

宝玉接下来讲的是："遂教美女习骑射。秾歌艳舞不成欢，列阵挽戈为自得。眼前不见尘沙起，将军俏影红灯里。叱咤声闻口舌香，霜矛雪剑娇难举。丁香结子芙蓉绦，不系明珠系宝刀。战罢夜阑心力怯，脂痕粉渍污鲛绡。明年流寇走山东，强吞虎豹势如蜂。王率天兵思剿灭，一战再战不成功。腥风吹折陇头麦，日照旌旗虎帐空。青山寂寂水澌澌，正是恒王战死时。雨淋白骨血染草，月冷黄沙鬼守尸。纷纷将士只保身，青州眼见皆灰尘。不期忠义明闺阁，愤起恒王得意人。恒王得意数谁行，就是将军林四娘。号令秦姬驱赵女，艳李秾桃临战场。绣鞍有泪春愁重，铁甲无声夜气凉。胜负自然难预定，誓盟生死报前王。贼势猖獗不可敌，柳折花残实可伤。魂依城郭家乡近，马践胭脂骨髓香。星驰电报入京师，谁家儿女不伤悲！天子惊慌恨失守，此时文武皆垂首。何事文武立朝纲，不及闺中林四娘！我为四娘长太息，歌成余意尚傍徨。"

我想对宝玉的《姽婳词》不做任何分析，所有的文句看起来都是华丽的，用字、用词很老到，宝玉也很切题地把这个故事写出来了，可其间没有任何的真性情。宝玉完全像补习班教出来的好孩子，补习班的文学当然是最不好的文学。我们前面讲过，八股文本身没有什么好或不好的，可一旦成为考试模式，就变得没有任何真性情了。我跟很多人忏悔过，我大学里拿了高分的作文是"写给大陆苦难同胞的一封信"，现在想起来都觉得好笑，那时候还不到二十岁，怎么能写出一篇可歌可泣的文章？所有主流文化里的可歌可泣，其实都是另外一种形式的作假。所以曹雪芹最后要写的这部伟大的作品，是要有真正的血泪的，而不是去堆砌所谓的词藻。

什么是好文学

我不是特别看重《姽婳词》，不是因为它的文笔不好，恰恰相反，是因为它里面保留了古老文化最精致的形式，成了徒有其表的、毫无生命力的东西。熟悉文学史的人都知道，为什么唐诗一定会转变成宋词，为什么宋词要变成元曲，为什么元曲到了明清取代它的会是小说，实际上是表明任何文学形式一旦成为内容的羁绊，就一定要被新的形式替代。明清以来，很明显的是有一种新的文学形式诞生了，这就是小说，因为它能避开主流文化的胁迫，用比较轻松的方式呈现人性的复杂。

所以在《三国演义》、《水浒传》和《西游记》里，保留了很多当时主流文化控制不到的叛逆思想。比如像《西游记》，就算用最现代的眼光去看，它表现的都是人性中最活泼的东西，让人觉得好玩，可它也触碰到了大文化触碰不到的东西。我一直觉得曹雪芹在这方面是有见识的，他知道文学到底是怎么回事。有趣的是，刚才提到的《西游记》和《三国演义》都是贴近民间的，很活泼、也很自由，它本来就很生猛，充满活力，《水浒传》也是。但《红楼梦》不太相同，因为作者本身已经受了很多主流文化的习染，虽然他一直排斥主流文化，但他诗词歌赋样样精通，表明他在这个文化的酱缸里泡得很深、很久，在这种情况下还能跳出来，一定很困难。

我一直觉得曹雪芹这个人很不容易懂，《红楼梦》里谜语、酒令、骈文、诗词、歌赋无所不包。从文学形式来说，没有一个人可以像他那样能包揽这么多的类型。可他自己并不觉得那些是什么了不起的东西，相反，他觉得那些真正能跟自己的生命体验对接的细节和故事才是真正值得记录的。只是这个部分直到今天，我们都不见得能从文学中把它提炼出来，认定它是文学中最有价值的部分。

我想西方在文艺复兴以后，文学曾扮演了很重要的角色，不管是但丁的诗，还是薄伽丘的小说。尤其是在启蒙运动以后，小说绝对是整个社会革命里最重要的东西。像伏尔泰、孟德斯鸠他们，都是借着戏剧、小说这些最贴近民间的艺术来进行社会改革的。

可是在东方，这方面做得一直不够。五四运动之后，曾经想过努力去做这件事，二十世纪三十年代出现了很多好的文学，可是今天真正的创作性文学，在一个考试压力这么大的教育系统里，还是很难发挥正面的作用。甚至包括20世纪60年代到70年代台湾最好的文学作品，也并没有在当今的教育系统里受到重视。很多时候大家争论到底用文言文或者白话文，我觉得这不是重点，重点是到底什么是好的文学？因为文言文、白话文毕竟是形式，这些形式如果其间没有真性情的流露，没有对人性的强烈撞击，下一代孩子很可能会变得庸庸碌碌，没有个性，没有热情，无法被文学鼓舞。更无法想象有一天在晴雯临终的时候，敢于跟她交换内衣。这样的文学如果不敢选入主流教育系统，其他对枝节的争辩都没有什么意义。

《芙蓉女儿诔》

所以大家注意一下，宝玉在他爸爸面前写完《姽婳词》以后，对晴雯的思念和真正的悲痛不可抑制地涌上心头，但他不敢声张，甚至不能让袭人知道，只得面对一片芙蓉花，写出了一篇祭奠晴雯的《芙蓉诔》。

所以第七十八回出现了两个文学作品，一个是《姽婳词》，一个是《芙蓉诔》。希望大家有机会一定要细读这两篇作品，这里面有曹雪芹的文学观，在他看来，文字写得再美，词藻再华丽，在成人的世界再受赞美，如果没有真正的生命体验，没有真正的关怀跟热情，也不过是“姽婳”（鬼话）词而已。

而他对着芙蓉花写的《芙蓉诔》，表面上看起来是比《姽婳词》还难懂，几乎是古典神话的一次大聚合，可是《芙蓉诔》如果真正读进去，宝玉与晴雯生死离别的情景会再现，真正的心痛会出来。只是很少有人会从这个角度来读《芙蓉诔》，我们今天在殡仪馆听到的祭文，多年之前也许就已经听不懂了，它只是一种声音、一个惯例而已，因为没有人对死者做真正的追念和怀想。但《芙蓉诔》却是非常动人的祭文，因为它里面有非常多的细节，有这个男孩子跟死去的这个女孩之间最亲密的记忆，它也在哀悼所有死去而未完成的生命，是一曲真正的青春挽歌。

我们先看文本：“众人皆无别话，独有宝玉一心凄楚，回至园中，猛看见池上芙蓉，想起小丫环说晴雯作了芙蓉之神，不觉又喜欢起来。”好像觉得这个死亡不只是哀痛。“乃看着芙蓉嗟叹了一会。忽又想起死后并未至灵前一祭，如今何不在芙蓉之前一祭，岂不尽了礼，比俗人去灵前祭吊又更觉别致。”注意，晴雯死后耽搁了这么久，现在才是真正的祭奠，因为中间一直被阻断，《红楼梦》是希望深情是无论如何都割不断的。宝玉可以写《姽婳词》，但回来还是要私下里写祭文来表达哀悼之情。

大家都知道很多时候一个葬礼，可以把排场摆得一塌糊涂。记得秦可卿的葬礼，就因为丈夫贾蓉没有官位，贾家竟想尽办法替他买了个五品龙禁尉，有了名头，阵仗才能风光。这个时候葬礼已经不是悲哀和悼念，完全变成了一场家族的风光和排场秀。

宝玉痛恨这一切，宁愿独自面对自己的悲哀。“如今若学世俗之奠礼，断然不可；也还别开生面，另立个排场，风流奇异，于世无涉，方不负我二人之为人。”所以他写了一篇祭文，而且“用晴雯素日所喜之冰鲛縠一幅，楷字写成，名曰：《芙蓉女儿诔》，前序后歌”。“冰鲛縠”是一种很细的丝织出来的，没有染色的丝绸。我一再跟很多朋友说，如果祭文不是亲人的肺腑之言，是没有任何意义的。作者当然知道祭文是近于腐朽的老文化，所以这其中第一个要松动的应该是对待死亡的态度，《芙蓉女儿诔》变成了对死亡最真切的哀悼，是一个生命留下的最真挚的东西。

“又备四样晴雯所喜之物，于是夜月下，命那小丫头捧至芙蓉花之前，先行了礼，将那诔文即挂于芙蓉枝上，乃泣涕念曰：‘维，太平不易之元。’”这是表示现在是多少年的意思，可作者在写这个小说时很谨慎，不敢让大家知道《红楼梦》是写什么地方，什么时间，因为弄不好是会杀头的。过去每个皇帝登基的时候都要改“元”，“不易之元”，就是说这个皇帝永远都在，不会再改年号了，其实这是躲避灾难的手段，因为清朝的文字狱非常厉害。

接下来是“蓉桂竞芳之月”，他没有直接讲八月，作者一开始就把祭文的现实性全部疏离掉，哪一年、哪一月都不知道，因为他面对的死者已经成为花神了，所以他要把它写得像神话。接下来写日子更是了不起的写法，不是说四月九号，也不是五月八号，而是“无可奈何之日”，生命到了最荒凉的状态。王羲之的书法里常常出现“奈何奈何”。“怡红院浊玉”，这里用了一个“浊”字，他一直认为所有女孩子的生命都是干净的，他自己却掉在一个肮脏的世界里。“谨以群花之蕊、冰鲛之縠、沁芳之泉、枫露之茗，四者虽微，聊以达诚申信。”作者强调的是，如果有真情实意，所有外在的形式都不重要。

衾枕栉沐、亲昵狎亵

“乃致祭于白帝宫中抚司秋艳芙蓉女儿之前曰”，“白帝宫”，按照中国的五行，白是指西方，西方主秋天，现在是芙蓉花开的秋天，所以是白帝宫。如果是“赤帝”，就是南方，主夏天；如果是“青帝”就是木，主东方……蜀汉的白帝城在四川，也是在中国的西边。他认为晴雯已经变成了管秋花的花神，当然要住在白帝宫中，“抚司”是官名。

大家读下去就会发现这篇诔文基本上是个神话。“窃思女儿自临浊世，迄今凡十有六载。”很真实地告诉你晴雯死的时候是十六岁，我之所以一直强调年龄，是因为年龄会唤起我们很多感动，这样一个从几岁就认识宝玉的女孩子死了，他们之间会是一种什么样的情感？如果我们那个年纪写一篇祭悼同学的祭文，该怎么写？他说：“其先之乡籍姓氏，湮没而莫能考者久矣。”晴雯姓什么，哪里人，已经无从知道了。这是个苦命的女孩子，生下来就被卖来卖去的。

下面这句很动人：“而玉得于衾枕栉沐之间，栖息宴游之夕，亲昵狎亵，相与共处者，仅五年八月有畸。”“衾枕”是被褥、枕头，“栉”是梳头，“沐”是洗澡。“衾枕栉沐”，我想今天我们大概也不敢在祭文里说，这个女孩曾经跟我一起洗澡，睡一个枕头，但宝玉讲的就是这些。我为什么对她念念不忘，就因为从小一起“衾枕栉沐”。大家可能会因为文字的关系，而忽略了其间动人的本质，这四个字全是日常生活的内容，因为晴雯是照顾宝玉饮食起居的人。“栖息晏游之夕”，是说我们二十四小时都在一起。接下来用了很惊人的四个字——“亲昵狎亵”，“亵”就是猥亵的亵，而且竟然敢用“亲昵”。“亵衣”就是内衣，可见亲到什么程度才可以用“亵”这个字。我们跟一般的朋友都不敢用这个字，当然在这个世界上一定要有一两个人可以用到这几个字。我一直觉得晴雯真有其人，因为他讲得非常清楚，认识、相处五年八个月，虽然像个神话，可是时间却这么清楚。

大概对曹雪芹来讲，这五年八个月是他生命里很美好的一段时光。如果我们今天要做一个祭文的革命的话，不妨就从这个东西开始。一个丧礼要不就不参加，如果参加，它就要是真实的，绝不能变成虚伪的应酬。我们最常听到的故事是某某候选人，会每天泡在殡仪馆里，每一家的葬礼他都去参加，但这一招还真有用，因为大家觉得他那么用心，就选他吧！但细想想，你会觉得不可思议。记得我母亲过世的时候，我们兄弟姐妹就决定不发任何讣告，到最后除了直系血亲的十七个家族之外，没有任何外人在场。因为我们觉得这是很私密的事，不应该被打扰，可能我们已经有点厌烦了那种作秀的葬礼。

花原自怯，岂奈狂飚

然后他就开始回忆了：“忆女儿曩生之昔，其为质则金玉不足喻其贵，其为性则冰雪不足喻其洁，其为神则星日不足喻其精，其为貌则花月不足喻其色。”我们看到他用四个名词——金玉、冰雪、星日跟花月，来形容晴雯留给他的印象和感动。这篇祭文有很工整的对仗和明显的押韵，可是丝毫没有影响其中的真性情。又讲到晴雯活着的时候，“姊妹悉慕媖娴”，姐妹们都很喜欢她，因为她特像个好学姐，很豪爽、有英气，对人很善良，也非常单纯。“妪媪咸仰惠德。”那些年长的太太、妈妈们，也都觉得她聪慧贤良。

下面就转变了：“孰料鸠鸩恶其高，鹰鸷翻遭罦罬。”因为你生命太孤高了，所以别人会厌恶你。“罦罬”是指一种装有机关能捕捉鸟兽的网，也泛指罗网，所以这里的意思是说，你的生命原本是可以高飞的老鹰，却不幸被网所捕，实际上是在讲晴雯的被陷害。“薋葹妒其臭，茞兰竟被芟荑！”“薋葹”是那种杂乱的野草、恶草。在汉语言文学中，常常用“薋葹”来形容小人，而用“茞兰”去比喻君子。也就是说在植物世界里，恶草会掩埋掉这些美丽的生命，这一切都是在形容晴雯遭遇的悲剧。

下面的句子非常漂亮：“花原自怯，岂耐狂飙；柳本多愁，何禁骤雨。”用“骤雨”和“狂飙”来形容晴雯经受的打击，用花的怯和柳的愁去比喻晴雯的美丽和柔弱，真是漂亮！我们今天的排版，常常把这篇诔文整个排下来，其实它本来是诗，完全可以排成断句的形式。把“花原自怯，岂耐狂飙”四个字四个字地断开，在空间上就会形成一个节奏。可见对《红楼梦》的理解还关系到今天的出版界要花功夫，去想办法把它转换成视觉上更现代、更美感的设计。我一直觉得《芙蓉诔》拆开来是非常漂亮的一首长诗，当然这篇诔文今天很难被选到教科书里，但无论如何，《芙蓉诔》是学文字、学语言、学造型、学形象的最好的教材。

然后他讲道：“偶遭蛊虿之谗，遂抱膏肓之疚。”“蛊”和“虿”都是害人的毒虫，因为晴雯对自己的生命有所坚持，等于是活生生被气死的。注意，这篇诔文里有非常多肉体的描写，因为宝玉跟晴雯是非常接近的，所以他会写到“故尔樱唇红褪，韵吐呻吟；杏脸香枯，色陈颇颔”。大家看接下来这四个字全是言字边——“诼谣謑诟”，就知道有多少的谣言和多少的是非逼死了晴雯。最可怕的是：“诼谣謑诟，出自屏帏。”陷害晴雯的人就在屏风、帘幕背后，前面说过，晴雯、蕙香、芳官的被逐，是内部有人打了小报告的，这篇祭文里讲得更明白了。“荆棘蓬榛，蔓延户牖。”这些带刺的、能伤害你的植物，已经爬满了你居住的地方。晴雯其实很无知，她太天真，根本不知道自己得罪了多少人，不知道有多少人憋着要陷害她。“岂招尤则替，实攘诟而终。既忳幽沉于不尽，复含罔屈于无穷。”这全是在讲她的委屈，死得不明不白的。

下面的比喻很特别：“高标见嫉，闺帏恨比长沙；直烈遭危，巾帼惨于羽野。”我们知道晴雯只是一个小丫头，宝玉竟然把她比喻成汉代的贾谊和大禹的父亲鲧。我想假如我们今天写一个祭奠女用人的诔文，用这种比喻大家一定觉得蛮奇怪的。可是宝玉内心根本没有这种界限，在他看来人的受委屈是一样的。贾谊就是因为遭嫉被贬长沙，是历史上屈死的孤独者。而鲧也是为了止住洪水而偷了息壤，最后被火神祝融杀于羽山郊野的孤独者。我想如果宝玉把这篇文章拿去给他爸爸看，一定会被痛打一顿。可是在宝玉心中，这五年零八个月里跟他最亲近的生命，是最值得纪念的，我们一定要从这样的角度去了解这一篇诔文的意义。

下面他又写道：“自蓄辛酸，谁怜夭折！”晴雯的死很快就会被遗忘，因为这个家族里没有人会记得这件事。“仙云既散，芳趾难寻。洲迷聚窟，何来却死之香？”这里用的是神话典故，古代神话里有个地方叫“聚窟洲”，据说在那里可以找到“返魂香”，死去的人闻了香味就会活过来。可如今大雾弥漫，我上哪里去找让你重新复活的香？“海失灵槎，不获回生之药。”我们知道秦皇、汉武都曾经派人到海上去寻求不死之药，如今海上已经没有那艘船了，我怎样才能得到回生之药？

眉黛烟青，昨犹我画

下面我觉得是最动人的句子：“眉黛烟青，昨犹我画；指环玉冷，今倩谁温？”我解释一下大家就能理解，这四句，十六个字，是宝玉跟晴雯最深的情感。“眉黛烟青，昨犹我画”是说你那么整齐漂亮的黑色眉毛，好像是我昨天才替你画上去的。“指环玉冷，今倩谁温？”人死以后变冷的指环，今天谁再帮你温暖？记得一个冬天的晚上，晴雯穿了很少的衣服跑到雪地里，回来宝玉就握着她的手说，怎么冻成这个样子，赶快钻到我被子里暖和暖和。这个句子绝对不只是对仗的工整和词汇的漂亮，背后还有很深的情感。

当然我们也不太可能跟任何人都说：“眉黛烟青，昨犹我画。”假如我出席一个宴会，在那里对女士说这样的话，大概马上会被打一顿。因为这里面有很私密的东西，是生命间的特殊情感，所以不能变成套话。因此我认为“眉黛烟青，昨犹我画；指环玉冷，今倩谁温”应该是汉语言文学里男人写给女人最动人的句子，如今这样的动作和情感对男性来说已经很少有了。

曹雪芹在这里其实是做了一种南朝文学的延续，很想再为这些美丽的女子画一次眉毛。我们都知道那个画眉毛的故事，在古代有个男人张敞曾被皇帝叫去指责，说你怎么能在闺房里替太太画眉毛？幸好张敞很聪明，说：您不知道闺房里面还有比画眉毛更厉害的事呢。后来这个皇帝就决定不判他的罪。可是一个皇帝去问这种事，不是吃饱没事干吗？但一个文化里如果流传着这样的故事，就很恐怖。就像今天你的主管把你叫去骂你一顿说“你昨天怎么替你太太画眉毛”一样。这个故事也说明男性的某种矜持，导致他对女人的温存无法表现。但曹雪芹是非常叛逆的，就是要说：“眉黛烟青，昨犹我画；指环玉冷，今倩谁温？”

檐前鹦鹉犹呼

接下来是：“鼎炉之剩药犹存，襟泪之余痕尚渍。”这里用非常直接的形容，来讲他跟这个女子之间的关系。“镜分鸾别，愁开麝月之奁”，是说如今把镜子拉开，人已不在了，冷冷的月光照在镜子上带着很大的哀愁。“梳化龙飞，哀折檀云之齿。”晴雯总在镜子后面帮宝玉梳头的，不知道大家能不能想象那个画面，宝玉在镜子里能看到晴雯的脸，跟他的脸是靠在一起的。但如今“镜分鸾别”，人不在了；“梳化龙飞”，梳子也不见了。《晋书·陶侃传》里讲的“梭化龙飞”，可作者在这里把它改成“梳化龙飞”，好像梳子变成龙飞走了。

“委金钿于草莽，松翠翘于尘埃。”这还是在讲死亡，有点像《长恨歌》里讲到杨贵妃死后，“花钿委地无人收，翠翘金雀玉搔头”的感觉。“楼空鳷鹊，徒悬七夕之针”，“鳷鹊”有个典故，我们知道现在有了中国的情人节——农历的七月七日。传说每年的这一天，所有喜鹊会飞到天河搭起一座鹊桥，让牛郎星跟织女星在桥上相会。那天晚上很多女孩子就会在家里悬一根针来乞巧，因为织女是最会绣花的，而晴雯是所有丫头中最会绣花的。现在人走了，没有喜鹊再去帮你架桥，七夕之针只是空悬在那里。注意，这里有很深的记忆和细节，如果是讲别的人，可能就不会用这样的语言，因为其他人手工都没有晴雯好。“带断鸳鸯，谁续五丝之缕？”这很明显是在讲晴雯帮他补衣服。古代人喜欢在衣带上绣一对鸳鸯，表示一种恩爱不绝，可现在带子断了，这是在比喻他跟晴雯被分开了。显然只有晴雯可以“续五丝之缕”，因为当年雀金裘破了的时候，就是晴雯抱病给他补上的，这其中的回忆是她曾经用这么巧的手帮他渡过了很多难关。

“况乃金天届节，白帝司权。孤衾有梦，空室无人。”刚才讲到五行学说，西边是白、是金、是秋天，白帝主管一切。一个人孤单单地睡在屋里，梦醒之后房间是空的。“桐阶月暗，芳魂与倩影同销；蓉帐香残，娇喘共细语皆绝。”过去常用芙蓉花的汁液去染床帐，《长恨歌》里的“芙蓉帐暖度春宵”讲的就是粉红色的帐子。“皆绝”，是指一切与晴雯有关的美的特征都消失了。这是典型的骈体文，《滕王阁序》里的“渔舟唱晚，响穷彭蠡之滨；雁阵惊寒，声断衡阳之浦”，还有“关山难越，谁悲失路之人；萍水相逢，尽是他乡之客”都是这样。这篇诔文用了非常工整的方法，让你误以为它只是一个文体，很多人读的时候就跳过去。可是一旦你真正读到它的内容，就会为之动容，因为他讲的全是细节。

“连天衰草，岂独蒹葭；匝地悲声，无非蟋蟀。露苔晚砌，穿帘不度寒砧；雨荔秋垣，隔院希闻怨笛。”这一大段都在讲秋天，一方面正值秋季，另一方面晴雯做的是主管秋天的花神。衰草、蟋蟀、露水、台阶、寒砧、秋垣、怨笛，一派荒凉景象。“芳名未泯，檐前鹦鹉犹呼”，大家记不记得林黛玉的鹦鹉突然有天长叹一声说：“花落人亡两不知。”《红楼梦》用到鹦鹉的地方很多，因为鹦鹉本身无知，当人都死掉了，鹦鹉还在叫她的名字时，就产生了非常大的悲剧感。“艳质将亡，槛外海棠预老。”宝玉最早知道晴雯的死亡，是因为走廊上的海棠花突然枯萎，他把这个感应用到了《芙蓉诔》里。

折断冰丝，同灰共穴

注意一下，我们说诔文的难写，在于必须工整，必须有典雅的部分，可是绝不能违反真性情。所以底下的“捉迷屏后，莲瓣无声”，是两个一起长大的孩子最真实的记忆和感情。这个表面上很严整的文字是有形象、有画面感的，十岁左右的小男孩跟丫头在屏风后捉迷藏，彼此躲来躲去，脚步轻轻移动。“斗草庭前，兰芽罔待。”那些花草就那样成为我们玩耍的道具，所有这些都是宝玉的童年记忆，如今这一切就要结束了，所以他借着哀悼晴雯哀悼了一次自己的青春。

下面是具体的细节：“抛残绣线，银笺彩缕谁裁？折断冰丝，金斗御香未熨。”“抛残绣线”，是《牡丹亭》里杜丽娘游园时，春香跟在后面唱的句子。过去的女孩子每天都在绣花，简直要把自己的青春都绣光了。因为晴雯的女红特别好，宝玉用的很多丝织品都是晴雯的手艺。这个时候我们才感觉到《芙蓉诔》里有一种揪心的痛，这么多细节的记忆他根本忘不掉。“折断冰丝，金斗御香未熨。”好漂亮的句子！“冰丝”我们现在不容易懂，可能只有江宁织造的家族才会懂，现在丝绸的料子都很柔软，而冰丝则是指生丝，生丝做的衣服折痕很不容易固定，一定要用熨斗去烫，今天谁来帮熨这些衣服？这时候我们忽然发现宝玉所有的生活细节都与晴雯有关，现在她一走，宝玉的生活忽然失却了重心，怅然若失。

“咋承严命，既趋车而远涉芳园”，意思是我没有办法在你临终时跟你有更多的接触，因为我动不动就被差到很远的地方。“今犯慈威，复泣杖而遽抛孤柩。”“严命”、“慈威”，这是曹雪芹对自己一直不敢批判的父母所做的第一次巨大抗议。“及闻槥棺被燹，惭违共穴之盟”，“槥”，粗陋而薄的小棺材。宝玉可能跟晴雯曾半开玩笑地说过，以后就是死也要死在一起。其实小孩子一旦要好，真的什么话都会说，包括前面蕙香说，既然我们同月同日生，那就是夫妻了。其实天真的孩子根本不知道那意味着什么，我们小时候扮家家酒时不知道结过多少次婚，可大人世界可能对此永远无法理解。

“石椁成灾，愧逮同灰之诮。”他说记得我好像说过，要死就死在一起，可我现在竟然还这么卑鄙地活着。所以《红楼梦》真是一部忏悔录，作者对这些女性有太多的不忍，总觉得自己这样苟延残喘地活着真是可耻。这里所谓的“同灰”跟“共穴”，大家不能把它看成是爱情的誓言，谁小时候都跟好朋友讲过类似的话。其实作者是在讽刺自己，我哪有这样的勇气这么做。

红绡帐里，公子多情

下面是非常荒凉的场景：“尔乃西风古寺，淹滞青磷；落日荒丘，零星白骨。”我们小时候常常在坟地里跑来跑去，死人的骨头会变成磷火，晚上在坟地里飘动。小时候认为说那是鬼火，现在这个物理现象已经可以解释。这里的意思是，为什么你的魂魄还在那边不肯走？“楸榆飒飒，蓬艾萧萧。”“楸榆”、“蓬艾”，都是会长在坟地里的植物。“隔雾圹以啼猿，绕烟塍而泣鬼。”“圹”是墓穴，“塍”是田间的小堤，这里也是在讲坟场。“啼猿”、“泣鬼”都是比喻悲凉之声。

下面出现了非常重要的句子：“自为红绡帐里，公子多情；始信黄土垄中，女儿薄命！”这四句是《芙蓉诔》里最重要的典故，一直延续到第七十九回。就在宝玉念祭文的时候，忽然听到有人说：真是好文章！大家知道，这个世界上能说这是好文章的只有一个人，就是黛玉，其他人都会觉得很荒谬。黛玉就对宝玉说，为什么要说“红绡帐里，公子多情；黄土垄中，女儿薄命”。她认为可以改成更真实的字句，他们两个就开始推敲字句，慢慢地，大家就发现这篇诔文已经不再是哀悼晴雯，而是在哀悼黛玉了。或者更透彻些说，《芙蓉诔》是对所有青春生命的哀悼。

下面用到了两个比较不容易懂的典故：“汝南泪血，斑斑洒向西风。”宝玉自比汝南王，把晴雯比作他的爱妾碧玉，宝玉失去了晴雯，斑斑泪血只能向西风挥洒。“梓泽余衷，默默诉凭冷月。”“梓泽”讲的是石崇，他是西晋时的大富豪，曾宠爱一个歌妓绿珠，后来绿珠为了抵抗权贵而跳楼自杀，所以石崇常常在荒凉的月夜怀念绿珠。这里讲的都是未完成的情感和不完整的生命。

“呜呼！固鬼蜮之为灾，岂神灵而亦妒。”下面的句子希望大家特别注意：“钳诐奴之口，讨岂从宽；剖悍妇之心，忿犹未释！”这是《红楼梦》里极少有的愤怒，看了你会吓一跳，因为有可能是在讲他的母亲。曹雪芹在写作时已经到了对生命很淡漠的时候，但在这时他被压抑的热情和对主流文化的痛恨突然迸发。

“在卿之尘缘虽浅，然玉之鄙意岂终。因蓄此惓惓之思，不禁谆谆之问。始知上帝垂旌，花宫待诏，生侪兰蕙，死辖芙蓉。”这时候又转到神话了，幸好听说玉皇大帝可怜你，让你到宫殿里去做花神，你活着时最好的伙伴就是香花美草，死了也可以管辖芙蓉花。“听小婢之言，似涉无稽；以浊玉之思，则深为有据。”我很愿意相信这是真的。因为晴雯被冤枉、被诬陷致死，是他最痛苦的事，他相信上天是公道的，一定会把这样的女孩儿招到天上去做花神。

“何也？昔叶法善摄魂以撰碑，李长吉被诏而为记，事虽相殊，其理则一也。故相物以配才，苟非其人，恶乃滥乎？始信上帝委托权衡，可谓至确至协，庶不负其所秉赋也。”为什么会相信？是因为有两个典故。叶法善是唐朝人，他的祖父死了，他想要为祖父立个碑，可是当时字写得最好的李邕不愿写，叶法善就摄李邕的魂魄来给祖父撰写碑文。李长吉是二十几岁就死掉的诗人，因为他太有才了，玉皇大帝认为应该把他招到天上去写《白玉楼记》。有时候我们也会说某个朋友跳舞跳得这么好，他死后一定是为上帝跳舞去了。《红楼梦》早就说过这种话，你会相信他们的生命没有结束，一定会在更合适的地方有更好的发展。所以我想《芙蓉诔》既是悲哀，也是一个更大的生命祝福。

所以我希望大家在读《芙蓉诔》的时候，能对其中的细节有更多的了解和认识。再说一遍，《芙蓉诔》是八十回本《红楼梦》最后的真正挽歌，是哀悼青春生命的重要文章。特别是宝玉正在一个人边念边哭的时候，忽然听到有人来，他以为是鬼，结果是黛玉。接下来就明显看出这篇文章也是预告黛玉的死亡。再次希望大家不要太在意它的词汇，因为它们在文学里学起来并不难，但那种真正有感而发的东西，才会使文学具备永远动人的力量。

第七十九回

薛文龙悔娶河东狮
贾迎春误嫁中山狼

《红楼梦》的句号

《红楼梦》讲到第七十九回，如果我们确定后四十回不是曹雪芹的作品，那晴雯的死亡和宝玉的祭祷，就宣告了大观园这个青春王国的土崩瓦解，是《红楼梦》的一个句号。本来大观园就是对青春世界呵护、保佑和祝福的世外桃源。孩子们在其中度过了美好的青春岁月，有点像我们的初中、高中时期，每天无忧无虑地生活在花鸟山水之间。第七十八回里的《芙蓉女儿诔》就是一曲青春的挽歌，我希望大家不要被它外在艰涩的文学形式所蒙骗，而是能感受到其中对洁净无邪、天真烂漫的青春世界的美好回顾和深切哀伤。

最有趣的是，当宝玉流着泪在盛开的芙蓉花前念诔文的时候，感觉有人来了。敏感的读者一定知道来的不会是别人，一定是黛玉。因为黛玉是宝玉青春期最亲近的对象。从对晴雯的哀悼到黛玉的出场是顺畅的，如果晴雯是肉体上的青春死亡，黛玉则是青春魂魄的呈现。大家会忽然发现《芙蓉诔》不仅是写给晴雯的，也是写给黛玉的，更是写给大观园所有将要消失的青春的。为什么是从晴雯转黛玉？细心的读者可以思考一下,《红楼梦》的灵魂是歌颂在生活中有所坚持的生命的，晴雯和黛玉都具备这样的品格。

很多时候青春对我们来讲只是很笼统的字眼，那青春的内涵到底是什么？当我们看到《白蛇传》、《梁山伯与祝英台》或者《罗密欧与朱丽叶》的故事，就会发现东西方歌颂青春的故事有一个共同特征，就是知其不可为而为之的执着，这就是青春。也许我们已经忘了自己在十五岁左右的时候曾经梦想过什么。如果还能记起的话，你就会发现那个时刻，你对未来生命的期待、渴望，或者感情上的追逐都是不顾现实的，是对抗所有的成人世界的。大人会告诉你，你的想法是不成熟的。我们知道，成熟在某种程度上就意味着逐渐放弃了梦想，开始进入现实的世界，也意味着你已经接受了现实中的人应该有的生活方式。其实所有的成熟里多少带着青春消失的遗憾，因此青春文学才会永远存在。因为它会告诉我们，青春每个人或多或少有过，最后也或早或晚会放弃。

曹雪芹是一个最不愿意放弃青春梦想的写作者，他把这个青春的梦想变成了《红楼梦》这样的文学巨著，借着这些十几岁的孩子来述说自己曾经有过的梦想。大家在阅读《红楼梦》的过程中，会觉得越来越像在阅读自己的青春岁月，你会借着晴雯、黛玉、宝玉，回到自己曾经有过的天真烂漫的时光，回想起自己那些荒诞不经的友情、爱情。尽管它们在现实里会遭嘲笑，因为没有人再用这样的方式相处了。

坚持青春的浪漫天真

宝玉站在芙蓉花前，边掉泪边喃喃自语。这个场景被任何大人看到，都会觉得他有点儿神经病，甚至会指责他，不就是死了一个丫头吗？至于这个样子吗？如果他爸爸看到，一定觉得这个孩子很不成器，因为他总不想明天就要来临的那场考试。

“话说宝玉才祭完了晴雯，只听花影中有人声，倒唬了一跳。走出来细看，不是别人，却是林黛玉，满面含笑，口内说道：‘新奇的祭文！可与曹娥碑并传的了。’”只有黛玉珍惜这份天真。前面讲过，黛玉跟宝玉在大观园里有一个共同的秘密——花冢，曾在那里举行过仪式，一起葬过花。如果我在初中时，曾跟某个同学在校园的角落里埋葬过春天的杜鹃，我相信这个人一定会是我的终身伴侣、朋友或者是情人。所以黛玉的赞美完全是超乎现实的歌颂。

在今天，作为一个“大人”，再看年轻一代的青春文学，会挑选什么样的文字？也许你觉得有的文章写得四平八稳，特别成熟，这个赞美会不会违反了青春的某些规则？因为青春里面就是要有种肆无忌惮的东西。可是今天的大人世界都不太敢反省我们会鼓励年轻一代走到哪里去，我们会担心他的危险，担心他将来潦倒或者穷困，难道不想为他铺好一条路，让他去走吗？

我们知道，宝玉跟黛玉是不会走那条路的，黛玉很早就宣告了自己将跟大观园一起死亡的信息。所以当《芙蓉诔》念完之后，如果花丛里走出来的是宝钗，我们会很意外。因为宝钗最后是妥协的，她走向了现实，接受了所有世俗里的伦理。她本身就有这个倾向，一直在劝宝玉考试读书；而黛玉是坚持跟宝玉共享美丽的青春，不太去想未来的。今天的孩子如果不想未来，大人一定会说，你怎么那么不成熟。可读完《红楼梦》以后，随着年龄的增长，再对青春一代发言的时候，就会变得谨慎。

当你某一天忽然说出“你怎么那么不成熟”时，就会警醒：我是不是已经完全妥协了？青春里对梦想的坚持，那种不知天高地厚的浪漫，可能已经完全消失了。所以读《红楼梦》，就是在阅读自己的生命。

最近跟朋友唱起七十年代的一些民歌，忽然发现里面的词句特别幼稚，但恰恰是这种幼稚让我发现，人怎么能相信自己爱土地和人民能爱到那种程度？因此我一直在从这个角度来看《红楼梦》。《红楼梦》在未来的人类文学里，将扮演更重要的角色，因为在世界文学里，能够把青春的浪漫跟天真坚持得如此彻底的恐怕找不出第二部。

我们讲到八十回就不想再讲下去了，原因也是因为八十回以后你会看到妥协。你不太理解宝玉为什么要去参加考试，本来他从头到尾都在对抗。如果他真的去考了那个试，这个作者就显得有点怪怪的。

红绡帐里，公子多情；黄土垄中，女儿薄命

“宝玉不觉红了脸，笑道：‘我想着世上这些祭文都蹈于熟滥了，所以改个新样，原不过是我一时玩意，谁知又被你听见了。有什么大使不得的，何不改削改削。’黛玉道：‘原稿在那里？倒要细细一读。长篇大论，不知说的是些什么，只听见中间两句，什么“红绡帐里，公子多情；黄土垄中，女儿薄命。”这一联意思却好，只是“红绡帐里”未免熟滥些。放着现成的真事，为什么不用？咱们如今都是霞彩糊窗的窗槅，何不就说“茜纱窗下，公子多情”呢？’”作者可能还担心大家不了解他从晴雯转到黛玉的意义，所以特别挑出其中的句子“红绡帐里，公子多情”。

还记得“霞彩纱”吗，有一次贾母游园到了潇湘馆，发现林黛玉的

窗纱是绿色的，就觉得不妥，说外面的绿竹应该用红色窗纱来衬，后来就换了银红色的“软烟罗”。红色是《红楼梦》里的象征词，它是血的颜色，象征着青春所拥有的热情。红色的衣服很多人到了某个年龄就不敢穿了，因为它太强烈了，是彩度最高的颜色。在不同的民族文化里，红色都代表着一定的生命激情。西班牙文化里就有很多红色，斗牛要用红布，是因为牛的视觉一般的色彩看不到。

红是热情，同时也是死亡。我相信林黛玉如果活在今天，一定希望这篇诔文能用到更直接的、跟自己生命有关的细节，所以“红绡帐里”改成“茜纱窗下”，有将诔文拉回现实的作用。她认为这就是我们生活的地方，我们的乐园，为什么不把它直接变成文学？所谓的典雅应该是在自己的生命现实里完成的，而不是把古人的典故拿来套用。我想黛玉的指正也让宝玉恍然大悟。可就在这十六个字改来改去的过程中，晴雯便一步一步地变成了黛玉，后来就变成“小姐多情，丫环薄命”，成了黛玉哀悼晴雯的诗，宝玉已经被抽离出来，变成了第三者来观察这个青春王国，看到了所有生命之间的牵连和依赖。

莫扎特在知道自己病重不治之后，曾用他最后的生命写了一首挽歌，那是他最伟大的作品，就叫《安魂曲》。每一个创作者最后都会为自己唱一次挽歌，那是对所有将要逝去的生命的哀悼。明末文人很流行自书墓志铭，像很有名的徐渭他们都在很年轻的时候就为自己写好了墓志铭。有些人觉得这不是神经病吗，活得好好的，干吗要先写墓志铭？其实是因为他们很怕别人来写的时候作假，所以宁可活着时先为自己写好真性情的墓志铭，我想这里面很明显有种与世俗的对抗。今天所有的丧礼上，挽歌跟悼词都太空洞了，一种与生命这么贴近的文学，当然应该更具体生动。我觉得曹雪芹在这里触碰到了中国文化里最本质的东西，觉得应该对这种已经虚假化的文学世界有很真实的个人反省。晚明的墓志铭，有点像西方启蒙运动中的《忏悔录》，《忏悔录》是对自己一生的反省，是文学史上非常了不起的作品，一个社会一旦有了这样的运动，人性的觉醒就变得非常强。可惜从晚明的自书墓志铭一直到曹雪芹的《红楼梦》，都没能酿成一个巨大的社会运动。

作者利用宝玉跟黛玉的对话，在“红绡帐里”改成“茜纱窗下”的过程中，最后变成“黄土垄中，卿何薄命”。黛玉听到这里，心里吓了一大跳，因为她发现这些诗已经变成了她命运的符咒。哀婉的不再是晴雯，而是她自己了。因为“茜纱窗”恰好是黛玉的窗户，“我”当然是宝玉。原来讲的是“公子多情”，多情却很可能无缘，这是青春的最大哀婉。可是青春王国里相信的完美，宁可是多情而无缘。《红楼梦》所关注的并不是缘分的长短，而是情的深重。所以从“公子多情”改成“我本无缘”，是宝玉自己的领悟。他跟这个女孩子之间有这么深的情分，可在现世里却毫无缘分。

作者很细心地在讲青春的执着绝对不在乎时间的长短，而在乎自我燃烧得是不是足够炽热。从“公子多情”到“我本无缘”，一直到“黄土垄中，卿何薄命”。“卿”字是古代夫妻之间的爱称。江南花神庙的对联中就用到这个字，上联是“风风雨雨寒寒暖暖处处寻寻觅觅”，下联是“莺莺燕燕花花叶叶卿卿暮暮朝朝”。很有缠绵与委婉的江南意味。记得当年读林觉民的《与妻书》时吓了一跳，因为他说：“意映卿卿如晤。”“卿卿”是很私密的称呼，作为一个悲壮的革命烈士，在对妻子说出这两个字的时候，林觉民温柔的一面跃然纸上。

红楼梦里的谶语

“宝玉听了，不禁跌足笑道：‘好，是极！到底是你想的出，说的出。可知天下古今现成的好景妙事尽多，只是愚人蠢才说不出想不出罢了。就只一件：既然这一改新妙之极，但你居此则可，在我实不敢当。’说着，又接连一二百句‘不敢当’。”宝玉说这个“茜纱窗下”改得极好，可茜纱窗是你的窗户，晴雯是我的丫头，这样改不妥。黛玉笑道：“何妨。我的窗即可为你之窗，何必分析得如此生疏。古人异姓陌路，尚然同肥马，衣轻裘，敝之而无憾，何况咱们呢。”黛玉引用了《论语》里子路的话：“愿车马衣裘，与朋友共敝之而无憾。”这是明显地在暗示生命根本就是一个共同体，本来宝玉对晴雯的哀悼是一个私密的情感，可这一改，这个情感就不再是一对一的情感了，而变成了一种超越现实的单纯情感。所以黛玉说我的窗就是你的窗，何必如此生疏。大家都知道有个词叫“同窗”，是指在一个窗户底下读过书的。

宝玉笑道：“论交之道，不在肥马轻裘，即黄金白璧，亦不当锱铢较量。”注意，真的只有在那个年龄才不太在乎这个东西，所有的都可以共有、分享。所以宝玉说：“倒是这唐突闺阁，万万使不得的。如今我率性将‘公子’、‘女儿’改去，竟算是你诔他的倒妙。况且素日你又待他甚厚，今宁可弃此一篇大文，万不可弃此‘茜纱’新句。竟莫若改作‘茜纱窗下，小姐多情；黄土垄中，丫环薄命。’如今一改，虽于我无涉，我也是惬怀的罢了。”大家有没有发现很有趣，宝玉从来不觉得文章写得很好，就一定是我的，他觉得这是大家应该分享的情感。而且这里也特别点出黛玉跟晴雯之间的感情，她们是同一类型的女孩子，对自己的青春梦想有同样的执着。

“黛玉笑道：‘他又不是我的丫头，何用作此语。况且小姐、丫环亦不典雅，等我的紫鹃死了，我再如此说，还不算迟呢。’宝玉忙笑道：‘这是何苦来又咒他。’黛玉笑道：‘是你要咒他，并不是我说的。’”这就很像两个小孩子之间的对话了。

最后的定稿成了下面的句子。宝玉道：“我又有了，这一改可极妥当。莫若说‘茜纱窗下，我本无缘；黄土垄中，卿何薄命。’”注意这里的“改”是让读者在阅读的过程中，发现所有的外在形式，不管是公子、女儿，还是小姐、丫鬟，甚至父亲、母亲、老师、学生，这些都只是加在我们身上的人世符号，没有任何实质性的意义，最后只剩下两个字，一个是“我”，一个是“你”——“茜纱窗下，我本无缘；黄土垄中，卿何薄命。”当解脱掉一切外在形式，才还原到两个生命的对话关系。这是作者的惊人之笔，他是借着文学修改之名让我们还原生命的本源之实。它非常像禅宗的语录，其实在真正的青春里，世俗伦理的定位都不存在，他们在乎的是“我”与“你”这个更本质的关系。

所以这一句话一出来，她猛然发现这个诔文不再是哀挽晴雯，而是哀挽她自己，这四个句子应该是《红楼梦》的谶语。古人都相信文字会无意间暗示命运，有点像庙里抽到的一支签。大概从春秋战国开始，中国古代就一直很流行谣谶，“谣谶之学”就是专门研究老百姓间流传的歌谣。那些歌谣很奇怪，能够预示国家和社会的命运。例如东汉末年，董卓入主洛阳，洛阳便流传民谣曰：“千里草，何青青，十日卜，不得生。”便是将“董”字离为“千里草”，将“卓”字离为“十日卜”。“谶”是超越于我们理解之外的一种神秘的超经验。因此“茜纱窗下，我本无缘；黄土垄中，卿何薄命”已经预告了黛玉的死亡。

所以“黛玉听了，忡然变色”，整个人都呆掉了。忽然恍然大悟，知道时间到了，大概眼泪已经还完了，该走了。不要忘了，这两个人是天上的仙缘，领悟禅机的能力极高。黛玉“心中虽有无限的胡乱之想，外面却不肯露出”。“无限胡乱之想”是觉得好神秘，怎么生命里会有这么多的暗示，“不肯露出”是不知宝玉是否明白。“反连忙含笑点头称妙，说：‘果然改的好。再不必改了，快去干正经事罢。’”

宝玉的母性角色

这个时候黛玉把话题转到了迎春身上。她说：“才刚太太打发人叫你明儿一早过大舅母那边去。你二姐姐已有人家求准了，想是明儿那人家来拜见，所以叫你们过去呢。”这个二姐姐就是迎春。大家注意一下，第七十九回里面讲到的几个女孩子，晴雯是肉体死亡，黛玉是魂魄出现，迎春要出嫁，香菱被预告死亡，还有第五个，就是那个大家还不认识的夏金桂嫁给了薛蟠。通常人都把她当成坏女人来看，可是我们知道曹雪芹的笔下其实没有坏人，只有悲剧中人，夏金桂是另外一个悲剧。

黛玉说的大舅母就是邢夫人，邢夫人是迎春名义上的母亲，所以这个女孩子在出嫁以前，必须跟邢夫人和贾赦告别。迎春是《红楼梦》里最没有表情、也没有个性的女孩子，想起她的时候面目几乎是模糊的，完全不知道她长得什么样子，更不知道她想要或不想要什么，一直活在没有自我的状态里。可是大家注意，作者在这里没有任何批判的意思，只是想告诉我们说，这样的生命也拥有过青春的美好。迎春的出嫁让人心痛，其实她的善良就是糊涂。

在她要出嫁的时候，宝玉叹了口气说："大观园里从今又少掉了五个清清净净的女儿。"刚开始你可能不太懂，怎么会一下少了五个？因为她一出嫁就要陪嫁四个丫头。有没有发现，只有大观园是青春的庇护所，而宝玉是大观园里青春的守护者。西方文学里有种很有趣的角色，就是地母，她是替所有受苦的生命赎罪的典型。将来大家如果有机会做比较文学的话，宝玉的这个部分可以拿出来讨论。为什么在中国的文学里，母性特别强的会是男性？因为在西方通常都是以女性形象出现的，譬如陀思妥耶夫斯基的《卡拉马佐夫兄弟》和托尔斯泰的《复活》里都有这一类的角色，《复活》里后来变成妓女马丝洛娃的农奴出身的女孩子喀秋莎，就是在巨大的苦难里赎罪的地母形象。

在东方的文学里，宝玉很明显地具备母性特质。这个母性并不是讲他的性别，而是说他生命情怀的巨大包容性。他一直很心疼这些女孩子，愿意为她们去赎罪。在女性当中不太容易了解母性的特色，因为女性有排斥、会嫉妒，可是母性里面却有很大的包容性，像基督教里的圣母拥抱被钉在十字架上受难的耶稣，就是拥抱和包容最大的苦难。这个角色在东方文学里不太容易找到。可是读《红楼梦》，你将慢慢体会到宝玉身上的母性，他是所有美丽生命的护佑者。所以不知道我们的初中、高中会不会有一天在校园里立一尊宝玉的像，因为他才真的是校园的守护者。在《红楼梦》中有多少次是宝玉阻挡了大人对这些女孩子的惩罚。

可是到最后他也很无奈，无法再继续扮演这个角色了，因为他自己也要被摧毁了。所以表面上轻描淡写的迎春出嫁，里面也包含着宝玉的哀悼。很多朋友读《红楼梦》对这一段都没有什么感觉，因为迎春给人的印象太模糊了。可对宝玉来讲，这是他的二姐，是青春王国里的一分子，迎春嫁过去没多久就被打死了。而且迎春出嫁还要陪嫁四个丫头，这四个丫头有的连名字我们都不知道，宝玉的哀挽是对青春本质的哀挽。所以“黄土垄中，卿何薄命”，不只是说晴雯、黛玉，还有迎春，接下来就是香菱。再回头去看，“公子多情，女儿薄命”、“小姐多情，丫环薄命”都不合适，一定要改成“我本无缘，卿何薄命”才适用每个人。这个时候我们才知道这三次的修改是有意义的，把具象变成了共象。《红楼梦》第一次读、第二次读的时候，都读不出这些，我今天常常感觉对迎春有点抱歉，就像对班上一个印象最模糊的学生抱歉一样。尽管他没有个性，不怎么表现自我，但并不说明他的青春不该被呵护、被疼爱。

贾迎春误嫁中山狼

我们看下面这一段：“原来贾赦已将迎春许与孙家了。这孙家乃是大同府人氏，祖上系军官出身，乃当日宁荣府中之门生，算来亦系世交。如今孙家只有一人在京，现袭指挥之职。”“指挥”不太可能是什么大官，但可能很有实权。

如果有机会大家继续往下看，会发现迎春后来每一次都被打得头破血流，回娘家的时候根本不敢说。不仅是慑于孙绍祖的权威，更多是觉得是一种可耻的侮辱。我相信这种心理在今天的女性中恐怕还在延续，很多家暴事件最后很难被揭发，就是因为当事人自己在掩盖。因为那不仅是身体上的疼痛，还有心灵上的耻辱，所以迎春的处境是可以从现代的角度去理解的。

从用人传出来的话说，每次打骂她的时候，孙绍祖就说："别以为你是什么千金小姐，你老爸跟我借了五千两银子到现在还没还呢，你是被卖来的，你知道吗？"我们就懂了，贾赦跟孙绍祖根本就是权力与财富间的勾结，只是因为那五千两银子还不了，就拿女儿去做交易。孙绍祖只是在官场上需要贾家，根本一点都不疼惜迎春，可见所谓的青春守护跟现实之间的对抗有多激烈。这一部分看上去轻描淡写，但作者对迎春有极大的心疼，而且我自己一直在揣测，曹雪芹的姐妹当中大概有很多是这样的下场。因为这类家族的婚姻，大部分都不像我们想象的那么单纯，一个女孩子从大观园这么单纯的世界嫁到世俗世界，被打骂的时候听到的话是"你老爸借了我五千两银子没有还"时，可想而知心灵被摧残到什么程度。所以"黄土垄中，卿何薄命"，是一个可以不断扩大的谶语，这八个字讲的是《红楼梦》里所有的女孩子将要面对的命运。

下面有对孙绍祖的简短介绍："此人名唤孙绍祖，生得相貌魁伟，身体健壮。"这样的人动手打起人来一定蛮恐怖的，只是踹两脚迎春就受不了了。"弓马娴熟，应酬权变，年纪未满三十，且又家资饶富，现在兵部候缺题升。"这里面有很多的隐喻，因为正在候缺，所以特别需要官场的呵护。不要忘记宁国公、荣国公都是军人出身，而迎春的姐姐元春，又是当红的贵妃，所以对孙绍祖来讲，这桩婚姻是重要的。就这么简单的几句话，就能看出一个青春的被糟蹋，全是因为世俗社会中利害关系的权衡。

"因未有室，贾赦见是世交子侄，且人品家当都相称合，遂情愿择为东床娇婿。亦曾回明贾母。"注意贾母的反应："贾母心中却不十分称意。"我们一再提到《红楼梦》直到最后，最厉害的还是这个老太太，她的头脑一直很清楚。至于贾母为什么不愿意，作者没有明讲，以贾母的阅历，一定是看出了不称心的蛛丝马迹，可是作者的表达很委婉，因为牵涉到太多的现实政治，很多地方只能点到为止，所以特别注意这里面绝对有所保留。

可是贾母又具备另外一种智慧。“但想来拦阻亦未必听，儿女之事自有天意前因，况且他是亲父主张。”注意“儿女之事自有天意”这八个字，这是一个饱经沧桑的老太太的无奈。前面的中秋之夜，全家一起赏桂闻笛的贾母曾掉过泪，她好像看到了属于这个家族的天意。我想大家如果读马尔克斯的《百年孤独》，就会发现其中的乌尔苏拉在变成一个老太太后，对自己孙子、重孙子的行为了如指掌，可是她已经不会说话了。别人把她当成一个不会说话，也听不到声音的老太太。可是这个家族将要发生什么事，她全知道。马尔克斯的《百年孤独》是非常像《红楼梦》的一部欧美小说，当一个老太太活到一百岁，看到儿子、孙子死掉，就像乌尔苏拉或者贾母一样，她们看到的是这个家族自有天意的部分，所谓天意就是不可挽回，势必如此。至于这个天意是什么，很难解释，其中既有人生历练的聪明，又有一种直觉的敏感。

贾母认为自己“何必出头多事，因此只说‘知道了’三字，余不多及”。前面也说过，“知道了”是很重要的三个字，到台北“故宫”去看清朝的档案，很多万言上书最后就是三个字“知道了”！既没有说好，也没有说不好，没有任何表示。最让人摸不着头脑的就是这个“知道了”，执政者到底在想什么，以及他将如何处理此事你无从知道。这里贾母的“知道了”，是说天意不可强违，她已知道这四五代繁华的没落，已经到了无法挽回的地步。

“贾政又深恶孙家，虽是世交，当年不过是彼祖希慕荣宁之势，有不能了结之事才拜在门下的，并非诗礼名族之裔。”贾政也很不喜欢孙绍祖，觉得当年他的祖父出身那么低，能爬到现在这个位置，全靠巴结权贵。我想这也是官场的智慧，因为这样的家族迟早是会报复的。真正的门当户对是大家平起平坐，比较有共识。可是那个靠拍马屁、奉承，今天送你这个，明天给你那个爬上去的人，等到有一天他真的大权在握，所有的屈辱感就都出来了，很可能会反过头来整你了。而孙家是最危险的，三代都在巴结，可以想象屈辱有多深。所以贾政不想把迎春嫁给孙绍祖，绝对有这个原因。“因此倒劝过两次，无奈贾赦不听，也只得罢了。”

我常说《红楼梦》是一部了不起的小说，因为它教会了我们如何为自己，或者为后代寻求真正的幸福跟平静，其中提供的智慧能让你对人世有更通达的观照。在现实社会里，《红楼梦》可以用来观察今天官场的起起落落，所以我特别希望大家注意，对迎春出嫁这件事，为什么贾母不同意，最后不得已只说“知道了”？为什么贾政会“深恶孙家”？这其中充满了人生智慧，虽然只是小小的一段，里面流露着作者非常沉痛的回忆，他们家族看到的这类事情太多了。

迎春被接出大观园

“宝玉却从未会过这孙绍祖一面的，次日只得过去聊以塞责。”注意宝玉就是曹雪芹，这很明显是作者的态度。我们一再提到作者写人物写得这么好，就是因为他对任何人都没有偏见，我一直很佩服这一点。我自己总做不到对人没有偏见，或多或少总是觉得这个人我喜欢或不喜欢，可曹雪芹非常奇特，他总能做到不含偏见。这在现实中可能会受伤，可是在文学上却很了不起，因为只有这样才能写出最精彩、最真实的人性。

“只听见说娶亲的日子甚急，不过今年就要过门的，又见邢夫人等回了贾母将迎春接出大观园去等事。”注意，只有住在大观园里的人才具备青春的特质，只要一出大观园，就表示青春结束。所以当迎春一被接出大观园，宝玉“越发扫兴了，每日痴痴呆呆的，不知作何消遣。又听得说陪四个丫头去，更又跌足自已叹道：‘从今后这世上又少了五个清洁人了。’”这句话实在不太容易理解，在今天看来，姐姐要嫁到台东去，家族也蛮不错的，他干吗要顿足捶胸地说这样的话？可是细想想，只有在初中、高中这个年龄段，班上有同学转学或者休学，你才会这样难过，觉得大家本来好好的在一起，怎么会少了一个人？这就是青春的天真和浪漫，总觉得大家能天长地久。

“因此天天到紫菱洲一带地方徘徊瞻顾”，紫菱洲是迎春住的地方，宝钗搬出去时，宝玉也曾到蘅芜苑“徘徊瞻顾”，用最通俗的话说是“人去楼空”。我们也常常会到自己读书的校园里走一走，那一刻不见得有多悲伤，只是一种怅惘，觉得曾经拥有过的东西消失了。记得有一次北一女的百年校庆请我去演讲，我在那里看到很多白头发的老太太在用手抚摸窗台，当时就感觉这个动作很有趣，后来我就写了一首诗，我想那个窗台上一定留有她们青春的指痕，这里边有很奇怪的青春的怅惘。

后来宝玉就变成了悼亡者，到蘅芜苑、紫菱洲、潇湘馆去哀悼各种不同形式的离去。

香菱命运的暗示

这一回在《芙蓉诔》之后，由晴雯带出了黛玉，又从黛玉带到了迎春，接着从迎春带出了香菱。大家要注意这个线索，就是说青春的挽歌一旦改成了“我本无缘，卿何薄命”，就不再是对特定对象的哀悼，而是对整个青春的哀悼了。

如何由迎春牵出香菱，在文学上也是个有趣的技巧。因为迎春住的地方叫“紫菱洲”，香菱的“菱”字出现了。我常想，作者在用很多的线去编织这部小说时，手法非常巧妙，里面一环扣一环，节奏非常紧凑。在香菱出现以前，宝玉见紫菱洲“轩窗寂寞，屏帐萧然，不过只有几个该班上夜的老妪。再看那岸上的蓼花苇叶，池内的翠荇香菱，也都觉摇摇落落，似有追忆故人之态，迥非素常逞妍斗色之可比。既领略得如此寥落凄惨之景，是以情不自禁，乃信口吟成一歌曰：‘池塘一夜秋风冷，吹散芰荷红玉影。蓼花菱叶不胜愁，重露繁霜压纤梗。不闻永昼敲棋声，燕泥点点污棋枰。古人惜别怜朋友，况我今当手足情！’”

这首诗里面已经有香菱的名字出现，而且显示了她未来的命运。“菱”，字音本身就有飘零之意，还有一点弱弱的感觉。我们知道香菱本来叫英莲，五岁时被人贩子拐走，一直被卖来卖去。她是《红楼梦》里最悲哀的一个女孩，特别能代表青春永远不能自主的状态。她生命里最美好的时光是她住在大观园时，很幸运地遇到黛玉和湘云、宝钗教她写诗，这些同龄的女孩子心疼她，帮她树起了一个青春的美好形象。可是她现在也要回到现实，因为她是薛蟠买来的妾，薛蟠就要娶妻了，这个妻子夏金桂之后不断地折磨香菱，所以又一个“黄土垄中，卿何薄命”的意象出现了。作者信口念出的一首诗，又变成了一个谶语，它也是对香菱未来命运的暗示。而且物在人亡的感觉已经显现，迎春才刚刚搬出去没多久，当年他们一起下棋游玩的地方，就变成了废墟。悼亡的意象在这首诗里非常明显。“古人惜别怜朋友，况我今当手足情！”也有一个文字上的转换，曾经拥有过青春王国的这些人与他都情同手足。

“宝玉方才吟罢，忽闻背后有人笑道：‘你又发什么呆呢？’宝玉回头忙看是谁，原来是香菱。”这就是刚才讲到的线索，这个线索只说明所有的青春少女都面临着“黄土垄中，卿何薄命”的共同命运。

对生命本质的疼爱

宝玉忙转身笑问道：“我的姐姐，你这会子跑到这里来做什么？多日也不进来逛逛。”这里有很多亲密的回忆。香菱是《红楼梦》里最没有可能进入青春王国的人，可是因为她对于生命有美好的追求跟自觉，所以她竟然可以受宠到那么多的姐姐妹妹来照顾她，教她写诗。记不记得她曾在梦里写出了一首非常惊人的诗，在作者看来，只要能对美的品质有所坚持，就可以在刹那之间改变命运。当然对这个命运终结的巨大悲剧，他是无可奈何的，尽管香菱曾经拥有过一段最美好的生命，可她在本质上是很难改变的，因为她是被薛蟠买来的。薛蟠是个不成材的男孩子，根本不疼惜香菱，就是因为薛蟠不在家，她才有机会跟着宝钗住到大观园里。所以我一直觉得大观园就像我们的一所中学，在那个围墙以外，世界就改变了。

“香菱拍手笑嘻嘻的说道：‘我何曾不要来？如今你哥哥回来了，那里比先时自由自在的了。才刚我们奶奶使人找你凤姐姐，竟没找着，说往园子里来了。我听见了，我就讨了这件差使进来找他。遇见他的丫头，说在稻香村呢。如今我往稻香村去，就遇见了你。'”她接下来讲到了一些感伤的事情：“我且问你，袭人姐姐这几日可好？怎么忽然把个晴雯姐姐也没了，到底是什么病？二姑娘搬出去的好快，你瞧瞧这地方好空落落的。”

宝玉心里难过，就有点敷衍，不想深谈这件事。就请她到怡红院去吃茶，香菱拒绝了：“此刻竟不能，等我找着琏二奶奶，说完了正经事再来。”宝玉问：“什么正经事这么忙？”香菱说：“为你哥哥娶嫂子，所以要紧。”宝玉说：“正是。说的到底是那一家子的？只听见吵嚷了这半年，今儿又说张家的好，明儿又说李家的，后儿又议论王家的。这些人家的女儿他并不知道犯了什么罪，叫人好好的议论。”

我觉得这是非常现代的观点，有没有发现直到今天都还有人在相亲。曹雪芹在三百多年前就觉得好好的女孩子让人家这样谈来谈去，像买卖货物一样是造孽，只有内心有对人的疼爱的人才会持这种观点。我们常用古板和新潮来评价某人够不够前卫，我觉得最永恒的标准应该是对人的关怀和疼惜。如果是你的姐姐或妹妹，在一个大饭店里相亲，你听到别人在议论她的腰太粗了，或者脸上青春痘太多了，你肯定会很难过。这个难过很复杂，很大的原因是因为打打闹闹一起长大，曾经有过共同的记忆。然后忽然有一天，她要被父母带到一个场所，你自己也要穿着整齐地坐在旁边，你会听到对方的家族对她的评头论足。同样，在弟弟要娶媳妇的时候，对方的女孩子也要被我们的家族议论，我们总认为对方听不到，可我明明看到她的小弟也在那边绕来绕去，他一定也听到了。

如果今天用这样的场景来做文学的背景或电影的背景，就会引发很多的反省，就是如何做到对人最起码的疼惜和尊重。

宝玉一想到那些姐妹一旦离开了大观园，也会如此遭人议论，当然非常伤感，因为他始终认为生命是不应该随便被别人议论的。当然，这些香菱听不懂。

自从两地生孤木，致使香魂返故乡

香菱不是正在办正经事吗？这个正经事就是帮她丈夫找个明媒正娶的太太，有没有发现这背后隐藏的其实是作者对香菱的疼惜。她不能有任何嫉妒，任何抗议，任何难过。她一点不知道自己即将面临的命运，竟然兴高采烈地帮薛蟠张罗婚事。记得第五回里贾宝玉梦游太虚幻境，看到了关于每个女孩子命运的诗，其中有一首是讲香菱的，说的是："自从两地生孤木，致使香魂返故乡。""自从两地生孤木"一直是《红楼梦》里最难解的谜，后来胡适对这个密码做了解读。"两地"是两个土，"孤木"是木字边，合起来是桂花的"桂"，意为夏金桂嫁到薛家之后，香菱将要死掉。胡适特别指出后四十回并不是曹雪芹的本意，第五回明明已经宣告香菱是被夏金桂折磨致死的。

为什么我们的《红楼梦》讲座要结束在第八十回？因为后四十回并不是作者的原意，至少绝大部分不是。香菱在《红楼梦》里不在"正册"，因为只有小姐才能入正册，她是在"副册"里面，"又副册"里是袭人、晴雯这些人，香菱在副册里，是个最最卑微的角色，可是作者用了很多篇幅在讲香菱。因为这个女孩子有非常好的生命品质，写诗就是她对自己生命的一种坚持，所以她也是《芙蓉诔》里要悼亡的一个重要角色。

作者还借着香菱带出了一个没有出场的女子。香菱道："这如今定了，可以不用搬扯别家了。"宝玉忙问："定了谁家的？"香菱道："因你哥哥上次出门贸易时，在顺路到了个亲戚家去。这门亲原是老亲，且又和我们是同在户部挂名行商，也是数一数二大门户的。前日说起来，你们两府都也知道的。合长安城中，上至王侯，下至买卖人，都称他家是'桂花夏家'。"这个长安城是虚构的。特别注意一下，《红楼梦》里有一类是官家，贾家就是世袭的官家；有一类是商家，薛家和夏家都是商家。他们不是普通的商家，都是掌握商业脉络的大家族，这种家族也要讲究门当户对，他们既需要官场的保护，又需要商家的财富来互相配合。所以《红楼梦》从社会经济学的角度来看，也是非常有趣的一本书。我们多次讲到曹家既是官又是商，我一直觉得江宁织造最简单的翻译就是当时国营的江南纺织企业的董事长。所以作者才把三百多年前清代最复杂的官商关系写得入木三分，这是我们在历史书里都不容易读到的。

宝玉忙笑问道："如何又称为'桂花夏家'？"作者很聪明，就借此机会来点明这个家族多有钱。香菱道："他家本姓夏，非常的富贵。其田地不用说，单有几十顷地独种桂花，凡这长安城中桂花局都是他家的，连宫里一应陈设盆景亦是他家供应，因此才有这个浑号。"以前有个专门管理桂花的部门，因为桂花既可以酿酒，也可以做香料、酱料，还可以观赏，是个很大的产业。连皇宫里面所有的盆景都是他们家供应。有没有发现很有趣，很多舞弊案就是从这里开始的，因为皇宫里一要桂花可能会是上万盆，单价的水分就更大了。不要讲皇家，单是贾芸寻到一份在大观园里种树的差事，就捞到不少油水。如果曹家不是做过好几代的江宁织造，曹雪芹绝写不出这些。像我就根本没有这个经验，每次都是看了报纸才知道，但光靠看报纸你绝写不出这种文字。

记得前面有个太监派人来说最近要买房子，手头不方便，王熙凤立刻就说："把我的金项圈当了，不用说什么还不还的，有我们的就有你们的。"王熙凤够厉害，所以才能做管家的少奶奶。因此《红楼梦》里处处都是社会经济学，我想曹雪芹从小耳闻目染，才能如此熟悉官商勾结的路数。我特别提到"户部挂名行商"这六个字的重要性，以官家的名义去行商，实际上就是承包了国家的重大工程，负责国家重要物资的采购和营销。

"如今太爷也没了，只有老奶奶带着一个亲生的姑娘过活，也并没有哥儿兄弟，可惜他们家竟绝了后。"这个夏金桂跟宝钗有点像，也是寡母独自支撑着。但这个国营企业延续至今，已经形成一个特别稳定的结构，所以夏家、薛家有一个共同点，男人都不在了，但这些家族还能继续维持他们旧有的力量。像薛姨妈就常常要犒赏那些老家人，他们就是企业的老员工，是维持家族繁荣的最重要的力量，只要把其中的几个人抽掉，这个家族就会垮掉。

夏金桂的生命悲剧

下面我特别希望介绍夏金桂这个女孩子，在胡适解读了"自从两地生孤木"这个密码之后，她几乎变成了十恶不赦的坏女人，可我对她却有很多的同情。我要解释的是，夏金桂不是本性就坏，是因为在她成长过程中，她的母亲宠她宠到让她认为这个世界上只有自己是珍宝，别人都是粪土的地步，所以她一直以这样的认知活在她自己的王国里，从这个角度说，她和薛蟠简直是天造地设的一对。所以她嫁到薛家，必然要发生两个人之间的斗争和对立。薛蟠是很无能的，一下就输了，所以就出现了“河东狮吼”。“河东狮吼”是宋朝陈慥的故事，苏东坡是陈慥的好朋友，知道陈慥很怕老婆柳氏，就写诗讽刺他：“龙丘居士亦可怜，谈空说有夜不眠。忽闻河东狮子吼，拄杖落手心茫然。”意思是说您这位夫人嗓门太大，都快赶上狮虎之声了，“河东狮”是因为柳氏的老家是河东。后来“河东狮吼”就变成老婆厉害的典故。薛蟠一辈子要什么有什么，为非作歹、肆无忌惮，结果却落在他的克星夏金桂手里。

当然，最悲惨的是香菱，香菱是个单纯的女孩子，夏金桂嫁进来，她一心一意地服侍她。可对夏金桂来讲，她并不是故意，只是她从小就是这样子，对香菱是说打就打，说骂就骂。我们读童话故事时，王后问魔镜“谁是世界上最美的女人”时，其实是一种心理障碍。当你认为这个世界只有你一个人才有资格美丽的时候，是件非常痛苦的事。所以如果从另外的角度去看夏金桂，我觉得她是最可怜的女人。她有一天对香菱说，你这个“香菱”真是不通！菱花怎么会香？香菱傻乎乎地说：奶奶你不知道，世界上所有东西都是有香味的。大家知道香菱在讲什么，一个人如果足够豁达开阔，就能欣赏到每一种生命的美。可夏金桂刚好相反，她马上就发怒说：“如果菱花香，那桂花放到哪里去了？你凭什么香？”硬要把香菱的名字改成秋菱。

可见夏金桂的悲剧在于她看不到任何生命的美好，所以我的同情是从这个角度上说的。当你看到一个人自大的时候，不见得是讨厌，更多的是同情，因为他看不到任何自己以外的美好，这大概是最悲惨的一种生命状态。当今社会里依然不乏这样的人物，在我们的媒体上也经常出现。等一下大家就会看到一段香菱跟夏金桂的对比，因为夏金桂从小娇生惯养，自视甚高，没有机会去欣赏周围的美；而欣赏人世间所有美好的东西，是构成一个生命美好的最基本的条件。庄子所谓的“天地有大美”就是指无所不在的美，只有在最污秽、最卑微的世界里都能看到美的生命，才是最富裕、最宽广的。作者歌颂了香菱这个一生漂泊流离的女孩子内心的宏阔，她欣赏黛玉，欣赏湘云，欣赏宝钗，欣赏晴雯，欣赏每一个人，夏金桂嫁进来，她也同样欣赏夏金桂，觉得夏金桂好漂亮、好能干。相反，夏金桂无法欣赏香菱，只能把对方踩在她的脚下，极尽折磨之能事，无法承认对方存在的意义跟价值。

薛蟠的恋母情结

薛蟠这个角色也很有趣，我们一直觉得薛蟠无法无天，是整天在街头混的一个痞子，但娶到夏金桂这样的老婆，竟忽然怕起她来了，似乎有点匪夷所思。从文学上，你也许会怀疑作者的章法到底对不对。可是我们要看到其中最有趣的一点，就是薛蟠求亲的过程就会恍然大悟。原来薛蟠最早决定娶夏金桂，不是因为这个美丽的女子，而是因为她的母亲。因为这个夏奶奶没有儿子，把薛蟠照顾得无微不至。不要忘记，薛蟠是一直在母亲的呵护下长大，有很深的恋母情结。他是先决定要这个岳母，然后才决定娶夏金桂的。我发现有些学生在选对象的时候，就包括了选婆婆或岳母，他不是单纯地只嫁那个人，或者娶那个人，还要跟这个家族建立关系。

下面我们看看文本。宝玉开始就有点怀疑，“忙问：‘咱们也别管他绝后不绝后，只是这姑娘如何？你们大爷怎么就中意了？’香菱笑道：‘一则是天缘，二则是“情人眼里出西施”。当年时又是通家常来往的，从小儿都一处厮混。叙老亲又是姑舅兄妹，又没嫌疑。虽离了这几年，前儿一到他家，夏奶奶又是没儿子的，一见了你哥哥出落的这样，又是哭，又是笑，竟比见了儿子的还亲热。’”有没有发现这一段描写非常具体，这个夏奶奶看到薛蟠以后，又是哭又是笑，这个亲大概是非结不可了。你会发现夏奶奶要嫁的不光是夏金桂，其中还包括着自己的未来。她疼这个女孩子，一般的人可能会打听一下薛蟠读书读得怎么样，有什么样的经历，这些夏奶奶全都不管，因为她没有儿子，就把所有的爱都寄托在了薛蟠身上。

薛蟠看到有人这么宠他，立刻感觉母亲的角色出现了，因为他每每在外面闯下滔天大祸，母亲都可以帮他摆平。接下来才是兄妹相见。“谁知这姑娘出落得花朵儿似的了，在家里也读书写字，所以你哥哥当时一心就看准了。”注意“一心看准”以前有两个条件，第一个条件是夏奶奶又哭又笑的部分；第二个部分才是见了夏金桂。如果是弗洛伊德，绝对会用他的心理学开始分析，所以我们在读文学作品、艺术作品的时候，心理学是一个非常重要的因素，它可以帮助我们透过表层看到某些东西。

“连当铺里的伙计们一群人糟蹋了人家三四日，他们还留多住着呢，好容易苦辞才放回家。”有没有发现薛蟠根本不会做生意，这个老的国营企业是有老班底的，这些老班底一旦离职，这个企业一定会出问题。因为如果全部是新手，连怎么作弊都不懂，这些老伙计无名无姓，但绝对是资深幕僚，薛家之所以可以在薛蟠的爸爸过世之后还可以维持这么久，全是因为这一批老伙计。注意苦辞的“苦”，这个夏奶奶不让走了，恨不得立刻就成亲。

“你哥哥一进门，就咕咕唧唧求我们奶奶去求亲。我们奶奶原也是见过的，且又门当户对的，也就依了。和这里姨太太、凤姑娘商量了几日，打发人去一说就成了。只是娶的日子太急，所以我们很忙。”

香菱天真烂漫

“我也巴不得早些娶过来，又添一个作诗的人了。”香菱的天真烂漫，让我们觉得不可思议。大家仔细想一下，她是在替丈夫找太太。这个逻辑本身就蛮悲剧的。可她竟然一点都没有吃醋、嫉妒的意思，反而希望早点娶过来，好多一个作诗的人。她眷恋的是大观园的青春岁月，一点都没有想到接下来的是痛苦的现实，当然夏金桂如果像黛玉、湘云、宝钗，她们就真的能延续青春王国的美好。但现实里夏金桂是要斗争的，是要把所有人都压下去的，而她第一个要压的，表面看起来是香菱，实际上是她的小姑子宝钗。我们知道，古代女性嫁到夫家最难缠的就是小姑子，记得小时候背的唐诗里有“先遣小姑尝”一句，就是新媳妇第一次做菜，生怕公公婆婆不喜欢，就让小姑子先尝尝。其实这里面有非常强的社会暗示，因为如果小姑子出头刁难你的话，你真的就活不下去了。所以夏金桂的第一个对手绝对是宝钗，可是宝钗聪明、漂亮、学问好，而且为人圆融得厉害，夏金桂哪里是她的对手？最后她只能和香菱斗，当她知道是宝钗给香菱取的名字时就说：“都说她学问好，我看真不通，菱花有什么香的？”这里的矛头直指宝钗，所以香菱只是个替代的牺牲品。

后来补写《红楼梦》的作者有一个最大的误解，就在香菱快要被折磨死的时候，宝钗出面说："让她跟着我吧。"香菱真的高兴死了。可是如果以曹雪芹的逻辑，宝钗绝不会做这种事，她是个随时自保的人，绝不会因为香菱去得罪夏金桂。如果宝钗此时出面，就变成宝玉了。所以胡适的解密变得非常重要，"自从两地生孤木，致使香魂返故乡"，摆明香菱最后没有被救赎的可能。所以香菱后来没有死，只能说明续《红楼梦》的人太不了解作者的意图了。

所以我们读到这一段，会忍不住有一种心痛，香菱竟然幻想这个新太太是可以跟她一起作诗的，简直是情同手足了。如果两个人一起画画、一起写诗，一定是非凡的缘分，因为彼此不能有任何的利害冲突。在成熟的现实社会里，大部分人跟人的关系都是功利和现实的。香菱完全不知道将要来的夏金桂是个什么角色，这个梦想变成了她的最大悲剧。宝玉这时候已经有点担心了，因为晴雯的死亡，天真烂漫的宝玉也开始对现实有些感触了。

于是宝玉冷笑道："虽如此说，但只我倒替你耽心虑后呢。"注意这一句话，宝玉是在暗示香菱的未来不保，经过几次的悼亡，他已经看出了香菱的天真。"香菱听了，不觉红了脸，正色道：'这话是什么话！素日咱们都是厮抬厮敬的，今日忽然提起这些事，是什么意思！怪道人人都说你是个亲近不得的人。'一面说，一面转身走了。"这个香菱真是一个奇迹，从小被卖来卖去，常被毒打、折磨，可她依然如此天真。作者花了很多笔墨来写香菱，恐怕是觉得香菱是最后一个执着青春的人，她的世界完全是个乌托邦，这个世界里的每个人都是那么善良。其实薛蟠早就不再在乎她了，他一直在外面什么都玩，接下来就不只是丢在一边那么简单了，因为夏金桂的挑拨，他也开始折磨和处罚香菱。薛蟠不是坏，而是愚蠢，作者在这里所呈现的恶，是一种无知之恶。

“宝玉见这样，便怅然如有所失，呆呆的站了半天，思前想后，不觉滴下泪来，只得没精打彩，回入怡红院来。一夜不曾安稳，睡梦之中犹唤晴雯，或魇魔惊悸，种种不宁。次日便懒进饮食，身体作热。此皆近日抄检大观园、逐司棋、别迎春、悲晴雯等羞辱、惊悸、悲凄之所致，兼以风寒外感，故酿成一疾，卧床不起。”

宝玉的激情与毁灭

宝玉生的是无法面对青春将要结束的病，一连串的事件，在这里做了个了结。“贾母听得如此，天天亲来看视。王夫人心中自悔不该因晴雯过于逼责了他。心中虽如此，脸上却不露出。只吩咐众奶娘等好生伏侍看守，一日两次带进医生来诊脉下药。一月之后，渐渐的痊愈。贾母命好生保养，过百日方许动荤腥油面等物，方准出门行走。这百日内，连院门也不许出，只在房中玩笑。至五、六十日后，就把他拘束的火星乱迸，那里忍耐得住。”小男孩毕竟是小男孩，总是关在病房里肯定受不了。“诸般设法，无奈贾母王夫人执意不从，也只得罢了。因此和那些丫头们无所不至，恣意要笑作戏。又听得薛蟠摆酒唱戏，热闹非常，已娶亲入门，闻得这夏家小姐十分俊俏，也略通文墨，宝玉恨不得就过去一见才好。”这很像我们的中学时代，每当有新同学转来，大家都好兴奋，不知道为什么会那么快乐，好像觉得多认识一个朋友，这个团体里就多一个同党，因为大家总在幻想可以碰到人世间最美好的人。成人以后，职场有新来的职员时，你绝不会再那么兴奋。

“再过些时，又闻得迎春出了阁，宝玉思及当时姊妹们一处，耳鬓厮磨，从今一别，纵得相逢，也必不似先前那等亲密了。”因为过去的礼教很严，结了婚的女子回娘家，即使是亲兄弟也会疏远。当年元春省亲的时候，本来宝玉是不能见面的，可姐姐宁愿违背皇家禁忌也一定要见见他。宝玉一来，元春就抱住他，从头摸到背地抚摸。皇家的规矩那么严格，她还是要找回人与人亲近的温暖。

“眼前又不能去一望，真令人凄惶迫切之至。少不得潜心忍耐，暂同这些丫环们厮闹释闷，幸免贾政责备逼迫读书之难。这百日内，只不曾拆了怡红院，和这些丫头们无法无天，凡世上所无之事，都玩耍出来。如今且不屑细说。”这一段很容易被忽略，我们不知道宝玉到底干了些什么事。生了四五十天的病，被贾母拘禁起来了，最后他几乎要把怡红院拆了，这是形容他跟丫鬟们无法无天，简直到了要造反的地步，可作者在这里用了“不屑细说”这样吊诡的文字，没讲任何细节。我忽然想到我们高中的毕业典礼就是这种情形，老师都不知道我们到底在干吗。很奇怪，因为大家要告别了，所有的激情都在那一刻迸发出来，每天喝酒，半夜骑着摩托车在校园里乱逛。心理上的凄惶会逼迫出很奇怪的眷恋和激情。我觉得这一段讲的就是这个东西，大观园将要瓦解，宝玉心中有种毁灭感，所以“只不曾拆了怡红院”是说与其看着慢慢被别人拆毁，不如自己去毁灭。

《红楼梦》中的女性论述

下面就讲到香菱的表现了。“且说香菱自那日抢白了宝玉之后，心中自为宝玉有心唐突他，‘怨不得我们宝姑娘不敢亲近他，可见我不如宝姑娘远矣；怨不得林姑娘时常和他角口气的痛哭，自然唐突他也是有的了。从此倒要远避他才好。’因此，以后连大观园也不轻易进来了。”注意，香菱再也不轻易进大观园了，这表示她已经要在现实中遭受折磨了。因为大观园绝对是一个象征，一旦离开大观园，就会失去所有青春的保护。

“日日忙乱着，薛蟠娶过，自为得了护身符。”这句话很具讽刺意味，其实她不知道自己的护身符是宝玉。记得之前香菱和丫鬟们斗草，把刚上身的石榴红裙弄脏了，宝玉就把袭人的一条同样的新裙子拿来给她，香菱不好意思当着他的面换，说你把脸背过去。这都是他们天真烂漫、青春年少时的记忆。大人觉得不妥或者近于猥亵的行为，在他们心里一清如水。可她现在竟然以为有了新的护身符，就是她的丈夫或者夏金桂，我说的反讽就是指这个。

因为她太过天真，以为夏金桂来了，“自己身上分去责任，到底比这样安宁些”。不知道大家能不能读懂，记得有部电影叫《时时刻刻》，看完以后我曾跟很多男性朋友讨论，发现我们对女性世界真的很不了解。里面的一个场景让我大吃一惊，女主角非常具备女性的自觉，她在婚姻中很不快乐，她的丈夫不断叫她上床时，她就躲在卫生间里不出去。我们不理解一个妻子怎么会有这样的反应？可香菱的反应也是如此，她觉得薛蟠娶了太太以后，就能饶过她了。她大概也不觉得薛蟠是个坏人，但她一定觉得跟他一起好累，她更喜欢跟黛玉、宝钗一起写诗。骗她、拐她、抢她的都是男人，所以对于男人的世界，她很害怕。夏金桂一来，她就可以卸掉一部分责任。至少这“分去”二字很有趣，原来她是七天都要陪薛蟠的，现在起码有四天可以由另外一个人陪他。今天去跟一个妻子讲这样的事，她大概很难同意。可当我看到《时时刻刻》那个电影的时候才想到，就是女性对自己的身体有非常奇特的敏感与觉醒，她觉得那个男人太粗鲁，完全无法参与她们的世界。近代西方的女权运动中，就讨论到女性身体的自觉和自主。如果她们只是作为一个生殖工具，当然不可能得到真正的疼爱。这一段表面上淡淡的，实际上触到的是一个很有趣的问题。细读的话意味深长。

最近看到一个关于日本女性的事情很有趣，在孩子大了以后，丈夫从职场回来，看到太太留了一封信说：我伺候了你一辈子，孩子现在也大了，咱们离婚吧！现在流行的不是年轻人离婚，而是到了六十岁的女人忽然提出离婚。有人还做了一个统计，说这样的男性大部分都活不长。有人问我为什么？我说："因为他从宠物狗一下变成流浪狗了。"因为过去被照顾得太好，根本无法独立，但女性是完全可以独立的，她一直在处理自己的生活。可是香菱的这个自觉的心理因素很特别，她不可能离婚，只是觉得你多娶几个，我的责任就少一点。特别希望大家能细读这些地方。

"二则又闻得是个有才有貌的佳人，自然是典雅和平的：因此他心中盼过门的日子比薛蟠还急十倍。好容易盼得一日娶过了门，也便十分殷勤小心伏侍。"这是作者了不起的伏笔，一个太太希望她丈夫娶新太太比丈夫本身还急，这绝对是典型的女性论述，对此真该做更多的分析，它绝对是非常有趣的着力点。

下面就是夏金桂和香菱的第一个冲突，她开始问香菱说你的名字是谁取的？这么没有学问？菱花怎么会香？香菱还傻乎乎地说："所有的荷叶、荷根、荷梗都会有香味，连泥土都有香味。"夏金桂就发怒了，如果这些东西都香，桂花的香算什么，最后她把“香”改成了“秋”。我们知道这是最大的自我封闭的开始，也是夏金桂的悲剧和痛苦。如果有一天你面对一个极其趾高气扬的生命，最该给予的就是同情，因为她的受苦比一般人要深；如果是个宽和的人，一定懂得包容跟谦逊。在现实世界里，你最讨厌自大的、颐指气使的、总是压迫别人的人，可是文学里对他们往往给予很大的同情。

第八十回

美香菱屈受贪夫棒
王道士胡诌妒妇方

什么是人生的结局

《红楼梦》讲到了第八十回，我们没有采用一百二十回本，而采用了八十回本，前面已经说了原因。希望大家能对《红楼梦》有与阅读一般小说不同的角度，在一般的文学阅读中，总觉得要有个比较清楚的结局，就像我们看电影或者电视剧一定要知道谁最后嫁给谁了，或最后怎么样了。可如果从比较贴近生命的角度来看，其实很难说什么是结局。生命是一个不断流动、变化的过程，我想《红楼梦》多读几次，你就会诘问或者反省到底什么才是人生的结局。因此我就大胆地没有采用一百二十回本，因为在一百二十回本里我们会接触到黛玉的死亡、宝钗嫁给宝玉、宝玉最后的出家……这些都比较像结局，但这些结局是不是原作者曹雪芹设计的，到目前为止争论非常大。

以我自己的想法，《红楼梦》的结局其实是在第五回，《红楼梦》基本上是在小说一开始就告诉了你所有人的结局，他只是用了倒叙的方法，有点像我们今天看的电影里一个白发苍苍的老人在回想他的一生。这其实是非常现代的写法，它不是一种推理或者悬疑，只是让你感觉更大的悬疑在于人的性格里的许多倾向，会促使你一定往那条路上走。每个人都有命跟运，比较通俗的解释是，“命”是那部车，“运”是那条路。你可能是一部非常好的车，但可能会开在一条很坎坷的路上；有的人是很烂的一部车，却总是开在很顺畅的路上。在希腊的悲剧中，常常认为性格会决定一个人的命运，可以以此来解释曹雪芹为什么一开始就把每个人的结局都公布了。在他看来，林黛玉是一定会走上属于她的那条路的，因为她很孤独，对现实世界不屑于妥协；宝钗也一定会走上属于自己的那条路，她代表了一种圆融的、尽量跟世俗协调的人生。

所谓《红楼梦》里的十二金钗，是分享了大观园里青春岁月的一群人，其中有姓贾的女孩子，像元春、探春、迎春、惜春、巧姐；有些是嫁进来的媳妇：王熙凤、秦可卿、李纨；也有外姓的亲戚，像林黛玉、史湘云、薛宝钗；甚至有更疏远的，像妙玉，她也分享了这个青春。我们现在分析十二金钗的命运，会觉得蛮有趣，她们的性格、命运很不同，但她们都感受过、分享过青春的美。第七十九回、八十回里出现的夏金桂，后来也扮演了蛮重要的角色，可是她并不在十二金钗中，就是因为她没有分享过大观园里的美。

无法欣赏生命之美的悲剧

在上一回的结尾已经提到，因为香菱的名字，引发了八十回开始的一场辩论。大家读一下文本，很容易就懂香菱落入了一个被指责的圈套当中，还有夏金桂的不快乐到底是为什么。“话说香菱言还未尽，金桂将脖项一扭，嘴唇一撇，鼻孔里‘哧’两声。”注意这三个形容都是表明某种自大，人一旦掉在这样的表情里，其实已经很不快乐了，这种不快乐是因为他对别人的存在很不屑，这个情绪很难控制。我想可能是本性，更重要的还是教养，文化教养里最该学习的是对每个存在着的生命的敬重，这个敬重包括对天地之间最卑微的存在。我想，民间是具备这种智慧的，民间常说的不要小看那小小的草，如果早点儿起来，你会看到每棵小草上都有露水，意思是天地都在滋润这么卑微的生命。李商隐的诗里说：“天意怜幽草，人间重晚晴。”其实讲的就是宇宙之间的那种宽广。夏金桂这个女孩子父亲早逝，母亲宠她宠得不得了，养成了独尊自大的个性。其实这个女孩子绝对是美丽、聪明的，可惜的是她的美丽自己无法发现，一旦周遭出现美，她的美丽就变成了负面的因素。

曹雪芹在八十回快要结尾的时候让这个人物出现，其中有很大的感伤，在第七十九回里宝玉正在生病，听说薛蟠结婚了，夏家的小姐长得很漂亮，又懂诗书，曾很想去看看她。作者的意思是，其实我们不该先入为主地排斥夏金桂。但夏金桂嫁进薛家，马上表现出对其他生命的践踏，如果一个生命去践踏别的生命，就很难有美的特性。我想夏金桂最深的痛苦，在于她只能看到自己的美。我一直很想改写白雪公主的故事，认为那个魔镜应该有智慧告诉照镜子的人：每个人在镜子面前都是最美的，让每个生命都去发现自己身上他人不能取代的部分。而夏金桂一直没有办法发现，所以脖子一扭，嘴唇一撇，鼻孔哧哧两声，“拍着手冷笑”，对生命的践踏、排斥已经非常明显了。

她问香菱：“菱角谁闻见香来着？”我想大家在台湾可能蛮多机会能吃到菱角，有时候走过街头，有小贩在那边卖菱角，因为《红楼梦》的关系，我会特地去闻一下，发现菱角真的有香味，我就会忍不住买一包。建议大家有机会在夏秋之际到苏州、杭州，能看到粉红色、浅绿色的菱角，非常小，但真的有种清香。

接着她就质问香菱："若说菱角香了，正经那些香花放在那里去？可是不通之极！"她讲的正经花当然是桂花，可是所有的用人在她的面前都不可以提"桂"字，我们知道古代要避圣讳，皇帝名字里的那个字，普通百姓不可以用。其实皇帝蛮可怜的。我的意思是说，当一个人垄断、包办生命的独特性时，根本就失去了跟别人分享的那种快乐，夏金桂把自己当成帝王，不准别人在她面前提"桂"字。想想看，一个十几岁的女孩子，如果不是娇宠过度，大概不至于如此。但香菱却不知天高地厚，她有点像《皇帝的新衣》里的那个小孩，只有他敢说国王怎么光着屁股跑出来了！民间的智慧真是了不起，它通过这样一个故事提醒你，有一天我们会不会活在这样的状态里？

夏金桂面临的就是这个问题，在所有的防卫墙高高筑起的时候，已经没有人敢跟她直接讲真话了。但香菱讲了真话，这其实是她唯一觉悟的机会。香菱说："不独菱角，就连荷叶莲蓬，都是有一股清香的。但他原不是花香可比，若静日静夜或清早半夜细领略了去，那一股清香皆比是花儿都好闻呢。"香菱的审美从花转移到了植物的叶子、果实和根，为的是让夏金桂有机会认识人世间的万事万物都有存在的意义跟价值。所谓的"香"是一种生命的精华，通常我们认定什么东西香，只是因为它很容易被发现。也许我们更大的快乐是在闻熏衣草或佛手柑等有名的香料之外的香味，那更能让我们感受到生命的富裕和快乐。比如午后雷阵雨过后，整个空气里会有一股潮湿的香味，在台湾这个岛屿上生活久了，嗅觉里是会留下很多记忆的，突然有一天我发现我爱这个岛屿的原因，竟然是因为它的好多气味。而那个咸咸的、潮湿的气味是我在欧洲闻不到的，它会弥漫在空气里，变成我身体的一部分。其实香菱所讲的香是嗅觉上的一种美好，你可以回忆起好多类似的东西，比如有人在那边捣姜、捣蒜，都会有一阵阵的气味飘过来，这就是香菱要讲的那种香。玫瑰、牡丹、昙花都很香，但香菱想要告诉她的是，不要小看那个荷叶、莲蓬，它们的清香是花香不能比的。有的人生命是极其华贵，珠光宝气当然很美，可是着素朴服饰的身体一样可以很美，这两种美没有高下之分。香菱在这里提出了一种真正宽阔的美学，假如夏金桂真能听进去，这大概是她一生最好的一堂课。

“就连菱角、鸡头、苇叶、芦根得了风露，那一股清香，就令人心神爽快的。”香菱不断把夏金桂带到大家认为最卑贱的植物面前，这是一个极重要的指点，特别注意这些只要有阳光、有土壤、有水分，就会呈现出非常美丽的生命景象。这绝对是非常重要的美学观念，事实上庄子的美学——“天地有大美”就是告诉我们应该尽量去发现天地之间无所不在的美。庄子哲学的灵魂，被一个从没有受过教育的香菱体会到了。我自己很多这一类的智慧，也不是在学校里学到的，反而是从美浓、鹿港、澎湖的望安的老渔民、老农民身上学到的，他们的生命真是豁达，会告诉你晚上在望安的月亮有多漂亮，告诉你望安的澎湖云雀如何高飞用自杀状态来求偶……我一直相信庄子的“天地有大美”的智慧都在民间，在知识分子身上反而会消失，因为知识是最容易让人自大的，使得他很难再谦逊地去看生命中最本质的美。

感觉美的生命状态

就像香菱跟夏金桂的这段对话，这两个年龄差不多的女孩子，遭遇完全不同，一个五岁就被拐卖，受尽折磨跟虐待；另一个娇生惯养。可是真正能看到美的是香菱，而不是夏金桂。最后香菱特别告诉夏金桂说：所有的生命一旦得了风露，它会有一股清香，令人心神爽快。可见美不是知识，而是一种生命状态，能不能感受到那个美，使它变得越来越丰富，是人的一种福气。有时候就是一个路边的小贩，卖的食物根本值不了多少钱，可当他告诉你，他是如何精心制作食物的时候，开心得不得了。相对来讲，一个大企业家在职场里可能极度不快乐，因为他无法感受到一个生命丰富起来时的那种快乐。

我认为香菱跟夏金桂这段对话，对曹雪芹来讲也是个巨大的忏悔。因为他的家族经历四五代的富贵之后败落了，他才有机会走到民间，之前作为王公贵族，他吃的食物讲究到什么程度大家都知道。那个茄鲞刘姥姥根本吃不出茄子的味道，其实那道菜也是绝妙的反讽，茄子做到没有了茄子的味道，其实也蛮可怜的。所以我相信这是作者后来的真正领悟，流落街头的曹雪芹，开始发现原来富贵、贫贱原来很平等，在富贵当中根本尝不到的茄子的味道，穷困中人反而能尝到。曹雪芹的一生经历了两种生命状态，他没有去评判哪个好哪个不好，只是领悟到了一种不含任何偏见的平等。

今天比我年轻很多的 e 时代的孩子们，大概没有机会像我的童年那样扒开扶桑花的根去吸那个蜜，也没机会去闻刺桐花和泥土里刚挖出来的荸荠的清香。那个时候真的没有什么食物，但你会努力地在宇宙、天地之间去寻找你觉得美好的气味和食物。现在很感谢童年的时候曾经接触的那些田野间的气味。我曾跟很多朋友说，你不知道刚刚拔起来的小白笋香到什么程度，直接用水洗洗就这样生嚼着吃，还有在竹林里偷偷瞒着大人烤的番薯香。那就是香菱讲的令人“心神爽快”的清香，是宇宙中生命力的组成部分，可惜夏金桂没有机会接触到这个部分。

香菱柔软的生命态度

对话到了这个程度，夏金桂已经把自己的围墙筑好了，她感觉香菱是在进攻这个围墙。如果这个围墙倒掉，夏金桂就能走出来了，但她选择的方法是把围墙筑得更厚、更高。她就辩驳道：“依你说，那兰花、桂花倒香的不好了？”有没有发现夏金桂的不快乐是因为她一直在比较，其实香菱一直没做任何比较。这个对话我们也应该有很多反省，因为我们也常常会掉在这个陷阱里，总是在排名次。其实人世间，美是生命的各自展现过程，只有它是无法排名次的。

“香菱说到热闹上，忘了忌讳，便接口道：‘兰花、桂花的香，又非别花之香可比。’”如果说兰花、桂花不香，那香菱的悟性也不够高，可是她说兰花、桂花也很香，只是不一样。这个不一样的香是在美学的领域中最难理解的。而这里的“忘了忌讳”是说，她忘了之前夏金桂有令，不能在她面前提到桂花。因为讲得高兴，想要跟夏金桂分享她的愉悦，不经意就把“桂”这个字讲出来了。“一句未说完，金桂的丫环名唤宝蟾者，忙指着香菱的脸儿说道：‘要死，要死！你怎直叫起姑娘的名字来！’”这句话现在读的话，很多读者不太懂，怎么十几岁的女孩子还会有禁忌，这不是白色恐怖吗？其实在所有的威权里都含有这个成分。

“香菱猛省了，反不好意思，忙赔笑赔罪说：‘一时说顺了嘴，奶奶别计较。’”有没有发现香菱是一个非常柔软的生命，她一旦意识到犯错，马上就道歉。这里的柔软是说，她觉得只要能让别人顺心如意，她随时都愿意配合。《红楼梦》里香菱被折磨是我们最不忍的，因为她始终处于最柔软的状态。作者一再提到香菱，是想让我们看到社会中地位最卑微的人，才有机会看到伟大和美丽。如果你把自己放在一个很高的位置，“伟”跟“大”就只能都是你自己。

夏金桂是个蛮有城府的人，心机颇深，不像宝蟾那么直接，尽管对香菱极度不满，但仍很隐蔽。“金桂笑道：‘这有什么，你也太小心了。但只是我想这个“香”字到底不妥，意思要换一个字，不知你服不服？’”其实我们知道她是一定要换的，她根本就已经把自己当成女王了，这里是假意的民主。香菱哪能说不服，忙笑道：“奶奶说那里话来，此刻连我一身一体俱属奶奶，何得换一名字反问我服不服，叫我如何当得起。”你看到香菱把自己放到多么低卑的位置，为什么？因为她就是几两银子买来的。等一下大家会看到在她被打被骂的时候，薛姨妈就说：“你们不喜欢就叫个人牙贩子来把她卖了吧！”她就是连货物都不如的人，过去这样的身份就是一个奴隶，根本是听由主人打发的。

有趣的是，这个姑娘的名字是一直在改的，从英莲到香菱，再到秋菱。我们知道名字是对自我的执着，本来有两个字跟你可以毫无关系，可是一旦这两个字跟你有了关系，这个名字就会有时候让你快乐，有时候让你觉得侮辱，有时候也会让你愤怒。

我觉得《红楼梦》的路数很像禅宗，其实细想想，这两个字跟你有什么关系？甄英莲本来是娇生惯养的，她的父亲甄士隐是很有钱的一个财主，可是在一个元宵节的晚上，她的命运被改变了。到了薛家才改成香菱，现在又要被叫作秋菱。香菱觉得一个名字有什么关系呢？本来就是你自己的执着，那完全是一个符号。如果不从禅宗入手，根本无法理解香菱怎么会这么退让、这么柔软。柔软其实是一种智慧，她会觉得只要曾经拥有过跟黛玉、湘云、宝钗这样美丽的生命一起写诗的经历，现在改个名字有什么关系，“秋”难道就没有“香”好吗？但夏金桂却斤斤计较，这刚好是两个完全不同的生命，香菱对自己的每一天都是满意的，能看到花开、听到鸟叫；夏金桂每一天都在计较怎么还能有花比桂花还香。一念之差，生命就可以变得开阔或者闭锁。

生命的无主状态

香菱说：“奶奶说那一个字好，就用那一个字。”夏金桂冷笑道：“你虽说的是，只怕姑娘多心，说‘我起的名字，反不如他的意？他能来了几日，就驳我的回了。’”前面跟大家讲过，她真正要斗的对象不是香菱，而是宝钗，这里说姑娘就是指宝钗。夏金桂极大的痛苦是每时每刻都在跟别人比较，这在现实生活里很难避免。可是有一天我们会发现像达·芬奇、米开朗琪罗、李白这些人，他们的对手都是自己，人只有在跟自己比较的时候，生命才是超越的，因为这个时候唯一的敌人是你自己。有没有发现香菱后来写诗写得那么好，就是因为她一直在跟自己比较。夏金桂根本不懂这些，她还是要和宝钗斗。可是我觉得宝钗真是聪明，在薛蟠结婚前后她一直都没有出来过，她大概知道夏金桂是个难缠的角色，所以不屑于跟她斗。

香菱的回答很有趣："奶奶有所不知，当日买我来的时候，原是老奶奶使唤的，故此姑娘起的名字。后来我自伏侍了爷，就与姑娘无涉了。如今又有了奶奶，益发不与姑娘相干了。"香菱觉得她的生命本来就处于一个无主的状态，菱花、菱叶都是在水里漂来漂去的，所以她觉得自己的生命属于谁，在什么地方，叫什么名字，她都不计较。香菱的领悟不是知识的领悟，是生命经验的领悟，只有这样长大的女孩子，才会觉得那些东西没有什么好计较的。记不记得她刚被卖到薛家，第一次认识黛玉、宝钗她们时，曾有一段很动人的故事。这些小女孩见忽然来了转学生，就问你叫什么名字，家住哪里？香菱都摇头说不知道，小时候大概只要她说出自己姓甄，名叫英莲，就会被打，直到被打得忘掉她原来的一切。

我想各位恐怕都没有过这样的经验，我在当兵的时候认识一个老士官，给我讲过他的故事，我当然觉得他好像香菱，虽然他是个四十几岁的男人。他说他小时候就是忽然被抓去当兵，到了部队，因为军队里总有逃兵，他就用那个人的名字去领军饷。后来他自己也当了逃兵，又被抓到另外一个部队，又换了另外一个名字，因为所有的军队领军饷时都要有一个名字。那时候我是少尉，所以他说："少尉，其实名字真的不重要。"听了这个老兵的故事，我忽然觉得自己完全懂得香菱了，这样的生命最后会把苍凉和豁达结合在一起，形成一种独特的生命气象，夏金桂当然不懂这个。

禁忌是犯规的原因

她说："况且姑娘又是极明白的人，如何恼得这些呢。"这句话又完蛋了，最好不要在一个人面前随便乱称赞另一个，因为夏金桂最恨的就是宝钗，可是香菱糊里糊涂，不知道你赞美一个人的敌人时，这个人就开始痛苦了。金桂道：“既这样说来，‘香’字竟不如‘秋’字妥当。”注意一下，“秋”是有一点贬义的，当然有残败的意思，也是在暗示秋菱就要被她整死了。香菱的生命曾经散发过青春的香味，是在黛玉、宝钗的鼓励中释放的，但现在她要进入一个秋的季节。“菱角、菱花皆盛于秋，岂不比‘香’字有来历些。”有没有发现她是在跟宝钗比较，表示她更有学问、更有知识，百科全书读得比较多。我刚提到知识很容易让人自大，知识只有在变成生活经验的时候，才会让人谦虚。带着知识走到民间，常常会觉得知识的无用。夏金桂跟香菱在此形成了明显的对比，现在常常在知识领域碰到这样的人，知识变成障碍、变成偏执、变成卖弄跟自大。

香菱笑道：“就依奶奶这样罢了。”有没有发现香菱的每一步都是柔软的，而且不是做出来的柔软，对她来讲这只是使自己从悲哀的狭缝里变得宽阔起来的智慧，就是退一步海阔天空，只是对方对此并不了解，两个人形成了非常有趣的对比关系。“自此后遂改了‘秋’字”，后面加了淡淡的一句：“宝钗亦不在意。”这句话很有趣，作者讲了这句话，就表明宝钗知道夏金桂想干什么。可宝钗根本不去理会这种事。宝钗的格儿当然跟夏金桂不一样，她是可以放到十二金钗里的，作者觉得很遗憾的是，夏金桂是不值得放进格儿里来讨论的，因为这个生命太自闭了。

下面就讲到了薛蟠，他在《红楼梦》里一直是个有趣的角色，抢香菱做妾、包养学弟……所有的行为都是证明只要我想要的都能到手，到手以后就觉得乏味，他唯一留恋得比较久的只有一个柳湘莲，就是因为一直没能到手。小孩子玩玩具的时候，一直去抓新玩具就蛮麻烦的，因为他没有办法让一个东西在手上停留得久一点，这个习惯会影响到他以后的人际关系。“只因薛蟠天性是‘得陇望蜀’的，如今得娶了金桂，又见金桂的丫环宝蟾有三分姿色，举止轻浮可爱。”“轻浮可爱”四个字用得真好，夏金桂是大家闺秀，很难轻浮，但陪嫁丫头是可以轻浮可爱的，就是可以在综艺节目里窜来窜去的小女孩。我们知道性的追逐跟情感的追逐非常不同，性的追逐是非常猎奇的。薛蟠从他的青少年时代起，这方面的欲望就一直被怂恿。所以才娶了金桂，“又见金桂的丫环宝蟾有三分姿色”。才三分，我们觉得至少也得有七分吧，所以我觉得薛蟠真的蛮惨的，他永远在拣那些奇怪的东西来玩赏。

可他为什么想得到宝蟾？只是因为宝蟾是夏金桂的陪嫁丫头，而夏金桂又非常凶悍。从心理学上讲，薛蟠就是对不太容易得到的东西感兴趣，因为夏金桂的阻隔使他不太容易偷到手。其实贾琏也是如此，他连厨房的鲍二家的都拉到床上去，那个大概连二分姿色都不到，就是因为王熙凤管他管得非常严。这种男性的心理学有趣极了，假如你真的把宝蟾给他，他可能一点兴趣都没有了，他要的就是偷情的那个快乐。以前看过费里尼的一个很有趣的电影，其中的男主角总是在性无能的状态，后来他发明了一个方法。他们住在公寓楼的高层，他就从客厅的窗户爬出去，看到底下简直快要晕眩死了，但爬到他太太的卧房时，忽然觉得好兴奋。小时候看那个电影不太懂，最近又看了一次，才觉得好棒！其中有对人性的巨大讽刺，他只有在扮演了不是丈夫的偷情角色时才能兴奋起来。

薛蟠对这个“三分姿色，举止轻浮”的宝蟾有了兴趣，“便时常要茶要水的故意撩逗他”。注意还没有发生什么事，只是要喝茶、洗脸都叫宝蟾。可他知道夏金桂一直在监视，于是格外有兴趣，所以禁忌常常是引发犯规的重要原因。

“宝蟾虽亦解事，只是怕金桂，不敢造次，且看金桂的眼色。”

夏金桂与薛蟠

夏金桂聪明得不得了，很快就发觉丈夫在勾引自己的陪嫁丫头，她当然要爆发，可她也是有点心机的人。“金桂亦颇觉察其意，想：‘其意正要摆布香菱，无处寻隙。’”有没有发现，香菱很高兴薛蟠娶了夏金桂来，可夏金桂觉得香菱就是眼中钉。但因为香菱太柔软、顺从了，想折磨她都没有借口。“‘如今他既看上了宝蟾，如今且舍了宝蟾去与他，他一定就和香菱疏远了，我且乘他疏远之时，摆布了香菱，那时宝蟾原是我的人，也就好处了。’打定了主意，待机而发。”这有点像前面王熙凤用的计谋，先摆布了第一号敌人，再回头去收拾第二号敌人。

“这日薛蟠晚间微醺”，薛蟠是典型的绔袴子弟，不是赌就是嫖，永远喝得昏天黑地，他的生命里好像永远没有什么目标。“又命宝蟾倒茶来吃。薛蟠接碗，故意捏他的手。宝蟾又假装躲闪，连忙缩手。两下里失误，‘豁啷’一声，茶碗落地，泼了一身一地的茶。”这是非常好的小说的写法，就一件事，把两个人的心事都写出来了。“薛蟠不好意思，佯说宝蟾不好生拿着。宝蟾说：‘姑爷不好生接着。’”夏金桂这个时候已经掉进了她的悲剧里，刚结婚丈夫就这个样子了，根本谈不上什么情感。

“金桂冷笑道：‘两个人的腔调都够使的了。别打量谁是傻子。’薛蟠只低头微笑不语，宝蟾红了脸出去。”意思是说你们两个在那边调情，我看得一清二楚，这里有一种奸情被识破的尴尬，三角关系被全然描述出来了。"一时安歇之时，金桂便故意的撵薛蟠别处去睡，'省得你馋痨饿眼。'"这是夏金桂有趣的地方，她的手段是欲擒故纵，明明是要独占薛蟠，却表现得很大方。

"薛蟠只是笑。金桂道：'要作什么和我说，别偷偷摸摸的，不中用！'"这是她开始牵制薛蟠的办法，因为薛蟠太笨。她的意思是说，你要搞什么名堂，直接跟我讲，我来帮你办！薛蟠一直是被女人呵护的角色，被妈妈和夏奶奶呵护，现在夏金桂又扮演了这个角色。薛蟠真的信了，从这一步开始，夏金桂就把他掌控起来了。"薛蟠听了，仗着酒盖脸，便趁势跪在被上，拉着金桂笑道：'好姐姐，你若要把宝蟾赏了我，你要怎样就怎样！'"注意"好姐姐"这个称呼，薛蟠在女人的面前常常就是耍赖的小孩，他觉得女性天生就应该纵容他、宠他。"你要活人脑子也弄来给你。"有没有发现这是没有什么大脑的人才会讲的话，一方面表示说什么东西都要得到，另一方面根本就没有任何理性的思考。"金桂笑道：'这话好不通。你爱谁，就把谁收在房里，省得别人看着不雅。我可要什么呢。'薛蟠得了这话，喜的称谢不尽，是夜曲尽丈夫之道，奉承金桂。"这一句话也可以从反面来理解，一对新婚的夫妻，要因为这样的事情才努力地尽他的丈夫之道，说明新婚不久，薛蟠已经对夫妻之道没有任何兴趣了。他和宝玉恰好相反，宝玉的一切都是发自深情，而薛蟠是最无情的追新逐奇。"次日也不出门，只在家中厮耐，越发放大胆了。"

美香菱屈受贪夫棒

"至午后"，夏金桂就开始实施她的计谋了。"金桂故意出去，让个空儿与他二人。薛蟠便拉拉扯扯起来。宝蟾也知八九了，也就半推半就，正要入港。”夏金桂知道这个时候薛蟠一定会把宝蟾带进去，“谁知金桂是有心等候的，料在难分之际，便叫丫头小舍儿过来。原来这小丫头也是金桂从小儿在家使唤的，因他自幼父母死亡，无人看管，便大家叫他作小舍儿，专作些粗笨的生活。金桂如今有意，独唤他来吩咐道：‘你去告诉秋菱，到我屋里将手帕取来，不必说我说的。’”注意这就等于是借小舍儿来安排这件事情，这个心机大概只有夏金桂这种大家族里的人才会有，因为人际关系太复杂了，香菱她们当然不懂这些。

“小舍儿听了，一径寻着香菱说：‘菱姑娘，奶奶的手帕子忘了在屋里了。你去取来送上去岂不好？’香菱正因近日金桂每每的折挫他，不知何意，百般竭力挽回不暇。听了这话，忙往房里来取。”香菱最近一直感觉自己怎么柔软夏金桂都不喜欢她，最有趣是，香菱一直认为是自己做错了什么，所以想要竭力挽回。她根本无法理解夏金桂的不快乐，是因为她自己处在自大的偏执当中。香菱的个性就是尽最大的努力让别人快乐，一听说有差事，高兴得不得了，三步并作两步就冲进屋里。

“不防正遇见他二人推就之际，一头撞了进去，自己倒羞的耳面飞红，忙转身回避不迭。那薛蟠自为是过了明路的，除了金桂，无人可怕，所以连门也不掩，今儿香菱撞来，也略有些惭愧，还不十分在意。”薛蟠其实不太在乎，他是那种什么人都能拉到床上去的人；可是宝蟾就很生气，因为她还是一个丫头，“素日最是说嘴要强的，今既被香菱遇见了，便恨无地缝儿可入，忙推开薛蟠，一径跑了出来，口内还怨恨不迭，说道‘强奸力逼着’等语”。这时候薛蟠当然就生气了，觉得好好的事情被香菱撞破，被她打散了。这就是男人的糊涂，根本看不到事情的本质。立刻因为自己的情欲无处发泄，就把所有的怨恨转嫁到香菱身上。“薛蟠好容易圈哄的要上手，却被香菱冲散，不免一腔兴头变作了一腔恶怒，都在香菱身上，不容分说，赶出来啐了一口，骂道：‘死娼妇，你这会子作什么来撞尸游魂！’香菱料事不好，三步二步早已跑了。”大家发现没有？曹雪芹不怎么写本性的恶，可是他会写某种无知的恶，无知的恶跟本性的恶有所不同，薛蟠如果聪明一点，就不会这么容易地掉进夏金桂的陷阱里。我们常说“智、仁、勇”，为什么“智”要排在第一？因为智慧是一个人身上最重要的部分，如果缺乏智慧，仁和勇会变得很危险。

“薛蟠再来找宝蟾，已无踪迹了，于是恨的只骂香菱。”我们回到心理学的本质，小孩子一旦一个东西没有弄到手，最恨的就是旁边有人干扰了他，他会把所有的怒气都发泄在这些人身上。今天如果我们发现身边有的孩子像薛蟠，就要尽量早点让他改变习惯，让他体会期望落空的感觉，练习失落、怅惘、伤感、失败，要让这个孩子知道，幸福并不是在要什么就有什么的时候来临的；相反，它总是与你的许多欲望不能得到满足之后的人生紧紧相连，不然的话，他的一生真的很难幸福。“至晚饭后，已吃得醺醺然，洗澡时不防水略热了些，烫了脚，便说香菱有意害他，赤条精光赶着香菱踢打了两下。”有没有发现这个薛蟠的无知之恶把自己也整得很惨。作者形容得非常精彩，就算是要打人，你也得把衣服穿好，可他赤条精光地打起来了。而且那个洗澡水香菱肯定是试过的，所以水烫其实只是个借口。“香菱虽未受过这气苦，既到了此时，也说不得了，只好自悲自怨，各自走开。”

折磨别人就是折磨自己

我跟很多朋友提过，《红楼梦》是一本没有写完的书，而这个没有写完的部分，有可能是一种意外，也有可能是一种必然。因为对于一个漫长的生命来讲，所谓的“完”是一种结束，而对于《红楼梦》的作者来讲，生命本身就是一个未完成的状态，我常想这个“未完成”会不会变成某种美学。在我自己有关东方美学的书里，像《美的沉思》，也会借助《红楼梦》或某些长卷的绘画，来说明东方美学中这个“未完成”的意象。这个意象是说，所有的事件、结构只是一个暂时的表象，这些东西积累起来会变成什么样子，是我们无法完全知道的。

从另外一个角度看，在《红楼梦》到第八十回的时候，出现了一个让我们很讶异的角色夏金桂，这个貌美有才的年轻女子，婚后深深地陷进了自己建构的“领域”中，围绕着她产生的一系列争斗，会不会是她最后的结局？因为作者如果有更大的宽容，认为生命在不同的处境里，可能会有不同的领悟。所以我们不知道夏金桂的结局到底是什么？但一个生命在极度想防范外来侵略的时候，就会建构起一个硬壳，夏金桂的这个硬壳越来越强。先是防范香菱，又发现丈夫跟她的陪嫁丫头勾勾搭搭，她便开始构建更大的防卫系统，从她颇费心机的谋划，大概可以看出这个女孩子是如何进入自己的防卫城堡的。

“彼时金桂已暗和宝蟾说明，今夜令薛蟠在宝蟾房中去成亲，命香菱过来陪自己先睡。先是香菱不肯，金桂说他嫌脏了，再必是图安逸，怕夜里劳动伏侍，又骂说：‘你那没见世面的主子，见了一个，爱一个，把我的人霸占了去，又不叫你来。到底是什么主意，想必是逼我死罢了。’

薛蟠听了这话，又怕闹黄了宝蟾之事，忙又赶来骂香菱：‘不识抬举！再不去时便要打了！’香菱无奈，只得抱了铺盖来。金桂命他在地下铺睡。香菱无奈，只得依命。”这绝对是一种刻意的折磨，因为这么富有的人家，肯定不会连张床都没有。可她就是要香菱在地上睡，意思是我就是不能让你舒服。当一个人必须用践踏他人的方法来呈现她的高贵时，就已经掉进最大的痛苦里了。

香菱“刚睡下，便叫倒茶，一时又叫捶腿，如是者一夜七八次，总不使其安逸稳睡片时。那薛蟠得了宝蟾，如获宝珍一般，一概都置之不顾”。像夏金桂这样的女孩，因为内心的自大而不断加固自己的外壳，大家或许以为她对香菱不好，会对宝蟾很好，可是作者在后面加了这样一段：“恨的金桂暗暗的发恨道：‘且叫你乐这几天，等我慢慢的摆布着来，那时可别怨我！’一面隐忍，一面设计摆布香菱。”所以其实夏金桂是最值得同情的，这么年轻就进入如此荒凉的境地，她与人之间完全没有了真诚相待，全都是防卫和心机。

夏金桂的心机

接下来她又安排了一个计谋。过了“半月光景，忽又装起病来，只说心疼难忍，四肢不能转动。请医疗治不效，众人都说是香菱气的。闹了两日，忽又从金桂的枕头内抖出纸人来。上面写着金桂的年庚八字，有五根针钉在心窝内。于是众人反乱起来，当作新闻，先报与薛姨妈”。这是《红楼梦》里惯用的把戏，想要诅咒、害死一个人的时候，就把那个人的生辰八字都写在一个纸人上，用针扎在纸人的心口，好像听新闻里说现在还有人在玩这种游戏。“薛姨妈忙手忙脚的，薛蟠自然更反乱起来，立刻要拷打众人。金桂笑道：‘何必冤枉众人呢，大约是宝蟾的镇魇法儿。’”注意，这个事情当然是她自己做的，可是她要借这个事情害人，就说大概是宝蟾要害我。薛蟠道：“他这些时并没多空儿在你房里，何苦奈何好人。”大家一定觉得这个时候薛蟠怎么会变得聪明起来了，其实可能在夏金桂看来，薛蟠不管认为是宝蟾还是香菱，她都赢了，因为这两个都是她要除掉的，先除哪一个对她都是好的。

“金桂冷笑道：‘除了他还有谁，莫不是我自己害我自己不成！虽有别人，谁可敢进我的房呢？’薛蟠道：‘香菱如今是天天跟着你，他自然知道，先拷问他就知道了。’金桂道：‘拷问谁，谁肯认？依我说竟装个不知道，大家丢开手罢了。横竖治死了我也没什么要紧，乐得再娶好的。若据良心上说，左不过是你三个多嫌我一个。’说着，一面恸哭起来。”夏金桂的这个诡计其实蛮恐怖的，这个时候薛蟠当然要保护宝蟾，他最想要的是肉体上刚刚得到的那种欢乐。“薛蟠更被这一席话激怒，顺手抓起一根门闩来，一径抢步找着香菱，不容分辨便劈头劈脸浑身打起来，一口咬定是香菱所施。”

这个时候薛姨妈感觉不对了，她知道这个孩子从小喜欢胡闹，可还不至于坏到这种地步，香菱到了他们家以后，基本上是被善待的。“香菱叫屈不迭，薛姨妈跑来禁喝说：‘不问明白，你就打起人来！这丫头伏侍了你这几年，那一点儿不周到，不尽心？他岂肯如今作这没良心的事！你且问个青红皂白，再动粗卤。’”大家一定记得在夏金桂要嫁进来的时候，香菱比谁都高兴。这个时候夏金桂觉得不妙，因为薛蟠对他母亲很孝顺。“金桂听见他婆婆如此说，生怕薛蟠耳软心活，便益发嚎啕大哭起来，一面又哭喊道：'这半个多月把我的宝蟾霸占了去，不容进我的房，唯有秋菱跟着我睡。我要拷问宝蟾，你又护到头里。你这会子又赌气打他去。治死我，再拣富贵的标致的娶来就是了，何苦作出这些把戏来！'"这是故意让薛蟠在妻子和妈妈之间为难，现实当中也常有这种事，在这样的两难当中，夏金桂摆出了很多杀手锏。她知道如果这一次输了，她一辈子就要变成一个受压的媳妇，夏金桂根本不太了解人是可以经由一种诚恳来转换关系的。

"薛蟠听了这话，越发着了急。薛姨妈听见金桂句句挟制着儿子，百般恶赖的样子，十分可恨。无奈儿子偏不硬气，已是被他挟制软惯了。如今又勾搭上了丫头，说被他霸占了去，他自己反先占温柔让夫之礼。这魇魔法究竟不知谁作的，实是俗语说的'清官难断家务事'，此时正是公婆难断床帏事了。"薛姨妈完全懂了，心说糟了，儿子娶了个泼妇。我想薛姨妈如果懂点因果，就会知道这个儿子总有一天会遇到克星。我们常说一物降一物，薛姨妈自己很难反省跟检讨，这是她太宠儿子的结果，她只能为儿子被这样一个女性挟制而伤心。是母亲造就了儿子的无法无天，现在她自己也掉在这个困境里。而薛蟠身上本来就潜藏着被女性保护的基因，其实从来没有过男性的真正独立和自主。

薛姨妈"因此无法，只得赌气骂薛蟠说：'不争气的孽障！骚狗也比你体面些！'"妈妈骂儿子骂到这种地步，其实蛮痛心的。"谁知你三不知的把陪房丫头也摸索上了，叫老婆说霸占了丫头，什么脸出去见人！"这种大家族，有权有势，要什么有什么，喜欢的就可以买，甚至可以抢，连打死人都没关系。可是让自己老婆说你在勾搭一个丫头，薛姨妈觉得脸上挂不住，其实她也有一点心疼香菱。"也不知谁使的法子，也不问青红皂白，好歹就来打人。我知道你是个得新弃旧的东西，白辜负了我当日的心。他既不好，你也不许打，我即刻叫人牙子来卖了他，你就心静了。”说着，“命香菱收拾了东西跟我来，一面叫人去，‘快叫个人来找个人牙子，多少卖几两银子，拔出肉中刺、眼中钉，大家过太平日子罢了。’”注意，这是婆媳间开始斗法，薛蟠夹在中间，既怕太太又孝顺母亲，大家可以体会一下他的两难处境。“薛蟠见母亲动了气，早也低头了。”低头表示认为母亲骂得有道理，他也有点服气。

夏金桂与婆婆的冲突

但夏金桂却表现出她最泼辣的一面，因为她是夏家的掌上明珠，从来没有人忤逆过她。她比薛蟠还要加倍地任性，恣意妄为，便哭着跟薛姨妈犟嘴。注意，在古代媳妇跟婆婆对嘴是大逆不道的。“金桂听了这话，便隔着窗子往外哭道：‘你老人家只管卖人，不必说着一个扯着一个的。我们很是那吃醋拈酸容不下人的不成，怎么“拔出肉中刺，眼中钉”？是谁的钉，谁的刺？但凡多嫌着他，也不肯把我的丫头也收在房里了。’”这是让婆婆很下不了台的抢白。

“薛姨妈听说，气的身颤气咽。”一定要回到那个年代才能知道，婆婆在当时是有绝对威权的，刚嫁进门的新媳妇，根本不敢这样隔着窗户回嘴。我们小时候也有这个规矩，跟长辈讲话绝对要毕恭毕敬地面对面地说，但夏金桂偏要隔着窗子喊，就是要让所有人都听到。薛姨妈当然没有见识过这样的阵仗，便说道：“这是谁家的规矩？婆婆这里说话，媳妇隔着窗子拌嘴。”她先摆出了威权，可夏金桂是不怕这个的，因为她也出自威权之家，可见这两家互相之间也是克星。“亏你是旧家人家的女儿！满嘴里大呼小叫的，说的是些什么！”意思说你是传统家庭出身，世家子弟是有教养的，怎么能这么没规矩？我相信很多读者不会赞同薛姨妈的做法，因为薛姨妈只是诉诸权威，她并没有讲任何道理。“薛蟠急的跺脚说：‘罢哟！人听见笑话。’”有没有发现薛蟠最强烈的反抗大概只是跺脚而已。

“金桂意谓一不作，二不休。”她觉得胜败在此一举，如果这一次输了，她一辈子都只是一个低声下气的媳妇，所以她决定用毁灭性的方法，闹到天下皆知，让大家以后都不敢碰她。所以她“越性发泼喊起来了，说：‘我不怕人笑话！你的小老婆治我害我，我倒怕人笑话了！再不然，就留下他，卖了我罢！谁还不知道你薛家有钱，行动拿钱垫人，又有好亲戚挟制着别人。’”这里讲的很多东西用现在的话叫作“爆料”，我想在当今社会里夏金桂一定会很红，因为她属于“爆料”的个性。她什么都不怕，一般的世家子弟都会顾及脸面，可是夏金桂能一下子全给你抖搂出来。当年出面摆平薛蟠的人命官司的贾雨村，就是因为贾家的关系徇了私情。夏金桂讲的都是事实，既然你们官商勾结可以玩这样的挟制别人的游戏，“你不趁早儿施为，还等什么？”意思是说你们也可以把我搞死，反正有钱，又有法律上的保护。

“嫌我不好，谁叫你们瞎了眼，三求四告的跑了我们家作什么去了！这会子人也来了，金的银的也赔了，略有个眼睛鼻子的也霸占去了，该挤发我了！”这真是个有趣的角色，我觉得女性研究也可以写一篇“夏金桂论”，因为她的野蛮、泼辣在今天可以从另外的角度来分析。等一下你会发现这个夏金桂性格古怪，她喜欢啃鸡鸭的骨头，更可怕的是，要用大火的油炸焦了才吃，这从心理学上说，一个美女总啃黑焦骨头，其实蛮可怕的。张爱玲写过很多这一类的女性角色，最典型的就是《金锁记》里的曹七巧，因为内心有种被压抑的痛，所以她要报复，这个报复甚至可以实施到至亲的人身上。所以我相信张爱玲大概不会喜欢宝钗或黛玉那种角色，她喜欢的是夏金桂，这种人个性里有种毁灭性的东西。如果不含任何偏见，夏金桂一步一步地走到了痛苦的极致——“一面哭喊，一面滚揉，自己拍打。”

宝钗的理性与冷静

最有趣的一点是，自从夏金桂嫁进来，薛宝钗就不见了。她知道自己出现也没用，所以绝不碰这些东西。我们自始至终没有看到宝钗跟夏金桂之间有任何交道，这其实是一种智慧。最后她出面保护香菱，我有点怀疑是不是高鹗补的部分已经加进去了。

“当下薛姨妈早被薛宝钗劝进去了，只命叫人来卖香菱。”宝钗觉得一个贵妇人跑去跟儿媳妇闹得披头散发、青筋暴露，自己就先输了。宝钗笑道：“咱们家从来只知买过人，并不曾有卖过人之说。妈可是气胡涂了，倘或叫人听见，岂不笑话！”这是宝钗了不起的地方，在这个时候还保持头脑的绝对冷静，是很不容易的，薛姨妈这个时候几乎是高血压状态，根本就是昏了头。“哥哥嫂子嫌他不好，留着我使唤，我正也没人使呢。”注意她的用语，如果是讲气话绝不会叫嫂子，但就是在这个时候宝钗的礼数仍在，这个女孩子的成熟、情绪的稳定到了不可思议的程度。前面已经说过，这个家族很多的经济来往都是由她处理的，如果一个企业的女主管被人一激就发怒肯定不行，宝钗一直很有章法，安安静静地处理问题。

当然这一段我们可以存疑，如果香菱真的被宝钗保护了，大概不至于死掉，原作者到底是怎么写的我们不得而知。当然也有伏笔，说香菱的身体这时已经一塌糊涂。我为什么会有犹疑，我觉得宝钗性格里有更冷的一面，她绝对不会在这个时候有这样的热情，她这么做，实际上就得罪了夏金桂。以“冷香丸”做例证来看，宝钗是《红楼梦》里个性最冷的女孩子，这个“冷”是指没有任何激情，所有的问题都靠理性来分析判断，所以夏金桂才碰不到她。

可是薛姨妈还在气头上，血压一直降不下来。“薛姨妈道：‘留下他还是淘气，不如打发了他倒干净。’宝钗笑道：‘他跟着我也是一样，横竖不叫他到前头去。从此断绝了他那里，也如卖了一样。’香菱早已跑到薛姨妈这边，也只得罢了。”“断绝了他那里”，有没有发现宝钗已经要跟哥哥嫂嫂断掉关系了，意思是说不该惹的就不要惹，因为没有什么好处。这是很冷的处理，薛姨妈一定不甘心，那毕竟是自己的儿子。可宝钗已经看出夏金桂就是哥哥的克星，薛蟠注定要掉在夏金桂手中。

我们看一下香菱的结局：“自此以后，香菱果跟随宝钗去了，把前面路径一心断绝。虽然如此，终不免对月伤悲，挑灯自叹。本来怯弱，虽在薛蟠房中几年，皆由血分中有病，是以并无胎孕。今复加以气怒伤感，内外折挫不堪，竟酿成干血痨之症，日渐羸瘦作烧，饮食懒进，请医诊视服药亦不效验。”

因为胡适已经解出了第五回里面的判词，“自从两地生孤木，致使香魂返故乡”，他觉得香菱是被夏金桂活活折磨死的，所以这个保护就变成了疑案。可是看到下面的干血之症，也未必一定能存活，也可能就此走向死亡，只是后面再没有交代了。我想香菱的结局只是再次印证大观园的瓦解。

夏金桂走向毁灭的生命报复

下面再回来看夏金桂："那时金桂又吵闹了数次，气的薛姨妈母女惟有暗中垂泪，怨命而已。薛蟠虽曾仗着酒胆挺撞过三两次，持棍欲打，那金桂便递与他身子着他随意打，这里持刀砍杀时，便伸与他脖子。薛蟠也实不能下手，只得乱闹了一阵罢了。如此习惯成自然，反使金桂越发长了威风，薛蟠越发软了气骨。虽是香菱犹在，却亦如不在的一般，虽不能十分畅意，也就不觉他碍眼了，且姑置之不究。"夏金桂真是厉害、泼辣，一眼就看穿了薛蟠的本质，他是典型的那种外强中干的纸老虎。记得柳湘莲打他时，只一拳下去他就爬不起来了。

"如此又渐次寻趁上宝蟾。宝蟾却不比香菱的情性，最是个烈火干柴，既和薛蟠情投意合，便把金桂忘在脑后。近见金桂又作践他，他便不肯低服容让一半点儿。先是一冲一撞的拌嘴角口，后来金桂气急，甚至于骂，再至于厮打。他虽不敢还手，便大撒泼性，拾头打滚，寻死觅活，昼则刀剪，夜则绳索，无所不至。"因为香菱不在身边了，她一定还要找个侮辱、践踏的对象，她要通过践踏别人来呈现她的高贵。但宝蟾跟香菱的个性完全不一样，可以想象一下，宝蟾本来是金桂的丫头，从八九岁就挨打受骂，以夏金桂的个性，做丫头的一定很苦。今天仗着薛蟠的保护，她也要开始报复了。就像前面提到的孙绍祖对待迎春的态度一样，宝蟾对夏金桂的态度也是一种被侮辱过的生命的反扑，这是《红楼梦》里最让读者心痛的部分，原来的青春王国里绝对没有这个东西。宝蟾比夏金桂还要厉害，夏金桂毕竟还有一点贵族的身份和知识分子的骄傲。宝蟾完全没有，所以更泼辣、更无羁，这两个人斗起来输的恐怕是夏金桂。“薛蟠此时一身难以两顾，惟徘徊观望于二者之间，十分闹的没法，便出门躲在外头。金桂不发作性气，有时欢喜，便纠聚人来斗纸牌、掷骰子作乐。”

下面这一段写得真好：夏金桂“又生平最喜啃骨头，每日务要杀鸡鸭，将肉赏人吃，只单以油炸焦骨头下酒”。这里有种非常奇特的心理学上的暗示，“啃骨头”意味着这个人心中有恨，我不是说每个喜欢啃骨头的人都是这样。在这里是一个意象，夏金桂这么年轻漂亮，知书达理，因为啃骨头是要去用力撕咬那个筋，用牙尖啃骨缝里的肉，读者能感受到她内心潜藏着的怨恨。可以想象一下这样的画面，好的电影导演一定会拍出这样的镜头，一个女人脸涂得白白的，嘴里嚼着黑黑的骨头，然后吸那个骨髓。曹七巧最后的形象也是这样，因为她内心有太多无法发泄的恨，她要把这些恨嚼烂嚼碎，发泄干净。

再看她讲话的态度：“吃的不耐烦或动了气，便肆行海骂，说：‘有别的忘八粉头乐的，我为什么不乐！’”注意，一个生命一旦开始报复的时候，其实就是走向毁灭的开始。现在很多女性研究中提到女性的自觉有一部分是说，既然男性可以这么随便地嫖，我们为什么不能玩？可如果她的出发点是报复，其实就是在走向毁灭。最可靠的自觉是能感受到自己生命里最美好的部分，然后去寻找并坚持这种美好的途径。所以尽管香菱的出身是微贱的，但却可以保有自己生命最美的质地；金桂的生命里没有期望，也没有对人的诚恳，只能用这种毁灭的办法自我折磨。

“薛家母女总不去理他。薛蟠此时亦无别法，惟日夜悔恨不该娶这搅家星罢了，都是一时无了主意。于是宁、荣二府之人，上上下下，无人不知，无有不叹者。”

王一贴的膏药

“此时宝玉已过了百日，出门行走。亦曾过来见过金桂，‘举止形容也不怪厉，一般是鲜花嫩柳，与众姊妹不差上下的，焉得这等样情性，可为奇之至极。’因此心下纳闷。”这是宝玉第一次对于自己对所有女性没有偏见的疼爱开始有了怀疑，怎么会有女孩子竟然会这样？

接下来迎春也开始受苦了：“这日与王夫人请安去，又正遇见迎春奶娘来家请安，说起话来孙绍祖甚属不端：‘姑娘惟有背地淌眼抹泪的，只要接了来家散宕两日。’王夫人因说：‘我正要这两日接他去，只因七事八事的都不遂心，所以就忘了。前儿宝玉去了，回来也曾说过的。明日是个好日子，就他接去罢。’正说着，贾母打发人来找宝玉，说：‘明儿一早往天齐庙还愿去。’宝玉如今巴不得各处去逛逛，听见如此说，喜的一夜不曾合眼，盼明不明的。”

我们知道过去的庙口有各种营生的行业，其中一种就是卖药的。接下来会出现卖药的道士“王一贴”，他的出现就是一个黑色笑话。《红楼梦》写到这里，已经完全进入了“美丽”的幻灭时段。孙绍祖欺压迎春，夏金桂闹得天翻地覆，所有现实中的卑劣、残酷、肮脏全部暴露，人生有这么多的病症，突然冒出来一个奇怪的江湖术士，说用膏药一贴一切就都好了。宝玉竟然还好奇说，这个膏药真的灵吗？这个黑色笑话听起来好笑，其实背后是很深的恐怖，《红楼梦》里所有的人是不是都得了走向败落的不治之症？这个膏药贴上去到底会变成什么样子？

“次日一早，梳洗穿带已毕，随了两三个老嬷嬷坐车出西城门外天齐庙来烧香还愿。这庙里已是于昨日预备停妥。宝玉天生性怯，不敢近狰狞神鬼之像。这天齐庙本系前代所修，极其宏壮。如今年深岁久，又极其荒凉，泥胎塑像皆极其凶恶，是以忙忙的供过纸马钱粮，便退至道院歇息。一时吃过饭，众嬷嬷和李贵等人围随着宝玉到处散宕玩要了一会。宝玉困倦，复回至静室安歇。众嬷嬷生恐他睡着了，便请了当家的老王道士来陪他说话。”这个老王道士，有点像我们小时候看到的江湖术士，他们的身份非常复杂，遇到有法事，就穿上道服做道场，实际上可能什么都做。比如“这老王道士专在江湖上卖药，弄些海上方治人射利”。“海上方”是指那种虚无缥缈的药方，就像鲁迅所说的“原配的蟋蟀一对”之类的药，没有任何医学上的考证与考据，但老百姓实在没有办法时会买这种药，他就可以从中牟利。“这庙外现挂着招牌，丸散膏丹，色色俱备，亦常在宁、荣两府走动熟惯，都与他起了个浑号儿，唤作‘王一贴’，言他的膏药最灵验，只一贴百病皆除之意。”

“当下王一贴进来，宝玉正歪在炕上想睡，李贵等正说‘哥儿别睡着了，厮混着’。见王一贴进来，都笑道：‘来的好，来的好。王师父，你极会说古迹的，说一个我们小爷听听。’”我觉得《红楼梦》很有趣，常常是在最恐怖和最无奈的时候，忽然说起笑话来。作者非常懂得运用各种方法来衬托人生的悲剧和荒凉，因为幽默搞笑里往往有最深切的悲哀。“王一贴笑道：‘正是呢。哥儿别睡，仔细肚子里面筋作怪。’说着，满屋里人都笑了。”

“宝玉也笑着起身整衣。王一贴喝命徒弟们快泡好茶来。茗烟道：‘我们爷不吃你的茶，连在这屋里坐着还嫌膏药气息呢。’王一贴笑道：‘膏药从不拿进这屋里来的。知道哥儿今日来，头一两天就拿香熏了又熏的。’”这是有意巴结贾家的少爷，因为这种人主要是靠贾家这样的大户来施舍香火钱的。宝玉说：“可是呢，天天只听见你的膏药好，到底治什么病？”王一贴下面讲的就是我小时候在庙口常常听到的。王一贴道：“哥儿若问我的膏药，说来话长，其中细理，一言难尽。”这里之所以说这么多废话，主要目的是为了让你站下来听他讲。“共药一百二十味，君、臣相配。”我们知道中药是讲君药跟臣药的，君药为主，臣药为辅。比如，如果地黄是主药，枸杞或者黄芪就可能是配药。“宾、主得宜，温凉兼用，贵贱殊方。内则补元气，开胃口，养荣卫，宁神安志，去寒暑，化食化痰；外则和血脉，舒筋络，去死肌，生新肉，去风散毒。其效如神，贴过的便知。”类似的话我们只要曾在庙口待过，就会感觉很熟悉，上千年了，这种语言模式都没有变，都是四个字四个字，顺得不得了。最有趣的是，你身体上任何的一点不舒服都会被他说中，其中几乎包含了所有的病症。细琢磨，会发现这种语言的特点就是暧昧、笼统，这样他的药才卖得出去。

宝玉道：“我不信一张膏药就治这些病。我且问你，倒有一种病可也贴的好么？”这就有点悬疑了，宝玉是在故意逗他。其实我们小时候大概到了中学，受过一点科学的知识教育，就会觉得这个人是在骗人，哪有一种膏药什么病都能治的。可是你只要一跟他对话，你就输了，因为他就开始跟你有的没的扯起来了。王一贴道：“百病千灾，无不效验。若不见效，哥儿只管揪着胡子打我的老脸，拆我的庙何如？只说出病源！”这种人一般开始都把话说得特玄乎，他知道没有人去拆他的庙、揪他的胡子，他们上千年来一直能在庙口生存，就是因为从来没有人会用这样的方法对待他们。宝玉笑道：“你猜的着，便贴的好了。”宝玉也开始跟他开玩笑。

王一贴这种角色，有点像曹雪芹落难之后在庙口碰到过的人。这个曹雪芹在做少爷的时候不容易碰到，碰到的话这些人也对贵族少爷客客气气的。可是当他落难之后，穷得要死，穿着破衣服在雪天里没有地方取暖时，在庙口碰到王一贴，才忽然发现这些人的生命力十足，不管什么时候他们都能活下来。这个王一贴是跟贵族世界完全不同的，胡诌、诈骗，什么都做得出来；贵族就做不到，所以迎春会被逼死，香菱会被折磨死，但王一贴却能像蟑螂一样地活着。曹雪芹在一出黑色喜剧里看到了另外一种生命力，在被抄家后，他有一阵子是靠做风筝卖钱糊口的。王一贴肯定会嘲笑他说，你卖风筝，不把话说得溜一点儿，怎么卖得掉！可曹雪芹是贵族出身，卖风筝的时候大概脸上都有点挂不住，这也是很多贵族落难后活不下去的主要原因。

王道士胡诌疗妒汤

“王一贴寻思一会，笑道：‘这倒难猜，只怕膏药有些不灵了。’宝玉命李贵等：‘你们出去散散。这屋里人多，越发蒸臭了。’李贵等听说，且都出去自便，只留茗烟。茗烟手内点着一枝梦甜香，宝玉命他坐在身旁，却倚在他身上，王一贴心有所动，便笑嘻嘻的走近前来，悄悄的说道：‘我可猜着了。想是哥儿大了，如今有了房中事情，要滋补的药，可是不是？’话犹未了，茗烟先喝道：‘该死，打嘴！’”意思是我们的少爷这么贵气，你怎么可以勾引他看A片，或者吃什么春药呢！“宝玉犹未解，忙问：‘他说什么？’茗烟道：‘信他胡说。’”宝玉是那种名校毕业的根本不知A片是什么东西的人，而茗烟是那种在外面混的男孩子，他知道王一贴说的是什么。“唬的王一贴不敢再问，只说：‘哥儿明说了罢。’”

宝玉说：“我问你，可有贴女人们的妒病方子没有？”有没有发现宝玉其实是联想到了夏金桂，作者故意把这个事切成两段，前面是夏金桂在啃油炸的焦骨头，后面是宝玉觉得人生这么无奈，就跑去找这个王一贴。“王一贴听说，拍手笑道：‘这可罢了。不但说没有方子，就是听也没听见过。’宝玉笑道：‘这样还算不得什么。’”意思说那你还牛什么？王一贴马上就转了，可见骗子随机应变的手段有多高明。“王一贴又忙道：‘这贴妒的膏药倒没经过，倒有一种汤药或者可医，只是慢些儿，不能立竿见影的见效。’宝玉道：‘什么汤药，怎么吃法？’”有没有发现宝玉已经上当了，本来就觉得他是个骗子，可现在却很好奇地问到底是什么样的药方。

王一贴就随便诌了个名字叫“疗妒汤”。台北现在已经有这个菜了，我刚吃过，打的招牌就是《红楼梦》的“疗妒汤”。我想大家如果动动脑筋，在高雄开个这样的店，生意肯定会很好。王一贴道：“这叫作‘疗妒汤’：用极好的秋梨一个，二钱冰糖，一钱陈皮，水三碗，梨熟为度，每日清早吃这么一个梨，吃来吃去就好了。”蛮精确的，绝对是开药方的感觉，又很简单，吃来吃去也就好了。这个人很有趣，完全不像是在讲笑话，这个时候大家都会相信他。宝玉道：“这也不值什么，只怕未必见效。”如果是原配蟋蟀一对，大概会比较有效，可就这么简单的一个梨，加二钱冰糖、一钱陈皮、三碗水，好像太容易了，不见得有效。

王一贴道："一剂不效吃十剂，今日不效明日再吃，明日不效吃到明年。"有没有发现骗子的手段出来了。"横竖这三味药都是润肺开胃不伤人的，甜丝丝的，又止咳嗽，又好吃。"我这次去吃的时候，店里的人也这么说。王一贴说："吃过一百岁，人横竖要死去，还妒什么！那时就见效了。"这时你才发现所有庙口的这类人讲的话既是骗人的笑话，其中又有一种难言的荒凉。这个荒凉是告诉你人生有什么好计较的，你觉得是他在骗你，可能也是我们自己在骗自己。王一贴的"疗妒汤"是假药，从另一个角度看却是一种哲学，哲学本来就不是药，它只是一种领悟而已。我觉得宝玉一定不敢去跟夏金桂说"疗妒汤"，因为他一去看见夏金桂正在啃骨头，就不敢提了。可是如果夏金桂真的把啃焦黑的骨头的习惯改成喝"疗妒汤"，可能真的会好一点。我相信食物是能改变个性的，梨比较清火、润肺，陈皮开胃，她的性格或许会因此柔和些。

所以我觉得这个王道士胡诌"疗妒汤"此时变成了一出很荒谬的喜剧，这个荒谬的角色会不会是曹雪芹最后的领悟？他忽然觉得人生在世是个巨大的荒谬，这个荒谬是说我们一般人都做不了王一贴，因为我们一直在追寻语言逻辑的合理，可是你有没有发现从出场到现在王一贴所有的语言都不合逻辑：膏药变成汤药，刚刚说了可以治好，现在又变成说一天治不好十天，今年治不好明年，最后说死了就彻底好了。可是他竟然可以这样一本正经地骗人，让你信以为真。我觉得这个结局很有趣，它发现生命原来不过是一场不可思议的梦！尽管这个结局没有宝玉跪在雪地里给爸爸磕头后出家的那个结局那么文雅高贵。我总觉得第八十回里王一贴的出现，其实是蛮有趣的结局。

"说着，宝玉、茗烟都大笑不止，骂'油嘴的牛头'。王一贴笑道：'不过是闲着解午盹儿罢了，有什么关系。'”这也是在提醒我们，三百多年以来很多的读者、学者、红学考证者，都把《红楼梦》看得太严重了，总是想在里面找领悟。也许对曹雪芹来说，最后连领悟本身都是荒谬的，人生有时只要能哈哈一笑就难能可贵了。

《红楼梦》现实人间的结局

王一贴的出现，是我一直在琢磨的问题，为什么第八十回里会出来一个这么奇怪的人？可他真的让愁眉苦脸的宝玉笑了，之前因为司棋被赶走，晴雯病死，迎春出嫁，宝玉病了一百多天。就在他不知道该怎么办的时候，忽然听到一个荒谬的笑话，人生一下子闯进了一个可以暂时开怀的因素。所以王一贴说："说笑了你们可就值钱。"注意，这句话其实很荒凉，是一种庙口的卑微者的荒凉。"实告你们说罢，连膏药也是假的。我有真药，我还吃了作神仙去呢。有真的，跑到这里来混？"接着谈下去，你会发现更深切的辛酸和荒凉，这个在街头混日子的人，告诉宝玉说，膏药也是假的。可是他照样在庙口卖东西，照样讲假话，膏药照样有人买。

大家读完《红楼梦》，不妨把这本书丢开，到庙口去坐几天，听听那里的以"王一贴"为代表的诈骗集团说的话，我相信你会看到另外的人生。作者的目的就是要把我们带进那个世界，《红楼梦》一开始出场的就是些这样的人，还记得那个癞头和尚和跛脚道士吗？王一贴也是这样的人。他们介于知道与不知道、领悟与不领悟之间，表面上疯癫呆傻，可又聪明到极点。我觉得《红楼梦》的真正领悟是在讲这些人，癞头的、跛脚的、胡诌的，他们混迹人间，偶然的三言两语，能让我们豁然开朗，人生的真正领悟其实就在生命经验当中。

《红楼梦》这本书读到某个阶段，你会希望走进人间，在六合夜市、官场、商场……进入滚滚红尘你将会更懂《红楼梦》。所以《红楼梦》的结局绝对不在小说里，它的结局是在现实的人生里，因为曹雪芹经历过现实人生的起伏跌宕。当我在北京的香山、在那个找不到曹雪芹当年足迹的荒山里漫步的时候，我在想这个人当年到底领悟了什么。在落难抄家后所有的亲戚都不敢认他的时候，在他必须靠着别人施舍的稀饭度日的时候，他能听到的绝对不再是所谓的高雅文学，而很可能是王一贴的笑话，在某个下午他真的因此笑过一场，就把那个人写进了他的小说里。

这个时候他对大观园的破灭忽然有了新的领悟，因为当他走进现实人间，去经历所有生命应该经历的东西时，才发现现实未必全是残酷的、肮脏的，这才是人生最大的开悟。他目睹了大观园土崩瓦解和青春的消亡，可是青春的挽歌唱完以后，如果宝玉就是曹雪芹的话，他开始到嘈杂的庙口去听《好了歌》。发现"好"就是"了"，"了"就是"好"。所以试试看，用两种方法去体会《红楼梦》的结局，一种是走进现实，在高雄的街头乱逛，就会发现《红楼梦》的结局大概都在里面。还有一个方法是重新去读《红楼梦》的第一回到第五回，那是《红楼梦》真正的结局，你忽然发现原来庙口的名士甄士隐救助穷文人贾雨村，可是一夜之间，他家里什么都没有了，他忽然就有了一个大的领悟，被癞头和尚、跛脚道士拉到了一个不知名的地方，那是《红楼梦》的开始，也是《红楼梦》的结束。曹雪芹最后也应该是跟这些人混在一起的，他可能就在六合夜市，只是你已经认不出他了。他不再是当年的富贵公子，没有了当年的高雅、俊美，可能是你觉得又脏又臭要避开的瘌痢头，我甚至在想曹雪芹会不会已经变成王一贴了，很荒谬对不对？这可能也是我们读《红楼梦》的最大幻灭，如果曹雪芹变成王一贴坐在庙口卖风筝，跟大家讲笑话，卖他的假膏药，大概也是曹雪芹生命的另一个阶段吧？我们无法推测，我只是觉得小说里最动人的是讲述了一个生命是从天到地的历练，这是了不起的生命积累。

在很多神话故事和宗教信仰里，真正的先知出现的时候，你是认不出来的；被认出来的先知，大概都是假的。真正的先知很可能是又穷、又丑、又老的一个形象，所以在第八十回里你看到香菱的遭遇，看到孙绍祖不断打迎春，觉得这是人世间的侮辱。最有趣的是，王一贴这样的人受到的侮辱恐怕比迎春和香菱还要严重，可是这个人已经会讲笑话了。对他来说，所有的侮辱都不成其为侮辱，他的生命已经进入了无时而不自得的状态，那才是人生的大自在。

再讲一句《红楼梦》里最重要的话，第五回里贾宝玉在太虚幻境看到的句子是："假作真时真亦假。"现在再去想这个句子，当王一贴说他的膏药都是假的时，宝玉才现自己一直执着的真跟假原来这么荒谬。我想，一个怀抱着大观园青春挽歌梦想的宝玉，将要走向哪里，才是《红楼梦》真正的结局。我们每个人给他设定的结局，我相信都会不一样。

我年轻的时候觉得最美的一个画面是剃了头发的宝玉，穿着大红的袈裟，跪在雪地上跟爸爸磕头，这也是云门的《红楼梦》最后的结局。可这几年我忽然觉得结局是宝玉变成了王一贴，因为我们知道曹雪芹最后是糊风筝在卖，你就发现自己是不是把他幻想得太高贵了，想象他是一个伟大的文豪，可他绝对不是，那个年代是没有人读他的书的，只有一个手抄本。他必须懂得怎么去谋生，而谋生的目的只是为了要留下这部书，留下一个荒谬的记忆。所以王一贴绝对是个有趣的先知，不要误以为他在讲一些好笑的笑话，他是在讲禅机，什么叫作“今年没有效明年有效，吃到一百岁还妒什么！”最后甚至大胆说，连我的膏药都是假的！

我们总以为读完《红楼梦》要有一个领悟，可能是道家的，可能是佛家的，可是我们从来不敢大胆地说，《红楼梦》读完并没有领悟。因为佛经里说“无有功德”，相当于根本没有领悟可言，所有的领悟不过是自己在作假。

另外，《红楼梦》在不同的年龄读，那个领悟竟然是如此不同。这几年我感觉王一贴这个角色在八十回的出现竟然这么动人。这个说话这么真实，能博大家哈哈一笑的王一贴，会不会是一个看起来不像领悟的领悟？他就混迹在民间，也许就坐在六合夜市里跟你一起吃担仔面，可是我们绝对认不出他。下一次如果你旁边坐了这样一个人，你不妨问问你是不是宝玉？我想你也知道结局是什么。

我想，我应该谢谢大家这四年里给了我重读《红楼梦》的机会，而且是跟各位一起重读，我想这种生命的领悟是非常不一样的，有这样四年的缘分，真的谢谢大家。